Die Frau des Wildhüters

Clare Flynn

Übersetzt von
Nathalie Hopper

Die Frau des Wildhüters

Clare Flynn
Übersetzt von www.translatebooks.com – Nathalie Hopper

CRANBROOK-PRESS

Umschlaggestaltung JD Smith Designs

Unit 93975, PO Box 6945, London W1A 6US

Spielt es eine Rolle? – Keine Beine mehr zu
*   haben?*
Da die Menschen stets zu Freundlichkeit
*   neigen*
und dass es dich stört, musst du ihnen nicht
*   zeigen,*
wenn andere von der Jagd zurückkehren
und sich an Muffins und Eiern laben.
Spielt es eine Rolle? – Blind zu sein?
So vieles wird für die Blinden getan
und die Menschen sprechen dich stets
*   freundlich an,*
wenn du auf der Terrasse in Erinnerungen
*   schwelgst*
und dein Gesicht drehst in den
*   Sonnenschein.*
Spielen sie eine Rolle – die Träume im
*   Schützengraben?*
Du kannst trinken, sie vergessen und dich
*   erfreuen*
und die Menschen werden es dir verzeihen,
denn sie wissen, du hast für deine Heimat
*   gekämpft*
und niemand wird Angst um dich haben.
Siegfried Sassoon

Kapitel Eins

Als Christopher Shipley erwachte, stand seine Mutter am Fußende seines Bettes und sah ihn mit unverhohlener Kritik an.

„Noch im Bett, Christopher? Du weißt, was man über Müßiggang sagt." Ohne eine Antwort abzuwarten, zog sie die Vorhänge auf und ließ sanftes Sonnenlicht in das düstere Zimmer fallen. „Denk daran, was der Arzt darüber gesagt hat, dass du dich von deiner Behinderung von nichts abhalten lassen sollst." Sie wandte den Blick ab, aber erst, nachdem er flüchtig gesehen hatte, wie sich ihre Mundwinkel leicht nach unten neigten, als sie die flache Bettdecke beäugte, dort, wo die Konturen seines fehlenden Beins hätten sein sollen. Er hasste Mitleid. Hasste es mehr als Abscheu.

„Ich kann nicht zulassen, dass du das Gespräch mit dieser Mrs. Walters noch länger aufschiebst. Du wirst keinen neuen Wildhüter finden, wenn du ihm nicht das dazugehörige Häuschen anbieten kannst. Eine Unterkunft zur Verfügung zu stellen, ist unsere einzige Hoffnung, einen geeigneten Kandidaten zu finden." Sie wandte sich ihm zu und fixierte ihn mit einem entschlossenen Blick. „Das weißt du genauso gut wie ich, mein Lieber." Sie musterte sein Gesicht und Christopher hatte das Gefühl, dass sie es nach etwas absuchte, das sie dort nicht finden würde. Egal, was er tat, er würde immer hinter ihren Erwartungen zurückbleiben. Das Einzige, was sie sich wünschte, konnte er ihr nicht geben – zu seinem älteren Bruder zu werden.

„Wozu die Eile? Die arme Frau hat ihren Ehemann verloren. Warum müssen wir sie auch noch aus ihrem Haus jagen? Können wir nicht warten? Sie wird ausziehen, wenn sie bereit dazu ist."

Edwina Shipley tadelte ihn lautstark. „Um Himmels willen, Christopher, manchmal verzweifle ich an dir. Wenn man die Entscheidung ihr überlässt, wird die Frau niemals ausziehen. Das Häuschen ist Teil der Entlohnung des Wildhüters." Sie trat ans Fenster und blickte auf die hügelige Parklandschaft dahinter. „Und es ist ein außergewöhnliches Häuschen. Drei Schlafzimmer und sie bewohnt sie ganz allein. Welches Recht hat sie, so viel Platz zu beanspruchen, wo sie doch keine Familie hat? Das habe ich deinem Vater schon gesagt, als der Ehemann noch lebte. Welch unerhörte Platzverschwendung für ein kinderloses Paar. Aber George hing an diesem Walters und wollte nichts davon hören, die beiden in eine bescheidenere Unterkunft zu stecken. Dennoch müssen wir jetzt einen neuen Oberwildhüter finden. *Du* musst einen finden."

Christopher lehnte sich zurück in die Kissen. „Ich verstehe nicht, warum wir einen neuen Wildhüter brauchen sollen. Ich schieße nicht einmal gern. Mir steht auch nicht der Sinn danach, Jagden und Schützenfeste zu veranstalten." Er betrachtete ihr Gesicht und fragte sich, warum sie seinen Widerwillen, jemals wieder eine Waffe in den Händen zu halten, nicht bemerkte.

Sie tadelte ihn wieder und machte dieses scheltende Schnalzgeräusch mit der Zunge, als ihre Ungeduld wuchs. „Wie oft denn noch, Christopher? Es geht hier nicht nur um dich. Du kümmerst dich um rein gar nichts – weder um die Maschinenfabrik noch um das Landgut. Du hast eine Verantwortung gegenüber der Fabrik, gegenüber Newlands, gegenüber dieser Familie und ihren Bediensteten."

„Das weiß ich, Mutter. Worauf willst du hinaus? Was hat das mit der Anstellung eines neuen Wildhüters zu tun?"

„Die Jagd ist unerlässlich für die Wiederbelebung des Landguts. Auch ein Teil deiner Aufgaben. Wie sonst willst du die besten Leute anlocken? Wie sonst willst du dir einen Namen machen und Shipley's ausbauen? Dein Vater machte seine besten Geschäfte immer an den Jagdwochenenden. Als dein Großvater noch am Leben war, beehrte uns Prinz Albert mit seiner Anwesenheit und der verstorbene König war ein regelmäßiger Gast. Auf dem Landgut solche Veranstaltungen abzuhalten, war für das Wachstum von Shipley Engineering von entscheidender Bedeutung. Das solltest du genauso gut wissen wie ich."

Christopher sagte nichts. Es hatte keinen Sinn. Egal, was er sagte, seine Mutter würde es nie verstehen. Würde nie anerkennen, dass er kein Interesse daran hatte, mit dem Adel zur Jagd auszureiten, dass ihm sein Platz in der Gesellschaft egal war und die Aussicht, übers Geschäft zu sprechen, ihn kaltließ. Aber würde er sich ihr widersetzen, würde sie beim nächsten Mal noch entschlossener über ihn herfallen, würde ihn so lange mit Vorwürfen überhäufen, bis sie ihn zermürbt hätte und seinen Widerstand weggeschliffen hätte wie ein Schmied das Metall mit seinem gnadenlosen Hammer.

Edwina verließ den Raum und warf ihm einen letzten,

strengen Blick zu. „Tu es einfach, Christopher. Das ist doch nicht zu viel verlangt." Sie schloss die Tür hinter sich.

In letzter Zeit hatte er selten Lust, überhaupt irgendetwas zu tun, aber diese Aufgabe widerstrebte ihm ganz besonders. Ihm graute davor, der Witwe des Wildhüters mitzuteilen, dass sie das Häuschen räumen musste, um Platz für einen neuen Bewohner zu schaffen. Nicht nur wegen der schlechten Nachricht, sondern auch, weil er sich schuldig fühlte, sie nicht früher aufgesucht zu haben. Immerhin hatte ihr verstorbener Ehemann mit ihm zusammen gedient.

Er setzte sich auf die Bettkante und sah sich in dem einst so vertrauten Schlafzimmer um. Es war Teil eines anderen Lebens, eines anderen Menschen, einer anderen Welt. Er passte nicht mehr hierher. Er griff nach seiner Beinprothese, die wie üblich oben auf der Truhe am Fuß des Bettes lag, und schnallte sie auf den Stumpf, wobei er die Lederbänder so festzog, dass sie die faltige Haut dort eng umschlossen.

Der Schmerz war heute nicht so stark, eher unangenehm, ein ständiges Scheuern. Er war sich nicht sicher, was schlimmer war – die Tage, an denen der Schmerz seinen Körper durchzuckte und durchbohrte, seine abgetrennten Nervenbahnen aufschrien und ihn für alles andere blind machten, oder Tage wie dieser, an denen der Schmerz im Hintergrund schwelte und sich zu den Bildern in seinem Kopf gesellte, um ihn in einen Nebel des Elends zu hüllen.

Gelegentlich erwog Christopher, dem Ganzen ein Ende zu setzen. Eine Schrotflinte zu nehmen und in den Wald zu gehen, sich unter einen Baum zu setzen und sich den Kopf von den Schultern zu schießen. Aber etwas hielt ihn davon ab. Eher sein Widerwille, nach seinen Erfahrungen im Krieg jemals wieder eine Waffe anzugreifen. Nicht so sehr sein Unwille, sich das Leben zu nehmen. Und wäre Selbstmord nicht der Ausweg eines Feiglings und eine Verhöhnung der Opfer, die jene Männer gebracht hatten, die an seiner Seite gedient hatten?

Natürlich konnte seine Mutter nichts davon verstehen. Nach ihrer anfänglichen Freude darüber, dass ihr zweiter Sohn die Schützengräben überlebt hatte, war Mrs. Shipley ungeduldig geworden. Nachdem sie Christopher bei seiner Rückkehr von der Front noch fürsorglich behandelt hatte, war ihre Fürsorge nun in Verärgerung umgeschlagen. Sie konnte seine Verschlossenheit nicht verstehen, oder dass er sich oft tagelang in seinem Schlafzimmer verschanzte und ins Leere starrte. Edwina Shipley war eine taffe Amerikanerin, die niemals untätig herumsaß und sich nicht zum Narren halten ließ, und die weder Zeit noch Sympathie für jemanden hatte, der ihre Sicht der Welt nicht teilte. ‚Reiß dich zusammen!‘ und ‚Immer vorwärts‘ waren ihre Schlachtrufe und Christopher konnte sich nicht erinnern, wann er sie jemals regungslos oder in Gedanken versunken angetroffen hätte. Sie hatte keine Zeit für Denker. Edwina war eine Frau der Tat, der Taten, nicht der Worte. Christopher fragte sich manchmal, ob es daran lag, was es für sie bedeuten würde, innezuhalten und nachzudenken. Vielleicht befürchtete sie, wenn sie es tat, wenn sie Bilanz zog und abwog, welchen Sinn ihr Leben hatte, könnte sie zu dem Schluss kommen, dass die Antwort ‚nicht sehr viel‘ war, und ihre Welt könnte zusammenbrechen und auseinanderfallen.

Der Verlust ihres Mannes und ihres erstgeborenen Sohnes hatte nichts weiter bewirkt als eine Versteifung ihrer Haltung, ein Aufrichten ihres Rückens und fest aufeinander gepresste Lippen, bevor sie sich daran gemacht hatte, Gedenkfeiern zu organisieren und zwei Marmortafeln zum

Andenken an die beiden Männer an den Mauern der Dorfkirche anbringen zu lassen. Percy, Christophers Bruder, war
so etwas wie der Thronfolger gewesen, den beide Eltern
verehrt hatten. Als er am ersten Tag der Schlacht an der
Somme gefallen war, hatte sein Vater einen Schlaganfall
erlitten, als man ihm die niederschmetternde Nachricht
überbracht hatte, und war bald darauf selbst gestorben.
Doch Edwina hatte all das mit großer Tapferkeit ertragen –
zu jammern oder zu trauern, lag nicht in ihrer Natur.
Christopher wusste, dass sein Mangel an Resilienz sie
permanent verärgerte.

Jetzt, wo seine Mutter nicht mehr da war, trödelte er
damit, sich anzuziehen. Die Tatsache, dass er dem älteren
Kammerdiener seines verstorbenen Vaters nicht erlaubte,
ihm dabei zu helfen, war ein weiteres Ärgernis für seine
Mutter. Christopher widerstrebte der Gedanke an diese Art
von Intimität, an die Vorstellung, dass ein anderer Mann
ihm beim Anziehen half. Er wollte sein fehlendes Glied
nicht den Blicken eines Dieners aussetzen. Hilfe anzunehmen, erschien ihm nicht nur unpassend und altmodisch, es
wäre auch ein Eingeständnis von Schwäche und er würde
unweigerlich seine Behinderung dem Mitleid eines anderen
Menschen aussetzen. Da war es besser, er tat es selbst, auch
wenn er doppelt so lang dafür brauchte.

Als er fertig war, machte er sich langsam auf den Weg
die Treppe hinunter und hielt sich aufrecht, während er die
flache, geschwungene Treppe ins Foyer bezwang. Er hasste
das Haus – die hohen Stuckdecken, die zugigen Korridore,
die blassbeigen Sandsteintürmchen und die prachtvollen,
breiten Türbögen. Alles daran fühlte sich so falsch an, so
unstimmig. Sein Großvater hatte es im neugotischen Stil
seiner Zeit erbaut – ein Denkmal seines Erfolgs als Industrieller und ein Versuch, alle Spuren seiner bescheidenen

Wurzeln als Kutscher auszulöschen, der zum Fabrikmechaniker geworden war, bevor er sich selbstständig gemacht und Maschinen für die Fabriken in Nordengland und später im gesamten Königreich entworfen, hergestellt und verkauft hatte. Der alte Mann aus Yorkshire hatte es nie geschafft, seinen Akzent abzulegen, aber Christopher und Percy waren in den Genuss einer öffentlichen Schulbildung gekommen und hatten mit den Söhnen von Aristokraten die Schulbank gedrückt. Sie hatten nie wirklich dazugehört, waren aber vom etwas fadenscheinigen Landadel, der gezwungen gewesen war, aufgrund ihres Geldes mit ihnen zu verkehren, widerwillig akzeptiert worden. Er hatte immer vermutet, dass diese Leute Newlands erst verließen, nachdem sie sich gründlich die Hände geschrubbt hatten, bestrebt, alle Spuren von ihrem Kontakt mit *Neureichtum* zu beseitigen.

Er machte sich auf den Weg zu den Stallungen und warf einen Blick auf die große Uhr, die den dekorativen Backsteinturm darüber zierte. Die Zeiger standen auf fünfzehn Uhr siebzehn, jenem Zeitpunkt, an dem Percy laut seinem befehlshabenden Offizier den Tod gefunden hatte, und der nun ständig an den Verlust der Familie erinnerte. Diese erstarrten Uhrzeiger waren ein Vorwurf an Christopher, eine Mahnung, dass er überlebt hatte, während sein mutigerer, hübscherer und aufgeschlossenerer älterer Bruder am ersten Juli des Jahres 1916 in die Luft gesprengt worden war. Christopher hatte damals nicht einmal eine Uniform getragen. Er war in Borneo gewesen, um die tropische Vegetation dort zu studieren, eine allzu kurze Erfüllung seines Traums, Botaniker und Entdecker zu werden, sobald er erst sein Studium in Cambridge abgeschlossen hätte. Nur hatte er vorzeitig aus seinem Traum erwachen müssen, als die Kunde vom Tod seines Bruders und dem

Schlaganfall seines Vaters ihn gezwungen hatten, nach Hause zurückzukehren. Als er in England angekommen war, war auch sein Vater tot gewesen. Übrig geblieben war nur Christopher, in den Augen seiner Mutter ein unzulänglicher Ersatz für die beiden.

Der Stallbursche hatte sein Pferd für ihn gesattelt, damit er ausreiten konnte. Auf dem Rücken eines Pferdes fühlte sich Christopher wieder wie ein ganzer Mann. Es hatte eine Weile gedauert, bis er die Kraft und die Kontrolle aufgebracht hatte, mit seiner Beinprothese den nötigen Druck auf die Flanke des Pferdes auszuüben. Aber jetzt, da er es beherrschte, war das Reiten eine willkommene Abwechslung, die er kaum einmal verpasste.

Newlands war ein beeindruckender Landsitz, geprägt von einer hügelig angelegten Parklandschaft, weiten Ausblicken, künstlich erschaffenen Seen und vielen Hektar sorgfältig gepflegter Wälder, in denen die Jagd einst als Hochgenuss gegolten hatte. Seit dem Krieg, seit die meisten Bediensteten an die Front abgezogen worden und kaum welche zurückgekehrt waren, waren die Außenanlagen stark vernachlässigt worden. Die französischen Gärten waren verwildert, die Terrassen nicht mehr von wucherndem Gebüsch zu unterscheiden, die Rasenflächen ungetrimmt, die Teiche fast ausgetrocknet, die Gewächshäuser zugewachsen mit brauner, vertrockneter Vegetation, die Glasscheiben mit Moos und Schmutz verkrustet. Es war ebendiese vernachlässigte Wildnis, der Christopher neues Leben einhauchen, die er neu aufbauen und zum Strahlen bringen sollte. Seine Mutter erwartete von ihm, dass er die Pracht der Vorkriegszeit zurückbrachte, während das Einzige, was er wollte, war, alldem den Rücken zu kehren und zu gehen. Zurück zu seiner Arbeit in Borneo, zu seinen detaillierten botanischen Zeichnungen, zu dem Buch, das er über die Flora Südostasiens zu schreiben begonnen hatte, zur Wissenschaft, zu seinem Seelenfrieden.

Er trieb sein Pferd sanft vorwärts und genoss die kühle Brise in seinem Gesicht und das Stampfen von Hookers Hufen auf dem weichen Gras unter ihnen. Er hatte sein Pferd nach seinem Helden benannt, Sir Joseph Dalton Hooker, dem bedeutenden Botaniker. Christopher hatte sein Buch *Rhododendren des Sikkim-Himalaja* entdeckt, eines der vielen ungeöffneten Werke, die sein Großvater gekauft hatte, um die Regale der Bibliothek zu füllen. Als Kind hatte er die Seiten durchgeblättert, die detailreichen Zeichnungen von Pflanzen bewundert und dann sein Skizzenbuch und seine Stifte zur Hand genommen, um die Pflanzen, die er hier in den Gärten fand, ähnlich akribisch zu zeichnen. Als er aufs Internat geschickt worden war, hatte sich seine Leidenschaft für Pflanzen fortgesetzt und später durch sein Studium der Botanik in Cambridge noch verstärkt. Die Aussicht, all dies aufgeben zu müssen, um das Anwesen und das Maschinenimperium Shipley zu leiten, war eine lebenslange Strafe. Aber wer war er, dass er sich beklagte? Sein Bruder und die meisten Männer aus Newlands hatten schließlich ihre Leben verloren. Seine eigenen Sorgen waren trivial im Vergleich zu dem Opfer, das all diese Männer gebracht hatten.

Er verlangsamte Hooker zu einem gemächlichen Trab, als sie den Wald erreichten. Das Häuschen des Wildhüters stand auf einer kleinen Lichtung einige hundert Meter hinter der Baumgrenze, umgeben von Buchen. Es war ein hübsches, kleines Haus im Fachwerkstil, mit einem überlappenden Ziegeldach.

Draußen hing Wäsche fein säuberlich an einer Leine und eine dünne Rauchfahne zog aus einem der Schornsteine, die wie das gedrehte Horn des Narwals in den

Himmel ragten. Hinter dem Haus befanden sich Zwinger und ein Vogelhäuschen für nistende Wildvögel. Als er sich aus dem Sattel schwang, spürte er ein Zittern, das durch seinen ganzen Körper ging. Wann immer seine Beinprothese zuerst auf dem Boden aufsetzte, trieb der Aufprall Schmerzen in seinen Beinstumpf. Es war immer eine unsanfte Erinnerung, wenn er nach einem Ritt wieder festen Boden unter den Füßen hatte – auf dem Rücken seines Pferdes vergaß er seine Behinderung.

Er ließ Hooker frei auf der Lichtung grasen und näherte sich dem Häuschen. Je schneller er diese Aufgabe hinter sich brachte, desto besser. Vielleicht wurde er dafür mit einer kurzen Verschnaufpause von den ständigen Nörgeleien seiner Mutter belohnt.

Noch bevor er die Tür erreichte, öffnete sie sich. Die Frau musste ihn durchs Fenster beobachtet haben. Ein Hund kam hinter ihr herausgelaufen und schnüffelte an Christopher, bevor er sich neben einem Holzstapel zusammenrollte.

Sie war älter als Christopher. Er schätzte sie auf Anfang oder Mitte dreißig. Sie trug ein eintöniges braunes Kleidungsstück und hatte ihr dunkelbraunes Haar zu einem unordentlichen Dutt zusammengefasst.

„Der Hund ist alt. Er schläft in letzter Zeit nur noch. Dachte wohl, mein Mann käme zurück. Er gibt die Hoffnung niemals auf."

„Mein aufrichtiges Mitgefühl. Ich hatte schon länger vor, zu Ihnen zu kommen und Ihnen mein Beileid aussprechen." Christopher zog sich den Hut vom Kopf.

„Sie sind der jüngere Sohn, nicht wahr? Master Christopher?"

Er nickte.

„Wie ich höre, sollte ich Sie jetzt Captain Shipley

nennen. Sie sind bestimmt hier, um mir zu sagen, dass ich meine Sachen packen soll, richtig?"

Christopher spürte, wie ihm das Blut ins Gesicht schoss, und er setzte dazu an, eine Antwort zu stammeln, doch sie kam ihm zuvor. „Ich habe Sie bereits erwartet." Sie musterte ihn, ihr Gesicht ausdruckslos. Christopher spürte, wie ihm unter ihrem Blick die Röte ins Gesicht stieg.

Die Frau zuckte mit den Schultern. „Kommen Sie erst einmal herein. Ich habe gerade frisches Teewasser gekocht."

Er folgte ihr ins Haus, ohne zu wissen, warum er es tat, aber gleichermaßen unsicher, was er sonst tun sollte.

Die Tür führte direkt in die Küche, hinter der sich die Spülküche befand. Mrs. Walters bereitete schweigend den Tee zu, während er an die Tür gelehnt dastand und ihr dabei zusah. Sie war groß, fast so groß wie er, und trotz ihres locker sitzenden Kleides konnte er erkennen, dass sie von schlanker Statur war. Als sie sich bewegte, erhaschte er einen seltenen Blick auf ihre Waden, die über den geknöpften Stiefeln hervorlugten. Sie hob das Tablett hoch und bat ihn, ihr die Tür aufzuhalten, durch die er ihr in eine kleine Stube mit einem ungebeizten Holztisch und einem Feuer im Kamin folgte. Ein mit Frühlingsblumen gefüllter Tonkrug stand auf dem Tisch. Sie forderte ihn auf, sich zu setzen.

„Sie haben im Krieg Ihr Bein verloren, wie ich höre. Das hält Sie aber nicht vom Reiten ab. Haben sie Ihnen ein hölzernes Bein gegeben?"

Christopher blinzelte, verblüfft von der Offenheit der Frau. Er murmelte zustimmend. „Andere haben mehr verloren." Dann, als er wieder die Hitze in seinem Gesicht spürte, stammelte er: „Ich kannte Ihren Mann. Er hat mit mir gedient."

„Sie meinen, für Sie gedient."

„Er war mein Offiziersbursche.“

„Was ist das?“

Er zögerte. „Nun, man könnte wohl sagen, es ist ein bisschen wie ein persönlicher Diener. Er kümmerte sich um meine Uniform, machte Botengänge und erledigte alle möglichen Aufgaben für mich. Er war ein guter Mann. Der beste.“ Er senkte den Kopf. „Ihr Verlust tut mir sehr leid.“

„Waren Sie bei ihm, als er starb?“

Christopher schluckte und nickte dann mit dem Kopf.

„Erzählen Sie mir davon.“

Er spürte, wie seine Hand zitterte, und aus Angst, seinen Tee zu verschütten, stellte er die Tasse zurück auf die Untertasse und hörte, wie sie gegen den Löffel klapperte. „Ich möchte nicht ... Ich kann nicht ...“

Die Frau starrte ihn an, ihr Gesicht immer noch ausdruckslos und ohne jede Regung, während sie darauf wartete, dass er sich sammelte. Er überlegte, was seine Mutter sagen würde, wenn sie ihn jetzt sehen würde, wie er vor einer Dienerin nur ein Stottern herausbrachte.

Er atmete langsam ein und sagte schließlich: „Ich schickte ihn zurück zum Unterstand, um meine Taschenuhr zu holen. Ich hatte sie oben auf meinem Koffer liegen lassen. Dumm von mir.“ Er blickte auf seine Hand hinunter, die auf der Tischoberfläche zitterte. Er zog sie zurück und legte sie unter dem Tisch auf sein Bein. „Der Unterstand wurde von einer Granate getroffen. Als wir zurückkamen, war nur noch ein Krater an der Stelle. Harold ... Gefreiter Walters war der einzige Mann, der an diesem Tag sein Leben ließ. Wenn ich ihn nicht gebeten hätte, meine Uhr zu holen ...“ Er hob den Blick, dann senkte er ihn wieder, als sie ihn unablässig anstarrte.

„Es ging also schnell?“

Er sah wieder auf. „Es war augenblicklich vorbei. Er

hätte nicht die geringste Chance gehabt. Er hat nichts mitbekommen."

Die Frau runzelte die Stirn und nippte an ihrem Tee. Sie stellte die Tasse ab und fragte: „Was ist mit Ihnen? Wie haben Sie Ihr Bein verloren?"

„Das war sechs Monate später. Kurz vor dem Ende der Kämpfe. In Belgien. Ypern. Ich trat auf eine Landmine, als wir vorrückten. Ein Moment der Unachtsamkeit meinerseits, der mich mein Bein kostete." Er lachte hohl.

Mrs. Walters studierte ihn mit ihren grünen Augen mit kleinen haselnussbraunen Flecken. Sie hatte bisher nicht ein einziges Mal gelächelt. Sie deutete auf seine Hand und fragte: „Kommt das auch vom Krieg? Das Zittern?"

Er nickte. „Die Nerven. Sie sagten, es sei eine Kriegsneurose." Er schämte sich, als er es ihr sagte, fühlte sich aber gezwungen, ihre Fragen zu beantworten. „Albern, ich weiß."

„Albern? Wohl kaum."

„Meine Mutter findet es albern." Er lächelte gequält. „Sie sagt mir immer wieder, ich soll den Krieg endlich hinter mir lassen." Was hatte diese Frau an sich, dass er sich ihr gegenüber öffnete?

Mrs. Walters sagte nichts, sondern griff nur nach der Teekanne und schenkte ihnen nach.

Nach ein paar Minuten des Schweigens fragte sie: „Wann muss ich ausziehen?"

Er zögerte. Seine Mutter hatte ihm aufgetragen, ihr zu sagen, dass sie bis zum Ende der Woche draußen sein müsste. „Können Sie irgendwo hin? Was werden Sie tun?"

Sie zuckte mit den Schultern.

„Familie?"

„Alle tot."

„Ich verstehe", sagte er. „Vielleicht gibt es einen Platz

für Sie bei den Hausangestellten. Ich werde Mutter fragen. Dann hätten Sie auch wieder eine Bleibe."

Sie schüttelte den Kopf. „Ich habe bereits gefragt. Es gibt nichts für mich. Es sind Männer, die sie brauchen, nicht noch mehr Frauen."

„Ich verstehe", sagte er wieder, wohl wissend, dass er sich dumm anhören musste.

„Ich bin zu alt, um noch einen Ehemann zu finden. Mittlerweile gibt es so viele junge Frauen da draußen und nicht mehr genügend Männer. Ich werde in die Stadt gehen und versuchen müssen, Arbeit zu finden." Sie fingerte am Ärmel ihrer Bluse, eine kleine Geste, die verriet, dass sie vielleicht nervöser war, als sie sich anmerken ließ. „Ich habe mein ganzes Leben in diesem Haus gelebt. Es ist alles, was ich je kannte."

Christopher war überrascht, denn er hatte angenommen, dass sie hierhergezogen war, als sie Walters geheiratet hatte.

„Mein Vater war der Oberwildhüter vor meinem Mann, der viel älter war als ich. Er war gerade fünfzig, als er sich zusammen mit Ihrem Bruder und den meisten der Gutsarbeiter freiwillig meldete."

„Das tut mir leid. Mit fünfzig konnte niemand von ihm verlangen, dass er diente. Glauben Sie, er fühlte sich gezwungen, sich zu melden?"

Sie verzog das Gesicht.

„Ich meine, wurde er unter Druck gesetzt, sich freiwillig zu melden?"

„Keiner will eine weiße Feder bekommen."

„Aber mit fünfzig?"

„Er wollte sich melden. Konnte es kaum erwarten."

„Er war ein guter Mann."

„Finden Sie, ja?"

„Ich weiß es. Ich nehme an, die Tatsache, dass wir beide aus Newlands stammen, verband uns … aber er war ein tapferer Mann, ein guter Soldat."

Der Ausdruck der Frau war unergründlich. Sie schwenkte ihre Teetasse und starrte auf die Blätterreste am Boden, sagte aber nichts. Nach ein paar Minuten des Schweigens stand Christopher auf. „Vielen Dank für den Tee, Mrs. Walters."

Sie erhob sich. „Werden Sie mich wieder besuchen? Ich habe nicht viel Gesellschaft. Es war schön, mit Ihnen zu sprechen."

Er spürte, wie ihm das Blut ins Gesicht und in den Nacken schoss, und schluckte. „Das würde mir sehr gefallen."

„Kommen Sie morgen. Zur gleichen Zeit."

Als er auf sein Pferd stieg, wurde Christopher klar, dass er es versäumt hatte, Mrs. Walters einen Termin für die Räumung des Häuschens zu nennen. Was sollte er seiner Mutter sagen?

Martha stand am Fenster und beobachtete, wie Christopher Shipley sein Pferd bestieg. Sie fragte sich, wie er es schaffte, überrascht von seiner Kraft, sich mit nur einem Bein in den Sattel zu schwingen, ganz ohne Aufsitzblock. Als er davonritt, kam ihr eine Erinnerung an ihn als Jungen in den Sinn, wie er auf einem kleinen braunen Pony über die Ländereien galoppierte, wenn er in den Schulferien zu Hause war. Er war ihr ins Auge gestochen, er und seine verbissene Entschlossenheit, mit der er bei jedem Wetter ausgeritten war und immer wieder auf sein eher sprunghaftes Pony zurückgeklettert war, wenn es gebockt oder sich aufgebäumt hatte, um ihn ins Gestrüpp abzuwerfen.

Heute war er der Gutsherr und fühlte sich sichtlich unwohl in einer Rolle, die er, wären nicht der Krieg und der Tod seines Bruders gewesen, nie zu spielen erwartet hätte.

Warum hatte sie ihn eingeladen, morgen wiederzukommen? Was war in sie gefahren? Es war geschehen, ohne dass sie es bewusst geplant hatte. Er hatte etwas Undefinierbares an sich. Etwas, das sie dazu trieb, ihn kennenlernen zu wollen. Auch wenn sie wusste, dass sie sich auf Messers Schneide begab.

Martha seufzte. Morgen würde sie ihm eine Tasse Tee anbieten, einen Termin für ihren Auszug vereinbaren und damit war die Sache erledigt. Damit *musste* sie erledigt sein. In ein paar Wochen wäre sie hier weg. Wohin sie gehen würde, wusste sie nicht.

Kapitel Zwei

Christopher mied seine Mutter für den Rest des Tages und verkroch sich in der Bibliothek. Er katalogisierte seine Zeichnungen aus Borneo und sortierte sie neben seinen Notizbüchern, um sich auf die Erstellung seiner Taxonomie vorzubereiten. Er arbeitete, bis das Tageslicht schwand, und ging dann in sein Zimmer, um sich auf die Tortur des Abendessens vorzubereiten.

Während er sich rasierte, betrachtete er sein Gesicht im Spiegel. Er sah so viel älter aus als damals, als er widerwillig an die Front gegangen war. Wenn es einen nicht umbrachte, ließ der Krieg das Gesicht eines Mannes zumindest um Jahre altern. Aber schlimmer als die körperlichen Veränderungen waren die Auswirkungen auf seine Psyche – die Alpträume, die zittrigen Hände, die lähmende Angst und, am schlimmsten, das Gefühl der Scham darüber, dass er seine Landsleute im Stich gelassen hatte, indem er überlebte, während andere, viel würdigere Männer, das größte aller Opfer gebracht hatten. Jeden einzelnen Tag sah er es in den Augen seiner Mutter. Für ihn hatte es kein Viktoriakreuz oder ein Ehrenkreuz für

Tapferkeit gegeben – nur die übliche Auszeichnung für die Teilnahme am Feldzug. Sein toter Bruder war ein wahrer Held gewesen, dessen herausragende Leistungen in den Berichten seiner Obersten festgehalten worden waren und für die man ihm posthum ein Viktoriakreuz verliehen hatte.

Christopher spülte den Rasierpinsel aus, säuberte sein Rasiermesser und wischte die Klinge an dem Leinentuch ab, das das Dienstmädchen bereitgelegt hatte. Er musste weg von hier. Er sehnte sich danach, in den Fernen Osten zurückzukehren, zu der Arbeit, für die er geboren war, zu den unerledigten Aufgaben, die er zu Ende bringen musste. Weg von den Plänen seiner Mutter. Weg von der Ehe, die sie ihm aufzwingen wollte. Ein weiteres Erbe seines toten Bruders. Man erwartete von ihm, dass er Percys Verlobte, Lady Lavinia Bourne, heiratete. Obwohl es noch nicht zur Sprache gekommen war, betrachtete Edwina Shipley es als ausgemachte Sache. Sie machte häufig Andeutungen, die darauf anspielten, dass eines Tages, wenn eine angemessene Trauerzeit verstrichen war und Christopher die Familienangelegenheiten besser im Griff hatte, eine Verlobung erwartet wurde. Eine solche Heirat würde den Platz der Familie Shipley in der Gesellschaft weiter festigen, den Reichtum der Shipleys mit dem Blut der Bournes vereinen und dazu beitragen, den Makel der bescheidenen Wurzeln seines Großvaters aus Yorkshire und Edwinas amerikanischer Abstammung zu beseitigen.

Christopher wusste nur zu gut, dass die Ehe seiner Eltern nicht auf Liebe, sondern auf Pflicht und Pragmatismus beruht hatte. Seine Mutter hatte bei den Indiskretionen seines Vaters ein Auge zugedrückt. Sie hatten in verschiedenen Flügeln des weitläufigen Hauses geschlafen und als Edwina ihrem Mann zwei Söhne – den Erben und die Reserve – geboren hatte, war sie zweifellos erleichtert gewesen und hatte ihn kommentarlos seinen unauffälligen Schürzenjägereien nachgehen lassen.

Lady Lavinia war nicht unattraktiv: klein, blond, blauäugig, mit einem perfekt geformten, herzförmigen Gesicht und einem blassen, makellosen Teint. Zweifellos hätten viele Männer sie nur zu gern zur Braut genommen. Christopher hatte sie als kokett, temperamentvoll und, wie er vermutete, auch als hohlköpfig in Erinnerung. Er hatte sie nur einmal kennengelernt, vor seiner Abreise nach Borneo Ende 1913, als ihre Verlobung mit Percy mit einem großen Ball in Newlands gefeiert worden war. Nachdem man sie einander vorgestellt hatte, war es Christopher gelungen, sich unbemerkt aus der Menge der anwesenden Würdenträger in die Bibliothek davonzustehlen, wo er den größten Teil des Abends damit verbracht hatte, vorbereitende Lektüre für seine bevorstehende Reise in sich aufzusaugen. Beim nächsten Besuch von Lavinia und ihrer Familie im Hause Shipley würde es keine solche Ausnahmeregelung geben. Man würde von ihm erwarten, dass er die Rolle des Familienoberhaupts, des großzügigen Gastgebers und des zukünftigen Ehemanns spielte. Bei dem Gedanken knirschte er mit den Zähnen und setzte sich auf die Bettkante.

Als er seine Krawatte band, dachte er an Mrs. Walters. Die Witwe des Wildhüters war ihm den ganzen Nachmittag durch den Kopf gegeistert, während er seine Arbeit katalogisiert hatte. Sie hatte etwas Ungreifbares an sich, das ihn faszinierte. Eine Unergründlichkeit, die daher rührte, dass sie ihre Gedanken hinter dem passiven Ausdruck in ihrem Gesicht verbarg, als würde sie eine Maske tragen. Doch er erinnerte sich daran, wie sie nervös an ihrem Ärmel gezupft hatte, erinnerte sich daran, wie sich gelegentlich Schatten über ihre Augen gelegt hatten, was ihm sagte, dass in ihrem Kopf mehr vorging, als sie preisgeben wollte. Und warum hatte sie ihn eingeladen, morgen wiederzukommen? Warum hatte er zugesagt? Er zog seinen Smoking an und stellte fest, dass er sich auf das Wiedersehen mit ihr freute. Auch wenn die Aussicht darauf beunruhigend war.

Mrs. Shipley saß bereits am Tisch, als er das Esszimmer betrat. „Du hast den Aperitif verpasst." Ihr Ton war anklagend.

„Entschuldige, Mutter. Ich habe heute eine Weile gebraucht, um mich fertig zu machen. Meine Gelenke sind etwas steif."

„Wie oft habe ich es dir schon gesagt, Christopher? Du brauchst einen Diener. Es ist nicht schicklich, sich selbst anzuziehen. Wilson hat kaum etwas anderes zu tun und er hat deinem Vater so viele Jahre lang gut gedient."

Christopher nahm Platz und ignorierte die Bemerkung seiner Mutter. „War das nicht ein schöner Tag heute? Hinter den Ställen, auf dem Weg zu den versunkenen Gärten, wachsen auf einem Fleckchen unzählige, wunderschöne Primeln. Hast du sie gesehen?"

„Primeln!" Sie spuckte das Wort mit einer Mischung aus Belustigung und Abscheu aus. „Wirklich, Liebling. Es wird Zeit, dass du mehr Gärtner einstellst, um wieder Staudenbeete und Sträucher zu pflanzen. Manchmal verzweifle ich an dir, Christopher. Du bist so ein Träumer." Sie schüttelte den Kopf, während sie ihren Löffel in ihre Suppe tauchte. „Ich habe immer gesagt, dein Vater hätte dir nicht erlauben sollen, diesen ganzen botanischen Unsinn an der Universität zu studieren. Du wärst besser dran gewesen, wenn du von ihm gelernt hättest, dich mit der Verwaltung des Guts auseinanderzusetzen und etwas über den Betrieb der Fabriken zu lernen." Sie runzelte die Stirn und hob die

Augenbrauen, als wäre es höchst unwahrscheinlich, dass er in der Lage wäre, ein großes Industrieimperium zu leiten. Sie löffelte weiter ihre Suppe. „Und ich habe nie verstanden, warum du dich so wenig für die Jagd interessierst. Und was nützt es, so gut zu reiten, wenn du nie mit der Meute jagst? Der Sinn der Jagd ist die Gesellschaft. Alles dreht sich darum, Kontakte zu knüpfen und sie zu nutzen. Der Himmel weiß, dass dein verstorbener Vater genau wusste, wie man das macht, aber so war all seine harte Arbeit umsonst."

„Ich habe kein Interesse an einem sozialen Aufstieg."

„Sozialer Aufstieg?" Sie lehnte sich in ihrem Stuhl zurück. „Diese Familie hat es nicht nötig, aufzusteigen. Es geht darum, unseren Platz zu behaupten, unsere Beziehungen zu pflegen und auszuweiten. Wenn du nicht so viel Zeit damit verbracht hättest, dich in Bibliotheken herumzudrücken und dich mit der Machete durch den Dschungel zu hacken, wäre alles viel einfacher für uns."

„Ja, Mutter." Diese Scharade spielten sie fast jeden Abend beim Abendessen, nur änderte sie nichts. Er würde nie der Sohn sein, den sie sich wünschte, und er hatte auch nicht vor, es zu versuchen.

„Hast du heute mit der Frau des Wildhüters gesprochen? Hast du ihr gesagt, dass sie bis zum Ende der Woche weg sein muss?"

Christophers Hand begann zu zittern. Da war sie also – die unvermeidliche Befragung. „Es gibt keinen Grund, sie jetzt schon aus ihrem Haus zu vertreiben. Wir können zuerst den neuen Wildhüter finden. Solange sie auszieht, bevor er seine Arbeit aufnimmt." Er schluckte und versuchte, nicht zu stottern. „Außerdem kann sie nirgendwo hin."

„Das ist ihr Problem, nicht unseres."

„Ich habe ihr gesagt, dass sie bleiben kann, bis wir einen neuen Wildhüter eingestellt haben."

Mrs. Shipleys Löffel klapperte gegen den Rand ihres Suppentellers. „Also wirklich, Christopher, das schlägt dem Fass den Boden aus. Ich kann dir nicht damit vertrauen, dass du irgendetwas richtig machst. Du musst härter werden, wenn du versuchen willst, der Aufgabe des Gutsherrn gerecht zu werden."

„Vielleicht will ich es ja gar nicht erst versuchen", murmelte er.

„Was hast du gesagt?"

„Mrs. Walters hat mit dem Verlust ihres Mannes schon genug schlechte Nachrichten erhalten. Wir können es uns leisten, ihr etwas Freundlichkeit und Geduld entgegenzubringen."

Seine Mutter schürzte die Lippen. „Warum hast du solche Angst, den Leuten schlechte Nachrichten zu überbringen?"

„Ich habe keine Angst. Ich habe schon mehr als genug Leuten schlechte Nachrichten überbracht. Ich habe mit viel zu vielen trauernden Witwen sprechen müssen, einschließlich Mrs. Walters. Sie wollte wissen, wie ihr Mann gestorben ist."

Edwina Shipley verzog das Gesicht. „Wie grässlich. Besser für sie, wenn sie es nie erfährt. Du hast es ihr doch nicht gesagt?"

„Natürlich habe ich es ihr gesagt. Sie hat ein Recht darauf, es zu erfahren. Ich sagte, es sei meine Schuld gewesen. Ich hatte meine Armbanduhr im Unterstand vergessen und den armen Kerl zurückgeschickt, um sie zu holen, und daraufhin wurde er von einer Granate in Stücke gerissen."

Seine Mutter hörte auf, zu essen.

„Sie hat es gut aufgenommen."

„Es interessiert mich nicht, wie sie es aufgenommen hat. Ich kann nicht verstehen, warum du ihr sagst, dass du am Tod des armen Mannes schuld sein sollst. Was soll das schon bringen? Es wird ihn nicht zurückbringen und jetzt ist die Frau nur noch unglücklicher." Sie läutete die Handglocke, die auf dem Tisch neben ihr stand. „Die einzige Person, die für den Tod dieses Mannes verantwortlich ist, ist der Kaiser – und der deutsche Soldat, der die Granate auf ihn abgefeuert hat."

Sie tupfte sich den Mund mit der Serviette ab, als der Diener kam, um die Teller abzuräumen und den Hauptgang zu servieren.

Sie aßen das Frühlingslamm, das Kraut und die Bratkartoffeln schweigend. Bevor sie den Gang beendeten, ergriff seine Mutter wieder das Wort, fröhlich – ihre Verärgerung war verflogen. „Oh, das hätte ich fast vergessen. Ich habe eine Überraschung für dich, mein Liebling. Eine erfreuliche Nachricht. Heute Morgen habe ich einen Brief von Lady Bourne erhalten. Lord Bourne hat am Freitag geschäftlich in der Stadt zu tun und sie dachte, es wäre schön, wenn sie und Lavinia ihn begleiten und uns auf dem Weg einen Besuch abstatten würden." Sie senkte den Kopf und sah Christopher über den Rand ihrer Brille hinweg an. „Natürlich habe ich geantwortet, dass sie das ganze Wochenende bleiben müssen. Lord Bourne wird am Freitagabend zu uns stoßen."

Christopher stöhnte innerlich auf, sagte aber nichts.

„Ich habe die Harrington-Fosters und Major und Mrs. Collerton eingeladen, am Samstag mit uns allen zu Abend zu essen. Möchtest du, dass ich sonst noch jemanden einlade? Ich muss die Gästezahl wissen, damit die Köchin alle Vorbereitungen treffen kann. Es wäre schön gewesen, eine große Party zu veranstalten, aber ich denke, das ginge so kurz nach dem Waffenstillstand etwas zu schnell. Vielleicht gegen Ende des Sommers. Oder ein Winterfest? Das könnte reizvoll sein. Die Vorweihnachtszeit und das Ende des Jahres können so furchtbar trist sein."

„Ich habe dieses Wochenende schon andere Pläne."

„Was für Pläne? Du hast doch nie Pläne."

Christopher verzog das Gesicht zu einer Miene und murmelte etwas von einer Einladung, einen alten Studienfreund zu besuchen.

„Du hast keine Freunde." In einem versöhnlicheren Ton fügte sie hinzu: „Es tut mir leid, Liebling, aber ich bin sicher, wer auch immer dein Freund ist, er wird deine Absage verstehen. Dieser Besuch muss Vorrang haben. Es ist deine erste Gelegenheit, als Gastgeber aufzutreten." Sie kniff die Augen zusammen. „Enttäusche mich nicht, Liebling."

Er fügte sich, wenn auch ganz und gar nicht erfreut, seinem Schicksal, und aß den Rest der Mahlzeit in seliger Stille, die nur durch das laute Ticken der Uhr auf dem Kaminsims gestört wurde.

Kapitel Drei

Der folgende Morgen war bewölkt und grau und es sah nach Regen aus. Christopher überlegte, ob er den Besuch, den er Mrs. Walters versprochen hatte, absagen sollte, ging dann aber doch hinunter zu den Ställen, wo Hooker bereits gesattelt war und geduldig in seiner Box wartete. Er stellte sich neben das Pferd, lehnte sich an es, strich mit der Hand über den Hals des Hengstes und spürte die Wärme unter seinem seidigen Fell. Das Pferd wieherte bei der Aussicht, ins Freie zu kommen und einen Galopp zu genießen.

Christopher genoss den schnellen Ritt unter der dunklen Wolkendecke und den kalten Wind, der ihm ins Gesicht blies, als er zum nördlichen Rand der Ländereien ritt und eine kleine Anhöhe hinauf, von der aus er einen wunderbaren Blick auf das Haus und das Land hatte. Das riesige, honigfarbene Steingebäude war wie ein Fluch, der ihm jede Energie raubte, die damit verbundenen Verantwortung wie ein schweres Gewicht auf seinen Schultern – aber von diesem Aussichtspunkt aus musste er seine Schönheit anerkennen. Dennoch war es absurd – ein riesiges Herrenhaus mit einer Vielzahl von Zimmern, in denen sich nur er selbst, seine Mutter und eine unverhältnismäßig große Anzahl von Bediensteten aufhielten. Welches Recht hatte er auf all diesen Platz, solange Mrs. Walters und Tausende anderer Familien obdachlos und verarmt waren, alleingelassen mit ihrer Trauer nach jenem Krieg, den die Nation eigentlich hätte gewinnen sollen?

Newlands war ein wunderschöner, wenn auch lästiger Besitz. Ein Denkmal für die Leistungen seines Großvaters und die unerfüllten Bestrebungen und Hoffnungen seiner Eltern.

Der Tod so großer Teile der Landbevölkerung während des Kriegs und die von ihren Witwen und Kindern zu entrichtenden Erbschaftssteuern führten dazu, dass viele große Landgüter wie Newlands nicht mehr erhalten werden konnten. Ehemals wohlhabende Familien verkauften ihr Silber, verkauften ihre Möbel und Gemälde an Auktionshäuser und gaben ihre überdimensionierten Herrenhäuser auf, um die lähmenden Erbschaftssteuern zu bezahlen und die steigenden Kosten für Reparaturen und Instandhaltung zu vermeiden. Bei den Shipleys war das anders. Ihr Vermögen, das sie mit Industriemaschinen aufgebaut hatten, war während des Krieges und bereits im Vorfeld rapide gewachsen, als George Shipley sein Geschäft von Maschinen für Spinnereien, die Wolle und Baumwolle verarbeiteten, auf Rüstungsgüter und Motorenteile für Kraftfahrzeuge ausgeweitet hatte. Christopher wünschte sich, er könnte dem Haus den Rücken kehren, die Schlüssel einem würdigen Nachfolger übergeben und zurück in den Fernen Osten segeln.

Er lenkte Hooker in Richtung des Wäldchens, in dem

das Häuschen des Wildhüters stand, und drückte seine ungleichen Beine gegen die Flanken des Pferdes, um es voranzutreiben.

An diesem Morgen hing keine Wäsche auf der Leine, aber die Rauchfahne aus dem Schornstein ließ ihn wissen, dass die Frau zu Hause war. Er klopfte an die Tür, aber es kam keine Antwort.

„Ich bin hier", ertönte ihre Stimme hinter ihm.

Er drehte sich um und sah, wie sie sich die Hände an ihrer Schürze abwischte. Es klebte Erde daran wie auch unter ihren Fingernägeln.

„Die Hündin ist in der Nacht gestorben. Ich habe ihr ein Grab geschaufelt." Sie strich sich eine Haarsträhne aus der Stirn und befleckte sie dabei mit Schmutz.

„Das tut mir leid", sagte er. „Einen Hund zu verlieren ist ..." Er wollte sagen, dass es fast so schlimm war wie der Verlust eines Freundes oder Familienmitglieds, aber angesichts des Todes ihres Mannes erschien ihm das unangemessen.

„Sie war alt. Und sie hat ihn vermisst." Sie stieß ein leises, leeres, halbherziges Lachen aus. „Sie hatte Sehnsucht nach ihrem Herrn, seit er mit den anderen vom Gutshof aufgebrochen war, um sich freiwillig zu melden. Folgte ihm bis zu den Toren. Winselte Nacht für Nacht. Beobachtete Tag und Nacht die Tür, als würde sie nur darauf warten, dass er zurückkam." Sie schüttelte den Kopf. „Vielleicht ist sie jetzt bei ihm. Glauben Sie, dass Hunde in den Himmel kommen?"

Christopher war überrascht und wusste nicht, was er antworten sollte.

„Nun, wenn sie es tun, wird sie ihren Herrn dort jedenfalls mit Sicherheit nicht antreffen." Sie strich sich wieder die Haare aus der Stirn. „Können Sie mir helfen, sie in das Loch zu heben?"

Bevor Christopher sie fragen konnte, was sie damit meinte, dass ihr Mann nicht im Himmel sei, hatte sich die Frau entfernt. Er folgte ihr zur Rückseite des Gebäudes, wo die tote Hündin auf einer alten Decke lag. Der Moment, sie zu fragen, war verstrichen. Vielleicht hatte er sie ohnehin missverstanden, aber innerlich bezweifelte er es.

Ohne zu sprechen, nahm jeder von ihnen ein Ende des behelfsmäßigen Leichentuchs und trug es über das Gras zu dem Loch, das sie unter einem der Bäume ausgehoben hatte. Sie ließen den kleinen Körper in das Grab hinab und Mrs. Walters sah zu, wie Christopher die Erde zurück in das Loch schaufelte. Als er fertig war, standen sie Seite an Seite neben dem Erdhügel.

„Das war aber ein tiefes Loch. Sie müssen Stunden dafür gebraucht haben."

„Ich arbeitete auf den Feldern. Ich meldete mich freiwillig, sobald die Land Army Anfang 1917 ihre Arbeit aufnahm. Ich hatte viel Übung im Graben."

„Harte Arbeit, nehme ich an."

„Nun, es war nicht wie auf den Rekrutierungsplakaten, wo es immer Sonnenschein, fröhliche Gesichter und Frühlingslämmer zum Herzen gab." Sie lachte sarkastisch. „Es war eher Sklavenarbeit, bei jedem Wetter und für so gut wie keine Bezahlung. Aber es gefiel mir, Stiefelhosen tragen zu dürfen. Und bei schlechtem Wetter trage ich immer noch meinen Ölzeugmantel."

„Ich wusste nicht, dass die Uniform eine Stiefelhose war." Wieder war er überrascht. „Das dürfte einige Männer erstaunt haben."

„Das hat es. Viele dachten, es wäre besser, wir würden uns mit Schlamm an den Röcken über die nassen Felder schleppen. Wir leisteten Männerarbeit, also konnten wir keine Frauenkleider tragen."

„Vermutlich nicht, nein."

„Und die Stiefel waren furchtbar. Sie passten nicht richtig und wir hatten alle Blasen. Ich verbrauchte so viel Vaseline. Tatsächlich passte nichts von den Sachen richtig. Ein paar Damen der Oberschicht hatten ihre eigenen maßgeschneiderten Uniformen von Harrods." Sie schnaubte. „Wer hat, der hat."

„Zumindest leisteten sie ihren Beitrag."

„Ja, das werde ich nicht leugnen."

„Und wenn es Ihnen ein Trost ist, den Männern ging es auch nicht besser. Die Stiefel passten niemandem."

„Dann hatten Sie Ihre Uniform auch von Harrods?"

Christopher errötete. „Von meinem Schneider."

Sie stieß die Tür zum Haus auf und bedeutete ihm, ihr hineinzufolgen. Wortlos kochte sie Tee, wie schon am Tag zuvor, während Christopher an der Wand der Spülküche lehnte und ihr dabei zusah.

Als sie am Tisch saßen, versuchte Christopher, sich vorzustellen, wie sie Abend für Abend hier gesessen hatte, während der Jahre ihrer Ehe, um mit ihrem Mann zu Abend zu essen. Ihm wurde eng ums Herz bei dem Verlust und der Einsamkeit, die sie empfinden musste – und jetzt hatte sie nicht einmal mehr die Hündin, die ihr Gesellschaft leistete. Ihm fiel auf, dass sie den Namen des Tieres nicht erwähnt hatte.

Er nahm einen Schluck Tee und fragte dann: „Was meinten Sie damit, dass die Hündin ihren Herren nicht im Himmel antreffen würde?"

Sie sah zu ihm auf, studierte sein Gesicht, als würde sie abwägen, wie viel sie ihm zu sagen bereit war. Er dachte schon, sie würde seine Frage nicht beantworten, als sie schließlich sprach und in ihre Tasse Tee starrte. „Harold Walters schmort in der Hölle. Zumindest hoffe ich das. Ich habe kein einziges Gebet an ihn verschwendet." Sie sah Christopher in die Augen. „Jetzt habe ich Sie schockiert, nicht wahr?"

Er wusste nicht, was er sagen sollte. Er war tatsächlich schockiert. Nicht nur über das, was die Frau gesagt hatte, sondern auch über den Ton, in dem sie es gesagt hatte. Bösartig, getränkt von unterdrückter Wut.

„Das können Sie doch unmöglich ernst meinen."

„Warum nicht? Glauben Sie nicht, dass ich ihn kannte? Besser als jeder andere? Besser als Sie?"

„Aber –"

„Ich wette, er war der perfekte Diener für Sie. Las Ihnen jeden Wunsch von den Augen ab. Wie nannten Sie ihn? Ihren Offiziersburschen? Er war immer gut darin, es dem Adel recht zu machen, aber für seine Frau hatte er nie ein gutes Wort übrig."

Christopher biss sich auf die Lippe und wünschte, er wäre nicht gekommen. Auf diese Art von Enthüllung war er nicht vorbereitet.

„Ich hasste ihn", sagte sie. „Ich konnte es nicht ertragen, mit ihm im selben Zimmer zu sein, geschweige denn im selben Bett zu liegen." Sie zupfte wieder an ihrem Ärmel. „Jahrelang musste ich ihn ertragen. Abgesehen von der gesegneten Erleichterung, als er in den Krieg zog. Eine Gefängnisstrafe wäre mir lieber gewesen."

Die Röte stieg ihm ins Gesicht. Er wusste nicht, wie er darauf antworten sollte. Seine rechte Hand zitterte und er griff nach seinem Handgelenk, um es zu stabilisieren.

„Verzeihen Sie", sagte sie. „Das wollen Sie wahrscheinlich nicht hören. Nicht nach allem, was Sie über ihn gesagt haben, darüber, dass er so ein guter Mann war, aber ich habe es satt. Ich habe die Nase voll davon. Davon, dass Sie gut von ihm sprechen. Dass das Tier ihm nachtrauert, aber niemand weiß, was ich mit dem Mann durchmachen musste."

Instinktiv streckte er seine Hand aus und berührte ihren Arm. Mrs. Walters sah auf seine Hand herab, sagte aber nichts, bis er sie, weil er sich unwohl fühlte, wegzog und sie auf der Tischplatte ablegte, als wäre sie zufällig dort gelandet. Nach ein paar Sekunden legte sie ihre Hand auf seine. Ihre Berührung war federleicht, ihre Haut kühl, und sie ruhte nur kurz auf der seinen. Sein Magen zog sich zusammen und er wollte ihre Hand wieder auf seiner spüren, aber sie hatte sie bereits in ihren Schoß gelegt.

„Er arbeitete an der Seite meines Vaters", sagte sie. „Pa stellte ihn ein, als ich dreizehn war. Damals hatte er ein halbes Dutzend Helfer und ich schenkte ihm nicht mehr Aufmerksamkeit als jedem anderen von ihnen auch."

Christopher hörte zu, besorgt, was sie ihm als Nächstes offenbaren würde, aber fasziniert von der Art und Weise, wie sie sich ihm gegenüber öffnete und ihm ihre Geschichte erzählte. Davon, wie Harold Walters anfing, sich rund um das Häuschen und das Bruthaus aufzuhalten, nach den Nistkästen zu sehen, wenn es bereits jemand getan hatte, um die Zwinger zu schleichen, wenn sie bereits gesäubert worden waren, oder sich auf einen umgestürzten Baumstamm zu setzen und ihr bei ihren Haushaltsarbeiten zuzusehen.

„Meine Mutter starb bei meiner Geburt, also waren es immer nur ich und mein Vater. Er starb vor fünfzehn Jahren und so kam Walters an den Posten des Oberwildhüters."

„Ich erinnere mich an Ihren Vater", sagte Christopher schließlich. „Er zeigte mir, wie man die Rinde von einem Stück Holz schält und Pfeil und Bogen daraus schnitzt."

Sie lächelte. „Das klingt nach ihm. Er war kein schlechter Mensch. Er tat eben das, was er für mich für richtig hielt. Eine Schande, dass er falsch lag." Sie zuckte mit den Schultern.

Christopher trank seinen Tee aus, unsicher, worauf sie hinauswollte.

Mrs. Walters beugte sich vor und füllte seine Tasse erneut. „Pa tat nämlich eine Sache, die sehr falsch war und die ich ihm nie verzeihen werde." Ihre Augen richteten sich auf Christopher. „Er zwang mich, Walters gegen meinen Willen zu heiraten."

„Warum hat er es getan?"

„Walters hatte sich an mir vergangen. Ich war erst vierzehn und er sechsunddreißig. Er drängte sich mir auf. Es war an einem Jagdwochenende und alle Wildhüter, auch mein Vater, waren im Dickicht unterwegs, um die Vögel aufzuscheuchen. Walters schlich sich von der Jagd weg und fand mich im Bruthaus, wo ich gerade die Nistkästen säuberte." Ihr Blick war hart, trotzig. „Er stieß mich zu Boden und vergewaltigte mich dort im Dunkeln auf dem steinkalten Boden, auf dem überall Vogelkot lag."

Christopher war schockiert. Sprachlos.

Abrupt erhob sich Mrs. Walters vom Tisch. „Der Tee ist kalt geworden. Ich werde frisches Wasser kochen." Sie ging in die Küche, stellte den Kessel auf den Herd, wärmte die Kanne vor, wusch und trocknete ihre Tassen ab.

Christopher beobachtete sie, als sie diese kleinen Aufgaben erledigte. Ihre Wirbelsäule war kerzengerade und ihre Bewegungen waren flüssig. Er sah ihr wie gebannt zu, sein Herz raste und er fürchtete sich vor dem, was sie ihm noch sagen würde, fürchtete sich davor, warum sie es tat, und noch mehr fürchtete er sich vor seinen eigenen Gefühlen. Wie es wohl wäre, seine Lippen auf die

Haut an ihrem langen, nackten, eleganten Hals zu drücken?

Als sie ihnen beiden frischen, heißen Tee serviert hatte, setzte sie sich ihm gegenüber an den schmalen Tisch. „Ich hatte keine Ahnung von Männern und was sie mit Frauen machten. Ich hatte keine Mutter und Pa war es zu peinlich, das Thema anzusprechen. Ich nehme an, er dachte, ich würde es herausfinden wie die meisten Frauen – wenn ich erst einmal verheiratet wäre."

Christopher zog die Augenbrauen zusammen und versuchte, sie sich als das vierzehnjährige Mädchen vorzustellen, das weinend und allein im Dunkeln in einem Nebengebäude saß, nachdem es von einem zweiundzwanzig Jahre älteren Mann vergewaltigt worden war.

„Pa kam nach Hause und fand mich weinend und blutend vor, immer noch zu Tode verängstigt. Ich fühlte mich so unglaublich schmutzig. Schmutzig, schmutzig, schmutzig. Er nahm einen Stock und zog los, um Walters zu suchen. Ich wünschte, er hätte ihn getötet, aber er gab sich damit zufrieden, ihm eine ordentliche Tracht Prügel zu verpassen. Walters konnte eine Woche lang nicht arbeiten und trug ein paar Narben davon, aber keine bleibenden Schäden. Im Gegensatz zu mir. Mich wird der Schaden mein ganzes Leben lang begleiten."

„Es tut mir leid, Mrs. Walters."

„Nennen Sie mich nicht so. Wie können Sie mich so nennen, nach dem, was ich Ihnen über ihn erzählt habe? Nennen Sie mich Martha. Das ist mein Name."

„Martha." Ihr Name klang seltsam auf seiner Zunge. Die einzige Martha, die er kannte, kam in der Bibel vor. Seine Gedanken schweiften einen Moment lang ab, als er versuchte, sich daran zu erinnern, was diese Martha getan hatte. Alles, was ihm einfiel, war, dass sie die Schwester von

Maria war und eine von ihnen beiden – er wusste nicht mehr, wer – Jesus die Füße gewaschen hatte.

Ihr Blick war ruhig und ließ keinerlei emotionale Regung erkennen, trotz der Natur der Ereignisse, von denen sie erzählte. „Als mein Vater zurückkam, sagte er, dass er in der Pfarrkirche gewesen wäre und das Aufgebot für meine Heirat mit Walters bestellt hätte."

Christopher schüttelte den Kopf.

„Ich weinte mir die ganze Nacht und den ganzen nächsten Tag die Augen aus. Ich kniete vor Pa nieder und flehte ihn an, mich nicht zu zwingen, diesen Mann zu heiraten, aber er wollte nicht hören. Er sagte, dass Walters Schande über mich gebracht hätte und dass mich kein anderer mehr würde haben wollen, so dass ich eben ihn heiraten müsste."

Christophers Augen brannten, als sich Tränen ankündigten. Er atmete tief durch und wandte seinen Blick ab.

Marthas Tonfall blieb ruhig und ließ nichts von der Aufgewühltheit erahnen, die ihr vierzehnjähriges Ich durchgemacht haben musste. „Also heiratete ich ihn und er zog hier ein, in das Schlafzimmer und das Bett, in dem meine Eltern einst geschlafen hatten, und mein Vater schlief fortan in dem Zimmer, das einst meines gewesen war. Jede Nacht drängte sich der Mann mir auf. Jede Nacht musste mein Vater meine Schreie gehört haben, meine Tränen, und dann, wie Walters mich schlug, wenn ich versuchte, mich zu wehren. Aber er unternahm nichts. Er sagte, es wäre nicht richtig, sich zwischen einen Mann und seine Frau zu stellen. Sobald ich mit Walters verheiratet war, konnte er tun und lassen, was er wollte. So war es nun einmal. Pa war ein altmodischer Mann. Er meinte es gut, aber er glaubte an eine gewisse Ordnung im Leben. Er glaubte, dass das, was zwischen Mann und Frau geschah, niemanden etwas anging. Er versuchte, mich auf andere Wege aufzumuntern, brachte mir kleine Geschenke mit, war lieb zu mir. Aber das half mir nicht. Wenn überhaupt, fühlte ich mich dadurch noch schlechter."

Christopher schnappte nach Luft, als ob der Sauerstoff aus dem Raum gesaugt worden wäre. „Es tut mir so leid, Martha." Als er diesmal seine zitternde Hand auf ihre legte, ließ er sie dort liegen, und sie drehte ihre Hand um, so dass sich ihre Handflächen trafen. Er verschränkte seine Finger mit ihren.

„Es tut mir leid, dass ich Ihnen das alles erzählen muss, aber ich konnte es nicht ertragen, dass Sie so gut von Walters dachten. Dass Sie ihn für einen guten, einen mutigen Mann hielten, obwohl er durch und durch verdorben und ein elender Feigling war, der sich einem Kind aufgedrängt hatte. Denn das war ich damals. Ein Kind, das nicht einmal wusste, wie Babys gemacht werden. Ich hatte noch nicht einmal meine erste Monatsblutung bekommen. Ich hatte nicht einmal begriffen, dass das, was ich die Hunde tun sah, das war, was Männer mit Frauen machten." Sie lehnte sich in ihrem Stuhl zurück und starrte an die Decke. „Nur dass es bei den Hunden schnell vorbei ist und keine Schmerzen zu verursachen scheint. Nicht so wie das, was Harold Walters mir antat." Sie stieß einen langen, tiefen Seufzer aus und atmete aus. „Sie fragen sich wahrscheinlich, warum ich mich entschlossen habe, Ihnen das alles zu erzählen?"

Er begegnete ihrem Blick. „Ja, aber was auch immer der Grund ist, ich fühle mich geehrt, dass ich es bin, den Sie dafür auserwählt haben."

Sie lächelte ihn an und ihm wurde klar, dass er sie zum ersten Mal lächeln sah. Es erhellte ihr Gesicht, ließ das ständige Stirnrunzeln verschwinden und er sah, dass sie wunderschön war. Er schluckte und verspürte einen plötzlichen Anflug von Verlangen. Er stellte sich seine Mutter vor, wie sie gebieterisch am Esstisch saß und ihn aufforderte, die Gefühle zu vertreiben, die in diesem Moment und in Anbetracht der Worte der Frau ihm gegenüber völlig unangebracht waren.

„Ich habe es Ihnen erzählt, weil Sie ein freundliches Gesicht haben. Ich trage dieses dunkle Geheimnis seit einundzwanzig Jahren mit mir herum und ich musste es mit jemandem teilen. Irgendwie hatte ich das Gefühl, dass ich Ihnen vertrauen kann. Ich kann Ihnen doch vertrauen, Captain Shipley, oder?"

„Natürlich." Er drückte ihre Hand und spürte einen leichten Gegendruck.

„Die nächtlichen Vergewaltigungen gingen weiter, bis er aufgab, als ich nicht schwanger wurde. Aber die Prügel wurden schlimmer. Er blieb bis spät in die Nacht weg, trank in der Dorfkneipe und ging zweifellos auch zu den Huren, denn mich rührte er nie wieder an. Stattdessen kam er betrunken nach Hause und schlug mich windelweich. Zu diesem Zeitpunkt war Pa bereits tot, so dass er mich nicht mehr hätte verteidigen können, selbst wenn er es gewollt hätte. Walters war der neue Oberwildhüter und machte seine eigenen Gesetzte. Ich hatte niemanden."

„Oh, Martha. Es tut mir so leid."

„Abend für Abend kam er betrunken nach Hause und nannte mich eine unfruchtbare Schlampe."

Christopher zuckte bei ihren Worten zusammen.

„Das war alles, wozu Frauen in seinen Augen gut waren – um die Lust der Männer zu befriedigen und ihnen Kinder zu gebären. Er wollte einen Sohn und als ich ihm keinen schenken konnte, bestrafte er mich dafür."

Sie saßen einige Augenblicke lang schweigend da.

Christopher hörte eine Drossel in einem Baum vor dem Stabwerksfenster singen. Ihre Hand lag immer noch in seiner. Es war ihm langsam unangenehm, so dazusitzen, die Hände auf dem Holztisch verschränkt, den Tee nicht angerührt. Sein Blick traf den ihren und im nächsten Moment waren sie beide auf den Beinen. Er bewegte um den Tisch herum und zog sie in seine Arme. Sie standen da, in einer Umarmung verharrend, schweigend, als sie dem Atem des anderen lauschten, spürten, wie sich die Brust des anderen hob und senkte, während sie sich eng aneinander drückten.

Martha zog sich zuerst zurück. „Es tut mir leid", sagte sie. „Ich wollte nicht, dass das passiert." Sie legte ihre Hände auf seine Schultern und benutzte sie, um ihn auf Abstand zu ihrem Körper zu halten.

„Sagen Sie nicht, dass es Ihnen leidtut. Mir tut es nicht leid", sagte er und seine eigene Stimme klang seltsam fremd in seinen Ohren. „Mir tut es überhaupt nicht leid."

„Sie müssen jetzt gehen", sagte sie. „Bitte verzeihen Sie mir. Ich habe eine Grenze überschritten. Lassen Sie uns vergessen, dass es je passiert ist."

Christopher zog sie wieder an sich, doch als ihm die Bedeutung ihrer Worte bewusst wurde, ließ er seine Hände sinken und trat einen Schritt zurück.

Marthas Augen füllten sich mit ungeweinten Tränen. Er wollte sie gerade wieder in seine Arme ziehen, wollte sie diesmal küssen, als sie sich von ihm abwandte. Mit steifem Rücken fing sie an, mit dem Geschirr zu klappern und es in die Spülküche zu tragen. „Ich habe Sie aufgehalten, Captain Shipley. Sie kommen zu spät zum Essen." Als sie sich zu ihm umdrehte, war es, als hätte sie eine Mauer vor ihren Augen hochgezogen.

Er zögerte und wartete darauf, dass sie ihn für morgen wieder zu sich einlud, nur tat sie es nicht.

Peinlich berührt wusste Christopher nicht, was er als Nächstes sagen sollte. Sie hielt ihm die Tür auf, damit er gehen konnte, und bevor er sich umdrehen und eine Verabschiedung stammeln konnte, hatte sie sie bereits hinter ihm geschlossen.

Martha lehnte sich mit dem Rücken gegen die Tür, sobald sie ins Schloss gefallen war. Was war nur in sie gefahren? Ihm das alles zu erzählen. Ihm ihre intimsten Geheimnisse zu offenbaren. Dinge, die sie nie einer anderen lebenden Seele erzählt hatte und die sie mit ins Grab nehmen sollte. Aber warum? Warum nur? Warum?

Christopher Shipley hatte etwas an sich. Er war anders als alle Männer, die sie je getroffen hatte. In seiner Gegenwart fühlte sie sich mehr wie sie selbst, als wenn sie allein war. Allerdings hatte sie nicht vorgehabt, ihm all diese Dinge zu sagen – sie waren einfach aus ihr herausgesprudelt. Die Vorsicht, die ihr ganzes Erwachsenenleben geprägt hatte, war aus ihrem Körper gewichen. Bei ihm hatte sie sich ruhig und friedlich gefühlt. Ihm das Geständnis zu machen, ihm von ihrem Geheimnis zu erzählen, das sie all die Jahre mit sich herumgetragen hatte, war reinigend gewesen. Es ihm zu sagen, hatte einen Teil des Schmerzes aus ihrem Körper gespült.

Aber es war unmöglich, sich ganz davon reinzuwaschen. Manche Dinge würde sie ihm niemals erzählen können. Vielleicht wäre es besser gewesen, ihm kein Wort zu sagen. Ja, zu schweigen, wäre immer noch besser gewesen, als ihm nur einen Teil der Wahrheit zu erzählen und damit eine Wunde aufzureißen und das Blut fließen zu lassen, nur, um die Blutung dann mit einem schmutzigen

Tuch zu stillen, so dass nicht nur sie aufs Neue infiziert, sondern auch er davon vergiftet würde.

Martha ging von der Tür weg und die Treppe hinauf. Sie legte sich auf ihr Bett, drückte den Kopf in das Kissen und ließ ihren Tränen freien Lauf.

Kapitel Vier

Seine zweite Begegnung mit Mrs. Walters beunruhigte Christopher und er konnte nicht aufhören, an sie zu denken. Ihre Geschichte hatte ihn bewegt und gleichzeitig beunruhigt. Zudem war er hin- und hergerissen zwischen der Verlegenheit, sie in den Arm genommen zu haben – wohl kaum eine angemessene Art und Weise, sich einer Bediensteten gegenüber zu verhalten, die obendrein die Witwe seines Offiziersburschen war, und dem Wunsch, doch nur einen Schritt weiter gegangen zu sein und sie zu küssen. Berührt von der Art und Weise, wie sie ihm das grauenvolle Geheimnis ihrer Ehe anvertraut hatte, sehnte er sich danach, ihr Trost zu spenden, wusste aber nicht, wie. Nichts konnte diese schrecklichen Erinnerungen vertreiben, den massiven Schaden, der ihr in so jungen Jahren zugefügt worden war.

Ihr Gesicht verfolgte ihn. Die traurigen Augen, die hageren Züge, die, wenn sie lächelte, erstrahlten und sich in pure Schönheit verwandelten. Er spürte eine quälende Sehnsucht tief in seinem Innersten, ein Verlangen, das fast ein körperlicher Schmerz war. Er erinnerte sich daran, wie er sich gefühlt hatte, als er sie an sich gedrückt hatte, wie er sie hatte küssen wollen, wie er sie noch länger hatte halten und ihr Trost spenden wollen. Sie jedoch aus dem einzigen Zuhause, das sie je gehabt hatte, zu vertreiben, würde alles nur noch schlimmer machen.

Er bückte sich, schnallte seine Beinprothese ab und rieb mit der Hand über das Ende seines Stumpfes, massierte ihn dort, wo er unentwegt an der Prothese scheuerte. Wie konnte eine Frau es ertragen, seine Entstellung anzusehen? Oder ihn gar akzeptieren? Er war jetzt kein vollwertiger Mann mehr. Der Krieg hatte ihn entmannt, indem er ihm einen Teil seines Beins abgerissen, ihn selbst jedoch am Leben gelassen hatte. Manchmal wünschte er sich einen Heldentod wie den, den sein Bruder und so viele seiner Offizierskollegen gestorben waren. Lieber wäre er tot gewesen, als verkrüppelt zurückzubleiben. In seinem jetzigen Zustand fühlte er sich wie ein Versager. Doch so viele Männer hatten viel mehr verloren.

Er dachte an seinen Freund Douglas Middleton, einen anderen Hauptmann in derselben Kompanie. Dougie hatte ein Schrapnell ins Gesicht bekommen. Sein gut aussehendes Äußeres war verunstaltet, ein tiefer Krater klaffte in der Mitte, wo einst seine Adlernase gewesen war. Auf einem Auge war er blind, da ihm der Augapfel gänzlich fehlte, im anderen steckten winzige Schrapnellsplitter, die unaufhörlich kratzten und juckten. Dem armen Dougie drohten lebenslange Schmerzen und Operationen sowie die Ablehnung durch genau jene Menschen, die ihn einst um sein gutes Aussehen beneidet hatten. Er hatte Christopher geschrieben, um ihm mitzuteilen, dass seine Verlobte die Verlobung gelöst hatte, sobald sie einen Blick auf sein entstelltes Gesicht geworfen hatte. Männer wie Dougie, die alles für ihr Land gegeben hatten, mussten für den Rest ihres Lebens ihre Gesichter hinter Blechmasken verstecken, um nicht sensible Frauen und kleine Kinder zu erschrecken.

Und dann war da noch der Gefreite Biddle, der frisch an der Front angekommen war und entgegen allen Warnungen nicht widerstehen hatte können, einen Blick über den Rand des Schützengrabens auf den Feind zu werfen. Ein Scharfschütze hatte ihm einen Teil des Schädels weggeschossen. Er hatte überlebt, war aber seither hirngeschädigt und körperlich behindert und würde nie wieder arbeiten können. Er war dazu verdammt, den Rest seines Lebens als Invalide zu fristen, wie lebendes Gemüse.

Anstatt ‚ein Land für Helden‘ zu sein, war England zu einem Land geworden, das den Krieg vergessen wollte und Männer wie Dougie Middleton und Private Biddle in abgelegenen Winkeln versteckte, damit sie andere nicht anwiderten oder in Verlegenheit brachten.

Und die Frauen? Sie waren auf den Plakaten zu sehen gewesen, die an allen Bäumen, Wänden und Gebäuden hingen und die Männer aufforderten, für ihre Frauen in den Krieg zu ziehen. Was hatte Mrs. Walters gesagt? ‚Kein Mann will eine weiße Feder bekommen.‘ Als Christopher nach seiner Rückkehr aus Borneo in England an Land gegangen war, hatten Frauen am Kai gewartet und den aus den Kolonien zurückkehrenden Männern, die von Bord gingen, Rekrutierungsbroschüren in die Hand gedrückt. Abgesehen von den Erwartungen seiner Mutter und der Verantwortung, in die Fußstapfen seines toten Bruders zu treten, hätte es eines härteren Mannes als ihm bedurft, um diesen Harpyien zu widerstehen, die die Männer aufforderten, zur Verteidigung von König und Königreich zu den Waffen zu greifen.

Wie wenig er doch über die Frauen wusste. Er hatte

keine Schwestern. Nur seine snobistische, egozentrische Mutter, die ihn als Kind immer auf Abstand gehalten hatte. Seine geliebte Großmutter väterlicherseits war ihm viel zu früh genommen worden. Aber Frauen als Objekte der Begierde? In dieser Hinsicht war seine Erfahrung auf ein unbefriedigendes Intermezzo mit einem belgischen Mädchen in einem Gasthaus hinter feindlichen Linien beschränkt. Er war mit der Absicht gekommen, seine Jung-fräulichkeit zu verlieren, hatte dann aber aus Angst vor einer Geschlechtskrankheit das Weite gesucht. Eine verkniffene Schwester in einem der Lazarette hatte Christo-pher und eine Gruppe von Offizierskollegen belehrt und sie aufgefordert, ihre Männer über die Gefahren der belgi-schen Bordelle aufzuklären, denn es sei schon schlimm genug, von deutscher Munition verursachte Wunden zu behandeln, da wolle sie sich nicht auch noch mit selbst zugefügten Wunden und Krankheiten herumschlagen.

Die junge, belgische Prostituierte hatte kaum Englisch gesprochen und kaum älter ausgesehen als ein Schulmäd-chen, und Christopher hatte sich gesträubt, ihr Geld als Gegenleistung für Geschlechtsverkehr zu zahlen. Er hatte ihr das Geld in die Hand gedrückt und war zurück in die Bar gegangen, um sich stattdessen mit Wein Erleichterung zu verschaffen.

Aber jetzt verzehrte ihn sein Verlangen nach Mrs. Walters. Er wollte sie in seinen Armen halten, ihre Lippen auf seinen spüren, sie mit seinen Händen dort berühren, wo er noch nie eine Frau berührt hatte. Sie war mindestens zehn Jahre älter als er. Sie war ungebildet. Entstammte einer anderen Klasse. Warum also verspürte er dieses unstillbare Verlangen nach ihr?

Er legte sich zurück aufs Bett, zog die Decke über sich und versuchte, sie aus seinen Gedanken zu verbannen. Er schloss die Augen und sprach die Gebete, die er jede Nacht im Stillen für die Toten, die Verlorenen und die Verletzten sprach. Doch ihr Gesicht war das Letzte, dessen er sich bewusst war, bevor er in den Schlaf glitt.

Am nächsten Morgen ging Christopher, getrieben von der Notwendigkeit, seine Mutter zu besänftigen, zum Gärtner, einem alten Mann, der sich in den Kriegsjahren allein um die Gartenanlagen gekümmert hatte, während seine Kollegen an der Front gedient hatten. Es war eine Sisyphusarbeit gewesen. Von einer Gruppe von sechzehn Gärtnern, die gemeinsam losgezogen waren, waren nur vier aus dem Krieg zurückgekehrt. Neun waren gefallen, die meisten in der ersten Schlacht an der Somme. Die übrigen drei lagen verwundet im Krankenhaus und waren nicht mehr arbeitsfähig.

Christopher fand den alten Gärtner, Joe Hobson, in einem der Gewächshäuser, wo er Setzlinge auspflanzte. Als Christopher eintrat, zog er die Mütze ab.

„Sie habe ich heute Morgen nicht erwartet, Cap'n Shipley."

„Ich dachte, ich komme mal vorbei und sehe, wie es läuft, Joe. Haben wir ein paar neue Helfer?"

Der alte Kerl schüttelte den Kopf. „Nein, Sir. Im Ort gibt es keine Arbeiter. Sieht so aus, als ob es in nächster Zeit nur wir fünf wären. Ich würde gerne mit Ihnen darüber sprechen, worauf wir uns konzentrieren sollen. Es gibt so viel mehr Arbeit, als wir bewältigen können."

Christopher schlug vor, einen Spaziergang durch die Gärten zu machen. Während sie über die Grünflächen schlenderten, erklärte er ihm, was zu tun war. Dabei war er sich des Wunsches seiner Mutter bewusst, dass der Bereich, der dem Haus am nächsten lag, so schnell wie möglich wieder in seinen früheren Zustand versetzt werden sollte. Edwina Shipley wollte unbedingt wieder Gartenpartys veranstalten, den Krocketrasen benutzen und am Zierteich picknicken.

Der See war Samuel Shipleys ganzer Stolz gewesen. Er trug nicht nur zur Schönheit der Parklandschaft bei, sondern war auch eine technische Meisterleistung. Der mehrere Hektar große See bedeckte einen ehemaligen Steinbruch und war durch die Umleitung eines Baches entstanden. Auf der einen Seite war er von Bäumen gesäumt, von der anderen Seite bot er einen wunderschönen Blick auf das Herrenhaus. Christophers Großvater hatte Forellen darin ausgesetzt, und nun, sechzig Jahre später, war er zu einem Paradies für Wildtiere geworden, darunter Kolonien von Enten und Kanadagänsen.

Sie gingen weiter und betraten die weitläufigen versunkenen Gärten hinter den Stallungen. Diese von einer Mauer umgebenen Gärten waren ein neun Hektar großes Kleinod mit Bächen und kleinen Teichen, Zierbrücken, gepflegten Rasenflächen, Gartenhäusern, Pavillons und Statuen. Die Wege waren mit Unkraut und Brombeeren überwuchert, an manchen Stellen bis zur Unpassierbarkeit. Efeu und Winden hatten ihre Ranken überall ausgebreitet, erstickten wertvolle Pflanzen und verdeckten die vielzähligen Adlerskulpturen, griechischen Urnen und römischen Götter, die das Gelände einst dominiert hatten.

„Es ist schlimmer, als ich dachte."

„Ja, richtig übel."

„Was glauben Sie, wie lange es dauern würde, diesen Bereich auf Vordermann zu bringen?"

„Monate. Nein – Jahre, eher. Und ohne die nötigen Männer, um die Arbeit zu verrichten, ist es unmöglich.

Allein die Hauptrasenflächen kurzzuhalten, ist tagesfüllend, ohne dass wir überhaupt in die Nähe dieser Mauer kommen. Überall wuchert Löwenzahn und das Dreiblatt erstickt jedes Leben um sich herum."

„Aber könnten wir nicht wenigstens das Gestrüpp zurückschneiden?"

Der alte Mann schnaubte. „Das ist zu viel Arbeit, Sir. Entweder machen wir das hier oder die großen Rasenflächen und Ziersträucher. Und dann ist da noch der Gemüsegarten. Mrs. Shipley besteht darauf, dass wir auch den in Angriff nehmen. Wir können nicht alles machen. Mrs. Shipley und Ihr verstorbener Vater bevorzugten immer die Rosengärten und die Terrassen." Er nahm seine Mütze ab und kratzte sich am Kopf.

„Dann *werde* ich es in Angriff nehmen. Können Sie einen der Männer entbehren und wir sehen, was wir gemeinsam zustande bringen?"

„Sie, Sir?"

„Warum nicht? Schließlich bin ich Botaniker. Pflanzen sind mein Fachgebiet."

„Aber Sie sind kein Gärtner, Sir. Bei allem Respekt, aber das ist ganz und gar nicht dasselbe." Hobson hatte Christophers Leidenschaft für Pflanzen miterlebt, seit er ein kleiner Junge gewesen war. „Den Boden umzugraben und all das Unkraut zu entwurzeln, ist nicht dasselbe wie Ihre schönen Zeichnungen." Er musterte Christopher mit einem skeptischen Blick. „Das ist harte, körperliche Arbeit."

„Nun, ich werde es dennoch versuchen. Sie mögen recht haben, aber ich will nicht untätig zusehen, wie dieser Garten verkommt. Und immerhin habe ich es geschafft, mir in Borneo einen Weg durch den dichten Dschungel zu bahnen – und das bei großer Hitze."

„Das ist es also, was Mrs. Shipley will?"

Christopher sträubten sich die Nackenhaare. Warum war es so offensichtlich, dass seine Mutter in allen Dingen das letzte Wort hatte? „Es ist meine Entscheidung. Ich bin jetzt der Gutsherr."

Joe dachte einen Moment lang nach. „Vielleicht könnte der junge Fred Collins Ihnen helfen. War zu jung, um zu dienen. Hat erst vor ein paar Monaten als Lehrling angefangen. Ein Strich in der Landschaft, aber ein guter Arbeiter. Stärker, als er aussieht. Hatte ihn ganz ihn vergessen. Wenn es nur um Aufräumarbeiten geht, sollte Fred das schaffen. Er ist aber erst vierzehn."

„Dann also Fred", sagte Christopher. „Er kann die ganzen Tage arbeiten und ich werde ihn an den meisten Nachmittagen unterstützen. Morgens habe ich andere zu Dinge erledigen, aber wir werden sehen, wie es sich einspielt. Wir können zumindest einen Anfang machen, während wir nach weiteren Helfern suchen."

„Wie Sie wünschen, Cap'n Shipley."

Er wollte schon zum Haus zurückgehen, als ihm noch eine Idee kam. Er rief nach Hobson. „Was ist mit Frauen?"

„Sir?" Joe runzelte verwirrt die Stirn.

„Könnten Frauen im Garten mithelfen? Nicht beim Graben, aber beim Jäten und Setzen." Er dachte an das große Loch, das Mrs. Walters gegraben hatte, um die Hündin zu begraben, und an ihre Erfahrung in der Land Army. Sie war eine starke Frau und wenn es im Haus nichts für sie zu tun gab, warum dann nicht hier draußen? Besser, als arbeitslos auf der Straße zu landen.

„Von so etwas habe ich noch nie etwas gehört, Cap'n Shipley. Klingt seltsam. Und welche Frau würde die Arbeit eines Mannes machen wollen?"

„Im Krieg war das so üblich. Wir hätten keine Munition gehabt, wenn sie nicht in den Fabriken gearbeitet hätten.

Und keine Lebensmittel, wenn sie das Land nicht bewirtschaftet hätten. Und jetzt, wo die Männer aus dem Krieg zurück sind, holen sie sich diese Arbeiten von den Frauen zurück. Da muss es doch genügend Frauen geben, die Arbeit suchen." Er zögerte, bevor er hinzufügte: „Witwen, die ohne einen Ehemann auskommen müssen, der für sie sorgt."

Joe starrte ihn an. Er zog wieder seine schmuddelige Mütze ab und kratzte sich erneut am Kopf. „Also ich weiß nicht recht. Klingt wirklich seltsam. Aber wenn Sie meinen, Sir."

„Da wäre Mrs. Walters, die Witwe des Wildhüters. Wie ich höre, braucht sie Arbeit."

„Die ist kauzig." Joe runzelte die Stirn und schüttelte den Kopf. „Macht nie den Mund auf."

„Nun, wir suchen ohnehin keine Plaudertasche, sondern jemanden, der mithilft. Ich werde sehen, ob sie interessiert ist. Wenn ja, kann sie Fred und mir hier in den versunkenen Gärten helfen."

Der alte Gärtner zuckte mit den Schultern, sein Blick skeptisch. „Sie sind der Gutsherr, Sir."

An diesem Abend beim Abendessen teilte Christopher seiner Mutter mit, dass er vorhatte, jeden Nachmittag in den versunkenen Gärten zu arbeiten. Er erwähnte nicht, dass er beabsichtigte, auch Mrs. Walters dort zu beschäftigen.

„Hast du den Verstand verloren? Du kannst doch nicht draußen bei den Gärtnern arbeiten. Manchmal verstehe ich dich einfach nicht."

„Ich bin Botaniker. Ich habe im Dschungel bei brütender Hitze an der Seite von Eingeborenen Pflanzen ausgegraben. Ein bisschen Arbeit hat noch niemandem geschadet und zumindest wird es mir helfen, wieder zu Kräften zu kommen."

Sie schnaubte spöttisch. „Und was ist mit der Führung des Landguts? Das allein füllt doch deinen Tag aus."

„Um die Angelegenheiten in Verbindung mit dem Landgut werde mich vormittags kümmern."

„Und die Fabrik?"

„Die Fabrik verfügt über einen absolut kompetenten Vorstand, der die Dinge überwacht, und ich werde vorschlagen, einen Geschäftsführer einzustellen, der das Tagesgeschäft leitet."

„Einen Außenstehenden anheuern?"

„Ich habe weder die Fähigkeit noch die Neigung, es selbst zu tun." Er nahm einen Schluck Wein. „Oder wir könnten einen der leitenden Angestellten befördern?"

Sie schnaubte wieder und verdrehte die Augen.

„Du weißt, dass es in einer Katastrophe enden würde, wenn ich mich selbst einbringen würde."

„Du könntest es wenigstens versuchen."

„Ich müsste von hier fortgehen und in Yorkshire leben. Und wer sorgt dann hier für Ordnung? Ich kann mich nicht um das alles gleichzeitig kümmern."

Mrs. Shipley wollte schon antworten, besann sich dann aber eines Besseren.

„Wie dem auch sei, bisher hatte ich mit Shipley Industries nichts zu tun. Das war immer die Domäne von Vater und Percy. Aber mit Pflanzen kenne ich mich aus." Er lächelte sie an.

„Oh, Christopher, was soll ich nur mit dir machen? Du bist eine Herausforderung für mich." Sie stieß einen lauten Seufzer aus, dann lächelte sie jedoch. „Du wirst dich morgens um die Verwaltung des Anwesens kümmern? Du drückst dich nicht davor und verbringst deine Zeit stattdessen damit, auf deinem riesigen Hengst umherzugaloppieren?"

„Ich verspreche es. Ich werde früh aufstehen und ausreiten, bevor ich an die Arbeit gehe. Und ich werde nicht allein sein – Joe Hobson hat einen Jungen, der mir hilft."

„Ich denke immer noch, dass es reine Energieverschwendung ist. Diese geheimen Gärten sind mir unheimlich. Und ohnehin sind sie heutzutage längst aus der Mode. Die Arbeit von dir und dem Jungen wäre im Hauptgarten viel besser investiert."

„Wenigstens sieht mich in den versunkenen Gärten niemand. Ich war der Annahme, es würde dir missfallen, wenn ich mit den anderen Gärtnern dort zusammenarbeite, wo jeder mich sehen kann."

„Da hast du allerdings recht", gab sie zu. „Und wer bin ich, dir zu widersprechen? Schließlich bin ich nur eine schwache, törichte Frau." Sie sagte die Worte so, dass kein Zweifel an der Ironie darin bestand.

An diesem Abend ging Christopher im Bett durch, was er zu Mrs. Walters sagen würde. Wenn sie seinen Vorschlag akzeptierte, würde er jeden Nachmittag in ihrer Gesellschaft verbringen können. Aber würde sie zustimmen?

Kapitel Fünf

Christopher löffelte Marmelade auf seinen Teller und strich sie dann auf ein Stück Toast. Am anderen Ende des Tisches saß seine Mutter hinter ihrer Zeitung, vertieft in die Ankündigungen des Gerichts und die Gesellschaftsseiten. Ihre beiden Spaniels lagen schlafend auf dem Boden vor dem Kamin.

Hätte Edwina Shipley gesehen, wie ihr Sohn die Witwe des Wildhüters in seinen Armen hielt, wäre sie entsetzt gewesen. Sich ihre Empörung vorzustellen, amüsierte Christopher kurz, doch dann fiel ihm ein, dass er das Problem, Martha Walters aus ihrem Haus zu vertreiben, damit noch nicht gelöst hatte. Und jetzt, da er ihr anbieten wollte, als Gärtnerin zu arbeiten, riskierte er noch mehr Missbilligung von seiner Mutter, wenn sie davon erfuhr.

Ein Strahl der Frühlingssonne fiel auf das weiße Tischtuch aus Damast und ließ das Silberbesteck funkeln. Was war der Sinn all dieser Dinge? Das Beste von allem. Ein weitläufiges Landgut, ein riesiges Herrenhaus, die Scharade gesellschaftlicher Verpflichtungen, die zur Existenzberechtigung seiner Mutter geworden war? Und allem voran, was war der Sinn des Lebens, wenn er nicht der Mensch sein konnte, der er sein wollte? Widerstand brodelte in ihm. Nach allem, was er durchgemacht hatte, hatte er jedes Recht, zu entscheiden, wie er sein eigenes Leben führen wollte.

Seine Mutter legte die gefaltete Zeitung neben sich auf den Tisch und wandte sich an ihren Sohn. „Wir werden am Freitag mit den Bournes Stubenküken essen und wenn die übrigen Gäste am Samstag zu uns stoßen, habe ich die Köchin angewiesen, Rindfleisch zu machen." Sie nahm ihre Lesebrille ab, faltete sie zusammen und steckte sie zurück in ihr Schildpatt-Etui. „Du hörst mir nicht zu, Christopher."

„Entschuldige, Mutter. Ich war einen Moment lang abgelenkt."

Sie tadelte ihn. „Du Tagträumer. Zweifellos denkst du wieder über deine elenden Pflanzen nach. Du solltest besser zusehen, dass dir das nicht passiert, wenn die Bournes hier sind."

„Was?"

„Also wirklich, Liebling, um Himmels willen, hör doch zu. Ich sagte gerade, dass Lady Bourne und Lady Lavinia morgen zum Mittagessen hier sein werden, und ich erwarte, dass du Lavinia die Aufmerksamkeit schenkst, die ihr zusteht. Ein so liebreizendes Mädchen."

Sie stieß einen tiefen Seufzer aus und Christopher wusste, dass sie daran dachte, wie viel angenehmer ihr Leben doch wäre, wenn in diesem Moment Percy ihr gegenübersäße und sich auf die Ankunft seiner Verlobten freute.

„Vielleicht könntest du nach dem Mittagessen mit ihr spazieren gehen, ihr die Gärten hinter der Mauer zeigen und deine Pläne für das gesamte Landgut erklären."

Er spürte, wie Panik in ihm aufstieg und seine Hand zu zittern begann. „Ich kann nicht. Ich habe es dir doch schon gesagt. Ich werde im Garten arbeiten. Ich fange schon heute an. Und ich fürchte, ich werde auch nicht mit dir zu Mittag essen können. Weder heute noch morgen."

„Sei nicht albern. Du musst dabei sein. Die nächsten zwei Tage sind eine einmalige Gelegenheit für dich, die nötige Vorarbeit bei Lavinia zu leisten. Sie kennenzulernen. Bis Sonntagmorgen hoffe ich, dass Lord Bourne uns eingeladen hat, im Sommer Harton Hall zu besuchen. Ich möchte, dass du jede Gelegenheit nutzt. Du musst ihn für dich gewinnen. Er ist eine härtere Nuss als die liebreizende Lavinia und Lady Bourne. Er stand deinem Vater so nah und hing so sehr an Percy. Wenn doch nur ..." Sie hustete kurz und lächelte Christopher an. „Wäre es nicht perfekt, wenn wir die Verlobung nach Ascot bekannt geben könnten? Und dann die Hochzeit im darauffolgenden Mai abhalten? Wie sehr ich Hochzeiten im Mai doch liebe."

Christopher ließ den Toast auf seinen Teller fallen. Der Appetit war ihm vergangen.

Edwina spürte seinen Widerstand. „Ich weiß, wir haben noch nicht im Detail darüber gesprochen, Liebling, aber du hast immer gewusst, dass es die perfekte Lösung ist. Lavinia ist ein solcher Schatz. Eine solche Schönheit. Ihr werdet ein entzückendes Paar abgeben ..." Ihre Worte verstummten und sie wandte ihren Blick den schlafenden Hunden zu.

„Ich kann Lavinia nicht heiraten. Sie sollte Percy heiraten. Es wäre nicht richtig." Er versuchte, angesichts seiner zunehmenden Panik ruhig zu bleiben. Warum erwischte seine Mutter ihn immer auf dem falschen Fuß?

„Sei nicht dumm."

„Bitte rede nicht mit mir wie mit einem Kind, Mutter."

„Percy ist von uns gegangen, aber das Leben muss weitergehen, und wir müssen alle das Beste daraus machen.

Wir müssen alle unsere Pflicht tun. Und deine Pflicht ist es, Lady Lavinia Bourne zu heiraten.“

Christopher sagte nichts. Er nahm seinen Teelöffel in die Hand und drehte den Stiel zwischen seinen Fingern. Er bekam langsam wieder diese Kopfschmerzen, die ihn seit der Somme regelmäßig plagten.

„Wirklich, Liebling, jeder würde denken, dass ich dich zu etwas Schrecklichem zwingen will, dabei würden die meisten jungen Männer alles tun, um ein so schönes Mädchen wie Lavinia zu heiraten. Du stimmst mir doch sicher zu, dass sie wunderschön ist?“

Christopher hob seine Hände in einer Geste der Resignation. „Wie könnte ich widersprechen?“

„Und sie kommt aus einer der besten Familien.“

„Ja. Ihr Stammbaum ist tadellos.“ Er machte sich nicht die Mühe, seinen Sarkasmus zu verbergen, aber seine Mutter bemerkte ihn trotzdem nicht.

„Na eben. Aber was willst du mehr?“

„Jemanden heiraten, den ich liebe? Der meine Liebe vielleicht sogar erwidert?“

Edwina Shipley lachte. „Du bist unverbesserlich, Christopher. Du bist doch kein Diener. Kein Mitglied unserer Klasse heiratet aus *Liebe*. Wenn du Liebe willst, tu, was dein Vater getan hat, wenn es nötig ist. Nimm dir eine Geliebte. Aber sieh zu, dass Lavinia dir zuerst einen Sohn gebärt.“

Christopher schlug mit der Faust auf den Tisch. „Du redest über uns, als wären wir ein Stier und eine Färse auf dem heimischen Hof. Als ob die arme Lavinia zu nichts anderem taugen würde als zur Zucht.“

Seine Mutter verdrehte die Augen und warf ihren Blick an die Stuckdecke. „Wenn du es so formulierst, klingt es so vulgär. Aber du weißt genauso gut wie ich, dass es die

Wahrheit ist. Kein Grund, so derbe Worte zu verwenden. Du hast eine Verpflichtung gegenüber unserer Familie und der Zukunft von Newlands und Shipley Engineering. Dazu gehört auch, gut zu heiraten." Sie begann, an ihren Fingern zu zählen. „Einen Erben zu zeugen. Einflussreiche Kontakte zu knüpfen und zu nutzen. Du hast Glück, dass du einer der wenigen bist, die den schrecklichen Krieg überlebt haben, sonst –"

„Sonst würde eine Frau wie Lady Lavinia Bourne bei dem Gedanken, mich zu heiraten, die Nase rümpfen? Einen Mann mit einem fehlenden Bein, der kein Interesse an Geld oder der Führung des Landguts hat, das er zu seinem eigenen Unglück geerbt hat? Einen Mann, der nicht sein besser aussehender, mutigerer und weitaus fähigerer, älterer Bruder ist?"

Er stieß seinen Stuhl zurück und stand vom Tisch auf. „Ich mache einen Ausritt, bevor ich mich um die Buchhaltung kümmere, und heute Nachmittag werde ich in den versunkenen Gärten arbeiten. Keine Zeit für ein Mittagessen. Wir sehen uns zum Abendessen." Er trat um die schlafenden Spaniels herum, ließ seine verblüffte Mutter zurück und humpelte aus dem Zimmer.

Kurz darauf ritt er ziellos über die Ländereien – über offene Felder, durch die hügelige Parklandschaft, um den See herum, hinein in den Wald. Sein Bein pochte heute, der Stumpf rieb an seiner Prothese, scheuerte seine Haut auf, und an der Stelle, an der seine linke Wade hätte sein sollen, juckte ein Phantomschmerz wie verrückt. Diesen Teil hasste er besonders. Er hasste es, wie seine geschädigten Nerven ihn dazu verleiteten, die Hand zu senken, um ein Bein zu kratzen, das dort gar nicht mehr war, und wie seine Finger an dem hölzernen Ersatz nichts ausrichten konnten.

Nach einer Weile ließ er die Zügel los und ließ sich von Hooker führen, wohin das Ross wollte. Schließlich fand er sich in dem Wäldchen wieder, das das Häuschen des Wildhüters umgab. Es war, als ob sein Pferd spürte, dass dies der Ort war, an den er gewollt hatte.

Martha Walters saß auf der Türschwelle und schälte Erbsen. Das Sonnenlicht, das durch die saftig grünen, jungen Frühlingsblätter der Bäume fiel, warf ein hübsches Muster auf ihr Haar. Sie blickte zu ihm auf, ihr Gesicht ausdruckslos. Christopher schwang sich aus dem Sattel und auf den Boden, wobei er darauf achtete, das meiste Gewicht mit seinem guten Bein abzufangen. Er schlang die Zügel um Hookers Hals, ließ ihn grasen und ging auf Martha zu. Sie setzte ihre Arbeit fort und grüßte ihn nicht, bis er sich vor ihr auf den weichen Waldboden setzte, das gute Bein unter sich eingeklappt, die Prothese nach vorn ausgestreckt.

„Ich hätte nicht gedacht, dass Sie noch einmal wiederkommen würden", sagte sie schließlich.

„Beinahe hätte ich es nicht getan. Diesmal haben Sie mich nicht eingeladen."

„Sie brauchen keine Einladung. Alles hier gehört Ihnen." Sie sagte es ohne jeden Groll.

„Ich wünschte, es wäre nicht so." Er stützte sich auf seine Arme und blickte in den Himmel.

„Sie können Mrs. Shipley sagen, dass ich gehe, wann immer sie es wünscht."

„Nein", antwortete er schnell, gekränkt darüber, dass sie die wahre Natur seiner Beziehung zu seiner Mutter erkannt hatte. „Ich habe Mutter gesagt, dass Sie so lange bleiben können, bis ich einen neuen Oberwildhüter gefunden habe." Er lächelte sie an. „Und ich habe keine Ahnung, wann ich es schaffe, einen zu suchen."

„Keine Sorge", sagte sie. „Ich habe bereits angefangen, zu packen. Ich besitze nicht viel."

Sie holte die letzten Erbsen heraus, stellte die Emailleschüssel beiseite und sammelte die leeren Schoten in ihrer Schürze. „Sollten Sie nicht gerade zu Mittag essen?"

„Wir bekommen heute Gäste und ich habe Mutter gesagt, dass ich erst heute Abend zu ihnen stoßen werde. Ich dachte, ich lasse ihnen Zeit, ohne mich zu reden."

„Dann haben Sie Hunger?"

Er zuckte mit den Schultern. „Eigentlich nicht. Daran habe ich noch nicht einmal gedacht."

„Nun, ich aber. Ich werde diese Erbsen kochen und sie mit den Resten des Eintopfs essen. Sie können sich mir gern anschließen."

Christopher nahm die Einladung an. Er griff nach der Schale mit den Erbsen und folgte ihr ins Haus.

Er beobachtete, wie sie den Inhalt ihrer Schürze in eine große Pfanne kippte, in der sie bereits eine gehackte Zwiebel und etwas Bärlauch angeschwitzt hatte. „Sie kochen auch die Schoten?"

Sie fügte etwas Wasser hinzu. „Sie sollen einfach köcheln, bis eine gute Suppe daraus wird. Die werde ich morgen und übermorgen essen. Ich muss mit dem auskommen, was ich habe. Keine Verschwendung. Die dreizehn Shilling und neun Pence, die ich als Witwenrente erhalte, reichen nicht für viel." Sie lächelte verhalten und brachte einen Topf Wasser für die Erbsen zum Kochen. „Was werden sie heute drüben im großen Haus essen?"

Christopher zuckte mit den Schultern. „Kalte Aufschnitte zum Mittagessen. Und Suppe, nehme ich an." Er lachte freudlos. „Morgen Abend, wenn wir Besuch haben, gibt es Stubenküken. Mutter scheint zu denken, dass ich mich für die Speisenfolgen, die sie auswählt, interessieren sollte."

„Und das sollten Sie auch. Sie sollten dankbar sein für diesen Überfluss."

„Denken Sie, das bin ich nicht? Ich weiß, wie es sich anfühlt, hungrig zu sein. Manchmal gab es nur trockene Kekse, wenn die Lieferungen an die Front ausblieben. Und das Brot war immer zumindest eine Woche alt, bis es bei uns ankam. Als der Krieg vorbei war, wusste ich, dass ich nie wieder Rindfleischkonserven anfassen würde. Und davor, als ich in Borneo war, aßen wir, was wir hatten. Meistens Reis und Huhn." Er lächelte schief. „Manchmal war es klüger, nicht zu fragen, was es war."

Als das Essen fertig war, schöpfte Martha den Eintopf auf zwei Teller und fügte Erbsen als Beilage hinzu. „Ich fürchte, ich habe die letzten Kartoffeln verbraucht. Es waren nur noch zwei übrig, also habe ich sie in den Eintopf getan. Mit etwas Glück finden sie ein Stück."

„Ich sollte Ihr Essen nicht essen, Mrs. Walters. Dann fehlt es Ihnen."

„Ich sagte doch schon. Nennen Sie mich Martha. Ich werde es nicht noch einmal sagen." Sie klang schroff, verärgert, und Christopher verfluchte sich innerlich. Er wollte nicht respektlos erscheinen, indem er ihren Vornamen benutzte, aber er hatte sie eindeutig beleidigt.

„Es tut mir leid, Martha." Er nahm sein Besteck in die Hand und begann, zu essen. „Das ist köstlich. Was ist da drin?"

„Kaninchen. Ich stelle Fallen auf. Ich sagte doch, ich muss mit dem auskommen, was ich habe."

Er aß und bemerkte, wie hungrig er war. „Das ist das beste Essen, das ich seit Langem gegessen habe."

„Einfaches Essen."

„Einfach ist gut."

„Erzählen Sie mir von Borneo. Wo liegt es? Ich habe noch nie davon gehört."

„Tausende von Meilen entfernt. Am Rande des britischen Weltreichs. Es ist Teil eines riesigen Archipels von Inseln, zu denen Java, Sumatra, Niederländisch-Ostindien und unzählige kleine Inseln gehören – zu viele, um sich alle Namen zu merken, geschweige denn, sie alle zu besuchen."

„Warum sind Sie dorthin gereist?"

„Ich wollte Pflanzen entdecken und katalogisieren. Es gibt dort meilenweit unerforschten Dschungel und alle möglichen Arten von Pflanzen, die noch entdeckt und klassifiziert werden müssen."

Sie hob die Augenbrauen. „Sie sind also Entdecker?"

„Ich nehme an, das könnte man so sagen. Ich selbst würde mich als bescheidenen Botaniker bezeichnen. Ich arbeitete an einem Buch über die Flora der Insel Borneo. Dann kam der Krieg, mein Bruder wurde getötet und ich musste nach Hause zurückkehren. Mein Vater starb während meiner Rückreise. Dann ging ich zur Armee."

„Was brachte Sie dazu, Pflanzen studieren zu wollen? Und so weit zu reisen?"

„Ich liebe Pflanzen, seit ich klein war und in den Büchern in der Bibliothek meines Großvaters über seltene Arten gelesen habe."

„Dann haben Sie das also von ihm? War er auch ein Pflanzenfreund?"

Christopher lachte. „Das nehme ich an. Aber ich bezweifle, dass er jemals in seinem Leben ein Buch aufgeschlagen hat. Abgesehen von den Kontenbüchern in der Fabrik, vermute ich. Er kaufte Bücher am laufenden Band, um die Regale der Bibliothek zu füllen. Alles Teil seines

Plans, seine bescheidene Herkunft zu verschleiern. Ich war der Einzige, der je eines davon gelesen hat."

„Ich liebte es früher, zu lesen. Ich lernte es in der Dorfschule, aber als ich Walters heiratete, musste ich sie verlassen und hier im Haus gab es keine Bücher. Pa konnte nicht lesen und Walters interessierte es nicht. Die Lehrerin der Schule, Miss Edmonds, lieh mir danach Bücher. Ich tat ihr leid, weil ich diesen Mann heiraten musste. Sie versuchte sogar, meinen Vater zu überreden, mich nicht zu der Heirat zu zwingen, aber er wollte nicht hören. Er sagte, die meisten Leute wären nicht wie sie und würden noch gut von einem Mädchen denken, das bereits ... nun, jedenfalls setzte Walters meinem Lesevergnügen ein Ende, als er eines Nachmittags nach Hause kam und mich mit einem Buch erwischte. *Jane Eyre*. Er warf es ins Feuer und verprügelte mich, weil ich meine Zeit verschwendet hatte, anstatt sie mit Hausarbeit zu füllen."

Christopher schluckte. Er wünschte, er hätte all das über den Mann gewusst, von dem er geglaubt hatte, er sei ein tapferer und loyaler Diener, ein vorbildlicher Soldat. Er schämte sich dafür, dass er sich von seinem Offiziersburschen so hatte täuschen lassen. Er erinnerte sich an die Grabrede, die er nach dem Tod des Mannes vor der kleinen Gruppe von Soldaten neben den Trümmern ihres zerstörten Unterstandes gehalten hatte.

„Ich werde Ihnen Bücher leihen", sagte er schließlich. „Sagen Sie mir, was Ihnen gefällt, und ich bringe sie Ihnen."

„Danke. Das ist sehr nett von Ihnen, aber ich möchte nicht, dass Sie Ärger mit Mrs. Shipley bekommen."

Christopher schob seinen Teller von sich. „Warum behandeln mich alle wie ein Kind? Selbst Sie. Ich möchte vielleicht nicht der Gutsherr von Newlands sein, aber ich bin es nun mal, und wenn ich Ihnen die ganze verdammte Bibliothek schenken will, werde ich es tun."

Sie sah ihn an und ihr ausdrucksloses Gesicht zeigte keine Anzeichen von Mitleid, Bedauern oder Verlegenheit.

„Es tut mir leid", sagte er. „Ich hätte nicht so sprechen dürfen. Ich hätte nicht vor Ihnen fluchen und die Beherrschung verlieren dürfen."

Martha beugte sich über den Tisch und berührte sanft seine Hand. „Sie müssen sich niemals bei mir entschuldigen, Captain Shipley."

„Wenn ich Sie Martha nennen soll, dann müssen Sie mich Christopher nennen."

Sie begegnete seinen Augen, ihr Blick fest. „Christopher klingt nicht richtig für Sie. Kann ich Sie anders nennen? Bei einem Namen, den sonst niemand verwendet?"

Er war von ihrer Offenheit überrascht. Er dachte einen Moment lang nach. „Dann nennen Sie mich Kit. Meine Großmutter nannte mich immer so, als ich ein kleiner Junge war. Mutter schimpfte sie aus, wenn sie es hörte, aber ich liebte es. Sie starb, bevor ich zwölf war, und seitdem hat den Namen niemand mehr benutzt. Percy und Vater nannten mich Chris. Das hasste ich am allermeisten."

„Kit. Das gefällt mir. Kit." Sie lächelte ihn an und er sah wieder, wie sich ihr Gesicht verwandelte, von innen heraus erleuchtet durch das selten Lächeln und die Wärme in ihren Augen.

„Sie haben mir von Borneo erzählt. Hören Sie nicht auf."

Also erzählte er ihr von seinen Reisen durch den Dschungel und den äquatorialen Regenwald auf der riesigen Insel. Von den Höhlen voller Stalaktiten und Stalagmiten, von Bergen, die aus den Wolken ragen, von rauschenden Bächen, von Häusern auf Stelzen hoch über der Meeresoberfläche, von der üppigen Tierwelt, von seltsamen Stammesbräuchen, von Orang-Utans, die sich durch die Bäume schwangen, vom farbenprächtigen Gefieder der Vögel, das sich so sehr von dem tristen Einerlei der britischen Vögel unterschied. Sie lauschte seinen Erzählungen gebannt und sah dann zu, wie er ein kleines Skizzenbuch und einen Bleistift aus seiner Jackentasche zog und ein Bild von den seltsamen Drachenwesen zeichnete, die er gesehen hatte, als sein Schiff unterwegs auf der Insel Komodo Halt gemacht hatte. Sie saßen sich am Tisch gegenüber, bis Christopher auf die Uhr sah.

„Oh nein. Das habe ich ganz vergessen."

„Was vergessen?"

„Den Grund, warum ich Sie heute aufgesucht habe."

Sie runzelte die Stirn. „Sie brauchen keinen Grund, Sir."

„Kit."

„Kit. Warum sind Sie hergekommen?"

„Ich wollte Sie fragen, ob Sie mir helfen würden – mit mir arbeiten würden. Ich bezahle Sie natürlich. Den vollen Lohn, wie ihn auch ein Mann erhalten würde."

Sie wirkte verwirrt.

„Sie würden nachmittags mit mir zusammenarbeiten und wenn Sie es auch vormittags einrichten könnten, wäre ein Junge namens Fred bei Ihnen. Fred Collins."

Ihr Stirnrunzeln vertiefte sich. „Ich weiß, wer er ist. Aber er arbeitet als Gärtner."

„Das ist richtig. Ich möchte die versunkenen Gärten meines Großvaters wieder aufleben lassen. Sie liegen hinter den Stallungen. Kennen Sie sie?"

Sie schüttelte den Kopf. „Ich gehe nicht in die Nähe des großen Hauses."

Kit erklärte ihr, was er mit Joe Hobson vereinbart hatte. „Und da Sie in der Land Army gearbeitet haben und eine Beschäftigung brauchen, dachte ich, Sie könnten mir helfen. Nicht bei den schweren Grabungsarbeiten. Die erledigen Fred und ich. Aber beim Zurückschneiden des Gestrüpps. Beim Unkraut jäten. Beschneiden. Anpflanzen. So etwas in der Art. Und auch nur nachmittags, wenn Ihnen das lieber ist."

„Könnte ich meine Stiefelhosen tragen?"

Er lachte und im nächsten Moment verspürte er einen angenehmen Schauer der Begierde bei dem Gedanken, sie so unpässlich gekleidet zu sehen. „Ich werde Ihnen sogar ein neues Paar bei Harrods bestellen."

Sie lachte auch. Dann runzelte sie die Stirn. „Und Mrs. Shipley?"

„Die weiß von nichts. Und ich habe vor, es dabei zu belassen. Sie geht nie in die Nähe der versunkenen Gärten. Sie sagt, sie seien ihr unheimlich. Sie ist nicht glücklich darüber, dass ich dort arbeite, aber ich habe ihr heute Morgen gesagt, dass mein Entschluss feststeht. Es hat keinen Sinn, sie noch weiter zu verärgern, indem ich ihr erzähle, dass dort eine Frau arbeiten wird."

„Der Lohn?"

„Vierundzwanzig Shilling pro Woche. Elf und sechs Pence, wenn Sie nur die Nachmittage machen. Aber erwähnen Sie es nicht – es ist mehr, als Fred bekommt, da er nur Lehrling ist."

„Sollte ich das nicht auch sein?"

„Sie sind kein junger Bursche. Und Sie haben mehr Erfahrung."

„Nun, das ist sehr großzügig. Wann soll ich anfangen?"

„Ich dachte, ich bringe Sie heute Nachmittag hin und zeige Ihnen, worum es geht. Und wenn Sie das nicht abschreckt, können Sie morgen Nachmittag anfangen. Es sei denn, Sie wollen lieber den ganzen Tag arbeiten?"

„Die Nachmittage wären mir recht. Ich habe auch hier einiges zu tun."

Sie machten sich auf den Weg durch den Wald und umrundeten den See auf der bewaldeten Seite, so dass sie die versunkenen Gärten erreichen konnten, ohne vom Haus aus gesehen zu werden. Das Letzte, was Kit wollte, war, von seiner Mutter mit Martha beobachtet zu werden.

Er zeigte ihr die verwilderte Gartenanlage und freute sich, dass sie sich von der Größe der Aufgabe nicht abschrecken ließ. Der junge Lehrling, Fred Collins, hatte sich bereits daran gemacht, den Hauptweg, der durch die Mitte der Anlage führte, freizumachen.

Kit führte Martha zu Fred, der seine Mütze abnahm, als er seinen Arbeitgeber sah. „Guten Tag, Cap'n Shipley, Sir." Er gestikulierte in Richtung des teilweise geräumten Hauptweges. „Es dauert, Sir, aber ich denke, wenn ich zuerst diesen Hauptweg freilege, schaffe ich es mit einer Schubkarre durch. Das sollte die Sache erleichtern."

„Gute Arbeit."

„Und dann ist da noch der Rasen." Fred nickte mit dem Kopf in Richtung des einst samtweichen Rasens zwischen dem Weg und einem kleinen Teich, der nur noch eine ungepflegte Fläche von langstieligem Unkraut, Löwenzahn und Butterblumen war, die hüfthoch standen. „Dafür werden wir wohl eine Sense brauchen, sagt Mr. Hobson. Und wahrscheinlich müssen wir den Rasen neu anlegen."

Kit entschied, dass Fred zwar noch ein Junge war, aber ein fleißiger und aufgeweckter Bursche.

„Eins nach dem anderen, Fred. Nur so kommen wir

hier voran. Und du hast recht. Wir müssen uns zuerst darauf konzentrieren, alles, was wuchert, zu entfernen. Dann werden wir sehen, welche Pflanzen übrig sind und welche gerettet werden können."

Martha hatte während des gesamten Gesprächs nichts gesagt. Kit erklärte Fred, warum sie hier war, und zu seiner Überraschung nahm der Junge die Tatsache, dass er mit einer Frau zusammenarbeiten würde, gelassen hin. „Meine große Schwester war bei der Land Army. Sie sollten mal ihre Muskeln sehen."

Martha schenkte ihm ein seltenes Lächeln und wandte sich dann an Kit. „Ich könnte dort drüben anfangen." Sie zeigte auf ein einstöckiges Gebäude abseits des Hauptweges. „Im Geräteschuppen. Alles aufräumen und sortieren, nachsehen, was gereinigt und benutzt werden kann und was zum Schmied muss, um geschärft zu werden." Sie lächelte Fred wieder an. „Und vielleicht kann ich die Schubkarre für dich finden und auch gleich den Rost von den Sensen kratzen."

Zufrieden, dass er ein starkes Team rekrutiert hatte, entschuldigte sich Kit bei Fred dafür, dass er an diesem Nachmittag nicht mitgearbeitet hatte, und versicherte ihm, dass er am morgigen Nachmittag beim Freilegen der Wege helfen würde.

Fred wirkte verwirrt und versuchte offensichtlich immer noch, die Vorstellung zu verdauen, dass der Gutsherr selbst die Ärmel hochkrempelte, um an seiner Seite zu arbeiten.

Kit klopfte dem Jungen auf die Schulter. „Keine Sorge, Fred. Im Handumdrehen haben wir diese Gärten verwandelt." Aber er war sich der schier aussichtslosen Aufgabe nur allzu bewusst, die er sich aufgebürdet hatte. Es galt, neun Hektar zu roden, wiederaufzubauen und neu zu bepflanzen, ganz zu schweigen von den Gebäuden und Pfaden. Ein junger Bursche, dem halbtags eine Frau und ein Krüppel halfen. Morgen früh würde er einen örtlichen Handwerker beauftragen, die Gebäude zu inspizieren und herauszufinden, ob dringende Reparaturen erforderlich waren. Er konnte bereits sehen, dass eine hölzerne Zierbrücke, die den kleinen Teich zu einer Insel überspannte, saniert werden musste. Sie war von Gestrüpp überwuchert und hing auf einer Seite ins Wasser. Einem sechseckigen Pavillon in der Nähe des Rasens fehlte der größte Teil seines Strohdachs und in den Dachsparren nisteten Tauben.

Er warf einen Blick auf seine Taschenuhr. „Ich muss jetzt los. Bis morgen, Fred, Mrs. Walters." Er konnte es nicht vermeiden, in Gegenwart des Jungen ihren Nachnamen zu benutzen. Er nickte den beiden zu und machte sich dann auf den Weg, um Hooker, der außerhalb der Mauer gegrast hatte, zurück in den Stall zu führen.

Als Martha von den versunkenen Gärten zurück zu ihrem Häuschen im Wald ging, fragte sie sich zum wiederholten Mal, was sie da tat. Jedes Mal, wenn sie Kit Shipley sah, schwor sie sich, dass es das letzte Mal sein würde. Und dann, wenn er erneut auftauchte, verflogen all ihre Vorsätze wie die Samen der Pusteblumen im Wind.

Er war in jeder Hinsicht so anders, als sie erwartet hatte. Er war der Gutsherr, ihr Arbeitgeber, ein wohlhabender Mann, reicher, als sie es sich je vorstellen könnte, und doch ein freundlicher, sanfter Mann, ein interessanter Mann, sensibel, einsam und verletzt. Immer, wenn sie zusammen waren, warf Martha all ihre Vorsätze über Bord.

Dann wusste sie nur noch, dass sie mit ihm zusammen sein wollte.

Eine Sache war jedoch klar. Er empfand dasselbe für sie. Dessen war sie sich sicher. Martha wusste es so genau, wie sie wusste, dass auf die Nacht der Tag folgte, dass in jedem Frühjahr die Glockenblumen im Wald erblühten und dass sie seit jenem Tag, an dem sie in der Dunkelheit des Bruthauses vergewaltigt worden war, keinen Augenblick des Glücks mehr verspürt hatte. Und doch fühlte sie sich jetzt unendlich und schwindelerregend glücklich. Aber ihr Glück war von einer schrecklichen Angst durchdrungen. Der Angst, dass Kit Shipley, sobald er die Wahrheit über sie erfuhr, sich nicht nur von ihr zurückziehen, sondern sie verachten würde.

Das durfte Martha nicht zulassen. Besser, sie verlor ihn, als dass er die Wahrheit herausfand. Das durfte nicht passieren. Er durfte es nicht wissen. Niemals. Sie musste die Sache jetzt beenden, bevor noch mehr zwischen ihnen geschah.

Kapitel Sechs

Am nächsten Tag, nach einem frühen Ausritt durch den Park, erledigte Kit im Eiltempo seine morgendliche Arbeit, bevor er in die versunkenen Gärten zurückkehrte. Das Wissen, dass er den Nachmittag in der Gesellschaft von Martha Walters verbringen würde, spornte ihn an, und der zuvor vernachlässigte Stapel von Briefen und Nachlasspapieren war deutlich geschrumpft, als er das Haus verließ.

Fred war immer noch damit beschäftigt, den Hauptweg durch die Gärten freizulegen. Nach ein paar aufmunternden Worten überließ Kit ihn wieder seiner Arbeit und machte sich auf die Suche nach Martha. Er fand sie in dem langen Backsteingebäude, in dem die Gartengeräte aufbewahrt wurden und das den Gärtnern als Unterschlupf diente.

Er stand einen Moment in der Tür und beobachtete sie dabei, wie sie vor einem Haufen von Blumentöpfen hockte und die zerbrochenen in einen Sack neben sich warf. Sie trug ihre Stiefelhosen. Er schluckte, holte tief Luft und versuchte, das Brennen des Verlangens zu unterdrücken, das seinen Körper durchfuhr.

Als Martha seine Anwesenheit spürte, drehte sie sich um und entdeckte ihn.

Kit lächelte, wandte dann seinen Blick ab und seine Aufmerksamkeit dem Gebäude zu, um sich von ihr und seinem überwältigenden Wunsch abzulenken, zu ihr zu laufen und sie in seine Arme zu schließen.

Zu dem Gebäude gehörten ein paar kleine Zimmer, die vor dem Krieg der Hilfsgärtner bewohnt hatte. Er war Junggeselle gewesen und an der Somme gefallen. Alles, was von seiner Existenz blieb, war ein Foto, ein Studioporträt, von dem Kit annahm, dass es die Eltern des Mannes zeigte, die anlässlich ihrer Hochzeit vor der Kamera posierten. Das Bild war an die Wand gepinnt, an den Rändern gewellt und auf einer Seite mit grünem Schimmel bedeckt, wo es durch ein Leck im Dach von Wasser beschädigt worden war.

„Ich bin heute ein bisschen früher gekommen, um anzufangen“, sagte Martha. „Dafür kann ich morgen erst etwas später hier sein. Ich hoffe, das ist in Ordnung?“

Kit nickte. „Natürlich.“

Er deutete auf das spärlich eingerichtete Zimmer. „Sofern meine Mutter sich durchsetzt und wir einen neuen Wildhüter einstellen müssen, könnten Sie hier einziehen. Im Moment ist es nicht viel, aber da drüben steht ein Herd und es gibt einen Tisch und Stühle und ein Bett. Ich könnte ein paar Möbel bestellen und eine neue Matratze. Ich bin sicher, Sie könnten ein gemütliches Zuhause daraus machen.“

Ihr Gesichtsausdruck war zweifelhaft.

„Gefällt es Ihnen nicht?“, fragte er.

„Und ob es mir gefällt. Und ich täte nichts lieber, als an einem Ort zu leben, der nichts mit Bill Walters zu tun hat.

Keine schlechten Erinnerungen. Aber Ihre Mutter würde niemals zustimmen."

„Es ist ihr egal. Ich sagte es bereits. Sie kommt nie hierher. Und was ich mit dem Anwesen mache, ist meine Sache."

„Ich habe gehört, dass sie das letzte Wort hat, bis Sie dreißig sind." Sie erwiderte seinen Blick ruhig und unablässig.

„Wo haben Sie das gehört?"

„Gerede der Bediensteten." Ihr Blick war herausfordernd. „Stimmt es etwa nicht?"

Kit erschauderte bei ihrer Kühnheit, ihn so direkt anzusprechen. Nicht wie eine Bedienstete. „Doch, aber meine Mutter hat kein Interesse an der laufenden Arbeit auf dem Gut. Sie will nur, dass es wieder so wird, wie es einmal war."

„Aber die Kosten, diesen Ort bewohnbar zu machen?"

Er zuckte die Achseln. „Ich werde dafür sorgen, dass es mehr als bewohnbar ist. Geld ist das Einzige, was ich im Überfluss besitze. Auch wenn die Quelle, aus der es stammt, mein Gewissen plagt."

„Warum?" Wieder dieser unverwandte Blick, direkt in seine Augen.

„Waffen. Die wahren Gewinner des Krieges waren Unternehmen wie Shipley Industries."

„Der Krieg ist vorbei. Und sie haben gesagt, dass es keine weiteren Kriege mehr geben wird."

„Darauf würde ich nicht wetten. Solange es Menschen gibt, haben sie Kriege geführt. Das Gemetzel dieses letzten wird schon bald vergessen sein. Und es gibt Kolonien zu verteidigen und neue zu erobern. Außerdem liefert Shipley's auch in die Automobilbranche. Der Bedarf an

Autos wird wachsen und damit auch der Bedarf an Shipley-Motoren, die sie antreiben."

Sie starrte ihn mit ihrer gewohnten Unergründlichkeit an. Kit wandte sich ab, weil er befürchtete, dass er seine eigenen Gefühle nicht so gut verbergen konnte.

„Der Haufen Werkzeuge, den ich dort drüben gesammelt habe, muss in die Schmiede", sagte sie. „Sie müssen allesamt geschliffen werden."

Er wandte sich ab und vermied es, ihre Beine zu betrachten, deren Umrisse unter der Stoffhose sichtbar waren.

„Ich treffe mich in ein paar Minuten mit einem Handwerker", sagte er. „Er kommt, um eine Bestandsaufnahme der erforderlichen Reparaturen zu machen. Ich werde ihm sagen, dass dieses Gebäude oberste Priorität haben muss. Wir werden es in kürzester Zeit wasserdicht haben und möblieren, damit Sie es beziehen können." Er ging zur Tür und drehte sich noch einmal um, um sie anzusehen. „Und ich werde ihn bitten, ein Badezimmer einzuplanen – er kann es in einem Anbau an der Rückseite unterbringen. Und einen Lagerraum für Kohle."

Ein paar Stunden später, nachdem er mit dem Handwerker gesprochen hatte – der nun ein glücklicher Mann war, der sich darauf freute, in seine Werkstatt zurückzukehren, um den umfangreichen Arbeitsplan zu erstellen und den Preis zu berechnen –, kehrte Kit zurück, um Martha zu suchen. Das gesamte Gebäude war nun aufgeräumt und der Boden gefegt. Brauchbare Werkzeuge und Geräte hingen von Haken an den Wänden. Sie hatte sogar die Fenster geputzt.

Fred Collins war bereits für das Abendessen nach Hause gegangen und Martha zog gerade ihren Mantel an, als Kit hereinkam. Er stand in der Tür und beobachtete sie, als sie die Knöpfe zuknöpfte. Auf einer Seite ihres Kopfes hatte sie Spinnweben in den Haaren. „Warten Sie", sagte er, ging auf sie zu und hob eine Hand, um sie wegzustreichen.

Sie starrte ihn mit ihren tiefen, unergründlichen Augen an. Aus Angst, sie könnte seine Geste falsch interpretieren, sagte er schnell: „Spinnweben ... in Ihrem Haar."

Martha entspannte sich, doch eine zarte Röte stieg ihr ins Gesicht. Seine Hand zitterte, als seine Finger über ihr dichtes, dunkles Haar strichen, die feinen grauen Fäden des Spinnennetzes auffingen und daraus entfernten.

Ohne ein Wort zu sagen, ging sie an ihm vorbei und er folgte ihr nach draußen. Die Sonne stand bereits tief am Himmel und die Wolken waren rosa gefärbt. Schweigend gingen sie gemeinsam zu der einzigen Bank, die nicht mit Moos bewachsen und von Gras überwuchert war. Sie setzten sich und Kit fühlte sich plötzlich unwohl. Die schlecht geschnittenen, ausgebeulten Stiefelhosen halfen nicht, seine Erregung zu lindern. Ihre Schenkel, die sich unter dem groben Stoff abzeichneten, irritierten ihn; er wollte seine Hand auf ihr Bein legen, widerstand dem Drang jedoch und verschränkte stattdessen die Arme vor der Brust.

Nach ein paar Minuten des Schweigens war die Spannung zwischen ihnen elektrisierend. Wenn er neben ihr sitzen blieb, wäre es unvermeidlich, dass er die Hand ausstreckte, um sie zu berühren.

Er stand auf. „Ich komme zu spät zum Abendessen. Mutter wird mir nie verzeihen, wenn ich nicht zu den Cocktails mit unseren Gästen erscheine."

„Cocktails?"

„Ausgefallene Getränke. Seltsame Mixturen aus allen möglichen Zutaten. Mutter denkt, es sei beeindruckend, sie zu servieren. Aber reine Verschwendung bei den Bournes.

Die Frauen bevorzugen Champagner und Lord Bourne hasst es, wenn sein Whisky von anderen Zutaten verunreinigt wird.“

„Was für ein exotisches Leben Sie führen, Kit. Ihre Welt ist so anders als meine“, murmelte sie.

„Eine Welt, in die ich nicht gehöre.“

Der Anflug eines Lächelns erreichte ihre Augen. „Werden Sie wiederkommen? Morgen?“

„Ich werde es versuchen. Ich habe vor, nach Möglichkeit jeden Nachmittag hier zu sein. Aber morgen wird es schwierig werden, zu entkommen, da wir Gäste haben. Morgen Abend kommen noch weitere an. Mutter gibt eine Dinnerparty.“

„Und Sie müssen sich um Lady Lavinia kümmern.“

Kit ruckte überrascht mit dem Kopf. „Was ist mit ihr? Woher wissen Sie von ihr?“

„Jeder in Newlands weiß, dass Sie sie heiraten werden. Es ist allgemein bekannt. Sie ist eine wunderschöne Frau.“

„Haben Sie sie gesehen?“

„Ich war in jener Nacht dabei, als sie sich mit Ihrem Bruder verlobte, also vor dem Krieg. Mrs. Harrison ließ zusätzliche Diener kommen, um in der Küche zu helfen und zu servieren. Ich erhaschte einen Blick auf Lady Lavinia, als die Türen zum Esszimmer offenstanden. Sie war *das* Gesprächsthema in der Küche. Sie war so wunderschön. Die perfekte Lady. Sie müssen hocherfreut sein, sie zu heiraten.“

„Ich werde sie nicht heiraten. Zwischen mir und Lavinia Bourne ist nichts und da wird auch nie etwas sein.“ Er nahm seinen Hut von der Bank, stand auf und wandte sich dem Weg zu.

Sie stand auf, streckte ihre Hand aus und berührte seinen Arm. „Es tut mir leid. Ich habe Sie verärgert. Das war nicht meine Absicht. Ich wollte nur, dass Sie wissen, dass ich es weiß. Dass ... dass Sie sie heiraten werden ..., weil ..."

Er drehte sich um und ohne nachzudenken, zog er sie in seine Arme. Diesmal neigte er seinen Kopf, um ihren Mund zu finden. Sie küssten einander hingebungsvoll, gierig, ihre Lippen unersättlich, ihre Körper eng aneinandergepresst. Er spürte ihre Brüste an seiner Brust, als sie sich mit ihrem Atem hoben und senkten.

Martha löste sich zuerst aus dem Kuss. „Geh. Du musst gehen, Kit. Du kommst zu spät." Sie stieß ihn weg.

Er stand noch einen Moment lang vor ihr, den Hut in der Hand, mit pochenden Schläfen, dann ging er mit seinem staksigen Gang zum Torbogen und verließ den ummauerten Garten.

Kapitel Sieben

Edwina Shipley warf Christopher einen unerfreuten Blick zu, als er den Salon betrat, verbarg ihre Verärgerung jedoch zum Wohle ihrer Gäste schnell hinter einem strahlenden Lächeln.

„Da bist du ja, Liebling. Ich habe gerade erklärt, dass du heute Nachmittag etwas Dringendes zu erledigen hattest!" Sie wandte sich an Lord und Lady Bourne. „Langweilig, aber die Pflicht ruft." Sie streckte ihre Hand aus, um ihren Sohn in den Raum zu ziehen. „Bannister hat ein paar Manhattans gemixt. Du nimmst doch einen, nicht wahr, Christopher? Bitte leiste mir damit Gesellschaft – ich kann Lady Bourne und Lavinia nicht überreden, sich mir anzuschließen. Und du weißt ja, dass Lord Bourne genauso schlimm ist, wie dein lieber verstorbener Vater es war und nicht einmal einen Eiswürfel in seinem Whisky duldet." Sie lachte.

Christopher erkannte, dass sie nervös war, und so beschloss er, dass es das Beste war, ihr Angebot anzunehmen.

Vom anderen Ende des Raumes rief Lord Bourne: „Eis

im Scotch ist eine Abscheulichkeit. Ich fürchte, dafür sind auch Ihre amerikanischen Landsleute verantwortlich, Mrs. Shipley."

Edwinas Lachen war gezwungen. Sie hasste es, an ihre Herkunft erinnert zu werden.

Sie hielt Christophers Getränk und drückte es ihm in die linke Hand. „Geh", sagte sie, „Lavinia wartet."

Christopher nahm das Glas und ging quer durch den Raum, um die Gäste zu begrüßen.

Dieses Wochenende war das erste seit dem Tod ihres Mannes, an dem Mrs. Shipley offiziell Gäste unterhielt, und sie bemühte sich, die perfekte Gastgeberin zu mimen. Christopher hatte Mitleid mit ihr, mit ihrer Verzweiflung, ihrer Entschlossenheit, die Rolle der Grande Dame makellos zu spielen. Es erstaunte ihn immer wieder, wie viel seiner Mutter daran lag, von der englischen Oberschicht akzeptiert zu werden. Hinter ihren makellosen und teuren Kleidern, ihren perfekten Manieren und ihrem kultivierten, glasklaren englischen Akzent verbarg sich ein großer Makel und die ständige Befürchtung, dass sie als gebürtige Amerikanerin niemals das Original sein könnte, sondern immer nur eine hoffnungsvolle Postulantin, die zu wünschen übrig ließ.

Lord Bourne sah aus, als ob er sich wünschte, tausend Meilen weit weg zu sein oder, was wahrscheinlicher war, hinter den Marmorportalen seines Gentleman's Club oder in der Bar des House of Lords. Er ließ sich auf einem Stuhl vor dem Kamin nieder und konzentrierte sich auf seinen Whisky. Lady Bourne setzte sich ihm gegenüber, neben Edwina Shipley, und die beiden Frauen waren bald in ein Gespräch vertieft, so dass Christopher und Lady Lavinia einander überlassen waren, was eindeutig so gewollt war.

Lavinia war unbestreitbar hübsch. Heute Abend trug

sie ein Kleid in derselben Farbe wie der Champagner in ihrem Glas. Ihre schlanke Figur kam in dem Kleid besonders gut zur Geltung, mit einem perlenbesetzten Mieder über einem Taftrock, der ihren Körper an der Taille und den Hüften eng umschloss und wenige Zentimeter über ihren Knöcheln endete. Das Mieder entblößte ihre Schultern auf eine Weise, die ein paar Jahre zuvor noch eher als schockierend denn als gewagt bezeichnet worden wäre. Ihre blauen Augen wurden von unwahrscheinlich langen Wimpern umrahmt und ihre Lippen bildeten einen perfekten Amorbogen. Sie lächelte Christopher an und senkte kokett den Blick. Doch es wirkte eher eingeübt als natürlich und er machte sich keine Illusionen darüber, dass ihr Verhalten nicht anders gewesen wäre, wenn sie einem anderen Mann gegenübergestanden hätte.

Sie gingen zu den raumhohen Fenstern, die auf eine gepflasterte Terrasse hinausführten, hinter der sich die Rasenflächen bis zu einem Graben erstreckten – ein völlig unnötiges Gestaltungselement, da es in diesem Teil der Ländereien kein Vieh gab. Es war noch hell draußen, die Abende wurden bereits länger und ließen den Frühling erahnen, während die ersten Anzeichen des Sonnenuntergangs den Himmel rosarot färbten.

„Es ist ein wunderschöner Abend", sagte Christopher nach einigen Minuten peinlichen Schweigens.

„Das ist es wohl." Sie kicherte leise, als ob er etwas Witziges gesagt hätte.

„Es sieht so aus, als würden wir gleich Zeugen eines wunderschönen Sonnenuntergangs werden."

„Wirklich? Wie interessant." Ihr Ton verriet, dass sie seine Aussage alles andere als interessant fand.

„Mutter hat vorgeschlagen, dass ich Ihnen morgen die Gärten zeige. Würde Ihnen das gefallen?"

„Eigentlich nicht." Sie verdrehte die Augen. „Es sei denn, Sie bestehen darauf." Sie legte den Kopf schief und lächelte ihn entschuldigend an. „Ich leide an Heuschnupfen. Schrecklich langweilig, ich weiß. Ich halte mich nicht gern im Freien auf, schon gar nicht in der Nähe von frisch geschnittenem Gras oder Blumen. Da muss ich furchtbar niesen. Im Winter geht es mir gut. Aber wer will schon draußen sein, wenn es kalt ist?"

„Ich verstehe." Christopher versuchte, sich vorzustellen, was für ein Leben sie führen musste, wenn sie nur selten nach draußen ging. „Das muss schwer für Sie sein?"

„Ganz und gar nicht." Sie sprach in demselben trägen, großbürgerlichen Tempo wie ihr Vater – als ob alles um sie herum und jedes mögliche Gesprächsthema zu langweilig wäre, um es zu ertragen, auch nur einen Gedanken daran zu verschwenden. „Ich verbringe die meisten Vormittage im Bett." Sie sah ihn mit ihren strahlend blauen Augen an und senkte dann den Blick. Er fragte sich, ob sie vor dem Spiegel geübt hatte. „Finden Sie das schrecklich von mir? Mama sagt, es sei sehr unanständig, aber ich denke, ich sollte es tun, solange ich noch kann. Bevor ich verheiratet bin und aufstehen muss, um alle möglichen langweiligen Dinge zu tun, wie etwa, die Bediensteten zu rügen." Sie kicherte wieder und schenkte ihm ihr strahlendes Lächeln. „Nachmittags gehe ich allerdings ins Freie, um mit meinen Hunden spazieren zu gehen. Ich habe zwei Chihuahuas. Es bricht mir das Herz, dass sie nicht mehr bei mir sind. Ich hasse es, meine Lieblinge zurückzulassen." Ihre Lippen verzogen sich zu einem Schmollmund und sie senkte ihre Stimme zu einem verschwörerischen Ton. „Mögen Sie Chihuahuas, Captain Shipley?"

Christopher schluckte. Dieser Besuch würde eine

schlimmere Tortur werden, als er erwartet hatte. „Ich bin noch nie einem begegnet. Mutter hat zwei Spaniels.“

„Dann muss ich Ihnen Popsy und Petal vorstellen. Sie sind ganz und gar bezaubernd. Jeder liebt sie. Nun ja, abgesehen von Daddy. Er beschwert sich immer, dass sie ihm zwischen die Füße laufen. Er nennt sie meine kleinen Ratten. Was für ein Monster er doch ist.“ Sie lachte schallend und erzählte Kit, wie sie die Hunde gern in ihrer Handtasche versteckte. Er versuchte, es sich vorzustellen, aber seine Fantasie ließ ihn im Stich.

„Ich habe Sie seit der Nacht, in der Sie sich mit meinem Bruder verlobten, nicht mehr gesehen“, sagte er, um das Gesprächsthema zu wechseln. Nach kurzem Zögern fügte er hinzu: „Es muss schwer für Sie sein, Percy so kurz nach der Verlobung zu verlieren.“

Sie zog die Augenbrauen zusammen. „Ja, natürlich. Was für ein Pech. Percy war absolut wunderbar. So unterhaltsam. Ich hatte mich so darauf gefreut, ihn zu heiraten.“ Sie schniefte verhalten und tupfte sich die Nase mit einem Taschentuch ab. „Natürlich musste alles abgesagt werden. So traurig. Mein Bruder starb kurz darauf. Schrecklicher, schrecklicher Krieg.“ Sie drehte sich um und sah aus dem Fenster. Er dachte, sie würde noch etwas über Percy sagen, aber stattdessen sagte sie: „Mein Hochzeitskleid war schon fertig. Es war so wunderschön, aber Mama sagte, ich müsse es einmotten. Es wäre auch als Ballkleid geeignet gewesen, aber als der schreckliche Krieg begann, fanden keine Bälle mehr statt. Jetzt sagt Mama, dass ich es tragen muss, wenn ich heirate, denn es war furchtbar teuer. Finden Sie nicht, dass das gemein von ihr ist? Das Kleid ist jetzt drei Jahre alt und die Mode ändert sich ständig. Ich würde es hassen, an meinem Hochzeitstag schäbig und unmodisch auszusehen.“

Sie lächelte ihn an und senkte wieder ihren Blick.

„Das wäre in Ihrem Fall unmöglich, Lady Lavinia", sagte er. Sie lächelte, um das unvermeidliche Kompliment anzunehmen.

Sie hatte kaum ein Wort für seinen armen, toten Bruder übrig. Christopher kippte seinen Manhattan hinunter. Er würde mehrere Drinks brauchen, um diesen Abend zu überstehen. Vor allem, da er nur an den Kuss mit Martha denken konnte und daran, wie dringend er aus dem Zimmer eilen, sein Pferd satteln und zu ihr reiten wollte.

Er wollte sich gerade ein frisches Glas holen, als Bannister den Raum betrat und das Abendessen ankündigte.

Im Laufe des Essens unternahm Christopher weitere Gesprächsversuche mit Lavinia, doch es gelang ihm nicht, ein tragfähiges Thema zu finden. Die einzigen Themen, die seine zukünftige Verlobte zu begeistern schienen, waren ihre Hunde, ihre Porzellanpuppensammlung – sie erzählte ihm, dass sie inzwischen sechsunddreißig besaß, die in einer Glasvitrine in ihrem Schlafzimmer ausgestellt waren – und ihre Reise nach Paris mit ihrer Mutter vor Kurzem. „Daddy hat gesagt, ich soll das Beste daraus machen", flüsterte sie. „Das Geld ist im Moment ein klein bisschen knapp. Wie langweilig." Sie schlug sich eine Hand vor den Mund und flüsterte dann: „Herrje. Das hätte ich nicht sagen dürfen. Mama wird böse sein. Denken Sie, sie hat mich gehört?"

Christopher sagte ihr, es sei unwahrscheinlich, und versicherte ihr, dass ihr Geheimnis bei ihm sicher sei.

Er fragte sie, was sie davon hielt, dass den Frauen im Jahr zuvor das Wahlrecht eingeräumt worden war.

„Ich bin noch nicht dreißig", antwortete sie empört.

„Ich wollte damit nicht andeuten, dass Sie es sind. Ich habe mich nur gefragt, ob Sie froh sind, dass dieser Kampf endlich gewonnen ist."

„Ich finde Politik langweilig. Und was die Suffragetten betrifft, so denke ich, dass sie sich schändlich verhalten haben und immer noch alle im Gefängnis sitzen sollten. Die Politik gehört wie der Krieg und das Autofahren zu den Dingen, die man den Männern überlassen sollte, meinen Sie nicht auch, Captain Shipley?"

Christopher schluckte und konnte kaum glauben, was er da hörte.

Das restliche Essen über hatten sie sich kaum noch etwas zu sagen, während ihre Mütter tapfer versuchten, Smalltalk zu betreiben und sie nach Möglichkeit einzubinden.

Als die Damen sich zurückzogen und die beiden Männer dem Portwein und den Zigarren überließen, kam Lord Bourne direkt zur Sache.

„Sie haben also vor, meine Tochter zu heiraten?"

Christopher schluckte, schockiert über die Unverblümtheit und die Geschwindigkeit, mit der seine Lordschaft zum Punkt kam.

Mit zitternden Händen stellte er seinen Portwein ab und stammelte: „Ich kenne sie kaum. Wir sind uns heute Abend erst zum zweiten Mal begegnet." Schnell fügte er hinzu: „Lady Lavinia ist eine charmante junge Dame." Er stellte fest, dass er zu viel getrunken hatte, um den Abend erträglich zu machen, und Lord Bournes Gesicht hatte eine gewisse Unschärfe angenommen.

Der ältere Mann paffte an seiner Zigarre. „Verdammt gute Zigarren. George hatte immer gute Havannas im Haus. Rauchen Sie nicht?"

Bei dem Gedanken an Zigarren wurde Christopher übel.

Lord Bourne kehrte zum eigentlichen Thema zurück. „Lavinia ist ein hohlköpfiges Geschöpf. Ihre Mutter hat sie immer verwöhnt. Aber ein hübsches kleines Ding, das ist sie wirklich. Und das ist alles, was bei einer Frau zählt, denke ich. Sie weiß jedenfalls, wie sie mich um ihren kleinen Finger wickeln kann." Er besah sich das Ende seiner Zigarre. „Also, junger Mann. Wie sehen Sie die Sache?"

Christopher öffnete den Mund wie ein Fisch und wusste nicht, was er sagen sollte.

„Ich halte nichts davon, um den heißen Brei herumzureden. Es wäre mir lieber gewesen, sie hätte Ihren Bruder geheiratet. Guter Mann, Percy. Ganz der Vater. Wie ähnlich er George doch war. Amüsant im Club. Eine Schande, dass es ihn erwischt hat. Meinen Sohn auch. Schreckliche Sache." Er schüttelte den Kopf und füllte sein Glas aus der Karaffe nach. Christopher sah, dass sie bereits halb leer war.

„Ich habe gehört, Sie sind Botaniker. Was ist das denn für ein Unsinn?" Ohne eine Antwort abzuwarten, fügte Lord Bourne hinzu: „Aber Ihre Mutter sagt, dass Sie sich von nun an der Leitung des Landguts und des *Familienunternehmens* widmen werden." Er sprach das Wort so, als fühlte es sich ein wenig schmutzig an auf seiner Zunge. „Ich selbst habe mit kaufmännischen Dingen nichts am Hut. Aber Sie können jemanden dafür bezahlen, dass er das Unternehmen für Sie leitet, während Sie sich darauf konzentrieren, Newlands neuen Glanz zu verleihen."

„Ich habe noch nicht entschieden, was ich tun werde. Bisher habe ich mich auf meine Gesundheit konzentriert."

„Ja, natürlich. Sie haben ein Bein verloren. Zu schade. Ich nehme an, Lavinia ist nicht gerade begeistert von der Aussicht, einen einbeinigen Ehemann zu haben." Er nahm einen Zug von seiner Zigarre und drehte sie zwischen Daumen und Zeigefinger. „Nun, sie wird sich damit abfinden müssen. So wie Sie es tun. Sich für König und

Königreich opfern. Mehr kann man doch nicht verlangen, oder?" Er schwenkte den Portwein in seinem Glas. „Verdammt guter Portwein." Er nahm noch einen Schluck und fügte dann hinzu: „Das Bein wird Sie doch nicht davon abhalten, das zu tun, was getan werden muss, wenn Sie verstehen, was ich meine? Ich hoffe, Sie haben keine anderen Körperteile verloren?"

Christopher spürte, wie ihm das Blut ins Gesicht schoss, und überlegte, wie er darauf antworten sollte, aber Lord Bourne erwartete offensichtlich keine Antwort.

„Ich würde die Sache gern bald klären. Wir müssen nach außen hin den Anstand wahren, aber wir beide können uns von Mann zu Mann einigen und die Damen können sich später um die Details kümmern. Ich dachte, wir geben die Verlobung in ein paar Monaten bekannt. Ich habe Sie und Ihre Mutter eingeladen, nach Harton Hall zu kommen. Ende Juni. Nach Ascot. In der Zwischenzeit können Sie das Mädchen ein paar Mal ins Theater oder zum Essen ausführen. Offiziell um sie werben. Sie kann das Theater nicht ausstehen – wer kann es ihr verdenken? –, aber sie wird das Spiel mitspielen. In dieser Hinsicht ist sie wie ihr Vater. Die Oper kann sie auch nicht ausstehen. Sobald Sie verheiratet sind, können Sie wieder tun, was Sie wollen."

Christopher hörte zu und konnte nicht glauben, was der Mann sagte.

„Sie hat Ihnen von ihren geliebten Hunden erzählt, nicht wahr? Schreckliche kleine Dinger. Ich schwöre bei Gott, eines Tages werde ich aus Versehen auf einen der beiden treten und ihn zerquetschen. Zumindest kann sie nicht behaupten, ich hätte sie nicht gewarnt." Er gluckste in sich hinein. „Viel Glück mit den beiden. Schreckliche, kläffende kleine Kreaturen."

Er klopfte mit den Fingerknöcheln auf die Tischplatte. „Ihr verstorbener Vater und ich hatten bereits alle finanziellen Aspekte geklärt, als sie und Percy sich verlobten, also werden wir dabei bleiben. Es gibt keinen Grund, noch mehr Zeit zu verschwenden. Percy oder Sie – das macht doch am Ende keinen Unterschied. Nicht, solange ich ein Dach habe, das repariert werden muss. Das Haus wird sowieso Ihnen und Lavinia gehören, wenn ich erst tot bin. Ich habe keinen Sohn, dem ich es hinterlassen könnte. Sie und Lavinia müssen einen Erben produzieren, der meinen Titel weiterführt." Jetzt war er in voller Fahrt. „Es gibt keine andere Erbfolge für das Anwesen oder den Titel, also werden Lavinias Kinder alles erben. Was das Haus betrifft – das ist zugig und alt. Und feucht. Es ist also durchaus sinnvoll, die Reparaturen eher früher als später durchführen zu lassen. Im Moment verbringen wir die meiste Zeit in unserem Stadthaus. Meine Frau und Lavinia hassen das Land. Aber Harton Hall befindet sich seit Jahrhunderten im Besitz meiner Familie, also können wir es nicht verkommen lassen."

Christopher wusste nicht, wie er darauf reagieren sollte, dass der Mann ihn so unverblümt als Teil eines fairen Geschäfts zur Erneuerung des undichten Daches seines Landsitzes hinstellte.

Lord Bourne lehnte sich in seinem Stuhl zurück und paffte an seiner Zigarre. „Nun?", fragte er schließlich.

„Wie ich schon sagte, hatte ich noch keine Gelegenheit, über all das nachzudenken. Ich bin erst seit einem Monat aus dem Rehabilitationskrankenhaus zurück."

„Was? Da gibt es nichts zu überlegen."

„Meiner Meinung nach schon." Christopher erhob sich und versuchte zu ignorieren, dass der Raum sich drehte.

„Lord Bourne, ich vermute, die Damen erwarten uns im Salon."

Nachdem sie mit den beiden älteren Damen eilig und etwas unbehaglich Tee getrunken hatten – Lavinia hatte sich bereits entschuldigt und war zu Bett gegangen –, ging Christopher in Richtung seines Schlafzimmers, als seine Mutter ihn auf dem Treppenabsatz abfing. „Und?"

„Und was?" Ihm fiel auf, dass seine Aussprache etwas verzerrt war.

„Sei nicht so anstrengend, Liebling. Wie ist es mit Lavinia gelaufen? Und was hast du mit Lord Bourne besprochen?"

„Lavinia hat alle meine Erwartungen übertroffen."

„Oh, das ist wundervoll, mein Liebling."

„Sie ist nicht nur dumm, sie ist auch noch völlig unfähig, an etwas anderes zu denken als an sich selbst und ihre geliebten Hunde."

„Wirklich, Christopher, du und deine Scherze. Bleib doch ernst." Sie starrte ihn an. „Bist du betrunken?"

„Ja, ich bin tatsächlich betrunken. Nur so konnte ich diesen furchtbaren Abend überstehen. Und ich meine es todernst. Das war der langweiligste Abend, den ich je das Pech hatte, verbringen zu müssen."

„Du musst sie nicht interessant finden. Du musst sie nur heiraten. Das kann doch nicht so schwer sein?"

„Schwer? Es ist ganz und gar unmöglich."

„Wir reden morgen darüber", zischte sie. „Wenn du nüchtern bist. In der Zwischenzeit sei bitte, bitte, höflich zu ihr."

„Ich war nie etwas anderes als höflich, Mutter. Vorbildlich in Sachen Manieren und Höflichkeit."

„Nun, dem Himmel sei Dank, wenigstens das. Gute

Nacht." Sie hielt ihm die Wange für einen Kuss hin und ging dann über den Korridor zurück zu ihrem Zimmer.

In seinem eigenen Schlafzimmer angekommen, lehnte sich Kit einige Augenblicke lang gegen die Tür. Er wankte zum Bett, ließ sich darauf fallen und schlief sofort ein. Er hatte nicht einmal sein Bein abgenommen.

Kapitel Acht

Am nächsten Morgen ging Christopher mit schmerzendem Kopf zum Frühstück hinunter. Zu seiner Erleichterung war nur Edwina anwesend, die ihm mitteilte, dass Lavinia und ihre Mutter noch nicht aufgestanden waren und wahrscheinlich nicht vor dem Mittagessen erscheinen würden, und dass Lord Bourne zu einer Runde Golf mit Geoffrey Harrington-Foster, einem der für den Abend erwarteten Gäste, aufgebrochen war.

„Ich hoffe, du bist heute Morgen bei besserer Laune, Christopher?"

„Mit meiner Laune ist alles in bester Ordnung."

„Musst du denn immer scherzen? Du weißt genau, wovon ich spreche. Ich muss sagen, du siehst furchtbar aus. Du und Lord Bourne habt gestern zu tief in den Portwein geschaut. Bannister sagt, ihr habt eine ganze Karaffe geleert."

Christopher zog es vor, nicht zu antworten.

„Also? Hat Lord Bourne dich gefragt, ob du seine Tochter heiraten willst?"

„Das hat er in der Tat. Ziemlich unverblümt, wie ich fand. Er sagte mir, die Vereinbarung würden genau so sein, wie er und Vater sie für Percy getroffen hatten; dass es für ihn keinen wesentlichen Unterschied mache, wer von uns beiden sie heirate, obwohl er deutlich machte, dass Percy seine bevorzugte Wahl gewesen wäre. Er sagte mir auch, Botaniker sei kein echter Beruf, dass du ihm versichert hättest, ich würde in Zukunft mit der Verwaltung des Anwesens einer angemesseneren Beschäftigung nachgehen, und dass er das Arrangement so schnell wie möglich besiegeln wolle, um endlich die Mittel für ein neues Dach zu haben.“

Edwina schlug die Hände zusammen. „Wie herrlich! Ich hoffe, du hast ihm gesagt, dass das auch für uns ideal wäre.“

„Für *uns*? Ich denke, du meinst für *dich*. Eine Heirat mit Lavinia, egal unter welchen Voraussetzungen, wäre für mich nicht ideal. Weswegen es auch nicht dazu kommen wird.“

Ihre Mutter hob die Hände an ihren Kopf. „Ich hoffe, du hast ihm das nicht gesagt!“

„Nein. Ich habe ihm gesagt, dass ich Zeit brauche, um über sein Angebot nachzudenken, dass ich gerade erst das Rehabilitationskrankenhaus verlassen habe. Er hat es sogar geschafft, die Tatsache zu erwähnen, dass Lavinia äußerst irritiert davon ist, dass mir ein Bein fehlt. Ich war versucht, zu erwidern, dass ich selbst vermutlich um einiges irritierter bin.“

„Das hat er gesagt?“ Ihre Augen weiteten sich.

„Zusammen mit ein paar Worten über Opfer für König und Königreich und seiner Überzeugung, dass Lavinia das fehlende Bein schließlich akzeptieren würde, solange sie es nur nicht ansehen müsse. Vermutlich meinte er damit den Stumpf."

Edwina ging zur Anrichte hinüber und bediente sich an einer weiteren Portion Kedgeree. Sie setzte sich wieder und schüttelte den Kopf. „Nimm es dir nicht zu Herzen, Liebling. Sie wird lernen, damit umzugehen."

„Ich hoffe, sie tut es nicht. Das könnte meine beste Chance sein, von ihr abgewiesen zu werden. Sofern sie überhaupt ein Mitspracherecht hat, wovon ich nicht ausgehe."

„Deine Heirat mit Lavinia ist die perfekte Lösung für uns alle. Wir haben das schon so oft besprochen."

„Es ist die perfekte Lösung für alle, bis auf mich – und wahrscheinlich Lavinia. Bitte, Mutter, können wir uns ausnahmsweise einmal ernsthaft unterhalten, anstatt mit Plattitüden um uns zu werfen?"

Seine Mutter runzelte verwirrt die Stirn und zügelte ihre Verärgerung.

„Lass uns darüber reden, warum du diese Ehe so sehr willst. Darüber, warum du mich zu etwas zwingen willst, das allem, was ich selbst möchte und woran ich glaube, völlig zuwiderläuft. Spielt mein Glück bei deinen Plänen denn gar keine Rolle? Nicht einmal *am Rande?*"

„Dein Glück? Was ist mit deiner Pflicht? Was ist mit der Familienehre? Was ist mit deiner Verantwortung?"

„Meinst du nicht, meinem Land zu dienen und dabei mein Bein zu verlieren, war genügend Pflicht und Ehre? Zwei Jahre in den Schützengräben zu verbringen, Männer in den Tod zu schicken und meinen eigenen Tod nur knapp zu vermeiden? Was die Verantwortung angeht, so ist meine einzige Aufgabe, sicherzustellen, dass du versorgt bist, Mutter. Ich schere mich keinen Deut darum, ob der Name

Shipley mit dem Stammbaum der Bournes vereint wird. Ich bin stolz auf mein Erbe. Stolz auf die Tatsache, dass meine Großmutter in einer Wollspinnerei gearbeitet hat und mein Großvater in jungen Jahren einen Karren durch die Straßen von Huddersfield schob."

„Sei nicht vulgär."

„Vulgär? Manchmal bist du mir ein einziges Rätsel." Er schenkte sich eine Tasse Tee ein und griff nach dem Zucker. „*Dein* Vater hat in einer Fabrik gearbeitet und dann sein Geld mit seinem Erfindungsreichtum verdient. Wofür muss man sich da schämen? Und dein Großvater war ein polnischer Einwanderer in Amerika."

„Hör sofort damit auf. Du bereitest mir Kummer, Christopher. Willst du mich absichtlich unglücklich machen?"

„Unglücklich? Ich würde gerne verstehen, warum es für *dich* vollkommen akzeptabel ist, *mich* in eine unglückliche Zukunft zu schicken. Sag mir, warum das für dich so wichtig ist. Erklär mir, warum es dich glücklich macht, mich leiden zu sehen."

„Mach dich nicht lächerlich." Sie schob ihren Teller weg. Das Kedgeree hatte sie kaum angerührt. „Wenn du dich erst einmal an den Gedanken gewöhnt hast, wirst du feststellen, dass eine Heirat mit Lavinia ganz wunderbar ist. Leiden wirst du in der Tat! Niemand erwartet, aus Liebe zu heiraten, außer die niederen Klassen. Die Ehe ist eine geschäftliche Vereinbarung und eine so schöne Frau wie Lavinia zu heiraten, sollte der Pflicht etwas von ihrer Beschwerlichkeit nehmen. Dein armer, lieber Bruder verstand das sehr gut, und das solltest du auch."

„Armer Percy. Ich habe gestern Abend erfahren, dass Lavinia nur bedauert, dass sie wegen seines Todes ihr Hochzeitskleid nicht tragen konnte, als es in Mode war.

Und was nützt mir ihr schönes Gesicht, wenn ich es nicht ertragen kann, mit ihr in einem Raum zu sein?"

Edwinas Gesicht verzog sich schmerzlich, als er Percy erwähnte. Sie schwieg einen Moment, dann sagte sie: „Dein Bruder schätzte das Mädchen sehr. Warum sagst du so schreckliche Dinge? Lavinia mochte ihn auch. Alle sagten das. Sie waren ein schönes Paar." Sie schniefte und tupfte sich die Nase mit einem spitzenbesetzten Taschentuch trocken. „Wenn du sie erst besser kennenlernst, wirst du sie auch lieb gewinnen. Gib ihr eine Chance, Christopher."

„Wenn dir eine ‚gute Ehe' so wichtig ist, warum gehst du dann nicht selbst eine ein? Jetzt, da Vater tot ist, kann dich nichts aufhalten. Aber lass bitte den Versuch, eine für mich zu arrangieren. Du kannst den Rest deines Lebens in Frieden hier verbringen und von den Dividenden aus dem Geschäft leben. Ich werde einen Verwalter einstellen, der das Gut leitet, sofern du es weiterführen willst, aber ich will nichts damit zu tun haben. Vielleicht gehe ich sogar wieder fort."

Edwina erhob sich von ihrem Platz und warf ihre Serviette auf den Tisch. „Ich habe Kopfschmerzen. Ich werde mich jetzt hinlegen. Ich schlage vor, du denkst über die schrecklichen Dinge nach, die du gesagt hast. Ich erwarte deine Entschuldigung vor dem Abendessen."

Diesmal zögerte er nicht. Er lenkte Hooker in Richtung Wald, sobald sie den Stall verließen, und ritt auf direktem Weg durch den Park, ohne Rücksicht darauf, ob jemand sein Ziel erahnte.

Als er das kleine Haus im Wäldchen erreichte, stieg kein Rauch aus den Schornsteinen und es gab kein Lebenszeichen. Er drückte sein Gesicht an die Fensterscheibe und sah, dass Holzscheite im Kamin der kleinen Stube aufgeschichtet waren, aber kein Feuer brannte. Wo war sie? Er ging um die Rückseite des Hauses herum, öffnete die Türen zum leeren Bruthaus, wo sich auch Lagerräume und Waschküche befanden, und ging dann den Hang hinunter zu dem langen Backsteingebäude, in dem die Zwinger untergebracht waren. Als Walters noch gelebt hatte und regelmäßig Jagden veranstaltet wurden, hatte es Vögel in den Nistkästen und mehr als ein Dutzend Hunde in den Zwingern gegeben. Jetzt war nichts mehr davon übrig außer Staub und Spinnweben.

Hinter dem Haus befand sich ein kleines Feld mit Reihen von Gemüse. Der Boden schien frisch gejätet worden zu sein. Die Wäscheleine hing schlaff und leer über dem dünnen Rasenstreifen zwischen dem Haus und dem Gemüsegarten.

Kit hatte sich nicht auf die Möglichkeit vorbereitet, dass sie nicht zu Hause sein könnte. War sie für immer gegangen? Hatte sie ihre Meinung über die Arbeit in der Gartenanlage geändert? War es der Kuss gewesen?

Besorgt nahm er seinen Hut ab, setzte sich auf die Stufe und hob jedes Mal hoffnungsvoll den Kopf, wenn ein Zweig knackte, weil sich ein Vogel oder ein Kaninchen im Unterholz bewegte.

Es dauerte über eine Stunde, bis Martha auftauchte. Kits Magen knurrte, als sie sich über den Feldweg näherte, der aus dem Dorf herführte. Sie trug einen Mantel über ihrem üblichen braunen Kleid und ihr Haar war in einem lockeren Dutt unter einem schäbigen Filzhut versteckt.

In Gedanken versunken, bemerkte sie Kit zunächst nicht, der sie die ganze Zeit über beobachtete, als sie näherkam. Als sie ihn entdeckte, blieb sie einen Moment stehen und ging dann langsamer auf die Türschwelle zu, vor der er wartete.

„Du hättest nicht kommen sollen", sagte sie. „Wir müssen mit diesen Treffen aufhören."

Er ignorierte die Bemerkung und fragte: „Wo warst du?", während sich seine Befürchtung, sie wäre für immer gegangen, langsam in Wohlgefallen auflöste.

Sie erzählte ihm, dass sie, wie jeden Samstagmorgen, Blumen ans Grab ihres Vaters auf dem Friedhof des Dorfes gelegt hatte.

Während sie ihren Mantel aufknöpfte, ließ sie sich neben ihm auf die Stufe sinken und er griff nach ihrer Hand. Seine eigene zitterte, aber dieses Mal lag es an ihrer Nähe und nicht an seinen Nerven.

Sie hielt inne, griff dann mit ihrer freien Hand nach oben und strich eine Strähne beiseite, die ihm vor ein Auge hing. „Was ist los? Irgendetwas stimmt nicht, Kit."

Er stieß einen langen, tiefen Seufzer aus. „Man macht mir Druck, einer Heirat mit Lady Lavinia zuzustimmen."

„Wäre das denn so schlimm?"

„Es wäre das Schlimmste."

„Nein, Kit. Wäre es nicht. Glaube mir." Sie starrte in die Ferne.

„Es tut mir leid. Ich hatte nicht die Absicht, meine Situation mit dem zu vergleichen, was du durchmachen musstest."

Sie erhob sich von der Stufe und öffnete die Tür. „Ich mache uns einen Tee."

Wie war es so weit gekommen? In nur wenigen Tagen hatte Kit es sich zur Gewohnheit gemacht, Martha zu besuchen und ihr Ritual einer gemeinsamen Tasse Tee zu pflegen. Der Gedanke, dass irgendwann der Tag kommen könnte, an dem er das Häuschen leer vorfand, mit zugenagelten Fenstern und Türen, war unerträglich.

Sie stellte sich hinter ihn, als er sich an den Tisch setzte, legte ihre Hände auf seine Schultern und beugte sich vor, um ihm einen Kuss auf den Scheitel zu geben. Er zog sie auf seinen Schoß und sie lehnte ihren Kopf an seine Brust. Schweigend saßen sie da, bis das Pfeifen des Teekessels auf dem Herd sie in die Küche rief.

Sie setzte sich wieder, diesmal ihm gegenüber.

„Ich kann sie nicht heiraten. Ich werde sie nicht heiraten." Er sah Martha über den Tisch hinweg an und erkannte, dass sie es war, die er liebte, obwohl er sie erst seit ein paar Tagen kannte. „Ich will dich heiraten."

Er hatte befürchtet, sie würde ihn auslachen oder ihm vorwerfen, er würde sie bevormunden, doch es war vielmehr Traurigkeit, die er in ihrem Blick las.

„Du weißt, dass das nicht möglich ist. Wohlhabende Männer heiraten nicht die Witwen ihrer Bediensteten. Bitte sag es nicht noch einmal. Ich flehe dich an."

„Obwohl ich dich erst vor ein paar Tagen kennengelernt habe, habe ich das Gefühl, dich zu kennen, dich wirklich zu kennen, und dass du mich auch kennst. Dass du mich verstehst. Dass wir einander verstehen." Er atmete langsam ein und aus, bevor er sagte: „Ich glaube, ich liebe dich, Martha, und ich möchte immerzu bei dir sein. Ich kann mir ein Leben ohne dich nicht mehr vorstellen. Als ich heute hierherkam und du nicht da warst, wusste ich nicht, was ich tun sollte. Ich konnte es nicht ertragen. Die Vorstellung, dass du weg bist, ist einfach unvorstellbar."

Er sah, wie ihre Lippen zitterten, und für einen Moment dachte er, sie würde weinen. Im nächsten Moment griff sie über den Tisch und nahm seine Hand. „Da sind starke Gefühle zwischen uns. Das werde ich nicht leugnen.“

„Dann empfindest du also dasselbe?“, fragte er eifrig.

„Ich bin gerne mit dir zusammen.“ Sie zögerte, bevor sie flüsternd hinzufügte: „Diese Woche war die glücklichste meines Lebens.“

Kit stieß einen leisen, erstickten Laut aus und Erleichterung durchflutete ihn. „Ich möchte dich unentwegt glücklich machen.“

Sie schüttelte den Kopf. „Hör auf, Kit. Quäle dich nicht. Quäle mich nicht. Wir wissen beide, dass es keine Zukunft für uns gibt. Zusammen zu sein, ist ein schöner Traum. Es ist nichts Falsches daran, zu träumen. Manchmal ist es das Einzige, was uns hilft, das Leben zu bewältigen. Aber mehr ist es nicht, Kit, es ist nur ein Traum.“

Er ging um den Tisch herum und kniete vor ihr nieder, ohne auf den Schmerz in seinem Stumpf zu achten. Er nahm ihre Hände fest in seine. „Nein. Es ist kein Traum. Ich meine es ernst. Wir könnten weggehen. Nichts täte ich lieber, als Newlands den Rücken zu kehren. Es bedeutet mir nichts. Geld bedeutet mir nichts. Ansehen, Verbindungen, Handel, die Jagd, das Schießen und das Fischen, Cocktails mit dummen Namen zu trinken, mit langweiligen Leuten zu Abend zu essen, belanglose Gespräche zu führen, während ich mich unnötig vollstopfe. Ich verabscheue das alles.“ Er schluckte. „Und was die Ehe mit dieser einfältigen, kindlichen Hohlbirne angeht, die nur über ihre Puppen und ihre Hunde reden will und sich weigert, auszureiten oder auch nur einen Spaziergang im Garten zu machen, aus Angst, ihre Nebenhöhlen könnten davon anschwellen ... oh, Martha, es ist undenkbar.“

„Dann heirate sie nicht. Keiner kann dich zwingen. Eines Tages wird es jemand anderen für dich geben. Jemanden, der dir sympathischer ist. Jemanden, der aus deiner Klasse stammt. Aber vergiss mich."

„Warum? Warum sollte ich dich vergessen? Wie könnte ich das? Ich liebe dich."

„Wir kommen aus verschiedenen Welten. Ich bin zehn Jahre älter als du. Deine Mutter würde der Schlag treffen."

„Meine Mutter würde sich damit abfinden. Sie entstammt selbst nicht der Oberschicht. Sie ist Amerikanerin – der Landadel liebt nichts mehr, als die Vorzüge des amerikanischen Geldes zu genießen und sich dabei überlegen zu fühlen. Ihr Vater war ein Fabrikarbeiter, der zufällig ein Gerät erfand, mit dem die Webmaschinen meines Großvaters effizienter arbeiteten und weniger kosteten als die der Konkurrenz. Er verdiente ein Vermögen, bis Großvater sein Geschäft aufkaufte und mein Vater Mutter als Teil der Vereinbarung bekam."

Er konnte den Schmerz in seinem Bein nicht länger ertragen, also stand er auf, zog sie von ihrem Stuhl, setzte sich und zog sie auf seinen Schoß. Sie lehnte ihren Kopf an seine Brust und zog seine Hände vorn um ihre Taille, ihre eigenen Hände oben auf seinen.

„Hör nicht auf", sagte sie.

Kit zögerte einen Moment, abgelenkt von der Wärme ihres Körpers an seinem, und fuhr dann fort. „Meine Mutter und ihre Familie verwechselten Reichtum mit Status und sie erlebte ein böses Erwachen, als sie herausfand, dass Vater kein alteingesessenes Mitglied der Oberschicht war – Leute wie die Bournes sehen auf die Shipleys herab, weil sie in ihren Augen nichts weiter sind als Handwerker, die gesellschaftlich aufsteigen wollen. Es wurde zu Mutters Lebensaufgabe, das zu ändern, und meine Heirat mit Lavinia sollte ihr größter Trumpf werden. Aber Mutter wird es überleben – sie hat schon

Schlimmeres überstanden als das. Nicht zuletzt den Verlust von Percy."

„Die Ehe deiner Eltern war also arrangiert. Da ist es nur verständlich, dass sie von dir dasselbe erwartet. Ist das wirklich so schlimm, Kit?"

„Wie kannst du das überhaupt fragen? Wie kannst du von mir erwarten, dass ich Lavinia Bourne jeden Tag über den Tisch hinweg ansehe?"

„Sie ist eine wunderschöne Frau. Sie anzusehen, würde nicht wehtun."

Er stöhnte frustriert auf. „*Du* bist wunderschön. Deine ist die einzige Schönheit, die ich sehen kann. Sie ist eine bemalte Puppe." Er hob eine Hand und fuhr damit über ihr Gesicht. Seine offene Handfläche streichelte ihre Haut. „So atemberaubend schön. Ich möchte dich die ganze Zeit über ansehen. Ich sehe dein Gesicht, wenn ich meine Augen schließe, um einzuschlafen."

„Ich bin nicht schön, Kit. Niemand würde das über mich sagen."

„Ich sage es und meine Meinung ist die einzige, die zählt."

Sie schüttelte frustriert den Kopf. „Ich sage dir nur das, wovon ich überzeugt bin, dass es das Beste für dich ist. Ich tue es, weil du mir am Herzen liegst. Lavinia Bourne zu heiraten, ist das, was du tun musst."

„Warum glauben alle, sie wüssten besser als ich, was das Beste für mich ist?"

Sie streichelte sein Haar. „Weil es so funktioniert. Das ist der Lauf der Welt."

„Der Krieg hat alles verändert. Wir haben für die Freiheit gekämpft. Bessere Männer als ich haben ihr Leben verloren. Und wofür? Damit es so weitergeht wie bisher? All dieses dumme, hohle Getue und Gerangel um Status und Stand. Was hat es damit auf sich? Was hat es für einen Sinn? Nein, Martha, nach allem, was ich gesehen und getan habe, werde ich mich niemals mit einer dynastischen Ehe zufriedengeben. Bei meinen Träumen werde ich niemals Kompromisse eingehen."

„Und was sind deine Träume?

„Mit dir zusammen zu sein", sagte er schnell. „Mit dir zu reisen. Meine Karriere als Botaniker weiterzuverfolgen. Stell dir vor, meine Liebste, wir würden gen Osten reisen und gemeinsam seltsame und wunderbare Dinge sehen und erleben. Diese Art von Leben möchte ich noch einmal führen und zwar zusammen mit dir. Nur mit dir."

„Ich wäre keine gute Ehefrau für dich. Zehn Jahre älter. Kaum Bildung. Unfähig, dir Kinder zu gebären."

„All das ist mir egal. Es bedeutet mir nicht das Geringste. Wenn wir keine Kinder haben können, dann soll es so sein. Du reichst mir voll und ganz." Er hielt inne, dachte einen Moment lang nach und sagte dann: „Außerdem weißt du doch gar nicht, dass du keine Kinder bekommen kannst – es könnte doch sein, dass Walters der Unfruchtbare von euch beiden war. Warum müssen immer die Frauen die Schuld auf sich nehmen?"

Martha sagte nichts. Ihr Gesicht war blass. Kit spürte, wie sie zitterte. Sie stellten sich gemeinsam an das Fenster im hinteren Teil des Hauses und blickten in das Sonnenlicht, das durch die Bäume fiel und das Gras mit einem Muster überzog, das an eine Stickerei erinnerte.

„Ich werde heute Nacht nicht zurückgehen. Ich will hier bei dir bleiben."

„Nein, Kit. Nur weil du die Wünsche deiner Mutter nicht erfüllen willst, rechtfertigt das nicht, ihr und ihren Gästen gegenüber unhöflich zu sein. Du hast mir gesagt, dass sie heute Abend eine Dinnerparty gibt. Du kannst sie nicht im Stich lassen." Sie drehte sich zu ihm um und strich ihm mit dem Finger über die Wange und den Mund.

Er gab ein leises Stöhnen von sich und neigte seinen Kopf, um sie zu küssen. „Wirst du mir einen Wunsch erfüllen? Wirst du dein Bett mit mir teilen?", fragte er.

Martha zog sich zurück. „Das ist keine gute Idee. Es würde alles nur noch schlimmer machen."

„Willst du mich nicht?"

Sie sah ihm in die Augen und flüsterte: „Natürlich will ich dich. Du hast keine Ahnung, wie sehr. Aber ich kann nicht."

„Hast du Angst? Wegen dem, was Walters dir angetan hat? Ich würde dir niemals wehtun. Ich könnte es nicht."

Martha wich zurück, als er ihren verstorben Mann erwähnte. „Das weiß ich."

„Es ist mein Bein, nicht wahr? Du willst mich nicht, weil ich nicht unversehrt bin."

Sie stellte sich dicht vor ihn, presste ihren Körper an seinen. „Nein, nein, mein Liebster. Wie kommst du denn darauf?"

„Lord Bourne sagte mir, dass Lavinia Bedenken habe, einen Mann mit einem fehlenden Bein zu heiraten. Und wer würde es sich schon ansehen wollen? Ich kann es ja selbst kaum ertragen, es anzusehen."

Martha schnappte nach Luft. „Zeig es mir. Zeig es mir sofort." Sie griff nach seiner Hand, führte ihn aus dem Zimmer und öffnete die Tür, hinter der sich die Treppe zum Obergeschoss verbarg.

Von ihrem Zimmer aus hatte sie einen schönen Blick auf den Wald. Draußen sangen die Vögel, aber Kit hörte nur das leise Geräuschs ihres Atems.

Sie forderte ihn auf, sich aufs Bett zu setzen, kniete vor ihm auf dem Boden und zog ihm die Reitstiefel aus.

„Bist du dir sicher?", fragte er. „Ich will dir das nicht zumuten. Dir meine Verunstaltung anzusehen. Es wäre besser, wenn du es nicht tust. Es ist kein schöner Anblick."

Sie ignorierte ihn, knöpfte seine Reithose auf und ließ sie über seine Beine gleiten. Sie sah, dass seine Hand zitterte, also küsste sie seine Handfläche, öffnete ihre Bluse und drückte seine Hand auf ihre Brust. Er stöhnte auf, als sich seine Handfläche auf die Rundung legte. Dann löste sie den Lederriemen, mit dem sein Holzbein an seinem Stumpf befestigt war, und zog behutsam die Prothese herunter. Er wandte sich ab, um ihren unvermeidlichen Ekel nicht mitansehen zu müssen. Doch sie fuhr mit den Handflächen über die Narben und die faltige Haut, senkte dann den Kopf und küsste ihn dort, wobei ihre Zunge und ihre Lippen seine sensiblen Nervenenden in Aufruhr versetzten.

„Diese Verletzung ist ein Teil von dir", sagte sie, „also kann ich sie nur lieben."

Kit keuchte und hob ihr Kinn an, damit er sie küssen konnte.

Danach hielte sie einander in den Armen und tauschten Küsse und Zärtlichkeiten aus.

„Das war das erste Mal, dass ich Liebe gemacht habe", gab er zu.

„Für mich war es auch das erste Mal", antwortete sie.

Er stützte sich auf einen Ellbogen und sah sie an.

„Das, was Walters mit mir gemacht hat, war keine Liebe. Es hatte keine Ähnlichkeit mit dem, was wir gerade getan haben. Du hast den Gestank des Mannes, der mich vergewaltigt hat, von meinem Körper gewaschen. Du hast mir ein wunderschönes Geschenk gemacht und ich werde mich bis zu meinem Todestag an diesen Nachmittag und an das, was wir gemeinsam getan haben, erinnern." Sie drehte sich auf die Seite und betrachtete sein Gesicht konzentriert, ihr eigenes ernst.

„Was siehst du dir an? Stimmt etwas nicht?", fragte er.

„Ich sehe dich an. Präge mir dein Gesicht ein. Ich sauge es in mich auf, so dass sich jeder Zentimeter davon in mein Gedächtnis einbrennt und ich die Erinnerung daran, wie du jetzt aussiehst, wie einen Schatz in meinem Herzen tragen kann."

Er lachte. „Das brauchst du nicht zu tun. Du kommst mit mir."

Traurigkeit legte sich in ihren Blick. „Wie soll ich das? Sag so etwas nicht, Kit, das macht es nur noch schlimmer."

Er fixierte sie mit seinen Augen. „Ich meine es ernst. Wir werden zusammen weggehen. Wir werden heiraten und in den Fernen Osten reisen. Ich werde an meiner Katalogisierung arbeiten. Ich kann es dir beibringen und du kannst mir helfen."

„Das würde mir gefallen", sagte sie und strich ihm eine Strähne aus den Augen.

„Wir müssten bescheiden leben. Pflanzen zu erforschen, ist nicht so lukrativ wie das Geschäft mit den Waffen. Man verdient nichts damit. Mein Vater vertraute mir nicht. Er wusste, dass ich am liebsten weggehen und meine Träume verfolgen würde, also tat er alles, um es zu verhindern. Er tut es jetzt noch aus dem Grab heraus. Wie du weißt, wird der Nachlass treuhänderisch verwaltet, bis ich dreißig bin, und Mutter hat die finanzielle Kontrolle. Bis dahin erhalte ich nur einen kleinen, monatlichen Zuschuss und auch nur, wenn ich mich voll in die Leitung von Newlands und des Familienunternehmens einbringe."

„Brauchst du kein Geld, um die Reise zu finanzieren?"

Er nickte. „Vielleicht kann ich ein Stipendium von meinem College bekommen. Ich hatte vor, nächste Woche nach Cambridge zu fahren, um meinen alten Tutor zu besuchen. Ich könnte mit ihm und dem Studiendekan darüber sprechen. Und dann ist da noch die Royal Horticultural Society. Es gibt viele Möglichkeiten, die ich ausloten kann."

Martha rollte sich auf den Rücken. „Ich habe nie Geld gehabt. Was man nicht hatte, vermisst man auch nicht. Alles, was ich will, bist du. Jetzt, wo wir auf diese Weise zusammen sind, will ich nicht mehr ohne dich sein."

„Dann tu es nicht."

„Aber es wird passieren. Selbst wenn dein College deine Reise bezahlt, wird es meine nicht bezahlen."

„Dann warten wir eben, bis ich genug Geld beiseite gelegt habe. Ich werde nicht ohne dich gehen. Wir können die Arbeit in den versunkenen Gärten beenden. Du ziehst in das Gärtnerhaus und ich besuche dich dort jeden Abend."

„Das ist doch albern", sagte sie. „Und wenn du zulässt, dass ich deinen Träumen im Weg stehe, wirst du es mir irgendwann verübeln. Vielleicht hasst du mich am Ende sogar."

„Das könnte niemals passieren. Du bist jetzt mein Traum. Mein Leben ohne dich ist sinnlos. Mein bisheriges Leben war sinnlos. Du hast alles verändert."

Sie wandte sich ihm mit ihrem ernsten Gesicht und ihren traurigen Augen zu.

Er streichelte ihr Haar. „Die zwei Jahre, die ich im Krieg verbrachte, waren die Hölle auf Erden. Männer, die über die Gräben kletterten, sich blindlings vorwärts bewegten, Befehle befolgten und bei jedem elenden Schritt im Schlamm wussten, dass sie dem sicheren Tod immer näher kamen."

Sie hörte aufmerksam zu.

„Jeden Tag wachte ich in der Überzeugung auf, dass es mein letzter sein würde. Ich betete dafür, einen Heimatschuss abzubekommen und nach Hause geschickt zu werden, um mich von der Verletzung zu erholen. Das taten wir alle. Keiner von uns wollte dort sein. So viel zum Thema Tapferkeit. Wir hatten alle panische Angst." Er lachte, aber es klang hohl. „Wenn es für uns Offiziere schlimm war, war es für die Soldaten noch viel schlimmer. Viele von ihnen waren noch Kinder."

Kit schloss die Augen und versuchte, die Erinnerung zu verdrängen. „An manchen Tagen waren die Gerüche das Schlimmste: der faulige Gestank von verwesendem Fleisch, der Schwefel wie faule Eier, der Gestank von zu vielen ungewaschenen Körpern, die auf engstem Raum unter dreckigen Umständen zusammengepfercht waren. Aber war das wirklich schlimmer, als sich der Krieg *anfühlte?* Durchnässte Füße, Läuse in der Kleidung, Blasen, Furunkel, Fußbrand, das Scheuern der Uniform über wunde Haut, die Krallen der Ratten, die im Schlaf über uns kletterten. Und im Vergleich zu dem, was meine Männer ertragen mussten, war ich noch unter luxuriösen Bedingungen dort."

Er fuhr fort, ihr von den Geräuschen zu erzählen. Vom Donnern und Hämmern der Geschütze, manchmal weit entfernt, manchmal ganz nah. Vom pfeifenden Kreischen der Granaten. Dem ohrenbetäubenden Geräusch eines explodierenden Mörsers. Vom Wimmern der jungen Männer, die in der Nacht vor einem Angriff zu schlafen versuchten, wissend, dass sie ihr Zuhause nicht wiedersehen würden, dass sie nicht einmal eine weitere Nacht erleben würden.

Er wandte seinen Kopf ab und starrte an die Decke. „Es tut mir leid. Das willst du nicht hören."

„Will ich doch", flüsterte sie.

Aber er schüttelte den Kopf. „Ich will nicht mehr darüber nachdenken. Ich will nicht, dass du davon weißt. Es ist besser, wenn ich versuche, all das zu vergessen. Du hilfst mir dabei, zu vergessen." Er drehte sich auf die Seite und küsste sie langsam, dann ließ er seine Hände über ihre Haut gleiten.

Kapitel Neun

Als Christopher nach Newlands Hall zurückkehrte und sich umgezogen hatte, saßen seine Mutter und ihre Gäste bereits beim Abendessen. Als er den Raum betrat, wurde er mit eisiger Stille begrüßt. Lord Bourne blickte ihn durch zusammengekniffene Augen an und erwiderte seinen Gruß nicht. Lavinia und ihre Mutter unterhielten sich, ohne ihn zu beachten, und Lavinia rümpfte ihre Stupsnase, als ob plötzlich ein schlechter Geruch in der Luft läge. Nur Mr. Harrington-Foster und Major Collerton schoben ihre Stühle zurück und standen auf, um ihm die Hand zu schütteln.

Er setzte sich und zog seine Serviette auf den Schoß, während Bannister einen Teller mit Suppe vor ihn stellte. Als er sah, dass dem Rest der Gesellschaft inzwischen der Fischgang serviert worden war, winkte er ab und bat darum, direkt zum Fisch überzugehen.

„Ich entschuldige mich. Mein Pferd ist beim Sprung über einen Graben gestolpert und unglücklich gelandet, und ich glaube, es lahmt ein wenig. Ich wollte kein Risiko eingehen, also bin ich abgestiegen und habe es zu Fuß nach Hause gebracht.“

Seine Mutter schien erleichtert darüber, dass er sich den Gästen gegenüber eine gekonnte Ausrede hatte einfallen lassen, aber sie selbst war nicht von seiner Lüge überzeugt. Sie wusste, dass die Wahrscheinlichkeit, dass Hooker beim Sprung über einen Graben stolperte, ebenso gering war wie die, dass ihr Sohn einen solchen Unfall zuließ.

Die Spannung beim Abendessen wurde durch die Anwesenheit der anderen Gäste gemildert. Harrington-Foster war ein Langweiler, aber seine Frau, eine pummelige, lächelnde Dame gehobenen Alters, erfreute sie mit Geschichten über das Treiben im Dorf, wo sie sich offensichtlich als oberste Wohltäterin der Armen und Bedürftigen einen Namen gemacht hatte. Christopher löcherte sie mit Fragen, wobei er sich darüber freute, dass dieses Thema weder für Lavinia noch für ihre Mutter – oder seine eigene – von Interesse war. Zwischendurch unterhielt er sich über den Tisch hinweg mit Major Collerton, der während des Krieges zu alt für den aktiven Dienst gewesen war, sich aber in seiner Freizeit für den Gartenbau interessierte und mehr über Christophers Erfahrungen in Borneo hören wollte.

Verärgert darüber, von allen anwesenden Herren vernachlässigt zu werden, erkundigte sich Lavinia, nachdem es ihr nicht gelungen war, bei ihnen Interesse an ihren Hunden und ihrer Puppensammlung zu wecken, schließlich danach, wo Borneo denn überhaupt lag. Sie hörte sich seine Ausführungen an, doch es war klar, dass sie das Gespräch so schnell wie möglich in ihre Richtung lenken wollte, sobald sie einen passenden Einstieg gefunden hatte. Als Christopher ihr erklärte, dass es sich um eine große

Insel in Südostasien unterhalb des Südchinesischen Meers handelte, riss sie die Augen weit auf.

„Ich kann mir nicht vorstellen, warum jemand dorthin reisen sollte. Es klingt absolut schrecklich. Voller Eingeborener und wilder Tiere und gruseliger, krabbelnder Insekten und dergleichen."

„Ist das nicht der Sinn der Sache?", fragte Collerton. „Genau deshalb war Captain Shipley doch so erpicht darauf, diesen Ort zu bereisen. Für einen Botaniker gibt es hier nicht viel Interessantes zu studieren."

Lavinia lächelte, als ob sie daran dachte, dass Christopher nicht mehr forschen würde, sobald sie erst verheiratet waren. Sie sagte: „Nun, die einzigen Tiere, die ich jemals studieren möchte, sind Popsy und Petal." Sie warf Christopher ein strahlendes Lächeln zu. „Wenn Sie sie erst einmal kennengelernt haben, Captain Shipley, werden Sie sie absolut faszinierend finden. Vielleicht verleiten sie Sie sogar dazu, sie zu studieren! Dann bräuchten Sie nicht den ganzen Weg auf diese schreckliche Insel zu reisen." Sie klatschte in die Hände und wartete auf das anerkennende Gelächter, das die versammelte Gesellschaft wie aufs Stichwort von sich gab.

Christopher verzog die Lippen zu einem Lächeln und nahm dann pflichtbewusst sein Gespräch mit Major Collerton wieder auf, bis es Zeit für die Damen war, sich zurückzuziehen.

Als sie den Raum verließ, zog Edwina ihn zur Seite und zischte ihm zu: „Wo warst du? Du warst mehr als eine Stunde zu spät. Und du hast dir nicht einmal die Haare gekämmt. Du siehst aus, als wärst du gerade aus dem Bett aufgestanden." Ohne auf eine Antwort zu warten, stürmte sie aus dem Zimmer.

· · ·

Er war erleichtert, dass die Bournes am nächsten Morgen sehr früh aufbrachen, um sich auf den Weg zurück zu den undichten Dächern von Harton Hall zu machen.

Seine Mutter war alles andere als erfreut. Sie saß während des gesamten Frühstücks grimmig schweigend da und danach, als sie zum Gottesdienst in die Dorfkirche fuhren, bemängelte sie sein Verhalten, wobei sie leise sprach, damit der Chauffeur nichts hörte.

„Ich habe mich in Grund und Boden geschämt. Erst hast du die Cocktails verpasst und dann bist du auch noch über eine Stunde zu spät zu Tisch gekommen. Und erwarte nicht, dass ich dir die lächerliche Geschichte abnehme, dass Hooker sich verletzt hat. Ich zweifle keine Sekunde daran, dass du ihn satteln wirst, sobald wir aus der Kirche zurück sind." Sie schlug ihm mit einer behandschuhten Hand gegen den Ärmel. „Du hast während des ganzen Essens mit Major Collerton und Mrs. Harrington-Foster gesprochen und kaum ein Wort für die arme Lavinia übrig gehabt. Ich konnte sehen, dass sie sich gedemütigt fühlte, armes Kind."

„Sie ist kein Kind. Sie benimmt sich nur wie eines. Sie ist älter als ich – siebenundzwanzig."

„Wie auch immer. Du hättest dir ruhig etwas Mühe geben können. Nach dem Essen wirkte sie äußerst mürrisch. Die Ärmste ist unnötig früh ins Bett gegangen."

„Sie hat ihre Schoßhündchen vermisst. Ihre üble Stimmung hatte nichts mit mir zu tun."

„Eine Frau wie sie muss man mit Komplimenten überhäufen. Du musst dich wirklich mehr anstrengen, Christopher. Manchmal verzweifle ich an dir."

Sie hielten vor der Pfarrkirche und gingen durch das Friedhofstor hindurch und über den gepflasterten Weg ins Gebäude.

Sobald sie drinnen waren, sah er sie. Es war Christopher gar nicht in den Sinn gekommen, dass sie natürlich auch in der Kirche sein würde, zusammen mit dem Rest des Dorfes und den Bediensteten von Newlands. Seltsam, dass sie ihm in all den Jahren, in denen er am Sonntagmorgen den Gottesdienst besucht hatte, nie aufgefallen war. Er musste Sonntag für Sonntag an ihr vorbeigegangen sein, so wie an allen anderen Gemeindemitgliedern auch, die er als kollektive Einheit betrachtete, ohne sie als Individuen wahrzunehmen. Nicht einmal sie. Das schien jetzt unmöglich.

Sie trug denselben braunen Filzhut und Mantel. Als er und seine Mutter auf dem Weg zu den für seine Familie vorgesehenen Plätzen im vorderen Teil der Kirche an ihrer Kirchenbank vorbeikamen, sah er sie an, in der Hoffnung auf eine anerkennende Geste, aber sie hielt den Kopf gesenkt, als hätte sie ihn nicht gesehen. Natürlich hatte sie erwartet, ihn heute zu sehen, denn sie war es gewöhnt, dass die Familie Shipley jeden Sonntagmorgen hier ankam.

Während des gesamten Gottesdienstes rang er mit sich selbst, konnte aber nicht umhin, den Kopf zu drehen, wann immer er glaubte, von seiner Mutter unbeobachtet zu sein, in der Hoffnung, dass er einmal in Marthas Richtung blicken und sie ihm in die Augen sehen würde. Aber jedes Mal, wenn er sich zu ihr umdrehte, hatte sie den Kopf zum Gebet gesenkt oder starrte geradeaus auf den Altar und den Pfarrer, der den Gottesdienst hielt.

Danach lenkte er seine Mutter schnell aus der Kirche und eilte nach draußen, wo er hoffte, Martha zu finden und vielleicht sogar ein paar Worte mit ihr zu wechseln, während seine Mutter ihr übliches Gespräch mit dem Pfarrer führte. Doch als er den Kirchhof erreichte, war von der Witwe des Wildhüters nichts zu sehen. Christopher sah von einer Gruppe zur anderen und stellte sich sogar in die

Gasse, um vergeblich in beide Richtungen zu blicken. Sie war verschwunden.

Als seine Mutter an seinem Ellbogen erschien, sagte er: „Fahr ohne mich zurück, Mutter. Es ist ein schöner Morgen und mir steht der Sinn danach, zu Fuß zu gehen. Ich werde einen Abstecher in den Stall machen und mir Hookers Bein ansehen."

Edwina Shipley tadelte ihn mit einem schnalzenden Geräusch ihrer Zunge. „Bitte beleidige mich nicht, Liebling. Ich habe dir doch gesagt, dass ich weiß, dass mit dem Bein deines Pferdes alles in Ordnung ist." Dann lächelte sie ihn an und hängte sich bei seinem Arm ein. „Aber du hast recht. Es ist ein schöner Tag, also werde ich mit dir gehen. Rawson kann den Wagen ohne uns zurückfahren."

Er fluchte innerlich, wusste aber nicht, was er sagen sollte, um sie von ihrem Vorhaben abzubringen.

Sobald sie das Dorf verlassen und den Park von Newlands betreten hatten, löste sie ihre Hand von seinem Arm und steckte sie in die Tasche ihres Mantels, eine Angewohnheit aus ihrer Jugend, die sie nie hatte ablegen können. „Wirst du mir sagen, was los ist?"

Ihre Frage überraschte ihn und machte ihn gleichermaßen nervös.

„Ich habe dich gesehen. Wie du den Kopf gedreht hast, um diese Frau anzusehen. Während des gesamten Gottesdienstes. Die ganze Kirche muss es gesehen haben. Dein Kopf war wie die Kirchenglocke. Hin, her, hin, her."

„Ich weiß nicht, wovon du sprichst."

Sie seufzte verärgert. „Von Mrs. Walters. Der Frau des Wildhüters. Die du eigentlich längst zum Auszug hättest bewegen sollen. Hast du dort deine Zeit verbracht? Warst du deshalb gestern Abend erst so spät zurück? Und war sie das Ziel deiner mysteriösen Ausritte untertags?"

Christopher sagte nichts.

Sie seufzte erneut. „Ich nehme an, du unterhältst eine sexuelle Beziehung mit ihr?"

Er wusste nicht, was er sagen sollte. Es hatte wenig Sinn, es zu leugnen.

Edwina schüttelte den Kopf. „Vielleicht ist es gar keine so schlechte Idee. Dich bei ihr auszutoben. Sie ist eine Witwe, was bedeutet, dass sie Erfahrung hat. Eindeutig ein Vorteil für Lavinia." Sie sprach zügig. „Ich war immer dankbar dafür, dass dein Vater keine Jungfrau war. Das macht den Akt zwar nicht angenehmer, aber wenn der Mann erfahren ist, weiß er wenigstens, wie er es anstellen muss. Kein Herumfummeln, um herauszufinden, was als Nächstes zu tun ist." Sie lachte rau. „Und mit deiner Behinderung ... nun, an ihr kannst du alles üben. Es muss seltsam sein – die Sache mechanisch hinzubekommen." Wieder lachte sie. „Hörst du mich reden? Ich kann nicht glauben, dass wir dieses Gespräch führen! Aber da dein Vater nicht hier ist, um solche Dinge mit dir zu besprechen, muss ich –"

Christopher blieb stehen. Sie ging noch ein paar Schritte weiter und blieb dann ebenfalls stehen, um auf ihn zu warten.

„Was stimmt denn nicht?", fragte sie ungehalten.

„Ich liebe Martha, Mutter. Du sollst es ruhig wissen. Früher oder später würdest du es ohnehin herausfinden, da ich vor habe, sie zu heiraten."

Diesmal brach sie in schallendes Gelächter aus.

„Hör auf, zu lachen. Ich meine es ernst. Tatsächlich war mir noch nie etwas so ernst. Morgen fahre ich nach Cambridge, um herauszufinden, ob ich von der Hochschule eine Finanzierung für eine Rückkehr nach Borneo erhalten kann. Dann werde ich hier alles organisieren. Ich werde einen Verwalter für das Landgut finden. Ich werde mit dem

Vorstand von Shipley's über die Ernennung eines Geschäftsführers sprechen. Ich werde dafür sorgen, dass du abgesichert bist, Mutter."

Sie starrte ihn mit offenem Mund an. „Hör auf, Christopher. Hör sofort auf damit. Am Anfang war es noch amüsant, aber jetzt finde ich es überhaupt nicht mehr lustig."

„Ich scherze nicht. Und ich wäre dir dankbar, wenn du der Stiftung die Genehmigung erteilen würdest, mir weiterhin meinen Zuschuss zu zahlen, bis ich dreißig bin und selbst über das gesamte Vermögen verfügen kann." Er berührte ihren Arm. „Und keine Sorge – selbst dann will ich nur meinen Zuschuss. Das wird für Martha und mich reichen, um über die Runden zu kommen. Ich werde die nötigen Vorkehrungen treffen, um alles andere auf dich zu übertragen. Du kannst mit dem Geld machen, was du willst. Verkaufe das Anwesen, wenn du es wünschst." Er sah das Feuer in ihren Augen und riskierte, es weiter zu schüren. „Du kannst trotzdem für das neue Dach von Lord Bourne zahlen. Das sollte helfen, die Wogen zu glätten. Ich kann mir vorstellen, dass Lavinia erleichtert sein wird, aus dem Schneider zu sein."

Edwina machte auf dem Absatz kehrt und ging zügig die Auffahrt zum Haus hinauf. Er ließ sie gehen und machte sich auf den Weg in Richtung des kleinen Häuschens im Wald.

Kapitel Zehn

Kit stieß die Tür auf. Martha wartete drinnen, ihren Hut und ihren Mantel achtlos über die Lehne eines Stuhls geworfen, als wäre sie noch nicht lange zurück.

Er zog sie in seine Arme und sie küssten sich leidenschaftlich. Er wollte sie zur Treppe ziehen, aber sie lehnte sich mit dem Rücken gegen die Tür, so dass er sie nicht öffnen konnte. „Warte. Wir müssen reden."

„Was ist los?", fragte er. „Ich habe den ganzen Morgen an nichts anderes gedacht, als hier zu sein. Dich nach oben zu tragen und den ganzen Tag zu lieben. Ich konnte es in der Kirche nicht ertragen. Dich zu sehen. Dich zu begehren. Als du dann verschwunden warst, dachte ich, ich würde verrückt werden. Ich dachte, du wolltest mich nicht mehr sehen."

„Du hast es so offensichtlich gemacht, Kit. Die ganze Gemeinde muss es wissen. Deshalb habe ich mich vor Ende des Gottesdienstes davongemacht. Ich wollte nicht, dass die Leute uns reden sehen. Deine Mutter konnte sehen, was vor sich ging. Was in aller Welt hast du dir nur dabei gedacht?"

„Ich habe an dich gedacht. Nur an dich." Sein Blick blieb auf ihrem Gesicht haften.

Martha seufzte. „Du überstürzt die Dinge. Du setzt alles aufs Spiel. Deine Mutter ... es wird ihr nicht gefallen. Du wirst sie wütend machen. Welchen Sinn hat es, sie zu verärgern? Oh, Kit, warum bist du in dieser Sache nur so eigensinnig?"

„Weil ich dich liebe und es mir egal ist, wer es weiß."

Sie schüttelte den Kopf und setzte sich an den Tisch. „Soll ich uns einen Tee machen?", fragte sie und sah ihn mit ernsten Augen an.

„Ich will keinen Tee. Ich will dich küssen." Er bewegte sich auf sie zu, zog sie wieder auf die Beine und drückte sie an sich. „Für Vorsicht ist es ohnehin zu spät. Mutter weiß alles. Wir haben vorhin miteinander gesprochen. Ich habe ihr gesagt, dass ich vorhabe, dich zu heiraten."

Martha schien erschrocken zu sein, aber er neigte sich zu ihr und küsste sie zärtlich.

„Es gibt nichts, was sie tun kann. Ich habe ihr gesagt, dass sie alles haben kann. Das ganze Geld. Die Dividenden aus dem Geschäft. Alles. Ich brauche es nicht – *wir* brauchen es nicht."

„Sie wird niemals zustimmen. Sie wird einen Weg finden, dich aufzuhalten."

„Meine Liebste, du machst dir zu viele Sorgen. Ich bin sechsundzwanzig und in vier Jahren werde ich meine Angelegenheiten selbst in der Hand haben."

„Vier Jahre sind eine lange Zeit. Genug Zeit für deine Mutter, deine Pläne zu durchkreuzen. Oh, Kit, warum hast du nicht gewartet?"

Er setzte sich und zog sie auf seinen Schoß. „Seit ich

dich getroffen habe, bin ich verrückt – verrückt vor Liebe zu dir, so dass ich kaum noch klar denken kann."

Martha lachte und er nahm ihr Gesicht in seine Hände. „Ich liebe dich so sehr. Dein trauriges, ernstes Gesicht, das zum Leben erwacht, sobald du lachst oder lächelst. Es gibt mir das Gefühl, als wäre es etwas, das du dir nur für mich aufbehältst. Lächelst du auch für andere? Bitte sag nein, meine Liebste. Bitte sag mir, dass es ein geheimes Geschenk für mich ganz allein ist."

Sie lachte wieder und streichelte sein Gesicht. „Du bist wirklich verrückt, mein wunderschöner Mann. Und du hast auch mich verrückt gemacht. Verrückt vor Glück. Und bis du aufgetaucht bist, hatte ich wenig Grund zum Lächeln." Dann verfinsterte sich ihr Gesicht.

„Was ist los?"

„Ich fühle mich zu glücklich. Das macht mich nervös. Ich habe Angst, dass dieses Glück mehr ist, als ich verdiene. Mehr als ich je zuvor hatte. Es kann unmöglich von Dauer sein." Sie seufzte. „Und ich habe Angst, dass deine Mutter sicherstellen will, dass es nicht währt."

Er bemerkte, wie sie wieder an ihrem Ärmel zupfte, wie sie es immer tat, wenn sie nervös war. Seine Liebe zu ihr überkam ihn.

„Morgen reise ich nach Cambridge. Ich werde zwei Tage fort sein und wenn ich zurückkomme, werden wir heiraten, egal ob ich es schaffe, sie zu überzeugen, mir ein Stipendium zu geben oder nicht. Wir werden weggehen und an einem anderen Ort heiraten – irgendwo, wo meine Mutter uns nicht findet. Wenn du erst meine Frau bist, kann sie nichts mehr dagegen tun."

„Ich wünschte, ich hätte so viel Vertrauen wie du, Kit." Sie runzelte die Stirn.

Als er ihr Gesicht betrachtete, war er erstaunt. Vor

weniger als einer Woche hätte sie die Stirn in Falten gelegt und er hätte sie für gewöhnlich gehalten. Jetzt wollte er die Falte wegküssen und fand sie wunderschön.

„Das ist nicht nötig. Ich habe genug für uns beide. Und weißt du, warum?"

„Nein. Aber ich glaube, du wirst es mir sagen." Ihr Gesicht erhellte sich wieder mit einem Lächeln.

„Weil die Gefühle, die du in mir auslöst, bereits mein ganzes Leben auf den Kopf gestellt haben. Ich erkenne es kaum wieder. Es ist erst eine Woche her, dass ich dich zum ersten Mal gesehen habe. Dass ich mit dir gesprochen habe. Und mich Hals über Kopf in dich verliebt habe. Als ich am Montagmorgen hierher ritt, war ich schwermütig. Ich wollte dich nicht aufsuchen, dir nicht erzählen, was mit deinem Mann geschehen war, dich nicht bitten, dieses Haus zu verlassen. Aber mehr noch, ich war des Lebens überdrüssig, der Last der Verantwortung auf meinen Schultern. Ich war wie erdrückt von all dem Elend und meinem Selbstmitleid über das, was mir im Krieg widerfahren war. Es erschien mir alles sinnlos." Er hob ihre Hand, drehte ihre Handfläche nach oben, beugte seinen Kopf und küsste sie. „Du hast das alles geändert. Du hast mir mein Leben zurückgegeben. Du hast mir eine Bestimmung gegeben, einen Sinn, die Liebe."

Er blickte ihr in die Augen und sah, dass sie voller Tränen waren. Als sie ihr über die Wangen liefen, holte er sein Taschentuch hervor und wischte sie weg. Als er sie dieses Mal in seine Arme nahm und zur Treppe ging, wehrte sie sich nicht.

„Ich liebe es, dir beim Reden zuzuhören", sagte Martha. Sie lagen eng umschlungen im Bett, die Decken aufgewühlt.

„Ich dachte, du wärst still, hättest wenig zu sagen, aber wenn du einmal anfängst, sagst du so wunderschöne Dinge. Die Worte fließen aus dir heraus. Ich könnte dir den ganzen Tag lang zuhören."

Er lachte. „Mir fällt immer etwas ein, was ich *dir* sagen möchte."

„Glaubst du wirklich, dass es eine Möglichkeit für uns gibt, zusammen zu sein und immer so glücklich zu sein? Oder ist es jetzt perfekt und von nun an werden wir jeden Tag ein bisschen weniger glücklich sein, bis wir schließlich gar nicht mehr glücklich miteinander sind?" Sie lächelte Kit an, aber ihre Augen waren traurig.

„Solange wir zusammen sind, werde ich immer glücklich sein. Die Vorstellung, mit dir zusammen und nicht glücklich zu sein, ist undenkbar."

Sie fuhr mit ihren Fingern über seine Brust.

„Außerdem", sagte er, „hat meine Großmutter das für mich vorausgesehen."

Martha wandte sich ihm zu, stützte sich auf einen Ellbogen und sah ihn an. „Was meinst du?"

Als ich etwa zehn Jahre alt war, kurz bevor sie starb, sagte sie eines Tages zu mir: „Dein Bruder muss für die Familie heiraten, aber du wirst aus Liebe heiraten."

Sie lächelte. „Erzähl mir von ihr."

„Sie war klein, eher mollig. Große, lächelnde Augen. Ich war gern mit ihr zusammen, weil sie mich immer auf ihrem Schoß hielt und mit mir kuschelte. Meine Mutter ließ nie körperlichen Kontakt zu, außer wenn sie mir die Wange für einen Kuss hinhielt, aber Großmutter war warmherzig und liebte es, mir und Percy ihre Zuneigung zu zeigen – vor allem mir. Ich glaube, sie sah, dass er der bevorzugte Sohn war, also versuchte sie immer, mir umso mehr Liebe zu schenken, um das Gleichgewicht wiederherzustellen."

„Klingt, als wäre sie eine gute Frau gewesen."

„Ich habe sie geliebt, weil sie nie versucht hat, anders zu sein, als sie es immer gewesen war. Mein Großvater spielte die Rolle des Großgrundbesitzers und versuchte immer, sich anzupassen. Großmutter machte sich nie die Mühe. Sie trug feinere Kleidung als früher, als sie noch nicht reich waren, trotzdem nichts Ausgefallenes, aber mehr auch nicht. Wenn es nach ihr gegangen wäre, wäre sie in Yorkshire geblieben, in einem kleinen Reihenhaus in einer Straße mit all ihren Freunden und ihrer Familie um sie herum. Sie hatte Newlands nie gemocht. Abgesehen von den versunkenen Gärten. Sie liebte es, im Schatten unter dem großen Ahornbaum auf dem südlichen Rasen in der Nähe des Baches zu sitzen und zu klöppeln – kleine Stücke Seidenspitze anzufertigen." Er lächelte bei dieser Erinnerung. „Ich hatte immer das Gefühl, Mutter und Vater schämten sich ein wenig für sie. Sie mochten es nicht, wenn die Hausgäste sich mit ihr unterhielten. Sie hielten Großmutters Anwesenheit und ihren Yorkshire-Akzent für einen peinlichen Beweis für Vaters Herkunft aus der Arbeiterklasse. Aber sie selbst war auch nicht begeistert davon, sich unter die Freunde der beiden zu mischen. Sie zog es vor, sich mit den einfachen Leuten zu umgeben, aber da irgendwann auch noch mein Großvater beschloss, dass es nicht gut für sie war, sich mit den Bediensteten und den Dorfbewohnern abzugeben, blieb sie die meiste Zeit für sich oder besuchte Percy und mich in unseren Kinderzimmern."

Kit sah auf seine Uhr, seufzte und sagte, er müsse gehen. Martha sagte, sie würde ein Stück des Weges mit ihm gehen. Hand in Hand machten sie sich auf den Weg durch den Wald.

Er bückte sich und schob ein paar tote Blätter am Fuß einer Buche beiseite. „Sieh nur", sagte er und entblößte eine

Gruppe blasser, cremefarbener Giftpilz mit rosafarbenen Lamellen auf der Unterseite. „Die gibst du besser nicht in den Eintopf."

„Ziegelroter Risspilz. Ich weiß, dass er giftig ist. Du sprichst mit einem Mädchen vom Land, Herr Botaniker. Mit Pilzen gehe ich nie ein Risiko ein. Mein Vater hat mich gut gelehrt." Sie lächelte ihn an. „Aber danke für die Warnung."

Sie gingen weiter durch das Buchenwäldchen und bogen auf einen Pfad ab, der einen Hügel hinaufführte, vorbei an einem eingestürzten Zierbau, dessen Ziegel nun auf dem Boden lagen und von Gras bewachsen waren, während der Zierturm von Efeuranken überwuchert wurde.

„Als Kind habe ich hier immer gespielt", sagt sie. „Ich habe es geliebt, über die Mauern zu klettern."

„Ich auch!"

„Ich weiß. Ich habe dich gesehen. Das hier war mein geheimer Ort. Als ich älter war, kam ich hierher, um Bücher zu lesen und im Gras hinter der Mauer zu sitzen, wo Walters mich nicht finden konnte, und dann, eines Sommers – ich muss etwa achtzehn gewesen sein – kam ich eines Tages wie üblich hierher, nur um einen kleinen Jungen zu entdecken, der an meinem Rückzugsort spielte."

„Ich?"

„Du. Über den Sommer aus dem Internat zurück. Ich war verärgert, dass du mein Geheimversteck in Besitz genommen hattest."

„Das tut mir leid. Du hättest reinkommen sollen. Es hätte mir nichts ausgemacht."

„Sei nicht albern", sagte sie. „Natürlich hätte es das! Welcher kleine Junge würde sein Geheimversteck mit einer

Erwachsenen teilen wollen? Erst recht mit einer Bediensteten?"

Er spürte, wie seine Haut zu kribbeln begann. Es war ihm unangenehm, wie sie die Unterschiede zwischen ihnen hervorhob, was Alter und Status anging.

Sie fuhr fort. „Ich habe dir immer zugesehen, wenn du auf deinem Pony geritten bist. Eine kleine braune Stute. Ich fand immer, dass du ein freundliches Gesicht hast. Und du hast mich angelächelt, wenn du mich gesehen hast. Im Gegensatz zu deinem Bruder, der distanziert war. Hochmütig. Menschen wie ich waren für ihn unsichtbar."

Kit sagte nichts.

„Damals hätte ich mir nie träumen lassen, dass das hier geschehen würde. Dass du mir einmal so viel bedeuten würdest. So schnell. So unwiderruflich."

„Martha, ich muss dir etwas sagen."

„Ja?", sagte sie mit neugieriger, vielleicht sogar ängstlicher Miene.

Sein Gesicht war ernst und er zog die Augenbrauen zusammen, als er sie ansah. „Ich kann mich nicht an dich erinnern, an damals." Er brach in Gelächter aus und sie schlug ihm auf den Arm. „Im Ernst. Ich kann es mir heute gar nicht mehr vorstellen, aber mir war nicht einmal klar, dass Walters mit der Tochter des letzten Wildhüters verheiratet war. Mein Bewusstsein hat deine Anwesenheit nicht registriert. Als ich am Montag zu dir ritt, um mit dir zu sprechen, hatte ich nicht die leiseste Ahnung, wie du aussiehst. Wie ist das überhaupt möglich, meine Liebste?"

Sie lächelte. „Ich hoffe, ich habe seitdem einen nachhaltigeren Eindruck hinterlassen?"

„Oh, ja." Er zog sie in seine Arme und küsste sie erneut. „So nachhaltig, dass ich nicht weiß, wie ich die nächsten zwei Tage in Cambridge ohne dich überleben soll."

Sie gingen weiter, vorbei an den zerstörten Mauern, einen grasbewachsenen Hang hinauf.

„Erzähl mir mehr über Borneo", sagte sie.

Er hob die Augenbrauen. „Interessiert dich das wirklich?"

„Hätte ich gefragt, wenn es nicht so wäre?"

Sie hatte recht. Nichts an ihr war vorgetäuscht. Kein gespieltes Interesse, kein bedeutungsloser Smalltalk. Sie sagte, was sie dachte, und verstellte sich nicht. Das war eines der Dinge, die er am meisten an ihr liebte.

Also erzählte er ihr, wie er das erste Mal auf ein Riesenrafflesie gestoßen war und wie er sie beim Klettern im Regenwald in der Nähe eines Wasserfalls entdeckt hatte. Er erzählte ihr, dass die fünfblättrige, parasitäre Blume mehr als einen Meter im Durchmesser erlangen konnte, aber nur eine Woche oder gar weniger lebte und Insekten in ihrer fleischigen, roten Mitte einfing. „Ihre Blütenblätter sind mit Flecken übersät, die wie Warzen aussehen. Und sie stinkt zum Himmel!"

„Eine Blume?"

„Der Gestank zieht Fliegen an. So findet die Bestäubung statt. Sie riecht wie mehrere Tage alter Fisch."

„Wie furchtbar. Das klingt widerwärtig. Dann werde ich es nicht eilig haben, sie zu sehen!"

„Sehen musst du sie – aber ich werde mich nicht beschweren, wenn du nicht an ihr riechen willst." Er lachte und stellte sich bereits vor, wie er mit Martha an seiner Seite durchs Unterholz kletterte. „Du kannst dir die Nase zuhalten!"

Sie fragte ihn erneut, wie die Pflanze hieß. „Der gebräuchliche Name ist Leichenblume, aber ihr richtiger Name ist Rafflesie." Sie wiederholte den Namen, um ihn zu üben.

„Benannt nach Sir Stamford Raffles. Auf seiner Expedition wurde sie erstmals in Sumatra gefunden. Seine Frau war bei ihm. So wie du eines Tages mit mir dort sein wirst.“ Er drückte ihre Hand. „Ich sehne mich danach, dir die Schönheit der Insel zu zeigen. Dich an meiner Seite zu haben.“

Martha lehnte ihren Kopf an seine Schulter. Er legte seinen Arm schützend um sie und sein Herz klopfte schneller in seiner Brust.

Sie erreichten die Kuppe der kleinen Anhöhe und in der Ferne konnten sie durch die Bäume hindurch den Westflügel des großen Herrenhauses erkennen, dessen heller Stein gerade von der Sonne beschienen wurde.

Kit erinnerte sich an seine Mutter und ihren jüngsten Streit und sagte: „Ich muss gehen. Ich muss versuchen, Mutter zu besänftigen. Die Wogen zu glätten. Ich bin Dienstagabend zurück. Spätestens am Mittwoch. Und dann, meine Liebste, werden wir Pläne schmieden.“

Er küsste sie nur kurz, löste sich dann aus ihren Armen und machte sich auf den Weg den Hang hinunter in Richtung des Hauses. Er drehte sich nicht nach ihr um, da er befürchtete, dass ihm bei ihrem Anblick jede Entschlossenheit abhanden kommen würde, sie zu verlassen.

Martha sah ihm nach, bis er aus ihrem Blickfeld verschwunden war.

Sobald sie nicht mehr in Kits Gegenwart war, kehrten die blanke Angst und das Grauen zurück. Sie spielte mit dem Feuer. Sie riskierte alles. Sie hätte es nie so weit kommen lassen dürfen. Aber wie hätte sie es verhindern können? Es gab keinen Zweifel an ihren Gefühlen füreinander. Ihre Entschlossenheit schwand in dem Moment, in dem sie in seiner Nähe war, und in seiner Anwesenheit verflog jede Vernunft, wenn er sie in seine Arme zog, als wären sie ihr natürliches Zuhause.

Jetzt, wo seine Mutter von ihnen wusste, würde sie sicher Ärger machen. Vielleicht kannte Mrs. Shipley Marthas Geheimnis. Aber das war nicht möglich. Oder doch?

Kapitel Elf

Als Christopher das Haus betrat, erschien Bannister im Foyer und bat ihn, sich zu seiner Mutter zu begeben, die im Arbeitszimmer seines Vaters auf ihn wartete. Verwundert, da seine Mutter dieses Zimmer noch nie benutzt hatte – nicht einmal zu Lebzeiten von George Shipley –, machte er sich auf den Weg zu ihr. Der Raum war düster und sehr männlich eingerichtet, mit Vertäfelungen aus Eichenholz und Schnitzereien in Form von Tudor-Rosen zwischen den Paneelen, die sich in den Stuckarbeiten an der Decke spiegelten. Dominiert wurde das Arbeitszimmer von einem riesigen Mahagonischreibtisch.

Edwina saß dahinter und ein Stapel Papiere lag vor ihr.

„Was tust du da, Mutter?"

„Ich suche nach etwas. Ich weiß, dass es hier irgendwo sein muss. Hast du etwas umgeräumt?"

„Natürlich nicht. Ich habe seit Jahren keinen Fuß in diesen Raum gesetzt."

Während er diese Worte sagte, erinnerte er sich daran, wie sehr er sich davor gefürchtet hatte, von seinem Vater hierherzitiert zu werden – manchmal als Folge einer schlechten Schulnote, aber häufiger, um für ein geringfügiges Vergehen wie Unpünktlichkeit bestraft zu werden. Wie oft hatte er schon hier gestanden, die Arme an den Seiten, starr vor Angst, dem Zorn seines Vaters ausgesetzt zu sein. Er hatte ihn nie körperlich bestraft, aber das, was Percy die ‚elterliche Zungenpeitsche‘ genannt hatte, war genauso schlimm gewesen. Christopher war nie über seine Angst vor seinem Vater hinausgewachsen.

Edwina Shipley bedeutete ihm, in einem der beiden Ohrensessel vor den Stabwerksfenstern Platz zu nehmen, und folgte ihm dann dorthin. Sie ließ sich auf der gepolsterten Fensterbank nieder.

„Du warst den ganzen Tag mit dieser Frau zusammen." Es war eine Feststellung, keine Frage.

Er starrte ihr direkt in die Augen, beschwor einen trotzigen Blick herauf, war aber nervös. Seine Mutter wusste genau, wie sie ihm zusetzen konnte.

„Hat sie dir etwas von ihrer Vergangenheit erzählt?"

„Ja", sagte er und fühlte sich bereits in der Defensive.

„Hat sie dir erzählt, wie es dazu kam, dass sie heiratete?"

Er nickte.

„Was genau hat sie dir erzählt?" Sie hatte die Arme verschränkt.

Ein Schauer lief Christopher über den Rücken. Sie hatte kein Recht, ihn das zu fragen. „Was sie mir gesagt hat, war vertraulich."

Edwina kniff die Augen zusammen und machte verärgert ein tadelnes Geräusch mit der Zunge. „Sie hat dir offensichtlich eine Lüge aufgetischt. Wenn du die Wahrheit wüsstest, würdest du diese Beziehung nicht weiterführen."

„Hör auf. Ich will nichts mehr hören." Er hob seine

Hände, die Handflächen nach vorn. „Ich habe dir gesagt, dass ich Martha heiraten will, und nichts, was du sagst, kann mich davon abbringen. Ich liebe sie."

Sie betrachtete sein Gesicht und sagte dann: „Ich hasse es, deine Träume zu zerstören, mein Liebling. Deine Seele ist so rein und unschuldig. Du siehst immer nur das Beste in jedem." Sie schüttelte den Kopf und sagte dann: „Mrs. Walters hat dir also nicht erzählt, dass dein verstorbener Vater ihrem Vater und Harold Walters jeweils eine beträchtliche Summe gezahlt hat, damit Walters sie heiratet?"

Christopher versuchte, zu schlucken, aber sein Mund war trocken. Wo sollte das hinführen?

Seine Mutter schüttelte erneut den Kopf. „Es tut mir leid, die Überbringerin schlechter Nachrichten zu sein, zumal ich dir in diesem Fall etwas erzählen muss, das dich deinen Vater in einem anderen Licht sehen lassen wird."

Plötzlich wurde ihm kalt und er fröstelte.

Seine Mutter stand auf und ging zu einem Beistelltisch, an dem sie aus einer Karaffe Whisky in ein Glas goss und es ihm reichte. „Hier, den wirst du brauchen."

Er nahm ihr das Getränk ab und stellte es auf den kleinen Tisch vor sich, ohne davon zu trinken. Es war Wasser, nach dem er sich sehnte, nicht Whisky. „Ich habe dir gesagt, dass ich nichts hören will – und was auch immer du sagst, nichts wird meine Gefühle für Martha ändern."

„Dein Vater hatte – wie soll ich sagen – immer etwas für ein hübsches Gesicht übrig. Je jünger sie waren, desto lieber waren sie ihm, traurigerweise. Ich lernte schon früh in unserer Ehe, dass ich ihm nie genügen würde. Nachdem du geboren wurdest, war das praktisch das Ende dieser Seite unserer Ehe. Ich habe es nie vermisst. Wenn ich dir erzählt habe, was du gleich erfahren wirst, wirst du verstehen, warum."

Sie wandte den Kopf ab und starrte durch das Fenster hinaus in die Dämmerung. „Dir dies zu sagen, fällt mir schwer, also werde ich mich so klar und so knapp wie möglich ausdrücken. Dein Vater hatte eine sexuelle Beziehung mit Martha Tubbs, wie sie damals genannt wurde. Sie war kaum mehr als ein Kind. Erst fünfzehn."

„Vierzehn."

„Dann hat sie es dir also gesagt?"

„Sie hat mir die Wahrheit gesagt, nämlich, dass sie von dem Mann vergewaltigt wurde, den ihr Vater sie zu heiraten zwang. Harold Walters."

„Harold Walters hat sie geheiratet, weil er von deinem Vater dafür bezahlt wurde – um einen Skandal zu verhindern. Und ihr Vater wurde auch bezahlt, damit er nicht zur Polizei ging."

Christopher erhob sich aus dem Sessel. „Ich will nichts mehr davon hören. Du bist zu weit gegangen. Es reicht."

„Ich habe dich gewarnt, dass dir nicht gefallen würde, was ich zu sagen habe."

„Du bist krank, Mutter. Mit einer solchen Lügengeschichte zu kommen. Den Ruf meines Vaters, deines Ehemannes von über dreißig Jahren, in den Schmutz zu ziehen und zu versuchen, mich davon abzuhalten, Martha zu heiraten, weil sie nicht von unserem Stand ist. Du widerst mich an. Dein Verhalten ist verachtenswert."

Sie streckte eine Hand aus und ergriff seinen Arm. Sie drückte ihn zurück in seinen Sessel und sagte: „Das hier ist der Beweis. Dieses Schriftstück habe ich gesucht, als du hereingekommen bist."

Er warf ihr einen Blick unverhohlener Abscheu zu,

nahm das Glas mit Whisky und trank den Inhalt in einem Zug aus.

„Das Mädchen war im Bruthaus und säuberte die Nistkästen. George wusste, dass sie dort war, und tat ihr an, was ich bereits erwähnt habe."

„Du lügst."

Sie schüttelte den Kopf und richtete ihren Blick auf ihn. Er zitterte.

„Das zu tun, macht mir keinen Spaß, Christopher. Nicht ein kleines bisschen. Meinem Sohn zu sagen, dass sein Vater ein Vergewaltiger war. Dass er ein junges Mädchen vergewaltigt und dann ihrer Familie Schweigegeld bezahlt hat."

„Ich glaube dir nicht. Warum solltest du überhaupt davon wissen? Vater wäre wohl kaum hierher zurückgekommen und hätte dir erzählt, was er getan hat, wenn es wahr wäre."

„Das hat er auch nicht. Natürlich hat er das nicht. Ich fand es nur heraus, weil der Vater des Mädchens mit einer Schrotflinte ins Haus gestürmt kam und brüllte wie ein Geisteskranker."

Sie stand auf und ging wieder zum Schreibtisch hinüber. „Nachdem sie ihr Gespräch beendet hatten, kam ich hier in sein Arbeitszimmer und stellte deinen Vater zur Rede. Er versuchte, mich abzuspeisen, aber ich hatte genug gehört, um ihm seine Ausrede nicht durchgehen zu lassen. Schließlich sagte er mir, dass die Angelegenheit geklärt sei und er den Vater und Walters bezahlt hätte." Sie deutete auf die Papiere auf dem Schreibtisch. „Irgendwo hier sind die Beweise. Er war immer sehr akribisch in der Buchführung und bewahrte die Gegenbögen für jeden Scheck auf, den er jemals ausstellte. Einhundertfünfzig Pfund für jeden von ihnen – und das war damals noch mehr als das Doppelte wert. Sie waren beide nur zu gern bereit, ihm bei der Vertuschung seiner Taten zu helfen."

Christopher saß schweigend da, zu fassungslos, um zu sprechen. Er spürte, wie die Übelkeit in ihm aufstieg und sein Mund war sauer vom Geschmack des Whiskys, den er sich hinuntergekippt hatte.

Schließlich sagte er: „Es ist mir egal. Es ändert nichts an meinen Gefühlen für Martha. Was mein Vater ihr angetan hat, war nicht ihre Schuld."

„Glaube das, wenn du möchtest. Ich glaube eher, dass sie es sich selbst zuzuschreiben hat. Sie ist nicht gerade hübsch. Dein Vater hätte das, was er getan hat, nur dann getan, wenn sie ihn dazu verleitet hätte."

Das war mehr, als er ertragen konnte. Er stand auf, nahm das Whiskyglas vom Tisch und schleuderte es gegen die Wand, wo es in Scherben zersprang. Er ging auf die Tür zu.

Edwina kam ihm zuvor und lehnte sich mit dem Rücken gegen das Holz. „Warte. Ich bin noch nicht fertig."

Er stellte sich vor sie, verabscheute sie und wünschte sich, dass sie sich in Luft auflöste. Wünschte sich, er wäre heute Abend nicht nach Hause gekommen. Wünschte, er hätte seiner Mutter nie erlaubt, mit ihm zu sprechen. Wünschte sich, er hätte nie die giftigen Worte gehört, die aus ihrem Mund gekommen waren.

„Tubbs und Walters kamen mit Forderungen nach mehr Geld zurück. Drei Monate später. Das Mädchen erwartete ein Baby und beide schworen, es sei von deinem Vater. Offenbar hatte Walters sie seit der Hochzeit nicht angerührt. Er hatte mehr Skrupel als dein Vater, ein Kind zu vergewaltigen, selbst wenn dieses Kind nun seine Ehefrau war." Sie machte eine Pause und fügte dann hinzu: „Obwohl dein Vater immer vermutete, dass Frauen nicht Walters' erste Wahl waren."

„Nichts davon ist wahr." Christopher stand vor ihr, die Augen geschlossen. „Mir hat sie etwas anderes erzählt."

„Ich kann nicht ändern, was sie dir erzählt hat. Vielleicht hat sie sich eine andere Geschichte zurechtgelegt. Oder sie hat dich angelogen, weil ihr klar war, dass du nichts mehr mit ihr zu tun haben wolltest, wenn du erst wüsstest, dass sie die Geliebte deines Vaters war." Ihre Augen waren wütend. „Er ist immer zu dem kleinen Haus im Wald gegangen und hat es mit ihr getrieben, die ganze verdammte Zeit über." Sie schrie jetzt. „Denk nicht, dass ich es nicht gewusst hätte! Ich war seine Frau."

So hatte er seine Mutter noch nie gesehen. Aufgestaute Wut entlud sich in ihr wie eine geschüttelte Champagnerflasche, die entkorkt wurde.

„Percy war acht. Du warst vier Jahre alt. Ich wollte nichts mehr mit George Shipley zu tun haben. Ich sagte ihm, er sei in meinem Bett nicht mehr willkommen."

Christopher spürte, wie seine Knie nachgaben. Er bewegte sich auf den Stuhl zu und sackte darauf zusammen, als ein stechender Schmerz sein fehlendes Bein durchfuhr. Er sah das Zittern in seinen Händen.

„Ich fand heraus, dass sie ein Kind erwartete, denn zu diesem Zeitpunkt war ich so misstrauisch gegenüber allem, was dein Vater tat, dass ich regelmäßig seinen Schreibtisch durchsuchte. Ich fand die Scheckbelege, mit denen die monatlichen Gebühren für die Einrichtung bezahlt wurden."

Der Raum drehte sich um ihn herum. Er beugte sich vor, stützte den Kopf in die Hände. Ohne sie anzusehen, fragte er: „Welche Einrichtung?"

„Martha Tubbs war kaum mehr als ein Kind. Mutter und Baby wären fast gestorben. Sie war zu klein, um zu gebären. Zu schmal. Das Baby blieb im Geburtskanal stecken."

Sie griff über den Schreibtisch, öffnete eine Kiste aus Perlmutt und nahm eine Zigarette heraus, die sie anzündete. Christopher hatte sie noch nie rauchen sehen.

„Die Wehen dauerten zu lange – fast vier Tage – und Martha war so schwach, dass die Hebamme befürchtete, sie würde sterben, also rannte ihr Vater hierher und verlangte von deinem Vater, einen Arzt zu bezahlen, der sie behandelte. Der Schädel des Babys wurde durch die Zange beschädigt, als der Arzt es entband."

„Martha bekam ein Kind?" Kit fiel es schwer, all diese Informationen zu verarbeiten.

Seine Mutter sagte nichts. Starrte ihn nur an.

„Das Baby hat überlebt?" Kits Stimme war kaum ein Flüstern.

„Es war hirngeschädigt, aber ja, es hat überlebt. Ein Mädchen."

Christopher hatte Mühe, die Bedeutung ihrer Worte zu verstehen. Martha hatte eine Tochter. Von seinem Vater. Die Galle stieg im hoch und er musste würgen. Er hatte eine Halbschwester. Er holte tief Luft. „Du sagtest, sie kam in eine Einrichtung?"

Seine Mutter nickte. „Sie ist immer noch dort. Sie muss jetzt zwanzig sein."

„Und Martha weiß davon?"

Edwina zuckte mit den Schultern. „Wahrscheinlich nicht. Aber es ist möglich, dass sie es herausgefunden hat. Ich habe keine Ahnung. Damals hielten sie es für das Beste, ihr zu sagen, dass das Kind gestorben war."

Christopher war wie betäubt. „Woher kannst du das alles wissen? All diese Details?"

„Als ich die wahre Natur deines Vaters aufgedeckt hatte, machte ich es mir zur Aufgabe, über alles Bescheid zu wissen, was auf diesem Gut vor sich geht. Und das tue ich auch heute noch."

Christopher erschauderte bei der Andeutung, die in ihren Worten mitschwang. Vermutlich wusste sie dann auch von Marthas Arbeit in den versunkenen Gärten. Ein dumpfes Pochen hämmerte in seiner Schläfe. „Martha hat mir erzählt, dass sie keine Kinder bekommen kann. Sie sagte, ihr Mann habe sie deswegen geschlagen. Sie unfruchtbar geheißen."

„Vielleicht ist das wahr und sie kann es nicht. Nach dem, was sie mit diesem Kind durchgemacht hat, wäre es ein Wunder, wenn sie noch gebären könnte. Aber dein Vater hat sich ihr nach der Schwangerschaft nie wieder genähert. Er hatte seine Lektion gelernt. Und wie gesagt, den Gerüchte nach war Walters ohnehin nicht an Frauen interessiert."

Christopher fühlte sich erbärmlich. Er stand auf und ging zur Tür. „Ich glaube dir nicht. Du erzählst mir das alles, um meine Beziehung zu Martha zu zerstören. Irgendetwas muss mit dir nicht stimmen, wenn du so schreckliche Dinge sagst. Du willst über mein Leben bestimmen. Nein – schlimmer noch – du willst es zerstören."

„Ich will nur das Beste für dich. Und das Beste für dich ist, dass Martha Walters von hier fortgeht, dass du vergisst, dass sie je existiert hat, und dass du Lady Lavinia Bourne heiratest. Verstehst du nicht, Liebling? Es ist der einzige Weg, das alles hinter uns zu lassen."

„Ich werde Lavinia niemals heiraten. Und ich glaube nicht, was du mir erzählt hast. Das sind alles Lügen. Böse, verdrehte Lügen." Er fuhr sich mit den Händen durch sein schweißnasses Haar.

Edwina Shipley reichte ihm ein Stück Papier. „Wenn du mir nicht glaubst, geh zu ihrer Tochter. Das Mädchen ist mehr als nur einfältig."

Er starrte auf das Blatt Papier.

„Das ist die Adresse des Ortes, an dem sie untergebracht ist. Die Kosten werden vom Konto des Landguts bezahlt. Ihr Name ist Jane Walters."

Er steckte den Zettel in seine Jackentasche und verließ den Raum.

Zurück in der Zuflucht seines Schlafzimmers warf sich Christopher in einen Sessel. Das letzte Tageslicht war vom Himmel gewichen und die Abenddämmerung wurde von der Pracht eines blutroten Sonnenuntergangs erhellt. Beim Blick auf das hügelige Land, das eines Tages ihm gehören würde, wünschte er sich nichts sehnlicher, als Tausende von Meilen weit weg zu sein. Frei von Newlands, von seiner Mutter und von allem, wofür sie standen. Mehr als das, wollte er nicht nur irdische Meilen zurücklegen – er wollte auch in der Zeit zurückgehen und die Uhren zurückdrehen zu jenem Zeitpunkt, bevor seine Mutter diese toxischen Worte gesprochen, seinen Verstand verseucht und sein Bild von Martha getrübt hatte.

Er hätte nie nach Hause zurückkehren sollen, sondern bei Martha in ihrem Häuschen bleiben, von dort direkt nach Cambridge fahren und sie mitnehmen. Er versuchte, die Dinge, die seine Mutter gesagt hatte, zu verdrängen, aber die Worte ließen sich nicht zurücknehmen. Am schlimmsten jedoch war, dass er befürchtete, sie könnten wahr sein.

Warum hatte Martha ihn angelogen? Warum hatte er das verworrene Netz von Unwahrheiten geglaubt, in das sie ihn verstrickt hatte? Hatte seine Mutter recht und Martha hatte ihn absichtlich in eine Falle gelockt, um ihn mit ihrer Geschichte von einem brutalen Ehemann und einer unfruchtbaren Gebärmutter für sich zu gewinnen? Mit ihrer Geschichte, dass Walters sie vergewaltigt hatte? Und wie sollte es stimmen, dass sie nicht wusste, dass sie ein Kind zur Welt gebracht hatte? Ein lebendes Kind noch dazu. Sie hatte ihn nicht nur dahingehend belogen, dass das Kind lebte, sondern seine Existenz im Allgemeinen totgeschwiegen.

Das Ausmaß ihres Verrats war verheerend. Er hatte Mühe, zu atmen. Er hatte sich noch nie so allein gefühlt – nicht mehr, seit er mit einem zerfetzten Bein in einem mit Schlamm gefüllten Krater bei Messines gelegen hatte, während die Dritte Schlacht von Ypern ohne ihn weitergegangen war. Damals, in diesem schlammigen Loch, als er sich vor Schmerzen gekrümmt und vor Angst gezittert hatte, während um ihn herum Granaten einschlugen, hatte er fest mit dem Tod gerechnet. Jetzt hing er in der Luft, ohne jede Möglichkeit, vorwärtszukommen, und seine einzige Rückzugsmöglichkeit war ihm durch die schockierenden Worte seiner Mutter genommen worden.

Er wusste nicht, wen er mehr hasste – seine Mutter für ihre Grausamkeit, ihm das alles zu erzählen und seine Illusionen über seine Geliebte und seinen Vater zu zerstören, oder Martha dafür, dass sie ihn nach Strich und Faden belogen hatte. Es war keine Stunde her, dass er noch pure Freude, aufrichtiges Glück und unendliche Liebe für sie empfunden hatte. Seine Zukunft hatte vor ihm gelegen und er war voller Hoffnung gewesen. Jetzt war er in ein tiefes Loch gestürzt, so tief, dass es sich anfühlte, als hätte es keinen Boden, und er sah keinen Ausweg.

Und die Zukunft? Jetzt hatte er keine mehr. Er wusste

nur zu gut, dass seine Mutter ihm alles in der Absicht erzählt hatte, ihn zur Verzweiflung zu treiben, damit er schwach war und anfällig für ihren Druck, Lavinia zu heiraten. Nun, es funktionierte. Jeder Kampfgeist war aus ihm gewichen.

Er stand auf und marschierte vor den Fenstern seines Zimmers auf und ab, während sich in seinem Kopf widersprüchliche Gedanken einen erbitterten Kampf lieferten.

Er würde dem Willen seiner Mutter nicht nachgeben. Niemals. Nicht nach dem, was sie ihm angetan hatte. Er würde allein zurück nach Borneo gehen. Sich in der schwülen Hitze des Regenwaldes verlieren, weit weg von der Schande, die George Shipley über ihn und seine Familie gebracht hatte. Vielleicht würde er irgendwann Trost in seiner Arbeit finden. Sie würde den Schmerz und die Kränkung nicht auslöschen – wie sollte er sich jemals davon erholen? Aber die Entfernung und seine Bemühungen, seine Vergangenheit zu verdrängen, könnten seine Qualen eines Tages lindern.

Als er versuchte, diese Gedanken, diese rationalen Antworten seines Geistes an die Oberfläche zu zwingen, überkam ihn ein überwältigendes Gefühl von Einsamkeit, Trostlosigkeit und Verzweiflung, so dass er wieder nach Luft rang und sein ganzer Körper zitterte.

Die giftigen Pilze, die er und Martha unter dem Baum gefunden hatten, fielen ihm wieder ein. Wie lange war das her? Weniger als zwei Stunden, aber es kam ihm vor wie eine Ewigkeit. Wie leicht es doch wäre, dorthin zurückzukehren, diese Pilze zu pflücken und sie zu essen. Die Aussicht, dass seine Mutter seine Leiche finden und wissen würde, dass sie es gewesen war, die ihn dazu getrieben hatte, sich das Leben zu nehmen, befriedigte ihn.

Aber er war Wissenschaftler genug, um zu wissen, dass

ein solcher Tod qualvoll und langwierig sein würde. Wenn er sich umbringen wollte, gab es dafür weniger unangenehme und schmerzhafte Möglichkeiten. Er ließ sich in seinen Sessel zurücksinken, den Kopf in den Händen.

Er zwang sich, sich an eine Zeit vor dem Krieg zu erinnern, als er noch anders empfunden hatte. Damals, in den Wäldern von Borneo, war er immer voller Tatendrang gewesen, jeder Tag hatte sich wie ein neues Abenteuer angefühlt – neue Entdeckungen, neue Eindrücke. Die Menschen um ihn herum waren unkompliziert gewesen – oder hatte es an der Tatsache gelegen, dass seine begrenzten Möglichkeiten, mit ihnen zu kommunizieren, die Interaktionen auf ein einfaches Niveau reduziert hatte? Er könnte dorthin zurückkehren und dieses Gefühl der Neuheit und des Abenteuers wiederaufleben lassen. Ein solches Gefühl mochte ihm in diesem Moment unmöglich und unerreichbar erscheinen, aber bestimmt konnte er es wiedererlangen, wenn er zurückging.

Eine Welle der Wut überkam ihn. Wut auf Martha, auf seine Mutter, auf die ganze verdammte Welt, die durch und durch verdorben war. Er erinnerte sich an ein deutsches Wort, das er in der Schule gelernt hatte – *Weltschmerz*. Er ließ seine Wut in seine Venen sickern und schöpfte Kraft daraus. Seine Mutter würde nicht bekommen, was sie wollte. Er würde nicht so einfach nachgeben. Kapitulieren. Sich ihrem Willen beugen.

Durch das Fenster sah er ein Reh über die Wiesen jenseits des Grabens in den Wald laufen. Der Anblick ließ ihn wieder an Martha denken. Hatte sie ihn wirklich belogen? War ihre kurze Liebesaffäre nur gespielt gewesen, damit sie ihn manipulieren konnte? Alles, was seine Mutter gesagt hatte, deutete darauf hin. Aber er konnte nicht glauben, dass Martha so verschlagen, so berechnend war. Vielmehr hatte sie so verletzlich auf ihn gewirkt und ihm trotz der Vorsicht, die sie ausmachte, vertraut. Er dachte an sie, an den heutigen Nachmittag, als sie in seinen Armen gelegen und ihm in die Augen gesehen hatte. Er erinnerte sich an die leisen Schreie zurück, die sie von sich gegeben hatte, als er sich in ihr bewegt hatte, an die Zärtlichkeit in ihren Augen. Wie konnte das gespielt gewesen sein? Je länger er darüber nachdachte, desto mehr war er davon überzeugt, dass es echt gewesen war.

Seine Mutter musste lügen. Anders konnte es nicht sein.

Er muss diese Anstalt aufsuchen und herausfinden, ob Marthas Tochter tatsächlich existierte. Schließlich hatte seine Mutter den Beweis, den sie in den Schubladen von George Shipleys Schreibtisch gesucht hatte, nicht finden können.

Eine Halbschwester? Das geistig behinderte Kind einer gewalttätigen und missbräuchlichen Verbindung? Wie konnte das sein? Die einzige Möglichkeit, sich vom Wahrheitsgehalt der Worte seiner Mutter zu überzeugen, bestand darin, den Ort aufzusuchen, an dem diese Jane angeblich untergebracht war. Er warf noch einmal einen Blick auf das Blatt Papier, das sie ihm gegeben hatte. Der Ort hieß St. Crispin's und befand sich in einer kleinen Marktstadt etwa sechzig Meilen entfernt. Gleich morgen würde er hinfahren. Cambridge konnte warten. Er würde allein fahren, denn er konnte nicht riskieren, dass Rawson ihn fuhr und die Dienerschaft von seinem Besuch erfuhr. Wenn seine Mutter jedoch die Wahrheit sagte, wusste dann nicht ohnehin schon ganz Newlands von den Taten seines Vaters?

Er wälzte sich in der Nacht unruhig von einer Seite zur anderen, gab den Kampf irgendwann auf und stand noch vor sechs Uhr auf. Er verließ das Haus, bevor seine Mutter erwachte, ohne zu frühstücken. Sein Magen knurrte vor Hunger und er erinnerte sich, dass er am Abend zuvor auch nichts gegessen hatte. Unterwegs würde er in einem Gast-haus Halt machen.

Kapitel Zwölf

Die Zahl der psychiatrischen Anstalten war im neunzehnten Jahrhundert sprunghaft angestiegen und zum Zeitpunkt des Todes von Königin Victoria im Jahr 1901 hatten in England bereits über einhunderttausend Patienten in diesen Einrichtungen gelebt. Die Patienten wurden – nicht immer zu Recht – als Geisteskranke abgestempelt. Die Anzahl von Frauen war überproportional hoch, wobei ihr einziger Fehler oft nichts weiter war als eine uneheliche Schwangerschaft oder eine verhängnisvolle Liebesaffäre.

Nach dem Krieg hatte die Rückkehr Tausender verletzter Kämpfer von der Front dazu geführt, dass viele dieser Anstalten zu Militärkrankenhäusern umfunktioniert worden waren, um sowohl körperliche als auch geistige Verletzungen zu behandeln. Da Geisteskrankheiten verpönt waren, hatte man es für angemessen gehalten, die zivilen Geisteskranken auszulagern, um jeden Hinweis darauf zu beseitigen, dass es sich bei den Anstalten um etwas anderes als Militärkrankenhäuser handelte. Die ursprünglichen Patienten waren der Gnade ihrer Familien oder Geburtsgemeinden überlassen oder in andere Anstalten verlegt worden, die folglich überlastet und überfüllt waren.

Die Sonne schien auf das riesige Backsteingebäude von St. Crispin's, als Christopher zwischen den hohen Torpfosten hindurch und eine lange, von Bäumen gesäumte Auffahrt hinunterfuhr, durch eine Parklandschaft, die Newlands nicht unähnlich war. Seine Nerven lagen blank und er fragte sich zum wiederholten Male, warum er das hier tat.

Die Einfahrt führte ihn zur imposanten Fassade der Einrichtung, die von einem zentralen Uhrenturm dominiert wurde. Der Ort wirkte abweisend und furchteinflößend. Doch im Gegensatz zu der strengen Seriosität der Gebäude befanden sich auf der einen Seite ein Kricketplatz und ein Pavillon, auf der anderen Seite Tennisplätze.

Christopher parkte den Bentley und machte sich auf den Weg über den Kies zur Eingangstür. Er ging unter dem gravierten Steinportal hindurch, das die guten Taten des ursprünglichen Wohltäters verkündete, der die Einrichtung 1821 gegründet hatte.

Im Inneren schlug ihm sofort der Geruch von Karbolseife und Desinfektionsmittel entgegen, der ihn augenblicklich an die Monate erinnerte, die er in der Militärrehabilitationsklinik in Sussex verbracht hatte.

Eine Krankenschwester mit gestärkter Schürze und Kappe ging an ihm vorbei und er rief ihr zu: „Ich bin hier, um eine Patientin zu besuchen. Wo erfahre ich, wohin ich gehen muss?"

Wortlos wies sie ihm den Weg zu einer Tür. Er klopfte an und trat ein, unsicher, was er von diesem Besuch erwarten sollte. Ein Teil von ihm wollte sich umdrehen, zurück in den Wagen steigen und losfahren, bevor es zu spät war. Ein anderer Teil von ihm war von Neugierde getrieben. Also sagte er der Frau hinter dem Schreibtisch, dass er hier war, um Miss Jane Walters zu besuchen.

Die Frau sah überrascht auf und musterte ihn. „Ich glaube nicht, dass die arme Jane schon jemals Besuch bekommen hat. Darf ich fragen, wer Sie sind und was der Zweck Ihres Besuchs ist?"

Christopher hatte nicht mit diesen unvermeidlichen Fragen gerechnet. Er starrte sie einen Moment lang unsicher an und murmelte dann hastig, er käme von einer Anwaltskanzlei, die die Familie von Miss Walters vertrete.

„Und Ihr Name, Sir?" Sie schob ihm ein Gästebuch vor die Nase.

„Bell", sagte er und wählte den ersten Namen, der ihm in den Sinn kam, nämlich den des Hausmeisters an seiner Schule. „Ihre Familie möchte, dass ich einen Bericht über das Wohlergehen von Miss Walters vorlege."

„Ich verstehe. Als wir sie aufnahmen, sagte man uns, die Familie wolle keine Berichte über ihre Fortschritte – oder das Ausbleiben solcher, in ihrem Fall – erhalten."

„Da so viel Zeit vergangen ist, hat mein Klient angedeutet, dass ein Besuch angebracht wäre." Christopher verengte die Augen und blickte sie an. „Immerhin finanziert mein Klient ihre Betreuung hier."

Seine Worte und sein Gesichtsausdruck hatten die gewünschte Wirkung. „Natürlich", sagte sie. „Vollkommen verständlich." Dann fügte sie mit unbehaglicher Miene hinzu: „Jane, äh, Miss Walters, war bisher in einem Einzelzimmer untergebracht, aber wir haben festgestellt, dass sie auf einer der Frauenstationen besser reagiert. Dort hat sie Gesellschaft. Es ist eine Station für zahlende Patientinnen", fügte sie schnell hinzu. „Keine der öffentlichen Stationen."

Christopher fühlte sich überfordert. Er vermutete, dass

der Langzeitaufenthalt von Jane Walters und jede Abwesenheit von Verwandten dazu geführt hatten, dass St. Crispin's bei den Kosten für ihre Pflege sparte. „Können Sie mir genau sagen, wie ihr Zustand ist?"

„Sie ist seit ihrer Kindheit hier. Sie wurde aus einem Waisenhaus hierher verlegt, als man dort nicht mit ihr zurechtkam." Die Frau erhob sich von ihrem Schreibtisch und öffnete einen Aktenschrank hinter sich. Sie blätterte durch die Ordner und zog einen heraus. Er war dünn. „Hier haben wir es. Chronische Hirnschäden, zugezogen bei der Geburt, die zu Idiotie führten."

Sie legte die Mappe zurück in die Schublade. „Als sie mit sieben Jahren zu uns kam, konnte sie nicht sprechen. Jetzt reagiert sie auf ihren Namen und kann ein paar einfache Worte sagen. Möchten Sie sie sehen?"

Er bejahte die Frage, bevor er darüber nachdenken konnte, was er da tat. Seine Neugierde war stärker als seine Angst.

Die Frau läutete eine Glocke und eine weitere uniformierte Krankenschwester erschien.

„Bringen Sie diesen Herrn, äh ... Mr. Bell ..., auf die Station Ahorn. Er ist hier, um Jane Walters zu besuchen."

Sie wandte sich wieder an Christopher. „Vielleicht möchten Sie mit dem behandelnden Arzt sprechen, der für Jane zuständig ist?"

„Ich will ihn nicht von der Arbeit abhalten."

„Das ist kein Problem. Und da Sie die erste Person sind, die das arme Mädchen jemals besucht, ist es das Mindeste, was wir tun können."

Die Krankenschwester führte Christopher durch eine Reihe langer, trostloser Korridore, deren Wände mit braun glasierten Kacheln gefliest waren. Ahorn war die letzte in einer Reihe von Stationen, die vom Haupttrakt für Frauen auf der linken Seite des zentralen Verwaltungsgebäudes abgingen. Die schwere Eichentür war verschlossen. Die Krankenschwester zog einen Schlüssel heraus und entsperrte sie. Als sie Christophers Unbehagen bemerkte, sagte sie: „Eine reine Vorsichtsmaßnahme. Einige von ihnen neigen dazu, durch die Gegend zu wandern, aber auf der Station Ahorn ist niemand gefährlich.“

Er folgte ihr hinein. Sie betraten den großen Flügel, gingen vorbei an einer Schwesternstation zu seiner Linken und einem Lagerraum zu seiner Rechten. Die Station war mit Betten gesäumt, etwa einem Dutzend auf jeder Seite, ein paar davon gerade belegt, die meisten jedoch nicht. Christopher betrachtete die Frauen. Eine oder zwei schliefen oder lagen wie komatös auf ihren Betten, andere stöhnten vor Schmerzen – echt oder eingebildet, eine hatte sich in der Fötusstellung auf dem Boden neben ihrem Bett zusammengerollt. Als er weiterging, erhob sich eine ältere Frau von ihrem Bett und kam auf ihn zu, wobei sie sich an den Saum seiner Jacke klammerte. Ihr Haar war verfilzt, ihre Augen waren in ihren tiefen Höhlen versunken und von dunklen Schatten umgeben, ihre Zähne waren dunkelbraune Stümpfe. Sie sagte etwas Unverständliches und griff nach seinen Händen.

„Geh weg, Gracie!“, sagte die Krankenschwester zu ihr. „Geh zurück in dein Bett oder wir müssen dich festbinden.“ Dann, an Christopher gewandt, sagte sie: „Sie hält Sie für ihren Ehemann, die arme Seele. Dabei ist der Gute seit dreißig Jahren tot. Seitdem ist sie hier. Sie hat es nie überwunden. Sie ist ein chronischer Fall. Aber sie tut niemandem etwas – nur sich selbst.“

Christopher erschauderte bei dem Gedanken, sein ganzes Leben eingesperrt an einem Ort wie diesem verbringen zu müssen.

Das Ende des langen Schlafsaals ging in einen großen Aufenthaltsraum über, der von drei Seiten durch hohe Fenster mit Licht durchflutet wurde. Draußen entdeckte er Rasenflächen, auf denen Patienten spazierten oder auf Bänken in der Morgensonne saßen.

An der Außenwand des runden Aufenthaltsraumes entlang saßen mehrere Patientinnen der Station, manche nach vorn gebeugt und dem Anschein nach geistig weggetreten, andere aufrecht und hellwach. Ein Summen von Stimmen waren zu hören, manche sangen, manche wimmerten, manche murmelten vor sich hin, andere starrten still und ausdruckslos ins Leere.

Die Krankenschwester blieb vor einem Stuhl stehen, auf dem eine Frau saß, die ihr Gesicht abgewandt hatte. „Das ist Jane Walters.“ Dann, zur Patientin, sagte sie: „Komm, Janey. Sag Hallo. Du hast einen Besucher.“

Sie wandte sich wieder an Christopher. „Jane schafft es manchmal, ihren Namen zu sagen, aber nicht viel mehr. Es kommt darauf an, in welcher Stimmung sie ist.“

Die junge Frau auf dem Stuhl drehte ihren Kopf und ihr Blick wanderte in seine Richtung. Sie trug dasselbe gestreifte Kleid aus einem festen Webstoff wie die meisten Frauen auf der Station. Ihr Haar trug sie in einem Mittelscheitel und jemand hatte es ihr hinter die Ohren gesteckt. Es schien seit Wochen nicht gewaschen worden zu sein. Ihre Augen waren leer und ihr Kopf hing unkontrolliert zur Seite.

Christopher verspürte einen Anflug von Schuldgefühlen. Er suchte ihr Gesicht nach Ähnlichkeiten mit seinem Vater oder Martha ab, konnte aber nichts finden, was die Blutsverwandtschaft bestätigte.

„Darf ich mich eine Weile zu ihr setzen?“

Die Krankenschwester teilte ihm mit, dass er so lange

bei ihr sitzen könne, wie er wolle, und sagte ihm, er solle auf dem Weg nach draußen im Arztzimmer vorbeischauen, das sich auf dem Flur in Richtung des zentralen Verwaltungsgebäudes befände.

Er zog einen Stuhl heran und setzte sich Jane gegenüber. Sie hielt die Augen gesenkt und er versuchte vergeblich, Blickkontakt mit ihr aufzunehmen, denn sie schien nichts zu sehen und nicht fähig zu sein, sich auf einen Punkt zu konzentrieren. Sie spielte mit ihren Händen in ihrem Schoß – die einzigen Teile ihres Körpers, die eine Regung zeigten. Christopher versuchte, sich vorzustellen, wie ihr Leben bisher verlaufen war und wie es hätte verlaufen können, wenn sie es nicht in einem solchen Gefängnis verbracht hätte. Diese Frau mochte vielleicht seine Schwester sein, aber er empfand ihr gegenüber keinerlei Zuneigung oder Seelenverwandtschaft. Sie erinnerte ihn an eine Stoffpuppe, mit ihren schlaffen Gliedern und den starren, unveränderlichen Gesichtszügen. Er hatte selbst einmal eine Stoffpuppe gehabt, als Kleinkind, die er von Percy übernommen hatte. Der Stoff war schon schmutzig gewesen und einige ihrer Wollhaare hatte sie auch bereits eingebüßt. Dann erinnerte er sich daran, wie sehr er diese Puppe geliebt hatte, die seine Großmutter gemacht hatte. Er versuchte, sich an ihren Namen zu erinnern, aber er fiel ihm nicht ein.

Er fühlte sich unbehaglich, wusste nicht, was er tun sollte, ob er versuchen sollte, mit der jungen Frau zu sprechen oder zu gehen, und musste sich eingestehen, dass diese Reise umsonst gewesen war. Er war sich nun genauso wenig sicher wie vor seiner Ankunft, ob sein Vater Jane Walters mit Martha gezeugt hatte. Doch wie sollte es anders sein? George Shipley war ein zu gewissenhafter Geschäftsmann gewesen, als dass er Geld für die Pflege dieses Mädchens ausgegeben hätte, wenn er nicht eine unausweichliche Verpflichtung verspürt hätte. Christopher saß schweigend neben Jane im Sonnenlicht, das durch die Fenster mit ihren metallenen Rahmen einfiel.

Eine vorbeigehende Krankenschwester lächelte ihn an und sagte: „Jane ist heute noch nicht spazieren gegangen. Das hebt normalerweise ihre Laune. Wir sind heute unterbesetzt. Zwei Krankenschwestern haben die Grippe.“

„Vielleicht könnte ich mit ihr in den Garten gehen?“, fragte er, ohne zu wissen, was ihn zu diesem Angebot veranlasst hatte.

„Wenn Sie die Zeit erübrigen können, Sir.“

Christopher reichte der jungen Frau auf dem Stuhl die Hand und zu seiner Überraschung nahm sie sie. Ihre eigene Hand war dünn, knochig, mit langen, dürren Fingern, und sie fühlte sich in seiner so zart an, dass er befürchtete, sie zu zerquetschen. Er half ihr auf die Beine und gemeinsam bewegten sie sich langsam durch die Balkontüren hinaus in den Garten. Eine große, gepflasterte Terrasse führte zu einer großen Rasenfläche, die von Bäumen umgeben war. Er konnte Vögel singen hören. Ihre zarte Hand ruhte in seiner, als er sie durch den weitläufigen Garten führte. Je weiter sie gingen, desto sicherer wurde sie auf den Beinen, als würde sie Kraft aus der Luft, dem Sonnenlicht und den wachsenden Pflanzen um sich herum schöpfen.

Als sie ein Stück von den anderen Patientinnen entfernt waren, blieben sie ganz selbstverständlich vor einer Bank unter einer großen Eiche stehen. Der Boden um sie herum war mit einem Teppich aus Eichelschalen bedeckt, die unter ihren Füßen knirschten. Sie setzten sich, ihre Hand hielt immer noch die seine. Plötzlich und unerklärlicherweise begann er, sich ruhig zu fühlen, spürte nicht mehr die unangenehme Spannung des Schweigens zwischen ihnen.

St. Crispin's war ein friedlicher Ort, weit weg vom Trubel des täglichen Lebens. Ein abgelegener Ort, der vom Rest der Welt ebenso vergessen worden war wie die Menschen, die hier lebten. Nicht das, was er erwartet hatte, keine Ähnlichkeit mit Bedlam, der großen psychiatrischen Klinik in London. Er beschloss, dass es ihm hier gefiel.

Erst als sie seine Hand losließ, um eine Butterblume vom Rand des Rasens zu pflücken, wurde im wieder bewusst, dass sie sie die ganze Zeit über gehalten hatte. Sie drehte sich um und reichte ihm die Blume, wobei sich der Anflug eines Lächelns auf ihren Lippen abzeichnete. Es erinnerte ihn an Martha und daran, wie sich ihr ernstes Gesicht verwandelte, sobald sie lächelte. Zum ersten Mal erkannte er eine Ähnlichkeit.

Jane hob die Hand, tippte mit den Fingern auf ihren Brustkorb und versuchte, ihren eigenen Namen auszusprechen, brachte aber nur ein „Jah" heraus. Sie tippte mit den Fingern auf die Vorderseite seiner Jacke und wandte ihm den Kopf zu. In ihren leeren Augen schien nun ein verhaltener, lebendiger Funke zum Leben zu erwachen.

Eine Welle der Traurigkeit überkam in, als er ihr sagte, sein Name sei Kit. Seine Traurigkeit galt jedoch nicht nur diesem armen, verlorenen Mädchen, das im Gefängnis seines geschädigten Geistes gefangen war, sondern auch der Mutter, die Janes Existenz verleugnet haben musste. Sie galt auch der ganzen verkommenen Welt, in der sie lebten, dem schrecklichen, sinnlosen Krieg, in dem er gekämpft hatte, dem Leben all der jungen Männer, die im Schlamm, in der Kälte und im Regen gefallen waren. Er trauerte für seine Mutter, betrauerte die Art und Weise, wie die Untreue ihres Ehemannes jede Fähigkeit, Mitgefühl, Liebe oder Empathie zu empfinden, in ihr ausgelöscht hatte. Er betrauerte den Verlust des Vaters, den er zu kennen geglaubt hatte, von dem er aber nun wusste, dass er nie existiert hatte. Der strenge, ehrgeizige und dynamische Mann, von dem er sich immer eingeschüchtert gefühlt hatte, hatte sich als rückgratloser Mann erwiesen, als schwacher und grausamer Mann, der junge Mädchen benutzt und missbraucht und dann Schecks ausgestellt hatte, um die Folgen seines Missbrauchs zu vertuschen. Er ertappte sich dabei, wie er die Hand seiner Halbschwester streichelte, und zum ersten Mal, seit er sie kennengelernt hatte, fühlte er sich ihr verbunden.

Jane gab ein leises, schnüffelndes Geräusch von sich, dann nickte sie rhythmisch mit dem Kopf und formte den Plosivlaut seines Namens, wobei sie das „K" immer und immer wieder hervorpresste.

Er lächelte sie an und sagte noch einmal seinen Namen. Er freute sich, als ein angedeutetes Lächeln ihre Mundwinkel umspielte. Sicherlich deuteten diese winzigen Anzeichen darauf hin, dass Jane geholfen werden könnte, sprechen zu lernen. Er war überzeugt, dass in ihr mehr steckte als nur ein stummer Trottel.

Als sie schweigend im sonnendurchfluteten Garten saßen, wurde Christopher an jenen Tag im Jahr zuvor zurückversetzt, als er verwundet wurde. Es war ein ganz anderer Tag gewesen als dieser: sintflutartiger Regen, der den Männern jede Sicht geraubt hatte, als sie den schlammigen Weg entlang marschiert waren, der unter dem Gewicht von Hunderten von Fahrzeugen und Tausenden von Stiefeln und Hufen aufgewühlt und niedergetrampelt worden war. Die schlammigen Straßen und das verwüstete Ackerland hatten eine neue und veränderte Form angenommen, als Granaten und Mörser den Boden anhoben und absenkten und die Landschaft veränderten. Entfernte Explosionen hatten den Himmel zum Leuchten gebracht wie einen brennenden Ofen. Feuer und Regen. Er hatte den Kopf gehoben, um die schreckliche Schönheit des brennenden Himmels zu betrachten, und hatte dabei die verräterischen Zeichen nicht explodierter Munition nicht bemerkt. Ein einziger Moment der Unachtsamkeit. Ob es Sekunden, Minuten oder Stunden später gewesen war, wusste er nicht, aber als er wieder zu Bewusstsein gekommen war, hatte er auf dem Rücken am Boden eines Kraters gelegen, dorthin geschleudert von der Kraft der Explosion unter ihm.

Zuerst hatte er keinen Schmerz gespürt und nicht realisiert, dass sein Fuß nicht mehr mit seinem Bein verbunden war. Über seinem Kopf hatte er nur Rauch gesehen, eine dicke Rauchwolke, die den Himmel verdunkelt hatte. Unter ihm hatte der Boden gebebt. Überall um ihn herum hatte er das Donnern von Geschützen gehört, das Kreischen der Granaten und das Dröhnen der sich zurückziehenden Fahrzeuge. Er hatte keine Stimmen gehört, keine Gesichter gesehen, weder Freund noch Feind, der über den Kraterrand blickte und nach ihm suchte. Inzwischen hatte der Schmerz über den Schock gesiegt und er war unter Todesqualen auf dem Rücken gelegen und sein Bein hatte sich angefühlt, als würde es langsam in einem Ofen verbrannt und gleichzeitig in einem Schraubstock zerquetscht werden. Er hatte versucht, zu schreien, hatte gedacht, er täte es bereits, hatte aber nur die Geräusche des Kampfes gehört. Die Schmerzen waren schlimmer geworden. Ein brennendes Gefühl, beißend, stechend. Es hatte ihn langsam, unerbittlich und quälend umgebracht. Hatten seine eigenen Männer ihn vergessen? Waren auch sie tot oder verwundet? Um ihn herum und über ihm war der Krieg ohne ihn weitergegangen. Er hatte sich ganz und gar allein gefühlt. Verlassen. Vergessen.

Aber man hatte ihn nicht vergessen und dem Tod überlassen. Er wusste nicht, wann oder wie, aber jemand hatte ihn geholt. Hände hatten nach ihm gegriffen, ihn aufgehoben, ihn aus dem Loch gegraben, seinem schlammigen Grab, und ihn sanft auf eine Bahre gelegt. Man hatte ihn hinter die Linien und in die Zuflucht eines Krankenhauses getragen, wo sich ein Engel in Weiß über ihn gebeugt, seine Stirn abgewischt und seine Schmerzen mit Morphium gelindert hatte, um ihn in die Seligkeit eines heilsamen Schlafes zu schicken.

Jetzt, hier, heute, in diesem friedlichen Garten, als er Jane Walters' Hand hielt, erinnerte er sich daran, wie es sich angefühlt hatte, gerettet zu werden. Befreit zu sein, nicht so sehr von der Angst vor dem Tod, sondern von der Angst, allein zu sein, vergessen, ignoriert, aufgegeben. Wie muss es für Jane sein? Bis heute hatte keine Seele sie besucht, war mit ihr spazieren gegangen und hatte ihre Hand gehalten. Sie war aufgewachsen und niemand anderer als jene, die dafür bezahlt wurden, sich um sie zu kümmern, hatten sie angesprochen, berührt oder gar geliebt. Christophers Herz wurde eng in seiner Brust und er wusste in diesem Augenblick, dass er sie von hier wegbringen musste.

Eine Glocke läutete und Jane stand auf, in einer reflexartigen Reaktion auf das Geräusch. Als er sah, wie sich die anderen Patientinnen über den Rasen in Richtung Haus bewegten, half Christopher ihr zurück zur Station.

Eine Krankenschwester trat heraus und führte Jane zusammen mit den anderen Frauen aus der Station und den Korridor hinunter. „Essenszeit", sagte die Schwester und deutete auf die Uhr an der Wand, die eine halbe Stunde nach Mittag anzeigte.

Jane sah sich nicht nach ihm um. Es war, als hätte sie die Mauern um ihr Gehirn wieder hochgezogen und sie wurde wieder zu dem passiven, unergründlichen Wesen mit den toten Augen und dem leeren Gesichtsausdruck. Er sah zu, wie sie sich entfernte, schlurfend und mit gesenktem Kopf, in einem Kleid, das nicht von dem der anderen Frauen zu unterscheiden war.

Als alle gegangen waren, abgesehen von jenen, die komatös waren oder auf ihren Betten schliefen, ging Christopher den Korridor entlang zurück, klopfte an die Tür des Arztzimmers und wurde hereingebeten. Der Mann hinter dem Schreibtisch war älter als er selbst – wahrscheinlich in seinen Vierzigern. Er trug eine schwarze Augenklappe über einem Auge und einen gepflegten Schnurrbart. Hinweise auf einen Mann des Militärs. Zur Bestätigung bemerkte Christopher eine Regimentskrawatte.

„Dr. Reggie Henderson", sagte der Mann und reichte Christopher die Hand.

Ohne nachzudenken, antwortete er: „Captain Christopher Shipley." Er bemerkte seinen Fehler sofort.

„Man sagte mir, Ihr Name sei Bell. Ein Anwalt?"

„Es tut mir leid. Ich hatte die Absicht, meine Identität zu verbergen ... aus Gründen der Diskretion."

Der Arzt winkte mit der Hand ab. „Sie brauchen sich nicht zu rechtfertigen. Das ist völlig verständlich." Er deutete auf einen Stuhl und Kit setzte sich.

„Probleme mit dem Bein?"

„Es wurde in einem Schlammloch bei Messines zurückgelassen."

Der Arzt nickte. „Ich habe mein Auge 1914 verloren. Mons. Das war das Ende des Krieges für mich." Er hielt

Christopher eine kleine, hölzerne Kiste mit Zigaretten hin, die er ablehnte. Der Arzt zündete sich eine an und atmete den Rauch langsam aus. „Nachdem sie mich zusammengeflickt hatten, wurde ich 1916 hierher versetzt, als dieser Ort noch ein Militärkrankenhaus war, und ich blieb auch nach dem Waffenstillstand hier. Sie möchten also mehr über Miss Walters erfahren?"

Christopher beschloss, dass die Wahrheit das Beste sei. „Ich habe Grund zur Annahme, dass sie meine Halbschwester ist, aber ich habe erst gestern von ihrer Existenz erfahren."

Der Arzt gab keinen Kommentar ab, nickte nur und paffte an seiner Zigarette.

„Was genau fehlt ihr? Man hat mir nur gesagt, dass ihr Gehirn bei der Geburt beschädigt wurde."

Henderson zuckte mit den Schultern. „Ich weiß nichts über ihre Geschichte, bevor sie hier eingeliefert wurde. Sie war eine der wenigen, die in den Kriegsjahren hier verblieb, als die meisten zivilen Patienten ausquartiert wurden. Auf dem Gelände gibt es mehrere Häuser, in denen eine kleine Anzahl von Privatpatienten, die nicht zu ihren Familien zurückkehren konnten, untergebracht waren, und dort wurde sie während des Krieges versorgt. Nach dem Waffenstillstand kehrte sie hierher zurück, als die Anstalt nicht mehr als Militärkrankenhaus benötigt wurde. Es handelt sich hier um eine Privatstation, die viel weniger überfüllt ist als die öffentlichen Stationen, und in der mehr Personal arbeitet. Heute nutzen wir die Häuser für die Angestellten – ich selbst wohne in einem – und einige sind für die Patienten reserviert, die bereit sind, zu ihren Familien zurückzukehren. Die meisten von ihnen gehen einer Arbeit nach und wir können immer noch ein Auge auf ihr Wohlergehen haben. Offensichtlich fällt Miss Walters nicht in diese Kategorie." Er tippte mit den Fingern auf die Tischplatte. „Ein trauriger Fall. Seit der Kindheit vernachlässigt. Ich wüsste nicht, warum sie nicht hätte sprechen lernen können. Völliger Mangel an Reizen. Jeder Mensch würde zu Gemüse verkommen, wenn er so behandelt würde."

„Sie meinen, Sie wurde hier vernachlässigt?" Kit klammerte sich an die Kante des Schreibtisches.

„Nicht mehr als alle anderen auch. Und sie kam erst mit sieben Jahren hierher – da war der Schaden schon angerichtet. Die Methoden, die an Orten wie diesem angewandt wurden, waren in der Vergangenheit äußerst grob. Früher waren psychische Anstalten kaum mehr als Gefängnisse. Heute herrscht hier ein anderer Ton. Wir betrachten die Dinge auf eine aufgeklärtere Weise. Anstatt sie einzusperren und zu vergessen, versuchen wir, sie so weit zu bringen, dass sie in ein möglichst normales Leben zurückkehren können."

„Denken Sie, Jane könnte irgendwann ein normales Leben führen?"

„Leider nein. Sie nicht. Dafür ist sie zu weit weggetreten." Er las etwas in einem Ordner nach. „Chronische Idiotie. Seit ihrer Geburt. Vielleicht kriegen wir sie irgendwann dazu, ein paar einfache Wörter und Sätze zu verstehen. Vielleicht lässt sich die Diagnose sogar von Idiotie auf Beschränktheit abmildern. Vielleicht kann sie ein Niveau erreichen, das man von einem kleinen Kind erwarten würde. Nicht in der Lage, zu lesen und zu schreiben oder ein Gespräch zu führen, aber besser als jetzt."

„Ich verstehe." Christopher war sich nicht sicher, wie er sich dabei fühlte.

„Allerdings bin ich sicher, dass wir ihr Vertrauen aufbauen und ihr helfen können, weniger Angst zu haben. Sie wird dann eher in der Lage sein, auf Reize zu reagieren.

Das sollte ihr armes, erbärmliches Leben ein wenig erträglicher machen."

Christopher stand auf und streckte dem Arzt die Hand hin. „Danke, Doktor. Ich werde wiederkommen. Das heißt, sofern Sie denken, dass es für sie von Vorteil sein könnte, mich zu sehen?"

„Ich denke, es wäre äußerst hilfreich für sie. Aber unter einer Bedingung."

Christopher setzte sich wieder.

„Dass Sie, sofern Sie zurückkehren, regelmäßig zu ihr kommen. Es wäre schädlich für das arme Geschöpf, wenn Sie es nur eine Zeit lang besuchen und dann aufhören würden. Es wäre schädlich für sie, wenn sie sich mit Ihnen vertraut machen würde ...", er dachte einen Moment nach und fügte dann hinzu, „oder sie vielleicht auf ihre Weise lieb gewinnen würde, und Sie dann wieder aus ihrem Leben verschwinden."

„Ich verstehe. Das würde ich nicht tun." Er stand wieder auf und ging zur Tür. Als er sie öffnete, drehte er sich um. „Eine Frage noch, Dr. Henderson. Könnten Sie sich vorstellen, dass Jane jemals in der Obhut ihrer Familie leben könnte? Mit dem richtigen Maß an Pflege und Fürsorge?"

Der Arzt hob seine Hände mit den Handflächen nach oben. „Auch hier würde ich zur Vorsicht mahnen. Für eine Patientin wie Miss Walters bedeuten Veränderungen eine große Störung ihres Alltags. Sie ist an das Leben in dieser Einrichtung gewöhnt und würde sich nur sehr schwer anpassen können. Und wenn man dann, aus welchen Gründen auch immer, zu dem Schluss käme, dass die Familie nicht mit ihr zurechtkäme, wäre es ein schweres Trauma für sie, hierher zurückzukehren." Er griff nach einer weiteren Zigarette und klopfte damit auf die Tischplatte. „Unterschätzen Sie nicht die Belastung, die es für eine Familie bedeutet, eine Person wie sie in ihrer Mitte zu haben. Sie braucht rund um die Uhr Pflege. Sie ist nicht in der Lage, sich selbst anzuziehen oder zu waschen. Man muss sie füttern. Von ihren Fähigkeiten her ist sie auf dem Niveau eines Kleinkindes. Ich fürchte, ohne die Mittel für eine Krankenschwester, die sich um sie kümmert, würde sich die Situation für alle Beteiligten nachteilig auswirken."

„Wir haben die Mittel", sagte Christopher. „Auf Wiedersehen und ich danke Ihnen."

Kapitel Dreizehn

Während Christopher seine Halbschwester kennenlernte und über ihre Pflege sprach, machte sich Martha unwissend auf den Weg in die versunkenen Gärten, wo sie sich darum kümmerte, Kletterrosen zurückzuschneiden, die an der Nordwand des Gartens wuchsen.

Sie sah nicht, dass Mrs. Shipley sich ihr näherte, und fiel vor Schreck fast von der Leiter, als sie von ihr angesprochen wurde.

„Es ist also wahr, dass er Sie hier arbeiten lässt." Kits Mutter musterte Martha von oben bis unten und zog angewidert die Oberlippe hoch beim Anblick der Witwe des ehemaligen Wildhüters in ihren Stiefelhosen. „Ich wünsche, mit Ihnen zu sprechen. Aber nicht jetzt. Nicht hier. Kommen Sie ins Haus, sobald Sie sich respektablere Kleidung angezogen und sich gewaschen haben."

Ohne Marthas Antwort abzuwarten, war Mrs. Shipley verschwunden.

Eine Stunde später wurde Martha Walters vom Butler in die Bibliothek geführt. Sie schritt durch den riesigen

Raum, der an einer Wand mit bodenhohen Fenstern und an den anderen Wänden mit Eichenholzregalen voller ledergebundener Bücher gesäumt war, von denen die meisten in tadellosem Zustand zu sein schienen. Martha erinnerte sich an Kits Angebot, ihr alle Bücher zu leihen, die sie lesen wollte, und schlenderte zu den Regalen hinüber, um sich ein paar der Werke anzusehen. Sie hob die Hand, um einen Band aus dem Regal zu nehmen, als sie bemerkte, dass sie jemand durch die offene Tür beobachtete. Sie ließ ihre Hand schuldbewusst fallen und entfernte sich von den Regalen.

Edwina Shipley fegte in den Raum, nahm hinter einem großen Eichentisch Platz und winkte mit der Hand, um Martha zu signalisieren, dass sie sich vor den Tisch stellen sollte. Sie tat, wie ihr geheißen, und Mrs. Shipley zeigte auf einen Umschlag auf dem Tisch.

„Nehmen Sie ihn. Darin steht, dass Sie bis zum Ende der Woche aus dem Häuschen ausziehen müssen."

Martha blickte auf den Umschlag hinunter, machte aber keine Anstalten, ihn aufzuheben.

„Mein Sohn hat ihn geschrieben, bevor er heute Morgen abgereist ist. Er ist großzügiger als ich. Ich würde es vorziehen, wenn Sie sofort gehen würden, und ich werde dafür sorgen, dass es sich für Sie lohnt." Sie griff nach dem Scheckbuch, das bereits neben ihr auf dem Tisch lag. „Er ist auf Bargeld ausgestellt. Sie werden ihn zu einer Bank bringen müssen. Die Summe reicht aus, um Essen und Unterkunft für ein paar Monate oder länger zu bezahlen. Das Geld wird Ihnen über die Runden helfen, bis Sie für sich selbst sorgen können." Sie blickte Martha mit kalten Augen an. „Und bevor Sie fragen: Mein Sohn konnte Ihnen den Brief nicht selbst überbringen, da er verreist ist."

„Ich weiß, wo er ist. Er ist in Cambridge." Martha starrte sie direkt an, trotzig.

„Sie irren sich, Mrs. Walters. Er hatte wohl vor, heute nach Cambridge zu fahren – bis er die Wahrheit über Sie erfuhr. Das hat alles verändert. In diesem Augenblick ist er in Northington und besucht die dortige psychiatrische Anstalt. St. Crispin's." Ein angedeutetes Lächeln geisterte über ihr Gesicht. „Wissen Sie, was er dort wollen könnte? Warum er St. Crispin's besuchen sollte?"

Martha hatte keine Ahnung, also sagte sie nichts, doch die Angst in ihrem Inneren wuchs.

„Er will herausfinden, ob das, was ich ihm über Sie und meinen verstorbenen Mann erzählt habe, wahr ist." Sie beobachtete Martha neugierig. „Wollten Sie meinen Sohn vor dem Wissen schützen, dass Sie die Geliebte seines Vaters waren – oder war Ihnen, wie ich vermute, nur allzu bewusst, dass er Sie nicht einmal mit der Kneifzange angefasst hätte, wenn Sie ihm die Wahrheit gesagt hätten?"

Martha spürte, wie ihr die Knie weich wurden. „Ich weiß nicht, wovon Sie reden." Ihre Hände umklammerten die Tischkante. Ihre Angst erreichte nun ein ungeahntes Ausmaß.

„Lügen Sie nicht. Mein Sohn mag darauf hereinfallen, aber bei mir kommen Sie damit nicht weit. Ich habe vielleicht weggesehen bei dem, was zwischen meinem Mann und Ihnen vorgefallen ist, aber ich werde nicht zusehen, wie Sie das Leben meines Sohnes ruinieren."

Martha sagte nichts, sondern senkte nur den Kopf. Ihr war schwindelig und sie wurde panisch.

„Captain Shipley stattet heute Ihrer Tochter einen Besuch ab. Er weigerte sich, mir zu glauben. Er wollte sie mit eigenen Augen sehen."

„Ich weiß nicht, wovon Sie sprechen." Marthas Worte waren leise, kaum hörbar, sogar für sie selbst.

„Das Kind, das Sie vor zwanzig Jahren zur Welt gebracht haben. Jane Walters. Soweit ich weiß, wurde das Gehirn des Mädchens bei der Geburt geschädigt und die Diagnose lautet auf Idiotie. Mein Sohn wollte sich selbst ein Bild vom Ausmaß Ihres Betrugs machen. Er wollte sich davon überzeugen, dass Sie tatsächlich eine Tochter zur Welt gebracht haben, die von meinem Mann gezeugt wurde, und dass das Kind die letzten zwanzig Jahre in einer Irrenanstalt weggesperrt war."

Martha schwankte und hatte Mühe, aufrecht stehenzubleiben. Aber sie würde nicht zulassen, dass diese Frau sie mit ihren Lügen einschüchterte, also zwang sie sich, auf den Beinen zu bleiben und den Kopf hochzuhalten.

Edwina lächelte. „Sie wussten, dass es überlebt hat, nicht wahr?"

Martha schluckte.

„Nicht wahr?" Mrs. Shipley trommelte mit den Fingern auf die Tischplatte.

„Nein." Kaum ein Flüstern.

„Ist es das, was man Ihnen gesagt hat?"

Der Raum begann, sich um Martha herum zu drehen. Eine starke Übelkeit überkam sie in Wellen. Ein dunkler Ort. Abgeschottet – in ihrem Inneren weggesperrt. Die plötzliche Erinnerung an den Tod, der darauf wartete, sie zu holen, während sie ihn anflehte, es endlich zu tun, sie von den Schmerzen zu erlösen. Von den unerträglichen Schmerzen. Die sie in zwei Hälften zu zerreißen drohten. *Lass mich sterben. Oh, Gott, bitte lass es aufhören. Lass es vorbei sein. Lass mich sterben.*

Doch sie hatte überlebt. Nur um zu erfahren, dass das

Kind, das der Arzt aus ihrem kleinen, gebrochenen Körper gezerrt hatte, tot geboren worden war.

Martha hatte den Schrecken dessen, was ihr vor zwanzig Jahren widerfahren war, verdrängt. Aber jetzt tauchte er wieder auf und brachte all den Schmerz und die Qualen mit sich, die sie durchgemacht hatte: die alles vereinnahmende Trauer über den Verlust jenes Babys, das sie nie gewollt hatte, solange sie es in sich getragen hatte. Als sie nun hier stand, auf wackligen Beinen, überwältigte sie die Intensität von allem. Ihre Beine gaben nach und sie fiel zu Boden.

Von Riechsalz wiederbelebt, fand sich Martha in einem Sessel in der Nähe der hohen Fenster wieder. Mrs. Shipley stand über ihr. Erst war sie desorientiert, aber dann erinnerte sie sich an die schrecklichen Dinge, die die Frau ihr erzählt hatte. Sie öffnete und schloss die Augen und fragte: „Wo ist er? Wo ist K ... Captain Shipley?"

„Ich sagte Ihnen doch, er ist unterwegs, um sich vom Aufenthaltsort Ihrer Tochter zu überzeugen. Und sobald er das getan hat, wird er weiterreisen, um sich bei Lady Lavinia Bourne und ihrer Familie für seine Abwesenheit während des Wochenendes zu entschuldigen. Ich habe keinen Zweifel daran, dass die Vorbereitungen für seine Hochzeit wie ursprünglich geplant verlaufen werden, sobald er die Dinge wieder in Ordnung gebracht hat."

Mrs. Shipley ging zum Tisch zurück, nahm den Umschlag und den Scheck an sich und drückte Martha beides in die Hand. „Es wird nicht lange dauern, bis er seine törichte Besessenheit von Ihnen überwunden hat. Sobald er erst einmal begreift, was für eine ausgewachsene Lügnerin Sie sind, wird er nur allzu froh sein, Sie loszuwerden und Lady Lavinia zu heiraten. Sofern sie ihn noch haben will."

Martha starrte auf den Umschlag und schluchzte leise. „Ich will Ihr Geld nicht."

„Nein, ich bin sicher, dass Sie es nicht wollen. Aber ich bestehe darauf, dass Sie es nehmen. Ich kann nicht zulassen, dass Sie durch die Straßen irren oder sich im Dorf herumtreiben. Einer der Stallknechte wird Sie nach Ledford fahren und Sie zum nächsten Zug nach London bringen. Ob Sie dort bleiben oder weiterziehen, bleibt Ihnen überlassen. Aber kommen Sie nicht hierher zurück." Sie sah auf ihre Uhr. „Beeilen Sie sich lieber."

Martha stand auf.

Mrs. Shipley hatte sich zum Fenster begeben und stand nun mit dem Rücken zu ihr. Über ihre Schulter hinweg sagte sie: „Und versuchen Sie nicht, meinen Sohn zu kontaktieren. Er will nichts von Ihnen hören. Und er möchte Sie unter keinen Umständen wiedersehen. Ich wünschte nur, ich hätte ihm schon früher die Augen geöffnet, bevor das Unglück ihn heimsuchte und er seinem Vater in Ihr Bett gefolgt ist."

Kapitel Vierzehn

Christopher fuhr die Auffahrt von St. Crispin's hinunter und sein Kopf war gefüllt mit widersprüchlichen Gedanken. Er war heute in der Erwartung hierhergekommen, dass er entweder widerlegen würde, was seine Mutter ihm erzählt hatte, oder dass er die Frau, die seine Halbschwester war, sehen und von Ekel und Abscheu erfüllt sein würde.

Jetzt wusste er es. Jane war definitiv seine Halbschwester, wie seine Mutter gesagt hatte. Als sie unter der Eiche gesessen hatten, hatte er Martha in ihren Augen gesehen, und die Linie ihres Kiefers war ein unverkennbares Shipley-Erbe.

Aber dem Arzt vorzuschlagen, dass Jane zu ihnen ziehen sollte? Was war nur in ihn gefahren? Was hatte er sich dabei gedacht? Wie konnte er sie nach Newlands bringen und seiner Mutter ihre Anwesenheit aufzwingen? Und was war mit seinen Plänen, ins Ausland zu gehen?

Er versuchte, sich in Edwinas Lage zu versetzen. Er verabscheute die Art und Weise, wie sie ihm von Janes Existenz erzählt hatte, die Art und Weise, wie sie keine Rücksicht auf seine Gefühle genommen hatte. Aber er konnte nicht umhin, ein gewisses Mitgefühl für seine Mutter aufzubringen, die zwanzig Jahre lang mit dem Wissen hatte leben müssen, dass ihr Mann sie betrogen und ein Kind mit einer der Bediensteten gezeugt hatte, die damals selbst noch ein Kind gewesen war. Wie hatte sie es geschafft, das hinzunehmen? Wie hatte sie so lange mit diesem Wissen leben können? Aber er kannte die Antwort bereits. Edwina Shipley hätte niemals den Skandal einer Scheidung in Kauf genommen oder die Schande und die Erniedrigung der Umstände, die dazu geführt hätten. Sie hätte auch nicht bereitwillig auf den Status und den Reichtum verzichtet, den ihr die Ehe mit George Shipley und sein breit aufgestelltes Industrieimperium beschert hatten. Kein Wunder, dass sie Martha jetzt loswerden wollte. Er fragte sich, warum sie es nicht schon längst getan hatte, konnte aber keine zufriedenstellende Antwort finden. Vielleicht hatte sie es für unangemessen gehalten, sich mit solchen Dingen zu befassen. Hatte sie so tun wollen, als wüsste sie nichts von dem, was geschehen war? Hatte sie eine Szene mit Martha vermeiden wollen? Diskretion war schon immer der zweite Vorname seiner Mutter gewesen.

Aber Jane? Das war eine andere Angelegenheit. Zuerst hatte Christopher Angst und sogar ein wenig Ekel vor dem Wesen mit den leeren, toten Augen und den hängenden Schultern verspürt, aber ihr Spaziergang über das Gelände hatte alles verändert. Er erinnerte sich daran, wie sich ihre kleinen Hände in seinen angefühlt hatten, wie das Licht schließlich in ihre Augen gefallen war, wie sie darauf reagiert hatte, im Freien zu sein, von der plötzlichen Präsenz der Natur um sie herum geweckt.

Als sie ihm die Butterblume hingehalten hatte, hatte er eine Welle der Zuneigung für sie empfunden. Es war gewesen, als ob unter den Schichten dessen, was der Arzt als ihre Idiotie bezeichnet hatte, eine Vielzahl von Empfindungen schlummerte. Er tastete in seiner Tasche nach der Butterblume. Sie war noch da.

Womit er sich noch nicht befasst hatte, waren seine Gefühle für Martha. Was hatte sich seit gestern verändert, das beeinflussen könnte, wie er für sie empfand? Bis gestern hatte er sie körperlich mit einer Leidenschaft begehrt, wie er sie noch nie zuvor gespürt hatte – aber er war sich nicht sicher, ob er jetzt noch so für sie empfinden konnte, wo er wusste, dass sie ihn belogen und ein Kind mit seinem Vater gezeugt hatte und möglicherweise daran beteiligt gewesen war, dass man dieses Kind weggesperrt hatte. Doch alles in Christophers Kopf und in seinem Herzen schrie, dass Martha niemals wissentlich die Existenz ihrer Tochter geleugnet oder zugestimmt hätte, dass man sie in eine Anstalt sperrte. Und sie hätte sich niemals freiwillig den Annäherungsversuchen seines Vaters gebeugt, ganz gleich, was seine Mutter denken mochte oder ihm erzählt hatte. Irgendetwas in ihm sagte ihm, dass er seinem Herzen vertrauen und nicht auf seinen Kopf hören sollte.

Auf der Fahrt durch Dörfer und Städte, vorbei an Feldern und Wäldern, Fabriken und Bahnhöfen, fragte sich Christopher immer wieder, was er jetzt tun sollte. Seine Mutter zur Rede stellen? Mit Martha reden?

Zumindest wusste er, was er *wollte*. Er konnte nicht mehr nach Borneo gehen. Stattdessen wusste er mit Gewissheit, dass er in dem kleinen Haus im Wald leben wollte, mit Martha und, so Gott wollte, irgendwann auch mit Jane. Nur hatte er im Moment keine Ahnung, wie er diesen Plan in die Tat umsetzen sollte. Eines war ihm jedoch klar. Er wollte derjenige sein, der Mutter und Tochter wiedervereinte, derjenige, mit dessen Hilfe seine Schwester eines

Tages in der Lage sein würde, außerhalb der Anstalt zu funktionieren, in der sie sonst dazu verurteilt wäre, den Rest ihrer Tage zu fristen.

Und doch sagte ihm sein Verstand, dass ein solcher Plan voller Hürden war. Wie sollte er vor den Augen seiner Mutter auf dem Landgut leben und sie jener unaussprechlichen Demütigung aussetzen, für die sie sein Vorhaben unweigerlich halten würde? Und Jane? Wie würde Martha selbst reagieren? Wie viel wusste sie? Immer wieder gingen ihm diese Fragen durch den Kopf, bis seine Schläfen pochten und seine Handflächen auf dem Lenkrad klamm wurden.

Der Krieg mochte vieles verändert haben, aber er wusste, dass er die Neigung der Menschen, zu tratschen, zu kritisieren und zu verurteilen, nicht gemindert hatte. Jeder Versuch, Jane Walters nach Newlands zu holen, würde Schande über Martha bringen und ihr jede Würde rauben, und das konnte er ihr nicht zumuten. Nein, die einzige Möglichkeit, seinen Wunsch zu verwirklichen, bestünde darin, dass die drei Newlands verließen und an einen Ort zogen, an dem sie niemand kannte.

Je mehr er über diese Idee nachdachte, desto besser gefiel sie ihm. Er könnte seinen Lebensunterhalt mit seinen Forschungen an der Universität oder für die Royal Horticultural Society bestreiten – oder, falls ihm das nicht gelang, Lehrer werden – und auf jegliche Ansprüche aus seinem Erbe verzichten. Er könnte Martha heiraten. Niemand müsste wissen, dass Jane ihre Tochter war – sie konnte problemlos als ihre Schwester durchgehen. Seine Mutter würde Gift und Galle spucken, aber er würde sich nicht von ihren Reaktionen leiten lassen. Es war sein Leben, nicht ihres.

Es war bereits früher Abend, als Christopher die Tore

von Newlands erreichte. Der Himmel wurde von einem leuchtenden Sonnenuntergang erhellt. Rote und orangefarbene Wellen durchzogen filigrane Wolken. Er lenkte den Wagen von der Hauptzufahrt auf den Schotterweg, der zu dem im Wald gelegenen Häuschen führte.

Es schien kein Licht hinter den Fenstern. Er ging über die grasbewachsene Lichtung und klopfte an die Tür, ungeduldig darauf, von Martha die Wahrheit zu erfahren. Sie hatte ihn angelogen, was seinen Vater anging, aber was war mit Jane? Er konnte sich vorstellen, dass sie wegen George Shipley gelogen hatte, wahrscheinlich aus Scham und Angst. Was er nicht glauben konnte, war, dass sie zugelassen hatte, dass ihr Kind nach der Geburt weggesperrt wurde.

Stille.

Er ging zur Rückseite des Häuschens. Die Vorhänge waren nicht zugezogen und die Zimmer lagen alle im Dunkeln. Er hörte das Bellen eines Fuchses und zuckte zusammen. Seine Nerven lagen blank.

Er drückte die Türklinke hinunter und die Tür öffnete sich. Er trat ein und sah in den unteren Räumen nach, aber es fehlte jede Spur von Martha. Der Kessel auf dem Herd war kalt und der Kamin war voller kalter Asche und schien seit der letzten Nacht nicht mehr saubergemacht und angezündet worden zu sein. Er öffnete die Tür zum Treppenhaus und eilte die Treppe hinauf, so schnell sein Holzbein es ihm erlaubte. Die Erinnerung an ihren Spaziergang am Vortag, der sie an den Giftpilzen vorbeigeführt hatte, ließ ihm das Blut in den Adern gefrieren. Eine plötzliche Panik, dass seine Mutter mit Martha gesprochen haben könnte, durchfuhr ihn. Nein. Bitte, Gott. Nein.

Er wusste nicht, ob er erleichtert oder enttäuscht sein sollte, als er Martha auch nicht im Schlafzimmer fand.

. . .

„Wo ist sie?" Christopher stürmte in die Bibliothek, in der seine Mutter gerade einen ihrer Lieblingscocktails trank. Sie stand vor dem Kamin und rührte mit einem Stäbchen in ihrem Glas.

„Beruhige dich, Liebling. Wir wollen doch nicht, dass die Dienerschaft uns hört. Du weißt doch, wie es ist. Sobald man ein Wort sagt, ist es das Tagesgespräch in der Küche und innerhalb von fünf Minuten weiß das ganze Dorf Bescheid." Sie tadelte ihn mit jenem Schnalzgeräusch, das er so gut von ihr kannte. „Lass mich dir einen Cocktail machen. Ich trinke einen Gin Fizz. Und du?"

Christopher ignorierte sie, ging zur Anrichte und schenkte sich einen großen Schluck Scotch ein. Er begann, Geschmack daran zu finden.

„Du bist genauso schlimm wie dein Vater, Christopher. Ich werde nie verstehen, warum die Engländer so trübsinnig sind, wenn es um Cocktails geht. Der liebe Percy trank wenigstens hin und wieder einen mit mir. Aber du ... wirklich, ich bin verzweifelt. Und wenn man den Zeitungen Glauben schenken darf, wächst der Druck, in den Vereinigten Staaten jeden Alkohol zu verbieten. In was für einer Welt leben wir eigentlich?" Sie warf sich in einen Sessel. „Wozu haben wir einen Krieg geführt, wenn wir nicht einmal den Frieden genießen können?"

„Warum musst du alles verharmlosen, Mutter?" Christopher stellte sich ihr gegenüber vor das Feuer. „Ich habe dir eine Frage gestellt, also antworte mir. Wo ist Martha?"

Mrs. Shipley nahm einen Schluck von ihrem Getränk und kniff die Augen zusammen. „Ich habe nicht den blassesten Schimmer, wo die Frau des Wildhüters ist – falls du sie meinst." Sie schlug die Beine übereinander. Sie trug ein

Kleid aus hellgrüner Seide und die Bewegung zeigte ihren schlanken, mit Seide bedeckten Knöchel. Sie beugte ihren Fuß, um ihn zu bewundern. „Ich kann dir nur sagen, dass sie heute Morgen mit dem Zug von Ledford nach London abgereist ist. Aber keine Sorge, ich habe dafür gesorgt, dass sie reichlich entschädigt wird. Sie war nur zu gern bereit, einen überaus großzügigen Scheck anzunehmen.“

Christopher spürte, wie ihm übel wurde. Seine Hand zitterte und er hatte Mühe, Worte zu formulieren. Nichts von dem, was seine Mutter sagte, passte zu Martha. Bestechung? Er konnte nicht glauben, dass sie sich darauf einlassen würde. Er wollte es nicht glauben.

Bannister, der hereinkam und das Abendessen ankündigte, ließ ihn sich jede Antwort verkneifen, die Kit hätte geben können. Als er den Speisesaal betrat, fühlte er sich ausgehöhlt und leer. Das Leben in Newlands war ihm nach seinen Erlebnissen an der Westfront leer und sinnlos erschienen, aber jetzt, wo seine Mutter sich weigerte, mit ihm darüber zu sprechen, was George Shipley getan hatte, und welches Erbe er in Form von Jane Walters hinterlassen hatte, konnte er es nicht länger ertragen. Er verachtete seine Mutter und ihre Vorliebe für schöne Kleider und Cocktails, ihre Nostalgie, ihre Besessenheit von ihrer gesellschaftlichen Stellung und ihrer Freude über die Heiratsaussichten ihres Sohnes. Aber wie konnte er sie hassen? Sie war seine Mutter. War es nicht seine Pflicht, trotz ihrer Fehler, ihrer Eitelkeit und ihrem unstillbaren Hunger nach Anerkennung, Liebe für sie zu empfinden? Trotzdem konnte er es nicht. Vielleicht hatte er sie nie geliebt. Er hatte sie immer respektiert, aber auch von diesem Respekt war nichts mehr übrig.

Sobald die Diener den Raum verlassen hatten, sagte er: „Ich werde sie finden. Wo auch immer sie hingegangen ist, ich werde sie suchen und finden. Ich habe vor, Martha Walters zu heiraten, und du wirst mir nicht im Wege stehen. Ich erwarte nicht, dass du meine Gründe verstehst. Mir ist klar, dass Liebe für dich ein unverständliches Konzept ist, aber das ist es, was ich für sie empfinde und es ist auch der Grund, warum ich den Rest meines Lebens mit ihr verbringen möchte."

„Ach, Unsinn. Liebe?" Ihre Stimme war ein höhnisches Fauchen. „Ich habe es dir schon einmal gesagt. Liebe ist nichts für Leute unserer Klasse."

Er legte Messer und Gabel beiseite und sagte: „Darüber hinaus möchte ich, dass meine Schwester bei uns lebt. Bei ihrer Mutter und mir. Sobald ich für die nötige Pflege sorgen kann. Wenn ich Martha erst gefunden habe, werden wir heiraten und zu dritt von hier wegziehen. Du kannst das ganze verdammte Anwesen haben. Mach damit, was du willst. Alles, was ich verlange, ist meinen monatlichen Zuschuss."

„Da verlangst du zu viel."

„Wie meinst du das?"

„Ich kann nichts an den Entscheidungen ändern, die du triffst, wenn du dreißig bist, aber bis dahin habe ich gemäß den Bestimmungen im Testament deines Vaters die volle Kontrolle über dein Erbe. Und ich habe entschieden, dass du keinen Penny bekommst, solange du nicht unter diesem Dach lebst."

„Das kannst du nicht tun."

„Ich kann und ich werde."

„Warum? Warum solltest du so etwas tun, Mutter?"

„Lass mich dir eine Gegenfrage stellen. Warum solltest du alles tun, um dich über meine Wünsche hinwegzusetzen? Ich erwarte, dass du *deine Pflicht tust*." Sie betonte die Worte. „Ich erwarte, dass du Lavinia Bourne heiratest. Ich bin darauf vorbereitet, dass du dir die Hörner abstößt und, sobald du verlobt bist, die Heirat sogar noch ein Jahr hinauszögerst. Aber ich werde nicht erlauben, dass du diese Frau wiedersiehst."

„Erlauben?" Christopher spürte, wie seine Stimme lauter wurde und die Adern an seinen Schläfen zu pochen begannen. „Ich bin sechsundzwanzig, nicht zwölf, Mutter. Du kannst mir nicht sagen, was ich tun darf. Ich habe für mein Land gekämpft, mein Leben riskiert, mein Bein verloren, und trotzdem behandelst du mich immer noch wie ein unmündiges Kind."

„Weil du dich wie eines benimmst. Und was die Idee angeht, den verblödeten Bastard dieser Frau zu dir zu holen – nun, du musst wohl auch deinen Verstand verloren haben, Christopher. Und jetzt möchte ich nicht weiter darüber reden." Sie läutete die Glocke für den zweiten Gang.

Der Rest des Essens verlief schweigend, während Christopher versuchte, herauszufinden, was seine nächsten Schritte sein sollten. Seine Priorität war es, Martha zu finden. Er musste sie zurückholen. Sie musste ihre Tochter kennenlernen. Ihm graute davor, was seine Mutter zu ihr gesagt haben könnte. Wenn sie bisher geglaubt hatte, dass ihr Kind bei der Geburt gestorben war, wovon er überzeugt war, musste sie sich in einem Schockzustand befinden. Sie musste glauben, dass er ihr den Rücken gekehrt hatte. Er würde sie finden, wo auch immer sie war, und alles zwischen ihnen wieder in Ordnung bringen.

Als er in dieser Nacht im Bett lag, sehnte er sich danach, bei Martha zu sein. Er schwankte zwischen blindem Vertrauen in sie und seiner Wut darüber, dass sie ihn belogen hatte. Dennoch war er sich sicher, dass sie ihm alles erklären könnte, wenn sie nur bei ihm wäre. Aber wie? Sie hatte ihm eine faustdicke Lüge über ihren Mann aufgetischt. Hatte darüber gelogen, dass sie ein Kind zur Welt gebracht hatte. Und dennoch weigerte er sich, zu akzeptieren, dass sie irgendetwas davon absichtlich oder böswillig getan hatte. Die Liebe, die er in ihren Augen gesehen hatte, ließ keinen Zweifel zu.

Er drehte sich auf die Seite und schlug mit der Faust auf das Kissen. Er konnte es nicht ändern. Er liebte sie trotzdem und sehnte sich danach, sie in seinen Armen zu halten, hier mit ihr zu liegen, den frischen Duft ihres Haares auf dem Kissen, das Gefühl ihrer Haut unter seinen Händen, die Berührung ihrer Lippen auf seinen und die Erinnerung daran, wie es sich angefühlt hatte, in ihr zu sein.

Kapitel Fünfzehn

Christopher verbrachte die nächsten drei Wochen mit der Suche nach Martha Walters. Von Michael, dem Stallburschen, der sie zum Bahnhof von Ledford gefahren hatte, erfuhr er, dass er von Mrs. Shipley angewiesen worden war, eine einfache Fahrkarte nach London zu kaufen und zu warten, bis Mrs. Walters in den Zug gestiegen war. Christopher hatte sich unverzüglich auf den Weg nach London gemacht und stand nun auf dem Bahnsteig von St. Pancras und überlegte, wo er mit seiner Suche beginnen sollte.

Menschenmassen schoben sich über den Bahnhof, eilten zu ihren Zügen oder stiegen aus anderen aus, um in dem riesigen Ozean der Hauptstadt unterzugehen.

Er begann damit, das Personal des Bahnhofs zu befragen, aber niemand hatte sie gesehen. Die meisten der Gepäckträger, mit denen er sprach, lachten ihn aus.

„Haben Sie eine Ahnung, wie viele Leute hier jeden Tag durchkommen?"

„Sie wusste nicht, wohin sie gehen sollte. Vielleicht hat sie sich nach Unterkünften erkundigt."

Der Träger zuckte mit den Schultern. „Ich bin ein Gepäckträger und kein gottverdammtes Reisebüro."

Christopher klapperte Unterkünfte in der Nähe des Bahnhofs ab, aber niemand konnte sich an eine Frau erinnern, auf die ihre Beschreibung passte.

Auf schmerzenden Beinen und entmutigt weitete er seine Suche aus und wanderte jeden Tag durch das Zentrum Londons, fragte bei Arbeitsvermittlungsagenturen nach, in Herbergen und Gästehäusern, doch überall wurde er nur mit hochgezogenen Augenbrauen oder einem gleichgültigen Achselzucken abgespeist.

„Glauben Sie, dass diese Dame gefunden werden möchte?", fragte eine Wirtin und legte das Tuch ab, mit dem sie eine Messingglocke auf dem Tresen polierte, um ihn genauer zu mustern. „Sie sagten, sie sei ohne Vorwarnung abgehauen?" Sie lächelte und sagte: „Klingt für mich, als wollte sie untertauchen. Und das ist nirgendwo auf der Welt leichter als in London." Sie zuckte mit den Schultern, wandte sich von ihm ab und machte sich dann wieder daran, das Messing zu polieren.

Er suchte mehrere Polizeistationen auf. So abweisend die Gepäckträger, die Hoteliers und die Mitarbeiter der Arbeitsagenturen auch gewesen waren, es war nichts im Vergleich dazu, was er bei der Polizei erlebte.

Niedergeschlagen gestand Christopher sich schließlich ein, dass er allein nicht weiterkam, und nahm die Dienste eines Privatdetektivs in Anspruch.

Der Mann, ein gewisser Mr. Pontefract, war nicht ermutigend. „Ein Name und eine Beschreibung sind nicht gerade viel", beklagte er. „Sie haben ja keine Ahnung, wie viele Leute nach London kommen und verschwinden. Vielleicht benutzt sie sogar einen anderen Namen, wenn sie nicht gefunden werden will." Er richtete seinen Blick auf

Christopher. „Sind Sie sicher, dass es keine Verwandten gibt? Freunde? Und Sie sagen, sie hat keine Arbeit?"

Christopher verneinte alle Fragen und begann, den Mut zu verlieren.

„Wovon soll sie dann leben?"

Christopher verfluchte seine eigene Dummheit und erinnerte sich daran, dass seine Mutter erwähnt hatte, sie hätte Martha mit einem Scheck bezahlt. „Sie muss zur Bank", sagte er. „Sie wird einen Scheck eingelöst haben, den meine Mutter ausgestellt hat. Vielleicht gibt uns das einen Hinweis auf ihren Aufenthaltsort."

„Das klingt schon besser. Geben Sie mir die Kontodaten und ich werde sehen, was ich herausfinden kann."

„Aber wird die Bank solche Informationen herausgeben?"

„Das überlassen Sie mir. Am besten, Sie wissen von nichts. Meine Methoden sind Geschäftsgeheimnisse." Der Mann zwinkerte ihm zu und Christopher hatte das Gefühl, in etwas Illegales verwickelt zu sein. Aber moralische Bedenken konnte er sich nicht erlauben – Martha zu finden, war alles, was zählte.

Zwei Tage später rief Mr. Pontefract an, um ihm mitzuteilen, dass er etwas herausgefunden hatte.

„Die Dame hat die Summe in einer Bankfiliale in Northington behoben, noch am selben Tag, an dem sie nach Ihren Angaben nach London gereist sein soll. Es scheint, dass sie den Zug verließ, bevor er London erreichte."

„Northington? Sind Sie sicher?"

„Stellen Sie meine Integrität infrage, Mr. Shipley?"

„Natürlich nicht. Es ergibt durchaus Sinn. Ich hätte es wissen müssen. Sie haben ausgezeichnete Arbeit geleistet."

„Ist das alles? Wollen Sie nicht, dass ich nach Northington fahre und dort versuche, ihre Spur aufzunehmen?"

„Das wird nicht nötig sein. Ich bin sicher, dass ich jetzt weiß, wo ich sie finden kann."

Er überreichte Pontefract ein paar Scheine, die dieser grinsend abzählte und in seine Brieftasche steckte. „Das ist sehr großzügig, Sir. Ich bin froh, dass ich Ihnen helfen konnte. Ich bin sicher, dass die Dinge zwischen Ihnen und der betreffenden Dame ein gutes Ende nehmen werden." Er legte den Kopf schief und zwinkerte ihm fast unmerklich zu. Christopher spürte, wie er rot wurde.

Er fuhr direkt nach St. Crispin's. Sobald er das Gebäude betrat, schlug ihm wieder der Geruch von Desinfektionsmittel in die Nase. Er bahnte sich seinen Weg durch die endlosen, braun gekachelten Korridore zu Janes Station. Durch die Glasscheibe der verschlossenen Tür hindurch sah er, dass sie schlief, den Kopf nach vorn geneigt, das Kinn auf der Brust ruhend, den Mund leicht geöffnet. Ihr Haar war sauber – es glänzte und war mit einem Band ordentlich zurückgebunden. Kein Vergleich zu den fettigen Strähnen seines letzten Besuches.

Eine Krankenschwester saß an einem Schreibtisch im vorderen Teil der Station. Es war eine andere als bei seinem letzten Besuch. Sie öffnete ihm die Tür. „Kann ich Ihnen helfen, Sir?"

„Ich bin gekommen, um Jane Walters zu besuchen, aber wie ich sehe, schläft sie. Ich habe wohl keinen guten Zeitpunkt gewählt."

„Sie macht immer ein Nickerchen, nachdem sie gegessen hat. Darf ich fragen, wer Sie sind?"

„Mein Name ist ... Shipley, Captain Shipley." Es hatte keinen Sinn, wieder mit der Geschichte vom letzten Mal anzufangen. „Ich bin ein Verwandter. Ich habe sie vor etwa drei oder vier Wochen besucht. Ich wollte schon früher zurückkehren, aber ich hatte dringende Geschäfte zu erledigen."

„Ist Jane nicht ein glückliches Mädchen? Noch ein Besucher. Da ist eine Dame, die seit einiger Zeit kommt. Jeden Tag seit ein paar Wochen. Ist das nicht seltsam – ein ganzes Leben lang keine Besucher und dann tauchen gleich zwei aus dem Nichts auf."

Er zögerte einen Moment, dann entschied er sich, nachzufragen. „Ich nehme an, Sie meinen Mrs. Martha Walters?"

„Dann kennen Sie sie? Nun, natürlich kennen Sie sie. Sie sagten, Sie seien ein Verwandter."

„Hat sie Jane heute besucht?"

Die Krankenschwester lächelte ihn an. „Sie war den ganzen Morgen hier. Blieb bis nach dem Essen. Sie füttert sie. Sie sagte, sie würde später wiederkommen, wenn Jane ihren Mittagsschlaf gemacht hat."

„Haben Sie eine Ahnung, wann das sein wird?"

Die Krankenschwester zog eine Taschenuhr heraus. „In etwa einer halben Stunde. Sie bevorzugt es, hier zu sein und bereit für Jane, wenn sie aufwacht. Sie ist äußerst aufopfernd. Anscheinend hat sie erst vor Kurzem erfahren, dass das arme Geschöpf hier untergebracht ist. Ich nehme an, bei Ihnen war es auch so?" Sie war sichtlich neugierig darauf, zu erfahren, was es damit auf sich hatte, dass plötzlich gleich zwei Verwandte sich um eine bisher vernachlässigte Patientin kümmerten.

„Danke für Ihre Hilfe, Schwester. Ich werde ein anderes Mal wiederkommen."

Christopher eilte den Korridor entlang. Er würde sich in den Wagen setzen und auf Marthas Rückkehr warten.

Er sah sie auf das Gebäude zugehen, lange bevor sie ihn

sah. Er betrachtete ihre große, schlanke Gestalt, als sie in ihrem üblichen braunen Mantel und dem unförmigen Filzhut die Einfahrt hinaufging. Kit verspürte eine Welle der Begierde, als sie sich auf ihn zubewegte, ohne zu bemerken, dass er in dem geparkten Wagen saß. Als sie nur noch wenige Meter entfernt war, erkannte sie ihn durch die Windschutzscheibe und blieb abrupt stehen.

Kit stieg aus, nahm sie am Arm und führte sie zu seinem Wagen. „Steig ein", sagte er. „Wir können drinnen reden."

Martha zögerte einen Moment, blickte nervös in Richtung der Eingangstür von St. Crispin's und schlüpfte dann auf den Beifahrersitz. „Ich habe noch nie in einem Wagen gesessen."

Er drehte sich zu ihr und dann, unfähig, sich eine Sekunde länger zurückzuhalten, zog er sie in seine Arme und küsste sie leidenschaftlich. Er hielt ihr Gesicht in seinen Händen und blickte in die dunklen Tiefen ihrer Augen, um die Wahrheit darin zu suchen. „Ich habe überall nach dir gesucht. Ich war verzweifelt. Ich hatte solche Angst, dass ich dich nie wiedersehen würde. Dass ich dich für immer verloren hätte." Er streichelte mit einem Finger über ihre Wange und zeichnete damit über die Kontur ihrer Lippen nach. „Oh, meine liebste Martha, ich weiß nicht, was ich getan hätte, wenn ich dich verloren hätte. Aber warum? Warum hast du mir all diese Lügen erzählt?"

Martha wandte den Kopf ab und lehnte ihn an die Fensterscheibe. „Ich habe nicht gelogen. Ich hatte keine Ahnung von Jane. Glaubst du, ich hätte sie im Stich gelassen, wenn ich von ihr gewusst hätte? Ich dachte, sie sei tot. Das haben sie mir alle erzählt. Und danach habe ich wohl alles, was passiert ist, aus meinem Gedächtnis gelöscht. Als Mrs. Shipley mir sagte, ich hätte ein lebendes Kind, dachte ich zuerst, sie würde lügen. Den Teil mit Mr. Shipley wusste ich natürlich. Dass er der Vater ist. Dass er derjenige ist, der mir diese Dinge angetan hat." Sie hielt sich die Hände vor ihr Gesicht. „Aber wie konnte ich dir das sagen?"

Kit starrte durch die Windschutzscheibe nach draußen. Er wusste, dass sie die Wahrheit sagte, aber es tat trotzdem weh.

„Walters hat mich nie angefasst. Nicht auf diese Weise. Nicht als Ehemann. Aber er war es, der mich geschlagen hat. Dieser Teil ist wahr. Seine Prügel hörten erst auf, als Pa starb und er in das andere Schlafzimmer zog. Ich glaube, er schämte sich, das Bett mit mir zu teilen." Sie hielt inne und strich mit dem Finger über das Glasfenster. „Aber Jane. Wie kann ich mir jemals verzeihen, was mit ihr geschehen ist? Warum habe ich nicht darauf bestanden, ihren kleinen, leblosen Körper zu sehen, als man mir sagte, dass sie tot zur Welt gekommen sei?"

„Du standest unter Schock. Du hattest so viel Leid ertragen. Alles, was mein Vater dir angetan hat. Die Schläge von Walters. Und Mutter sagte, du wärst bei der Geburt selbst fast gestorben. Sie sagte, deine Wehen hätten mehrere Tage gedauert. Und du warst noch ein Kind. Es ist kein Wunder, dass du das alles aus deinem Gedächtnis verbannen wolltest." Er griff nach ihrer Hand, hielt sie fest und streichelte sie. „Der Geist tut manchmal seltsame Dinge. Ich weiß es von meiner Zeit im Krieg. Männer, die an einem Tag noch lachten und sich prügelten und am nächsten Tag heulten wie Babys. Männer, die ihre eigenen Namen vergaßen. Die nicht mehr wussten, wie man spricht. Manche wurden sogar blind oder taub, ohne dass ihre Augen oder Ohren Schaden genommen hätten." Er beugte seinen Kopf über ihre Hand und küsste sie.

„Wenn Menschen eine Erfahrung machen, die sie schockiert oder bis ins Mark erschüttern, kann ihr Verstand jede Erinnerung daran völlig auslöschen, so als wäre es nie passiert. Ich glaube, das war auch bei dir der Fall."

Ihre Augen füllten sich mit Tränen und er zog sie an sich und drückte ihren Kopf an seine Brust. Er spürte die Wärme ihres Atems durch sein Hemd hindurch.

„Martha, meine Geliebte, du musst mit mir kommen. Ich möchte, dass wir zurück nach Newlands fahren. Dort werde ich meine Mutter zur Rede stellen. Später werden wir auch Jane zu uns holen. Ich möchte dich heiraten und dann können wir uns gemeinsam um Jane kümmern."

Er spürte, wie sich ihr Körper versteifte.

„Ich werde sie nicht verlassen. Niemals. Nicht einmal für einen Tag." Sie löste sich von ihm. „Ich muss jetzt gehen. Sie wird bald aufwachen und dann will ich bei ihr sein."

„Ich werde mit dir kommen. Ich habe versprochen, sie wieder zu besuchen."

Sie nickte. „Ich habe sie gebeten, mir hier eine Arbeit zu geben. Als Putzfrau. Damit ich bei ihr sein kann. Ich fange nächste Woche an."

Kit packte ihren Arm. „Nein, das werde ich nicht zulassen. Ich bezahle deine Unterkunft, bis wir die nötigen Vorkehrungen getroffen haben, um Jane hier fortzubringen."

Ihre Augen quollen über vor Tränen. „Sie wird niemals hier weg können. Der Arzt hat mir gesagt, dass sie vollständig institutionalisiert ist. Jede Veränderung ihrer Umgebung würde ihre Welt aus den Fugen bringen. Das kann ich nicht zulassen. Hierzubleiben, ist das Beste für sie." Martha griff nach der Türklinke und stieg aus. Kit folgte ihr ungeduldig.

Als sie durch das Gebäude gingen, sprach er wieder von

seinem Traum, Martha zu heiraten und mit Jane zusammenzuleben.

Martha starrte geradeaus, als sie ihm antwortete. „Deine Mutter würde es niemals erlauben. Sie hat ihren Standpunkt mir gegenüber unmissverständlich klargemacht. Und du kannst unmöglich erwarten, dass sie Jane akzeptiert. Du weißt, wer sie gezeugt hat. Ganz abgesehen von der Scham über ihre Idiotie."

Sie hatte recht. Und seine Mutter konnte ihm seinen Zuschuss verweigern, bis er dreißig war. Er konnte es sich nicht einmal leisten, sich mit Martha eine neue Bleibe zu suchen. Er hatte keine andere Wahl, als sich mit Edwina zu arrangieren. Er konnte den Gedanken nicht ertragen, dass Martha Böden schrubbte, um bei ihrer Tochter zu sein.

Kaum hatten sie die Station betreten, hörten sie Jane lautstark weinen. Martha warf ihm einen vorwurfsvollen Blick zu und eilte zu der jungen Frau, die auf dem Stuhl saß und wild mit den Armen um sich schlug. Er sah fasziniert zu, wie Martha vor Jane niederkniete, ihre Tochter in die Arme nahm und ihr tröstende Worte zuflüsterte, bis ihr Schluchzen verhallte.

Martha drehte sich um und sah ihn an. „Du solltest gehen, Kit. Ich werde einige Zeit brauchen, um sie zu beruhigen. Sie muss gedacht haben, dass ich nicht zurückkomme. Sie ist so zerbrechlich und so vertrauensvoll. Es hat lange gedauert, bis sie mich akzeptiert hat, und ich kann nicht riskieren, sie zu verletzen. Bitte geh, mein Liebster. Bitte."

„Um welche Uhrzeit wirst du aufbrechen? Wo wohnst du?"

„Ich wohne gegenüber vom Einfahrtstor. Bei einer älteren Dame."

„Ich werde auf dich warten. Ich buche uns ein Zimmer in einem Hotel."

„Ich kann nicht mit dir in ein Hotel gehen. Was würden die Leute denken?"

„Wenn jemand fragt, werden wir sagen, dass wir verheiratet sind. Aber ich bin mir sicher, dass niemand fragen wird. Ich organisiere jetzt das Zimmer und komme später wieder, um dich abzuholen." Er sprach leise und sah sich um, um sicherzustellen, dass keine der Krankenschwestern in Hörweite waren.

Sie nickte.

Er warf einen letzten Blick auf seine immer noch schluchzende Schwester, streichelte mit den Händen über Janes Haar, beugte sich vor und küsste ihren Kopf, bevor er die Station verließ.

Kit behielt recht, was das Hotel anging. In der Lobby war so viel los, dass ihm niemand einen zweiten Blick schenkte, als er nach einem Zimmer fragte. Northington war eine belebte Marktstadt und er hatte Glück, das letzte freie Zimmer zu ergattern, denn morgen war Markttag. Er schlenderte durch das Stadtzentrum, um sich die Zeit zu vertreiben, ließ dann einen Teller mit Sandwiches und eine Kanne Tee auf das Zimmer bringen und kehrte nach St. Crispin's zurück, um Martha abzuholen.

Sie erzählte ihm, dass sie Jane schließlich beruhigt hatte und sie eingeschlafen war. Schweigend fuhren sie die kurze Strecke zum Hotel. Sobald die Tür zu ihrem Zimmer hinter ihnen ins Schloss fiel, lagen sie sich in den Armen.

„Ich hatte solche Angst", sagte sie schließlich. „Solche Angst, dass du mich wegen deines Vaters hassen würdest.

Ich hatte Angst, deine Mutter würde dich davon überzeugen, dass ich ihn freiwillig in mein Bett gelassen hätte."

Er machte ein langes Gesicht. „Sie hat es versucht, aber ich habe ihr nicht geglaubt. Was mir jedoch immer noch im Herzen wehtut, Martha, ist, dass du mich belogen hast." Er ließ seine Hände sinken.

„Was hätte ich sonst tun sollen? Ich schämte mich für das, was er mir angetan hat. Und als ich dich kennenlernte, hatte ich Angst, du würdest nichts mehr mit mir zu tun haben wollen, wenn du wüsstest, dass dein Vater ..." Sie begann zu weinen. „Ich wollte mich nie in dich verlieben. Ich habe versucht, den Kontakt zu dir abzubrechen, aber ich konnte es nicht."

Er hatte das Gefühl, als würde sein Herz brechen. „Es tut mir so leid, Martha. Mein Vater war ein Monster. Und was meine Mutter angeht – was genau hat sie zu dir gesagt?"

„Sie sagte, dass du nichts mehr mit mir zu tun haben wolltest, nachdem du erfahren hast, dass ich wegen deines Vaters und des Babys gelogen habe. Aber was Jane angeht, habe ich nicht gelogen. Sie haben mich nicht einmal zu ihr gelassen. Als sie mir sagten, sie sei gestorben, versuchte ich nur, die ganze schreckliche Erfahrung aus meinem Kopf zu verdrängen. Und nachdem da kein Baby in meinen Armen lag, muss ich mir wohl eingeredet haben, dass es nie passiert war. Wie hätte ich es dir da sagen können?"

„Warum hast du ihr Geld genommen?" Kit begann, vor dem Fenster auf- und abzugehen.

„Ich hatte keine Wahl. Ich brauchte Geld, um hierherzufahren, Jane zu finden und ein Auskommen zu finden, bis ich Arbeit gefunden hätte. Und Mrs. Shipley gab mir einen Brief, von dem sie sagte, du hättest ihn selbst geschrieben.

Darin stand, dass ich verschwinden soll. Dass du nichts mehr mit mir zu tun haben willst."

„Martha, ich schwöre dir, dass ich dir niemals einen solchen Brief geschrieben habe. Ja, ich war schockiert, dass du mir die Wahrheit verheimlicht hast, aber ich wusste, dass du niemals zugelassen hättest, dass dein eigenes Kind hier eingesperrt wird, wenn du von ihm gewusst hättest."

„Niemals. Egal, wie sie gezeugt wurde, Jane ist meine Tochter." Sie zögerte, sah ihm dann in die Augen und suchte darin nach Bestätigung. „Es macht dir nichts aus, dass es sie gibt? Dass ich sie bekommen habe? Dass sie so ist, wie sie ist?"

Er drückte sie an sich. „Am Anfang wusste ich nicht, was ich denken sollte. Ich wollte nicht glauben, dass Jane dein Kind ist. Aber dann hielt sie meine Hand und ich sah dich in ihr. Ich sah ihre Einsamkeit und ihre Sanftheit und ich glaube, von diesem Moment an habe ich sie geliebt. Ich liebe sie auch jetzt, das arme Geschöpf."

Martha stieß ein tiefes Seufzen aus. „Egal was passiert, Kit, ich werde für den Rest meiner Tage glücklich darüber sein, dass wir einander gefunden haben. Dass wir ein paar kurze Stunden des Glücks miteinander teilen konnten. Dass wir uns geliebt haben."

„Sprich nicht so. Das hört sich ja an, als ob alles vorbei wäre."

„Dann reden wir nicht länger. Bring mich ins Bett."
Sie kreischte auf, als er sie hochhob und zum Bett trug.

Kit wurde früh vom Sonnenlicht geweckt, das unter den Vorhängen hindurchkroch, die zu kurz für den Fensterrahmen waren. Kit wachte zuerst auf. Er wusste für einen Moment nicht, wo er war und die Wärme von Marthas nacktem Körper neben ihm überraschte ihn. Er hatte sich noch nie so glücklich gefühlt. Wenn er bei Martha war, ergab alles einen Sinn. Der Krieg war dann nur noch eine ferne Erinnerung und er lebte im Augenblick und genoss jede Sekunde ihrer Gesellschaft.

Er drückte seinen Körper gegen ihren und sie regte sich und wachte auf. Er lächelte sie an, bereit, die Vergnügungen der vergangenen Nacht zu wiederholen, aber Martha setzte sich aufrecht hin und griff nach den Kleidungsstücken, die auf dem Stuhl neben dem Bett lagen.

Er sagte ihr, dass sie noch nicht aufzustehen brauche und versuchte nach allen Regeln der Kunst, sie zurück in seine warmen Arme zu locken. Aber sie wollte nichts davon hören und stieß ihn von sich.

Hastig stand sie auf. „Ich muss nach St. Crispin's und zuvor möchte ich mit dir reden, aber nicht im Bett, wo du versuchen wirst, mich von dem abzuhalten, was ich zu sagen habe. Dafür ist es zu wichtig.“

Widerwillig setzte Kit sich auf, lehnte sich gegen die Kissen und sah sie misstrauisch an, weil er sich vor dem fürchtete, was sie sagen würde.

Sie sprach, während sie sich anzog. Kit beobachtete sie dabei und wünschte sich, er könnte sie wieder ins Bett ziehen.

„Ich werde hier in Northington bei Jane bleiben“, sagte sie. „Ich möchte, dass du zurück nach Newlands gehst. Versöhne dich mit deiner Mutter und lebe deine Träume – geh wieder deiner geliebten Arbeit nach. Geh nach Borneo. Wenn das Leben perfekt wäre, würde ich mit dir gehen, aber ich wusste schon immer, dass dieser Traum zu groß ist. Besser, du gehst allein als gar nicht.“

„Ich werde England nicht ohne dich verlassen, Martha. Mein Entschluss steht fest. Ich werde mein Studium hier in

England fortsetzen. Ich werde eine Arbeit finden – vielleicht bei der Horticultural Society oder an meiner alten Universität oder in Kew Gardens ... wir kämen zurecht. Wir können zusammenleben."

„Du weißt, dass das nicht möglich ist. Deine Mutter wird dir keinen Penny geben. Wir könnten uns kein Leben leisten. Die Kosten für Janes Betreuung noch weniger. Sie muss in St. Crispin's bleiben – draußen in der Welt käme sie niemals zurecht. Es wäre zu viel für sie. Ich kann sie nicht leiden lassen."

„Das wird sie nicht, wenn sie bei uns lebt. Nicht, wenn wir da sind, um sie zu lieben und für sie zu sorgen."

Martha schüttelte den Kopf. „Du bist ein Träumer, Kit. Das ist einer der Gründe, warum ich dich so sehr liebe. Aber im Moment muss ich praktisch denken. Ich muss vor allem an das Wohl meiner Tochter denken. Jane lebt für den Augenblick. Ihre Zuneigung zu mir ist flatterhaft. Die Dinge, die ihr am wichtigsten sind, sind jene, die sie umgeben. Sie sind ihr Halt. So sehr es mich schmerzt, es zuzugeben, musste ich akzeptieren, dass ich für sie genauso wichtig bin wie jede der Krankenschwestern auch. Sie kann nicht unterscheiden."

Sein Herz zog sich zusammen, als er sah, wie sich ihre Augen mit Tränen füllten. „Dann heirate mich trotzdem. Ich werde auch hier leben. Wir werden Jane jeden Tag besuchen."

Martha wandte den Kopf ab. „Du lässt es so logisch klingen, aber das ist es nicht. Ich habe dir doch gesagt, dass meine Tochter jetzt meine Priorität ist. Ich habe zwanzig Jahre mit ihr verloren. Wer weiß, wie Jane jetzt wäre, wenn ich von Geburt an bei ihr gewesen wäre?"

„Das ist nicht deine Schuld."

„Das weiß ich – aber das Ergebnis ist dasselbe. Sie

wurde nach der Geburt verstoßen, vernachlässigt, erfuhr keine Liebe und Zuwendung in den wichtigsten Jahren ihres Lebens." Sie wischte sich mit dem Ärmel über die Augen. „Selbst wenn ich für den Rest unseres Lebens jede Minute mit ihr verbringe, kann ich nicht wiedergutmachen, was wir beide verloren haben. Ich kann ihr nicht ihre Kindheit zurückgeben, ihr den Schmerz und die Einsamkeit nehmen." Sie gab ein leises, schluchzendes Geräusch von sich. „Aber ich werde mein Bestes geben und tun, was ich kann. Das bedeutet, dass ich in St. Crispin's leben werde. Es bedeutet, dass ich so oft wie möglich bei ihr sein werde."

Kit starrte sie ungläubig an. „Aber du kannst doch nicht dein eigenes Leben so opfern."

„Es ist kein Opfer. Es ist das, was ich will und was ich tun muss. Es gibt nichts, was du tun oder sagen kannst, um mich umzustimmen. Das bedeutet nicht, dass ich aufgehört habe, dich zu lieben. Das werde ich niemals. Aber es bedeutet, dass ich Jane an erste Stelle setzen muss." Sie drehte sich um und sah aus dem Fenster. „Dr. Henderson sagte, dass Menschen wie Jane normalerweise ein sehr kurzes Leben führen. Ich habe keine Ahnung, wie viel Zeit mir mit ihr bleibt. Aber die Chancen, dass sie ein langes und zufriedenes Leben führt, sind größer, wenn ich hier bin, um ihr die Liebe und Zuneigung zu geben, die ihr bisher gefehlt hat."

Kit öffnete den Mund, um etwas zu sagen, aber sie hob eine Hand, um ihn zum Schweigen zu bringen.

„Deshalb, mein Liebster, müssen wir uns heute für immer verabschieden. Ich hoffe und bete, dass du das verstehst."

„Verstehen? Niemals! Das werde ich nicht akzeptieren."

„Wenn du mich liebst, wirst du es tun." Sie streckte eine Hand aus und legte sie auf seinen Arm. „Ich werde nur dann die Kraft haben, weiterzumachen und zu tun, was ich tun muss, wenn ich dich nicht wiedersehe. Ich muss dich vergessen. Dich in meinem Herzen wegschließen. Andernfalls wird es eine ständige Qual sein, dich zu sehen, dich zu wollen und gezwungen zu sein, mich von dir zu verabschieden, immer und immer wieder. Das kann ich nicht. Dafür bin ich nicht stark genug. Ich schaffe das nicht, Kit, ich schaffe es einfach nicht."

„Aber das ist doch nicht das, was wir wollen. Lass uns doch lieber warten, bis wir heiraten können. Ich werde auf dich warten. Solange wie nötig."

„Das wäre so, als würden wir vereinbaren, zu warten, bis Jane stirbt. Wie kannst du erwarten, dass ich dem zustimme? Nein."

Kit setzte wieder zum Sprechen an, aber sie unterbrach ihn. „Da ist eine Frau im Dorf, deren Sohn sich zu Beginn des Krieges den anderen anschloss. Er wurde als vermisst gemeldet. Monatelang schrieb sie ans Kriegsministerium und bat verzweifelt um Informationen, aber alles, was man ihr sagte, war, dass er vermisst wurde. Nach fast einem Jahr teilte man ihr dann mit, dass man ihn für tot hielt. Zuvor hatte sie jedoch einen Brief von einem Freund erhalten, in dem dieser schrieb, er habe gesehen, wie ihr Sohn auf einer Bahre in ein Krankenhaus gebracht worden war. Also wollte sie der Armee nicht glauben. Sie schrieb weiter ihre Briefe. Es müssen um die vierzig oder fünfzig gewesen sein. Sie schrieb an die Krankenschwestern in den Feldlazaretten, an das Rote Kreuz, an sein Regiment, an jeden, der ihr vielleicht helfen konnte. Die ganze Zeit über glaubte sie, dass er zu ihr nach Hause zurückkehren würde." Martha drehte sich um und sah ihn an. „Hoffnung ist eine schreckliche Last. Wenn man mit dem Tod konfrontiert wird, kann man zumindest trauern und sich auf das Leben ohne den geliebten Menschen einstellen. Aber in der Hoffnung weiterzuleben, dass wir eines Tages zusammen sein werden ..." Sie schüttelte den Kopf. „Nein, das könnte ich nicht ertragen."

„Aber ich bin nicht tot. Ich werde hier sein und auf dich warten."

„Ich werde nicht zulassen, dass du dieses Opfer bringst. Ich werde nicht zulassen, dass du dein Leben wegwirfst, in der Hoffnung, dass wir eines Tages –"

„Es wäre kein Opfer. Das einzige Opfer wäre, ohne dich leben zu müssen." Er streckte die Hand nach ihr aus, aber sie wich zurück, entfernte sich aus seiner Reichweite.

„Dann tu es für mich", sagte sie. „Ich kann nicht tun, was ich tun muss, bis du akzeptierst, dass dies das Ende ist. Bitte, mein Liebster, bitte, tu es für mich. Lass mich aus dieser Tür gehen und versuche nicht, mir zu folgen. Komm nie wieder nach St. Crispin's."

Sie drehte sich zu ihm um und er sah, dass sie weinte. Er rutschte ans Fußende des Bettes, bis er nach ihr greifen konnte, und zog sie dann neben sich auf die Bettkante.

Martha sah ihn an und Kit konnte die Liebe in ihren Augen sehen. Sein Herz klopfte und er versuchte verzweifelt, Worte zu finden, die sie umstimmen würden, aber es kamen keine.

Sie küsste ihn zärtlich, stand dann auf, nahm ihren Mantel vom Haken an der Tür und verließ das Zimmer, ohne sich noch einmal umzudrehen.

Kapitel Sechzehn

Christopher fuhr in einem Zustand der Trauer und Verzweiflung zurück nach Newlands. Tief in seinem Inneren wusste er, dass Martha in ihrer Entschlossenheit, ihre Beziehung zu beenden, nicht nachgeben würde, aber so sehr er sich auch bemühte, er konnte nicht verstehen, warum. Es musste doch einen Weg geben, wie sie zusammen sein konnten. Obwohl er auf der langen Heimfahrt mit einigen Ideen gespielt hatte, musste er zugeben, dass er keine Alternative finden konnte, um sie von dem Kurs abzubringen, den sie eingeschlagen hatte.

Als er das Haus betrat, warf er einen Blick auf die Uhr im Foyer. Er hatte vierzig Minuten Zeit, um sich frischzumachen, bevor seine Mutter ihren üblichen Aperitif im Salon einnehmen würde. Er hatte sie in den letzten Wochen kaum gesehen, während er auf der Suche nach Martha gewesen war. Er konnte den Moment nicht länger hinauszögern.

Als er den Salon betrat, stand sie vor dem flackernden Feuer, vor dem einer ihrer Spaniels schlief, während der andere an den Teppichfransen kaute. Edwina trug ein schwarzes Kleid mit einer Schlupfbluse, die mit winzigen Glasperlen besetzt war. Sie schimmerten im Schein des Feuers. Seine Mutter war immer noch eine wunderschöne Frau.

Versöhnlich nahm Christopher das Getränk entgegen, das sie ihm in die Hand drückte, und wurde mit einem strahlenden Lächeln dafür belohnt.

„Es ist so schön, dass du wieder zu Hause bist, mein Schatz. Ich habe dich seit Wochen kaum gesehen – du warst mehr fort als hier.“

„Du weißt, warum, Mutter.“

„Nein, das tue ich nicht, aber ich kann mir vorstellen, dass es etwas mit dieser Frau zu tun hat.“

„Mit der Frau, in die ich verliebt bin und die ich liebend gern heiraten würde. Die Frau, die du aus ihrem Zuhause geworfen und der du ganz beiläufig von der traumatischsten Erfahrung ihres Lebens erzählt hast. Hast du eine Ahnung, wie viel Schaden du damit hättest anrichten können?“

„Ich habe keine Ahnung, wovon du sprichst.“

„Ich rede davon, dass du ihr unverblümt gesagt hast, dass sie eine Tochter hat, die von meinem Vater gezeugt wurde.“

„Sei doch nicht albern. Das kann ihr nicht neu gewesen sein. Sie war schließlich dabei. Ehebruch mit dem eigenen Arbeitgeber zu begehen und sein Kind zu gebären, das vergisst man doch nicht.“

Christopher wandte sich ab und setzte sich in einen der großen Ledersessel, die zu beiden Seiten des Kamins standen. „Du hast keine Ahnung, oder? Martha war so traumatisiert von dem, was ihr angetan worden war, dass sie jede Erinnerung daran verdrängte. Sie hatte keine Ahnung, dass ihr Kind noch am Leben war. Man sagte ihr, ihre Tochter sei tot geboren worden. Und sie hatte so viel Schmerz durchgemacht. Mein Vater vergewaltigte sie brutal. Sie wurde gezwungen, einen Mann zu heiraten, den sie verachtete, einen Mann, der sie regelmäßig grün und blau schlug. Dann starb sie fast in den langen und schmerzhaften Wehen. Und während alldem war sie noch ein *Kind*! Kein Wunder, dass sie das aus ihrem Gedächtnis verdrängt hat."

Seine Mutter brach in schallendes Gelächter aus. „Christopher, oh, Christopher. Wie leichtgläubig du doch bist. Als jemand, der zweimal entbunden hat, kann ich dir versichern, dass man dieses Ereignis niemals vergessen kann!"

Er empfand eine Feindseligkeit ihr gegenüber, die blankem Hass gleichkam.

Bevor er antworten konnte, sprach sie weiter: „Ich meine, wirklich, mein Liebling. Das ist doch lächerlich. Niemand könnte jemals eine Geburt vergessen."

„Dann hast du noch nie einen Patienten mit einer schweren Kriegsneurose gesehen. Diese Männer können nicht nur vergessen, was sie auf dem Schlachtfeld gesehen haben, manche vergessen sogar, wie man spricht, werden stumm und taub oder sind plötzlich gelähmt, auch wenn ihnen körperlich nichts fehlt. So war es auch bei Martha. Sie konnte nicht verkraften, was ihr als Vierzehnjährige angetan wurde, also hat ihr Gehirn jede Erinnerung daran verdrängt und ihr war ihr ganzes Leben lang nicht bewusst, dass es tatsächlich passiert ist. Dann bist du gekommen und hast ihr alles erzählt."

„Nun, wenn das so ist, musste es wohl jemand tun. Wo ist sie jetzt? Ich nehme an, du wirst es mir sagen?"

„Sie ist bei Jane, meiner Halbschwester."

„Bitte, Christopher, nenn sie nicht so. Dieser Einfaltspinsel hat nichts mit uns zu tun. Dein Vater ist seinen Verpflichtungen nachgekommen, indem er all die Jahre für ihre Versorgung aufgekommen ist. Ich denke, es ist an der Zeit, dass wir einen Schlussstrich ziehen." Sie entfernte sich vom Feuer und setzte sich in den Sessel ihm gegenüber. „Wo wir gerade darüber reden, ich werde die Bank anweisen, die Zahlungen einzustellen. Die Verantwortung für diese erbärmliche Kreatur liegt jetzt bei Mrs. Walters. Nach zwanzig Jahren sehe ich die Familie nicht mehr in der Pflicht."

Bevor Christopher etwas erwidern konnte, öffnete sich die Tür und Bannister trat ein, um ihnen mitzuteilen, dass das Abendessen serviert war. Edwina erhob sich und sagte: „Lass diesen Abend den letzten sein, an dem eine der beiden in diesem Haus erwähnt wird."

„Du kannst die Zahlungen nicht einstellen. Jane ist darauf angewiesen."

Mrs. Shipley drehte sich um und zischte ihm zu, er solle still sein, solange sie in Hörweite der Dienerschaft waren. Erst als sie im Esszimmer Platz genommen hatten und ihnen der kalte pochierte Lachs serviert worden war, antwortete sie. „Ich habe dir bereits gesagt, dass du, solange du unter diesem Dach lebst, unter dreißig Jahre alt und unverheiratet bist, genau das tun wirst, was ich sage. Und ich sage, dass ich die Nase voll davon habe, dass wir diese Person, diese ... Geisteskranke unterstützen. Sobald du dreißig bist – oder noch früher, wenn du Lavinia Bourne heiratest und mir einen Enkel schenkst – werden die Dinge sich ohnehin ändern."

„Ich werde erst in vier Jahren dreißig. Wer soll die Kosten für Jane bis dahin bezahlen?"

„Das weiß ich nicht. Darüber muss sich künftig Mrs. Walters Gedanken machen. Mich geht das nichts an."

Christopher warf Messer und Gabel auf den Tisch und

stieß seinen Teller von sich. „Das kannst du nicht tun. Wie kannst du nur so grausam sein?"

Mrs. Shipley schüttelte den Kopf und sah ihn mitleidig an. „Sobald du Lavinia geheiratet hast und sie ein Kind zur Welt gebracht hat – einen Sohn –, kannst du tun, was du willst. Wie der Vater, so der Sohn, nehme ich an. Ich werde damit leben müssen, so wie ich es bei deinem Vater musste. Aber bis dahin werde ich die Kosten für diese Einrichtung nur dann weiter zahlen, wenn du deine Verlobung mit Lavinia bekannt gibst. Sollte es zu irgendeinem Zeitpunkt auch nur den geringsten Hinweis darauf geben, dass die Hochzeit nicht stattfinden wird, glaube mir, dann werden dein Zuschuss und die Zahlungen für die Pflege des Mädchens mit sofortiger Wirkung eingestellt. Es ist deine Entscheidung. Es tut mir leid, Christopher, aber ich habe die Geduld mit dir verloren. Du lässt mir keine andere Wahl." Sie läutete die Glocke, um die Diener aufzufordern, die Teller abzuräumen und den Hauptgang zu servieren.

Als sie wieder allein waren, fragte Christopher: „Warum hasst du mich so sehr?"

Sie ruckte den Kopf hoch. „Dich hassen? Wie könnte ich dich hassen? Ich vergöttere dich, Christopher. Ich weiß, dein Vater schien immer Percy zu bevorzugen, aber du warst immer mein lieber kleiner Junge."

Er schnaubte ungläubig.

„Es ist wahr. Und ich tue nur das, von dem ich weiß, dass es das Richtige für dich ist. Du bist jung. Du bist eigensinnig. Du hast schon so viel durchgemacht. Und dem Himmel sei Dank dafür, dass du den Krieg überstanden hast. Jetzt musst du an die Zukunft denken. Eines Tages wirst du mir dankbar sein. Du magst es jetzt noch nicht glauben, aber eines Tages wird es so sein."

„Wie soll ich dir jemals dafür dankbar sein, dass du

mich zwingen willst, eine Frau zu heiraten, die ich nicht ertragen kann?"

„Sei nicht so dramatisch. Lavinia mag nicht der hellste Stern am Himmel sein, aber sie ist ein wunderschönes Mädchen. Jeder, der bei klarem Verstand ist, würde sie attraktiv finden. Sieh sie dir an! Sie ist umwerfend. Ich könnte es verstehen, wenn ich dich bitten würde, eine alte Schabracke zu heiraten." Sie hielt inne und er wusste, dass es genau das war, wofür sie Martha hielt. „Ich meine ein einfaches Mädchen oder ein dickes Mädchen oder ... nun, du weißt, was ich meine. Und wenn du sie dir nicht schnell schnappst, wird es ein anderer Mann tun. Eine umwerfende Frau wie sie wird nicht lang allein bleiben."

„Auch nicht, wenn ihr Vater sein ganzes Erbe verprasst hat und sie für ein neues Dach verheiratet?"

„Was?" Sie funkelte ihn an. „Das ist doch absurd."

„Er hat es mir selbst gesagt."

„Nun, was auch immer seine Gründe sein mögen, wir sollten dankbar sein. Lavinia ist die Art von Frau, die ihre Pflicht tut und das mit Diskretion. Sie ist ein gut erzogenes Mädchen. Sie weiß, wie der Hase läuft. Solange du ihr schöne Kleider schenkst, lässt sie dich tun, was du willst. Wenn sie dir erst einmal einen Sohn geboren hat und du immer noch an dieser Mrs. Walters interessiert bist, dann gibt es keinen Grund, warum du sie nicht irgendwo in einem Haus unterbringen und sie gelegentlich besuchen solltest."

„Martha würde niemals zustimmen, so etwas zu tun."

„Was zu tun?"

„Sich aushalten zu lassen."

Mrs. Shipley hob die Augenbrauen. „Ich werde mir nicht die Mühe machen, dir zu widersprechen. Aber ich weiß besser als jeder andere, welchen Dingen diese Frau zustimmen würde."

„Aber das ist doch genau der Punkt. Sie hat nie zugestimmt. Und du schlägst vor, dass ich sie genauso benutzen soll, wie Vater sie benutzt hat." Er schob lautstark seinen Stuhl zurück. „Ich gehe ins Bett." Er warf seine Serviette auf den Tisch und verließ den Raum.

Kapitel Siebzehn

Martha saß mit ihrer Tochter auf deren Lieblingsbank unter der Eiche auf dem Gelände der Anstalt, als sich Dr. Henderson ihnen näherte und fragte, ob er sich zu ihnen setzen dürfe.

Martha nickte und er ließ sich am anderen Ende der Bank nieder und zündete sich eine Zigarette an.

„Sie haben Jane sehr gern, Mrs. Walters."

Martha sah ihn stirnrunzelnd an und sagte dann: „Sie ist meine Tochter. Das wissen Sie doch bereits."

„Aber warum haben Sie sie bisher nie besucht?"

Sie fühlte sich unwohl bei seiner Frage. „Man sagte mir, sie sei tot. Es war eine schwere Geburt und danach ging es mir eine Zeit lang schlecht. Sie sagten mir, sie sei tot geboren worden. Sie sagten, deshalb hätten die Wehen so lange gedauert."

„Sie?"

„Der Arzt. Die Hebamme. Mein Mann."

„Sie müssen noch sehr jung gewesen sein. Ich hätte Sie und Jane für Schwestern gehalten, nicht für Mutter und Tochter."

„Ich war gerade fünfzehn geworden, als sie geboren wurde."

„Ich verstehe." Er paffte an seiner Zigarette und runzelte die Stirn. „Zu jung." Nach ein paar Minuten fügte er hinzu: „Das Mündigkeitsalter liegt bei sechzehn Jahren."

„Aber nicht das Heiratsalter. Mein Vater zwang mich, meinen Ehemann zu heiraten. Man muss nicht mündig sein, wenn es der eigene Ehemann ist."

„Und Captain Shipley? Wo kommt er bei der ganzen Sache ins Spiel?"

Sie spürte, wie sie errötete. „Mein verstorbener Mann war der Wildhüter auf dem Anwesen der Familie Shipley."

„Und war es Captain Shipley, der herausfand, dass Ihre Tochter lebt?"

Martha wurde noch röter. „Es war Mrs. Shipley."

„Ah, er ist also verheiratet? Das wusste ich nicht."

„Nein", widersprach sie schneller, als ihr lieb war. „Mrs. Shipley ist seine Mutter." Sie hielt inne und griff nach Janes Hand. „Aber wenn es Ihnen nichts ausmacht, Doktor, würde ich lieber nicht darüber sprechen, was passiert ist. Ich bin einfach nur dankbar, dass ich wieder mit meiner Tochter vereint bin."

Der Mann nickte. „Das ist sie auch. Daran habe ich keinen Zweifel."

„Glauben Sie wirklich?"

„Ich weiß es. Jane hat bemerkenswerte Fortschritte gemacht, seit Sie Zeit mit ihr verbringen. Er schien noch etwas sagen zu wollen, überlegte es sich aber im letzten Moment anders.

Martha spürte seine Bedenken und sagte: „Ich werde sie nicht alleinlassen. Darauf können Sie sich verlassen. Niemals."

„Die Oberschwester hat mir erzählt, dass Sie hier als Reinigungskraft arbeiten? Nachts?"

Martha nickte.

„Sie müssen erschöpft sein. Die Tage mit Jane zu verbringen und dann die ganze Nacht über zu arbeiten."

„Wenn sie ihren Mittagsschlaf hält, habe ich Zeit, selbst ein Nickerchen zu machen. Und ich arbeite nicht die ganze Nacht. Nur von Mitternacht bis sechs – also versuche ich, ins Bett zu gehen, sobald Jane abends einschläft. Meistens bekomme ich ein paar Stunden Schlaf und dann noch ein oder zwei am frühen Morgen."

Dr. Henderson schüttelte den Kopf und starrte in Richtung des Gebäudes. Martha fühlte sich unwohl und fragte sich, was er von ihr wollte und warum er sich zu ihnen gesetzt hatte.

Nach einigen Minuten des Schweigens ergriff er wieder das Wort. „Was halten Sie von St. Crispin's, Mrs. Walters?"

Verblüfft antwortete sie: „Es ist kein schlechter Ort."

„Besser als die meisten dieser Art. Vor allem, weil ein so hoher Anteil der Patienten privat finanziert wird. Jedenfalls in diesem Flügel. Die öffentlichen Stationen sind hoffnungslos überfüllt."

„Ich weiß. Ich fände es schrecklich, wenn Jane dort wäre."

Er zog an seiner Zigarette. „Der Oberarzt hier ist aufgeklärter als die meisten anderen. Er ist der einzige Grund, warum ich zugestimmt habe, nach dem Ende des Krieges zu bleiben. Er denkt fortschrittlich, ist offen für neue Ideen, für neue Wege, Dinge zu tun. Dank ihm haben wir jetzt klinische Untersuchungsräume auf allen Stationen. Davor mussten die Ärzte die Patienten auf den Korridoren vor aller Augen untersuchen – auch die neu aufgenommenen Patienten. Das war nicht besonders diskret oder respektvoll. Die meisten Männer in seiner Position wären der Meinung, dass es sich nicht lohnt, psychisch kranken Menschen Privatsphäre zu gewähren."

„Das ist gut, Sir." Sie fragte sich, warum er ihr das alles erzählte.

„Haben Sie jemals überlegt, Krankenschwester zu werden, Mrs. Walters?"

„Krankenschwester? Ich, Sir?"

„St. Crispin's würde sehr davon profitieren, jemanden wie Sie als Hilfskraft zu haben."

„Als Hilfskraft? Ich weiß nicht, was das ist."

„Jemand, der keine anerkannte Ausbildung erhalten hat. Jemand, der den anderen Krankenschwestern assistiert. Ich kann mir nicht vorstellen, dass Sie Jane verlassen wollen, um eine Krankenpflegeschule zu besuchen?"

„Nein, Sir."

„Aber Sie könnten Hilfskraft werden, ohne eine Krankenpflegeschule besuchen zu müssen. Es ist eine spannende Zeit, um sich mit der Pflege psychisch Kranker zu beschäftigen." Er lehnte sich vor, die Hände auf den Knien. „Der Krieg hat uns die Möglichkeit gegeben, viele Aspekte des Wahnsinns kennen zu lernen. Er hat mich davon überzeugt, dass ein schweres Trauma der Auslöser für psychische Erkrankungen sein kann. Sogar Trauer kann das bewerkstelligen."

Martha hörte zu, unsicher, wie sie reagieren sollte.

„Die Vereinigten Staaten sind uns in vielen Aspekten der Behandlung von psychischen Erkrankungen weit voraus. Neue Medikamente. Neue Behandlungen." Er zündete sich noch eine Zigarette an.

Martha drehte sich zu Jane, weil sie befürchtete, ihre Tochter könnte sich ausgeschlossen fühlen, aber Jane lächelte und als ihre Mutter das Lächeln erwiderte, lehnte die junge Frau ihren Kopf an Marthas Schulter.

„Ich denke darüber nach, nachmittags vor einigen Krankenschwestern Vorträge zu halten. Sie könnten daran teilnehmen."

„Ich? Aber ich weiß nichts über medizinische Themen."

„Das ist genau der Punkt. Es wäre eine Chance, zu lernen. Selbst ausgebildete Krankenschwestern wissen wenig über psychische Erkrankungen. Deshalb werde ich diese Kurse abhalten."

Er drehte sich auf der Bank zur Seite, so dass er sie direkt ansehen konnte.

„Ich glaube, dass sich unsere Einstellung gegenüber psychisch Kranken ändern muss. Die Männer, die das Geld für den Bau von Einrichtungen wie dieser hier spendeten, taten es in dem Glauben, dass diese Orte den unglücklichen Seelen helfen würde, gesund zu werden. Stattdessen haben wir diese Einrichtungen genutzt, um Menschen zu verstecken – aus den Augen, aus dem Sinn. Unsere psychiatrischen Anstalten ähneln oft eher Gefängnissen als Krankenhäusern." Er wirkte jetzt aufgeregt, bewegt von seiner Leidenschaft für seine Arbeit.

Er hielt inne und lächelte sie an. „Werden Sie darüber nachdenken, Mrs. Walters?"

„Worüber? Ich bin mir nicht sicher, ob ich wirklich verstehe, was Sie sagen wollen."

„Darüber, eine Hilfskrankenschwester zu werden. Sie würden eine Uniform tragen. Sie müssten zu den Ausbildungsvorträgen kommen. Und Sie würden Anweisungen von der Stationsschwester und dem offiziellen Pflegepersonal erhalten. Aber wenn Sie schnell lernen – wer weiß?

Vielleicht machen Sie ja irgendwann doch noch die Ausbildung zur Krankenschwester."

„Aber was ist mit Jane? Ich möchte in ihrer Nähe sein."

„Wir werden Sie dieser Station zuweisen. Sie werden die ganze Zeit in ihrer Sichtweite sein. Sie werden sogar mehr für sie tun können. Sie werden direkter in ihre Pflege einbezogen. Und an der Pflege der anderen Patientinnen auf der Station auch. Denken Sie darüber nach. Das ist alles, worum ich Sie bitte." Er erhob sich von der Bank, nickte ihr zu und ging über den Rasen zurück hinein.

In den folgenden Wochen ermutigte Dr. Henderson Martha unermüdlich, eine Hilfskraft zu werden.

„Ich sehe in Ihnen die Eigenschaften, die ich mir für die Krankenschwestern der Zukunft wünsche. Freundlichkeit und Mitgefühl. Geduld. Gewissenhaftigkeit. Liebe zum Detail. Einige der Krankenschwestern sind zu festgefahren, um sich zu ändern. Menschen wie Sie und ich werden das Schiff schließlich herumdrehen und einen neuen Kurs einschlagen. Eines Tages wird es akzeptiert werden, dass Ärzte die Ursachen und Heilmittel für Geisteskrankheiten erforschen, so wie sie es heute bei körperlichen Erkrankungen tun. Wir müssen das Stigma des Wahnsinns überwinden. Bitte, Mrs. Walters. Werden Sie mir helfen? Werden Sie es wenigstens versuchen?"

„Versprechen Sie mir, dass ich weiterhin Zeit mit Jane verbringen kann?" Ihr Ton war zögerlich.

„Natürlich. Ich hoffe, dass wir irgendwann ein Schwesternwohnheim bauen können, damit unser gesamtes Pflegepersonal auf dem Gelände untergebracht werden kann. In der Zwischenzeit sehe ich keinen Grund, die Vereinbarungen, die Sie bereits mit der Oberschwester für die

Betreuung Ihrer Tochter getroffen haben, aufzuheben. Wie ich höre, wohnen Sie selbst unweit von hier?"

Sie nickte.

Es war also abgemacht. Sie würde Hilfskraft werden. Martha war dankbar – die nächtliche Reinigung der Aufenthaltsräume, des Speisesaals und der Küchen war harte Arbeit, die nachts nicht leichter wurde. Die Möglichkeit, in Janes Nähe zu arbeiten, war alles, was sie sich wünschte, aber sie stellte bald fest, dass die Pflege dieser Patientinnen in einem weiteren Sinne lohnend war.

Jede Patientin war anders. Die Station Ahorn beherbergte ein breites Spektrum von Patientinnen unterschiedlichen Alters, Zustands und Verhaltens. Keine von ihnen galt als gefährlich, aber die Gründe für ihre Einweisung reichten von Depressionen und Störungen aufgrund von Trauer über den Verlust eines Ehemanns oder eines Kindes bis hin zu Frauen, die vor langer Zeit wegen *unmoralischen Verhaltens* hergeschickt und inzwischen einfach vergessen worden waren. Es gab eine kleine Gruppe älterer Damen mit Altersdemenz, die die meiste Zeit schliefen.

Die meisten der Patientinnen auf Marthas Station waren seit vielen Jahren an das Leben in der Anstalt gewöhnt und befanden sich in einem Zustand der Passivität, aufgerieben, gebrochen, der Fähigkeit beraubt, für sich selbst zu sorgen. Martha sah, wie leicht sie selbst in einer Einrichtung wie St. Crispin's hätte landen können. Vielleicht war es besser, dass ihr Vater sie mit Walters verheiratet hatte, nachdem George Shipley sie vergewaltigt hatte, wenn die Alternative gewesen wäre, ein Leben lang eingesperrt zu sein. Alles, um Shipley vor der Strafverfolgung wegen Vergewaltigung einer Minderjährigen zu schützen.

Martha fand die zweimal wöchentlich stattfindenden Nachmittagsvorträge von Dr. Henderson sehr aufschlussreich. Er lieferte auch Erklärungen zu den verschiedenen Klassifizierungen psychischer Erkrankungen, die er durch Beispiele veranschaulichte, sowie detaillierte Erläuterungen zur Anatomie des Gehirns und des Nervensystems. Im Laufe der Wochen war Martha zunehmend fasziniert von dem, was sie lernte. Sie war dankbar dafür, dass der Arzt ihr diese Möglichkeit bot. Nichts konnte ihren Schmerz über die Trennung von Kit lindern, aber zumindest füllte diese Arbeit ihre Tage und spendete ihr etwas Trost, ebenso wie die Kameradschaft und Unterstützung der anderen Krankenschwestern und die Präsenz ihrer Tochter in ihrem Leben.

Martha war so vertieft in die Pflege von Jane, ihr wachsendes Interesse an ihren Aufgaben als Hilfsschwester und ihren Kummer über Kits Abwesenheit, dass sie das Ausbleiben ihrer monatlichen Periode nicht bemerkte. Aber ihre immer dicker werdende Taille und ihre ständige Müdigkeit veranlassten sie schließlich dazu, zu realisieren, was in ihrem Körper vor sich ging.

Mit zunehmender Panik musste sie sich eingestehen, dass sie schwanger war. Es war eine Katastrophe. Sie würde von ihrer Arbeit als Hilfskrankenschwester entlassen werden und sogar die Arbeit als Reinigungskraft verlieren.

Eines Abends, gegen Ende ihrer Schicht, nachdem sie Jane die Hand gehalten hatte, bis ihre Tochter eingeschlafen war, blieb sie an ihrem Bett sitzen und versuchte, sich über ihre Optionen klarzuwerden. Welche Optionen? Sie musste sich eingestehen, dass sie keine hatte. Das wahrscheinlichste Ergebnis, sobald ihr Zustand bekannt wurde, war eine Entlassung, die sie zwang, im Armenhaus unterzukommen. Wer sonst würde einer verwitweten Frau, die dem

Anschein nach mit dem Vater ihres ungeborenen Kindes Ehebruch begangen hatte, die Türen öffnen?

Einen Moment lang überlegte sie, Kit um Hilfe zu bitten. Aber wie könnte sie das? Mrs. Shipley hatte gedroht, die Zahlungen für Janes Pflege einzustellen, sobald sie Kontakt zu ihrem Sohn aufnähme. Jane würde in die öffentliche Station verlegt werden, müsste umgeben von Lärm, Schmutz und Überbelegung ein Auskommen finden. Sie würde den Schock und die Aufregung nicht überleben. Das konnte Martha nicht zulassen.

Könnte sie Mrs. Shipley um Hilfe bitten? Doch sobald der Gedanke sich in ihrem Kopf formte, wusste sie, dass dies unmöglich war.

Janes unschuldigen und ruhigen Gesichtsausdruck zu sehen, war zu viel für Martha. Sobald sich die Tränen bildeten, wollten sie nicht mehr aufhören, zu fließen. Sie saß neben dem Bett ihrer schlafenden Tochter, die Augen voller Tränen, die Sicht verschwommen, so dass sie Dr. Henderson nicht bemerkte, der auf der anderen Seite des Bettes aufgetaucht war.

„Schwester Walters? Würden Sie bitte in mein Büro kommen?"

Mit klopfendem Herzen vor Angst folgte sie ihm durch die Station. Er musste ihren Zustand bemerkt haben. Er würde sie entlassen. Es war bereits so weit. Was sollte sie nur tun? Sie legte die Hände auf ihren geschwollenen Bauch.

Martha folgte Dr. Henderson in den Raum und wollte sich vor seinen Schreibtisch stellen, doch zu ihrer Überraschung bedeutete er ihr, sich zu setzen. Er kam um die Vorderseite seines Schreibtisches herum, setzte sich auf die Kante und beobachtete sie aufmerksam.

Sie war unruhig und wartete darauf, dass er ihr den

Teppich unter den Füßen wegzog, dass er sie aufforderte, ihre Sachen zu packen und sofort zu gehen, nachdem sie das Vertrauen, das er in sie gesetzt hatte, ausgenutzt und ihn enttäuscht hatte.

Stattdessen bedachte er sie mit einem Blick voll Freundlichkeit und Mitgefühl. Er griff in seine Jackentasche, holte eine Streichholzschachtel heraus, nahm eine Zigarette aus der kleinen Holzkiste auf dem Schreibtisch, zündete sie an und lächelte.

„Sie erwarten ein Baby, nicht wahr?"

Sie zuckte erschrocken zusammen. Er wusste es tatsächlich. Aus Angst vor dem, was gleich kommen würde, fand sie keine Worte und nickte nur stumm.

„Von Captain Shipley?"

Martha schnappte nach Luft. „Was meinen Sie?"

„Ich meine, was ich sage. Ich frage, ob Captain Shipley für Ihren Zustand verantwortlich ist. Ich weiß, dass Ihr Mann im Krieg gefallen ist. Ich war verwundert über Captain Shipleys Interesse an Ihrer Tochter. Und bei seinem letzten Besuch hier sah ich zufällig, wie Sie mit ihm in seinem Wagen in die Stadt fuhren. Als ich dann vermutete, dass Sie schwanger sind, zählte ich zwei und zwei zusammen. Liege ich so falsch?"

Martha schluchzte. „Oh bitte, Dr. Henderson. Bitte lassen Sie mich noch ein wenig länger hierbleiben. Ich weiß nicht, was ich tun soll. Ich brauche Zeit."

„Ich nehme an, eine Heirat mit Captain Shipley kommt nicht infrage?"

Sie nickte.

Der Arzt runzelte die Stirn und Martha vermutete, dass er davon ausging, dass Kit mit ihr geschlafen und sie dann verlassen hatte.

„Es ist nicht seine Entscheidung. Er will mich heiraten.

Mehr als alles andere. Es ist seine Mutter. Sie hat gedroht, ihn ohne einen Penny vor die Tür zu setzen und die Zahlung von Janes Pflegekosten einzustellen. Das kann ich nicht zulassen, Sir."

„Ich verstehe." Er drückte seine Zigarette im Aschenbecher aus. Dann hob er seinen Blick und sah ihr in die Augen. „Dann sollten Sie wohl besser mich heiraten."

Martha war fassungslos. Er musste scherzen. Sie ärgerte sich darüber, dass er ihre Notlage bagatellisierte.

Dr. Henderson stand vom Schreibtisch auf und stellte sich ans Fenster.

„Ich kann nicht ersetzen, was Captain Shipley Ihnen bedeutet hat. Aber vielleicht kann ich verstehen, was Sie empfinden. Ich habe meine Frau während des Krieges an die Grippe verloren. Meine Welt brach zusammen. Ich hatte keinen Lebenswillen mehr. Also stürzte ich mich in meine Arbeit. Das hat mich zwar getröstet, aber es hat die Trauer nicht beseitigt. Die Einsamkeit."

Er starrte hinaus auf die dunkler werdenden Gärten. „Als ich Sie traf, erkannte ich einen verwandten Geist. Noch jemanden, dem Trauer nicht fremd ist. Jemanden, der mir bei meinem Lebenswerk helfen könnte."

Er drehte sich zu ihr um und sagte: „Ich glaube, wir wären ein gutes Team. Sie müssten natürlich, sobald wir verheiratet sind, aufhören, zu arbeiten, aber Sie könnten sich weiterhin um Jane kümmern. Und um das Baby, wenn es da ist."

Martha saß starr auf ihrem Stuhl und konnte nicht glauben, was sie da hörte, die Hände im Schoß verschränkt.

„Sie sagen ja gar nichts."

„Ich weiß nicht, was. Warum? Warum sollten Sie mich heiraten wollen? Ich bin ein Niemand. Ich habe kein Geld. Ich trage das Kind eines anderen Mannes im Leib."

Er lächelte sie an und setzte sich wieder auf die Kante des Schreibtischs. Er beugte sich vor und nahm ihre Hände in seine. „Ich weiß, dass Sie mich nicht lieben, Mrs. Walters. Wie sollten Sie auch? Wir kennen uns doch kaum. Aber vielleicht mit der Zeit?"

„Aber Sie? Sie sind ein Arzt. Ein Mann von Bedeutung. Sie könnten jede Frau heiraten."

Er lachte. Es war ein trockenes, verbittertes Lachen. „Wer würde mich heiraten wollen? Einen Mann über vierzig, dem ein Auge fehlt?"

Sie sagte einen Moment lang nichts, dann sagte sie: „Aber wenn Sie mich heiraten, werden die Leute denken, dass es Ihr Kind ist. Sie werden denken, dass Sie ... das wäre nicht gut für Sie."

Er lächelte. „Es gibt noch etwas, das Sie wissen müssen. Ich könnte Ihnen nie ein richtiger Ehemann sein. Der Krieg ... ich wurde verletzt ... alle Körperteile sind noch dran ..." Er gluckste leise, aber ohne jeden Humor. „Sie funktionieren nur nicht mehr. Deshalb kann ich auch nicht erwarten, dass eine Frau bereit wäre, mich zu heiraten. Sie sind meine einzige Hoffnung, Mrs. Walters." Er lachte wieder. „Wir sind die einzige Hoffnung füreinander. Es ist mir egal, ob die Leute denken, ich sei der Vater Ihres Kindes. Ich möchte ein Vater für ihn oder sie sein."

„Ich weiß nicht, was ich sagen soll."

Dann sagen Sie Ja."

„Aber warum? Warum wollen Sie überhaupt eine Ehefrau?"

Er erhob sich vom Schreibtisch und ging wieder zum Fenster. „Es klingt zynisch, aber die Menschen haben mehr Vertrauen in einen Mann, der verheiratet ist." Er stieß einen tiefen Seufzer aus. „Nein. Es ist mehr als das. Ich bin einsam. Ich möchte am Ende des Tages nach Hause

kommen und jemanden haben, der auf mich wartet. Jemanden, mit dem ich reden kann. Mit dem ich essen kann. Ja,
auch jemanden, der für mich kocht und für mich sorgt.
Jemanden, für den ich auch sorgen kann. Ich glaube, Sie
sind diese Person, Mrs. Walters. Bitte, heiraten Sie mich."

Er beugte seinen Kopf über ihre Hand und küsste sie
sanft. „Ich weiß, dass ich Ihnen nie all das sein kann, was
ein Ehemann seiner Frau sein sollte, aber ich hoffe, dass Sie
mit der Zeit eine gewisse Zuneigung für mich empfinden
werden, wie ich sie bereits für Sie empfinde."

Ihre Augen waren feucht. „Danke", sagte sie, ihre
Stimme kaum mehr als ein Flüstern. „Ja, ich werde Sie
heiraten, Doktor."

Kapitel Achtzehn

Der Schmerz, von Martha getrennt zu sein, saß tief. Die Arbeit in den versunkenen Gärten bereitete Christopher keine Freude, wenn sie nicht an seiner Seite war. Nachts wälzte er sich im Bett und träumte davon, dass sie bei ihm war, nur um dann erschrocken hochzufahren und festzustellen, dass sie es nicht war. Er schloss die Augen und sah ihre traurigen Augen und ihr Lächeln – ein Lächeln, das ihr Gesicht von einem Ausdruck der Teilnahmslosigkeit und Unergründlichkeit in eine freudige Lebendigkeit verwandelte, die sie so atemberaubend schön machte. Er sah ihre schlanken Knöchel, ihre langen Beine, ihren starken, schlanken Körper, der auf die kleinste seiner Berührungen reagierte. Allein in seinem Bett sehnte er sich danach, sich an sie zu schmiegen, seine Hände um ihre Brüste zu legen, ihren Duft einzuatmen, sich mit ihr zu verlieren.

Tag für Tag ritt er zum Häuschen des Wildhüters im Wald, in der Hoffnung, dass sie vielleicht zurückgekehrt war, aber er wusste, dass dies eine sinnlose Hoffnung war.

Er setzte sich auf die Türschwelle, lehnte sich an die

Tür und erinnerte sich an den Tag zurück, als er sie dort beim Erbsen schälen angetroffen hatte. Er wanderte durch die Nebengebäude: die leeren Zwinger, das verlassene Bruthaus, den Schauplatz ihrer Vergewaltigung durch seinen eigenen Vater. Er zwang sich dazu und versuchte, sich ihren Schmerz aufzubürden, in der Hoffnung, dass sie irgendwie spüren würde, wissen würde, dass er hier war und einsam über ihre Seele wachte.

Hooker graste geduldig, während sein Besitzer umherstreifte. Gelegentlich betrat Kit das Haus, legte sich im Bett auf den Rücken und starrte an die Decke, wo sich bereits ein feuchter Fleck gebildet hatte. Die fehlenden Dachziegel zu ersetzen, war eine weitere Aufgabe auf der langen Liste vernachlässigter Pflichten. Er hatte keine Lust, es zu tun. Warum sollte er etwas tun, um das Haus bewohnbarer und attraktiver für einen potenziellen Nachfolger zu machen, wenn die einzige Bewohnerin, die er haben wollte, niemals zurückkehren würde? Da war es besser, das Haus verfallen zu lassen, als ein Denkmal für den Verfall ihrer Liebe.

Nach den langen Monate der Trennung von Martha – Monate, in denen seine immer ungeduldiger werdende Mutter immer mehr Druck auf ihn ausübte, Lavinia zu heiraten, beschloss Christopher, dass er es nicht länger aushalten konnte. Er hatte genug Zeit auf dem Anwesen und in Marthas Häuschen vergeudet. Es war an der Zeit, dass er sich zusammenriss. Er hatte nicht vor, länger auf die Drohungen seiner Mutter zu reagieren, die Zahlungen an Jane einzustellen und seinen eigenen Zuschuss zu streichen. Niemand würde Geld als Waffe gegen ihn einsetzen. Dafür interessierte es ihn zu wenig. Stattdessen könnte er rechtliche Hilfe in Anspruch nehmen – die Androhung einer Klage und der damit verbundene Skandal würden

Edwina Shipley garantiert zum Einlenken bewegen. Warum war ihm das nicht früher in den Sinn gekommen?

Aber zuerst würde er nach St. Crispin's fahren und noch einmal mit Martha sprechen und ihr seinen Plan mitteilen. Gemeinsam würden sie einen Weg finden, das Problem zu umgehen, damit sie heiraten und sich um Jane kümmern konnten.

Es war ein warmer Septembertag, als er die lange, von Linden gesäumte Auffahrt hinauffuhr, die zu St. Crispin's führte. Der Himmel war wolkenlos und strahlend blau und die Bäume hatten noch nicht begonnen, ihr Laub abzuwerfen. An einem Tag wie diesem konnte nichts schiefgehen. Er war ein Narr gewesen, solange zu warten, sich von Marthas Vorsicht solange zurückhalten zu lassen, sich vom eisernen Willen seiner Mutter unterkriegen zu lassen. Aber jetzt nicht mehr. Von nun an würde er seinen Mann stehen. Seine eigenen Entscheidungen treffen. Sein eigenes Leben führen. Seine eigenen Träume verfolgen.

Er parkte den Bentley und betrat das Gebäude.

Ohne sich im Büro anzumelden und seine Anwesenheit anzukündigen, machte er sich auf den Weg zur Station Ahorn. Sein unregelmäßiger Gang auf dem Holzboden hallte zwischen den braun gekachelten Wänden und der hohen Decke wider, als er den endlosen Korridor entlang humpelte.

Er war bereits auf halbem Weg, als er Dr. Henderson auf sich zukommen sah, unverkennbar in seiner sportlichen Tweedjacke, der Militärkrawatte und der schwarzen Augenklappe, die das fehlende Auge verdeckte.

Der Arzt streckte seine Hand aus, um die von Christopher zu schütteln. „Ich freue mich, Sie zu sehen, Captain Shipley." Er legte seine andere Hand auf Christophers

Schulter und führte ihn zur Tür seines Büros. „In der Tat kommen Sie genau zum richtigen Zeitpunkt."

Im Büro zündete sich Dr. Henderson seine übliche Zigarette an und winkte mit einer Hand, um Christopher zu bedeuten, dass er sich setzen sollte, bevor er seinen eigenen Platz hinter dem Schreibtisch einnahm.

„Kommen Sie wegen eines Berichts über Ms. Walters' Fortschritte? Ich freue mich, Ihnen mitteilen zu können, dass sie sich wirklich äußerst gut macht. Sie hat mehrere Kinderreime gelernt und singt leidenschaftlich gern. Das Singen scheint regelrecht etwas in ihr aufzubrechen. Es hilft ihr, sich Wörter zu merken und sie fließender zu sprechen. Ihre Mutter hat viel Zeit damit verbracht, ihr Lieder beizubringen, und Jane spricht gut darauf an."

„Ihre Mutter?"

Dr. Henderson lächelte. „Ich weiß über Janes Abstammung Bescheid. Mar– Mrs. Walters hat mir erzählt, dass sie Janes Mutter ist, und mich auch über die Umstände ihrer Geburt in Kenntnis gesetzt."

Christopher fühlte sich plötzlich unwohl.

„Im Namen von Janes Mutter möchte ich Ihnen und der Familie Shipley dafür danken, dass Sie so lange für Janes Unterhalt aufgekommen sind. Doch nun sind Janes Mutter und ich zu dem Schluss gekommen, dass weitere Besuche Ihrerseits kontraproduktiv wären."

„Kontraproduktiv?" Christopher spürte, wie ihm jede Farbe aus dem Gesicht wich, und spürte, wie ihm die Angst in den Nacken kroch.

„Verwirrend für Jane und aufwühlend für Mrs. Henderson."

Die Nerven in Christophers Bein begannen zu zucken und etwas, das sich wie ein Stromschlag anfühlte, raste durch seinen Körper und brachte sein Herz dazu, sich in seiner Brust zusammenzuziehen. Er hörte sich selbst sagen: „Mrs. Henderson?"

Dr. Henderson lächelte breit. „Ich freue mich, bekanntzugeben, dass die ehemalige Mrs. Martha Walters mir vor zwei Wochen die Ehre erwiesen hat, meine Frau zu werden."

Alles verschwamm vor Christophers Augen. Er rang nach Atem, schluckte und versuchte, Luft in seine Lungen zu saugen. Hatte er sich verhört? Hatte sich der Arzt einen dummen Scherz erlaubt?

Er ließ seinen Blick durch den Raum schweifen und hoffte verzweifelt auf ein Zeichen dafür, dass diese Situation nicht real war. Dass er träumte. An der Wand hingen ein paar Urkunden in Rahmen. Daneben stand eine kleines gläsernes Kästchen mit den Kriegsmedaillen von Dr. Henderson. Eine Karte, wie sie Augenärzte benutzten, auf der die Buchstaben vor Christophers Augen unscharf waren. Durch das große Fenster strömte Sonnenlicht ins Büro. Dahinter konnte er die weitläufigen Rasenflächen erkennen, ein Lachen hören und das Geschrei der Krähen in den Bäumen, die entlang des Rasens standen.

„Sie und Martha haben geheiratet?" Seine Worte klangen so entfernt und so fremd, als ob sie von anderswo im Raum kämen.

„Es war keine große Sache. Nur wir und ein Zeuge. Danach hielten wir eine kleine Feier auf dem Rasen ab. Hauptsächlich für Jane. Nicht, dass sie verstanden hätte, was geschieht. Aber in letzter Zeit ist sie fast unentwegt glücklich. Ihre Mutter bei sich zu haben, war das beste Heilmittel für das arme Geschöpf."

„Geheiratet." Christopher wiederholte das Wort, als ob es nicht mehr wahr wäre, wenn er es nur laut aussprach.

„Meine Frau unterstützt mich schon seit einiger Zeit als

Hilfskraft auf der Station. Die Nähe, die diese Aufgabe unweigerlich mit sich brachte, führte dazu, dass ich anfing, mich auf sie zu verlassen, eine Bindung zu ihr aufzubauen. Zu meinem Glück ging es ihr gleich." Er lehnte sich in seinem Stuhl zurück und atmete den letzten Rauch seiner Zigarette aus, bevor er den Stummel im Aschenbecher ausdrückte.

Christopher erschauderte, als er hörte, mit welcher Leichtigkeit Dr. Henderson Martha als seine Ehefrau bezeichnete. Er verspürte einen plötzlichen Anflug von Abscheu gegenüber dem Mann.

„Sie redet ständig auf mich ein, dass ich das Rauchen aufgeben soll." Henderson lachte. „So sind die Frauen eben. Sie weisen einen Mann gern in seine Schranken."

Christopher war mit einem Mal speiübel und er wollte nichts mehr, als aus diesem verrauchten Büro zu fliehen und aus dem Gebäude mit dem allgegenwärtigen Geruch nach Desinfektionsmittel.

Er erhob sich. „Meine Glückwünsche, Doktor. Ich ... ich ... bin sicher, dass Sie und Mrs. Henderson glücklich sein werden." Dann drehte er sich um und ging.

Er stieg in den Bentley und fuhr die Auffahrt hinunter, die Hände fest um das Lenkrad geklammert, mit pochendem Schädel, und nahm die Straße kaum wahr. Sobald das Auto außer Sichtweite der Anstalt war, hielt er am Straßenrand, öffnete die Tür, stieg aus und erbrach sich auf den Grünstreifen. Kalter Schweiß stand ihm auf der Stirn und er atmete schwer. Ein saurer, galliger Geschmack erfüllte seinen Mund und seine Kehle brannte von der Magensäure. Am liebsten wollte er die Augen schließen und nie wieder aufwachen.

Die Heimfahrt nach Newlands nahm Christopher kaum wahr. Er fuhr wie ferngesteuert, ohne die Landschaft, den vorbeiziehenden Verkehr und die verstreichende Zeit zu registrieren. Er raste die Auffahrt zum Stallgelände hinauf, stieg aus dem Bentley, rief einem der Stallknechte zu, er solle Hooker satteln, und marschierte dann zurück zum Haus, wo er sich seine Reitkleidung anzog.

Zurück im Stall atmete er den Geruch von sauberem Stroh ein, die Intensität von frischem Dung und den Duft von Leder. Hooker wieherte zur Begrüßung und drehte sich zu ihm um, um sich gegen seine Schulter zu drücken, denn er freute sich auf den Ausritt, nachdem er den ganzen Tag im Stall gewartet hatte.

Ohne zu zögern, lenkte Christopher das Pferd in Richtung Wald. Der einzige Ort, an dem er jetzt sein wollte, war jener, an dem er mit Martha zusammen gewesen war.

Warum hatte sie den Arzt geheiratet? War die Liebe, die Christopher glaubte, mit ihr geteilt zu haben, ganz und gar einseitig gewesen? Es war ihm unbegreiflich. Als er sich von ihr verabschiedet hatte, hatte sie ihm beteuert, dass sie ihn liebte. Aber warum sollte sie dann einen anderen Mann heiraten und noch dazu so schnell? Er fragte sich auch, warum Henderson sie schon nach so kurzer Zeit gebeten hatte, seine Frau zu werden, doch dann erinnerte er sich daran, dass er selbst sich nach nur wenigen Stunden in ihrer Gesellschaft in sie verliebt hatte.

Er schritt durch die Räume des Häuschens und fuhr mit den Händen über Gegenstände, die sie berührt hatte. Nichts ergab mehr einen Sinn.

An diesem Abend gesellte er sich vor dem Abendessen zu seiner Mutter, die in der Bibliothek saß.

„Du bist heute mit dem Wagen gefahren", sagte sie leicht brüskiert. „Wo bist du gewesen?"

„Du weißt ganz genau, wo ich gewesen bin. Du scheinst ohnehin alles zu wissen, was hier vor sich geht." Er wusste, dass er unangemessen schroff war.

Edwina Shipley zog die Augenbrauen hoch. „Danke, dass du mir übernatürliche Kräfte zusprichst, Christopher, aber ich kann dir versichern, dass ich keine Hellseherin bin. Ich habe mich lediglich aus Neugierde und Sorge um dein Wohlergehen erkundigt. Du siehst in letzter Zeit so blass aus. Und abgemagert. Vielleicht solltest du wieder in deine verborgenen Gärten gehen. Die Arbeit dort könnte dir helfen, wieder zu Kräften zu kommen. Und dir eine sinnvolle Aufgabe geben." Sie nippte an ihrem Getränk.

Christopher lachte verbittert auf. „Seit wann interessiert dich mein Wohlergehen? Immerhin hast du alles getan, um mir das Leben zur Hölle zu machen."

Mrs. Shipley stöhnte. „Nicht schon wieder diese verfluchte Mrs. Walters. Ich dachte, du hättest diese Schwärmerei inzwischen überwunden."

„Schwärmerei?" Christopher verengte seine Augen zu Schlitzen.

„Ich bitte dich, Liebling. Es kann unmöglich etwas anderes gewesen sein."

„Ich habe es dir schon tausendmal gesagt. Ich liebe Martha. Und –" Er wollte gerade hinzufügen, dass sie ihn auch liebte, aber nun war er sich da nicht mehr sicher.

„Da warst du also heute? Bei ihr?"

Er sagte nichts.

„Das muss aufhören, Christopher. Ich habe mich klar ausgedrückt. Ich werde die Zahlungen für ihre Tochter einstellen, wenn du nicht aufhörst, sie zu treffen."

„Nun, da brauchst dir keine Sorgen zu machen. Ich werde sie nie wieder sehen." Er fuhr sich mit den Händen durch die Haare und atmete lautstark aus.

Seine Mutter sah ihn neugierig an.

Christopher starrte ihr in die Augen. „Du hast bekommen, was du wolltest. Ich werde sie nicht wiedersehen, denn sie hat einen anderen geheiratet." Er ließ sich in einen der Kaminsessel fallen, den Kopf in den Händen.

Mrs. Shipley stellte sich neben ihn und streichelte mit einer Hand über sein Haar. „Ich betone nur ungern, dass ich es dir gesagt habe, aber ich denke, es beweist endgültig, dass ich mit meiner Vermutung richtig gelegen habe. Eine Geldjägerin. Sie hat dich zum Narren gehalten. Aber mach dir keine Sorgen, mein Liebling, du wirst über sie hinwegkommen. Besonders jetzt, wo du weißt, wie sie wirklich ist."

Jeder Kampfgeist hatte ihn verlassen. Er konnte nicht einmal die Kraft aufbringen, ihr zu widersprechen. Welchen Sinn hatte es schon?

Es dauerte nicht lange, bis Christopher erkannte, dass er ebenso gut dem Wunsch seiner Mutter nachgeben und Lady Lavinia Bourne heiraten konnte. Sein Leben fühlte sich ohnehin nicht mehr lebenswert an und wenn es seine Mutter glücklich machte, dann sollte es so sein. Es war ihm egal, was aus ihm wurde.

Der Gedanke, dass Martha Reggie Henderson geheiratet hatte, war mehr, als er ertragen konnte. Nicht, dass er etwas gegen Henderson gehabt hätte – er hatte den Mann sogar gemocht, als er ihn kennengelernt hatte. Und wie konnte er es ihm verübeln, dass er sich in Martha verliebt hatte?

Aber Martha? Wie konnte sie ihm das nur antun? Noch dazu so schnell. Es passte nicht zu ihr. Sie hatte ihm gesagt, wenn sie nicht mit ihm zusammen sein könnte, bliebe sie lieber allein. Sie hatte ihm versichert, dass sie ihn liebte. Ja, das hatte sie. War das etwa eine Lüge gewesen? Aber warum sonst sollte sie Henderson heiraten? Sie liebte den Mann doch nicht etwa? Und sie hatte keinen Grund, ihn zu heiraten. Für Janes Unterhalt war gesorgt. Und Christopher würde ihn auch weiterhin zahlen, unabhängig hiervon. Das stand für ihn fest. Janes Geburt und ihr geistiger Zustand waren eine Folge der Handlungen seines Vaters – und Christopher würde sich nicht aus dieser Verantwortung stehlen.

Aber jetzt wurden seine Gedanken und Träume von Bildern von Martha in den Armen von Reggie Henderson heimgesucht. Von Reggies Händen auf ihrem Körper. Davon, wie Reggie in die dunklen Tiefen ihrer Augen blickte, während sie sich liebten. Warum nur? Warum?

Das Treffen mit Lord Bourne in seinem Londoner Club war keine Erfahrung, die Christopher wiederholen wollte. Sein zukünftiger Schwiegervater machte sich jeden möglichen Vorteil zunutze und behandelte Christopher wie einen unartigen Schuljungen, der beim Klauen von Äpfeln erwischt worden war. Aber letztlich waren die Möglichkeiten des Mannes ebenso begrenzt wie Christophers, denn es gab einfach nicht genügend heiratswürdige Männer und Lavinia war bereits siebenundzwanzig. Er musste die Gelegenheit ergreifen, sein einziges lebendes Kind zu verheiraten, sein schwindendes Vermögen aufzustocken und sein verfallenes Anwesen zu renovieren.

„Sie haben meine Erlaubnis, dem Mädchen einen Antrag zu machen, aber seien Sie gewarnt. Es ist gut möglich, dass sie ablehnt. Sie haben sich nicht gerade wie ein Gentleman benommen. Einfach so abzuhauen, Gott weiß wohin, als wir bei Ihrer Mutter zu Gast waren, und das arme Mädchen das ganze Wochenende über allein zu lassen. Nicht in Ascot aufzutauchen und Ihre Mutter zu zwingen, den Besuch bei uns in Harton Hall abzusagen. Eine Schande."

„Es tut mir schrecklich leid, Sir. Hätte es sich nicht um eine dringende Angelegenheit gehandelt, wäre ich nicht gezwungen gewesen, der Veranstaltung fernzubleiben." Er empfand eine tiefe Selbstverachtung, als er die Worte sprach.

Lord Bourne murrte etwas davon, dass es für Christopher nichts Dringenderes geben konnte, als um seine Tochter zu werben. Christopher ließ die Schimpftirade ohne einen weiteren Kommentar über sich ergehen.

„Ich habe also Ihre Erlaubnis, mit Lady Lavinia zu sprechen?"

„Ja", schnappte der Mann. „Sie und Lady Bourne sind bei meiner Schwägerin am Eaton Square. Sie können heute Nachmittag hinfahren und ihr anbieten, sie heute Abend zum Essen oder ins Theater auszuführen. Es liegt an Ihnen. Ich weiß, dass sie planen, zu Hause zu bleiben, da ich eine späte Sitzung habe. Wenn sie einverstanden ist, können Sie ihr den Antrag noch heute Abend machen. Verschwenden Sie nicht noch mehr Zeit, Shipley. Ich lasse nicht zu, dass mit meiner Tochter Schindluder getrieben wird. Verstanden?"

Christopher stimmte zu.

Er suchte Mutter, Tante und Tochter auf und ertrug einen ausgedehnten Nachmittagstee, bei dem Lady Bourne und ihre Schwester die Konversation aufrechterhielten, während Christopher ein paar Worte beisteuerte, wenn es nötig war – was nicht oft der Fall war –, und Lavinia schwieg wie eine Nonne, sofern sie nicht direkt angesprochen wurde.

Sie sah noch hübscher aus als sonst in einem marineblauen Kleid, das gut zehn Zentimeter über ihren Knöcheln endete, mit einem losen Stoffband als Gürtel über einer tiefen Taille und einem Faltenrock. Die größte Überraschung war jedoch, dass sie sich ihr blondes Haar hatte schneiden lassen, was bei den älteren Frauen auf viel Missfallen stieß. Christopher beschloss, seinen Charme spielen zu lassen, und sagte ihr, dass die neue Frisur äußerst schmeichelhaft war. Er wurde mit einem strahlenden Lächeln belohnt.

Als er am Abend zurückkehrte, um Lavinia abzuholen, sah sie noch umwerfender aus. Sie wollten ins Theater gehen – Christopher hatte Karten für eine leichte Oper besorgt, die im Bath des achtzehnten Jahrhunderts spielte. Lavinia trug ein schwarzes Seidenkleid, das am Saum mit Straußenfedern geschmückt war. Als sie im Parkett Platz nahmen, sah Christopher, wie die Leute sich zu ihnen umdrehten, um sie anzusehen.

Das Stück war eine verworrene Abenteuerkomödie, in der sich der französische Thronfolger als einfacher Friseur ausgab.

Christopher langweilte und ärgerte sich über die Trivialität des Stücks. Wie schnell hatte England die Schrecken des Krieges überwunden und schwelgte nun in einer Vergangenheit, in der das Leben nur aus Maskenbällen, Kartenspielen und Duellen bestand, bei denen den Männern höchstens leichte Verletzungen zugefügt wurden. Kein Tod, keine Verstümmelung, keine Zerstörung, keine Vernichtung und kein Elend. Ausgefallene Kostüme, klischeehafte Texte und vorgetäuschte Schwertkämpfe waren das Futter, nach dem sich die Londoner Theaterbesucher verzehrten – und das auch von einer begeisterten Lavinia verschlungen wurde.

„Was für ein wunderbarer Abend", sagte sie, als sie das Theater verließen. „Sonst finde ich Theateraufführungen furchtbar langweilig. Zum Glück wurde gesungen. Und es war so romantisch. So prächtige Kleider. Wie gern hätte ich in diesen Zeiten gelebt. So bunt. So vortrefflich."

„Ich freue mich, dass es Ihnen gefallen hat."

Sie strahlte ihn an. „Oh ja. Nun, abgesehen von den Kämpfen. Es wäre besser gewesen, wenn man diese Teile ausgelassen hätte. Aber das Tanzen und Singen und die Liebesgeschichte ..." Sie schlug begeistert die Hände zusammen. „Hat es Ihnen denn nicht gefallen?"

Er zwang sich zu einem Lächeln. „Ich fand es äußerst unterhaltsam." Doch die ganze Zeit über hatte er Angst vor dem späten Abendessen, das vor ihnen lag, und davor, wie es den Rest seines Lebens unwiderruflich verändern würde.

Nachdem sie im Savoy Grill Platz genommen und ihr Essen bestellt hatten, zog sich das Schweigen zwischen ihnen unangenehm in die Länge. Lavinias Aufregung nach der Theateraufführung war verflogen und nun wirkte sie nervös. Christopher wollte warten, bis sie bedient wurden, bevor er ihr den Antrag machte, um nicht unterbrochen zu werden, wenn der Kellner wieder auftauchte. Um sie herum brummten Stimmen. Es schien, als wären sie die einzigen Gäste, die sich nicht unterhielten. Tatsächlich hätten sie schreien müssen, so laut dröhnten die Gespräche von den umliegenden Tischen zu ihnen. Er sah sich um, in der Hoffnung, von dem unbeschwerten Geplauder inspiriert zu werden, das anderen Menschen so leicht zu fallen schien. Aber alles, woran er denken konnte, war, dass er meilenweit von hier weg sein wollte, in dem kleinen, spärlich eingerichteten Schlafzimmer im Häuschen im Wald, in Marthas Armen.

Der Kellner kam mit ihren Seezungen und verschwand,

nachdem er Christophers Weinglas nachgefüllt hatte. Sie aßen schweigend. Christopher spülte den Fisch mit dem Pouilly-Fumé hinunter und trank die Flasche leer, während Lavinias Glas unberührt blieb.

Wissend, dass er es nicht länger hinausschieben konnte, fing er ihren Blick ein und sagte: „Lady Lavinia, ich habe mich gefragt, ob ... ob Sie vielleicht ... einwilligen würden ...“

„Um Himmels Willen, Captain Shipley. Ich dachte schon, wir würden die ganze Nacht hier sitzen. Daddy hat mir gesagt, dass Sie mir einen Antrag machen werden, und die Antwort ist ja, ich willige ein.“ Sie verzog ihre Lippen zu einem Lächeln. „Haben Sie einen Ring für mich?“

Er kramte in seiner Tasche. „Ja, natürlich.“ Widerstrebend holte er eine kleine Samtschachtel mit dem Zeichen von Garrard heraus, klappte sie auf und reichte sie ihr über den Tisch hinweg.

„Also wirklich, Captain Shipley! Das können Sie doch bestimmt besser! Besonders, nachdem Sie im Theaterstück gesehen haben, wie dieser Franzose Lady Mary einen Heiratsantrag gemacht hat. Auf ein Knie, bitte.“ Sie sah ihn mit strengem Blick an.

Christophers Wangen glühten und sein Blick schweifte durch das überfüllte Restaurant. „Ich dachte ... vielleicht, wenn wir allein sind. Im Taxi? Hier sieht uns doch jeder.“

Sie verzog das Gesicht zu einer Miene und verengte die Augen zu Schlitzen. Einen Moment lang dachte er an Martha und daran, wie ihre Schönheit zum Vorschein kam, wenn sie lächelte. Lavinias Schönheit hingegen verblasste, als sie ihn so ansah.

Er hüstelte verlegen und sagte dann: „Mich hinzuknien fällt mir schwer ... wegen meines Beins ...“

Sie funkelte ihn an und erhob einen Finger. „Es hält Sie aber nicht davon ab, auf ein Pferd zu steigen, oder?"

Zutiefst beschämt sank Christopher unbeholfen und mit aller Mühe auf jener Seite des Tisches auf sein Knie, die von den meisten Gästen weiter entfernt war. Er hielt den Ring in der kleinen Schachtel hoch.

„Na los, stecken Sie ihn mir schon an den Finger."

Er kam ihrer Aufforderung nach und wollte sich gerade erheben, als eine große Gruppe von Gästen, die die Szene beobachtet hatten, aufstand und zu applaudieren begann. Der Beifall schwappte von Tisch zu Tisch und durch das ganze Restaurant. Lavinia erhob sich und quittierte den Beifall mit einem anmutigen Winken, während Christopher sich aufrappelte und nach einem knappen Nicken in Richtung der Gäste dankbar in seinen Stuhl zurücksank. Getrieben von seinem dringlichen Wunsch, die Rechnung zu begleichen und das Lokal zu verlassen, sah er sich nach dem Kellner um.

Der Sommelier kam mit einem breiten Lächeln und einem Eimer Champagner auf sie zu. „Mit den besten Wünschen von dem Herrn dort drüben." Er nickte in Richtung eines Nachbartisches, an dem ein Mann die Hand zum Salut erhob. Christopher dankte dem Fremden mit einer Geste. Ihm stand nicht der Sinn nach Champagner. In diesem Moment hätte alles wie die bitterste Galle geschmeckt. Lavinia hingegen schien erfreut zu sein. Zu spät erinnerte er sich daran, dass sie nur Champagner trank, und sah mürrisch zu, wie der Sommelier eine Flöte für sie füllte.

Eine halbe Stunde später saßen sie in einem Taxi und fuhren zurück zum Eaton Square. Erleichtert und müde, nun, da die Angelegenheit erledigt war, konnte Kit es kaum erwarten, allein zu sein.

Kapitel Neunzehn

Erst einige Wochen nach Christophers kurzem Gespräch mit Dr. Henderson erzählte Reggie Martha schließlich, dass Christopher Shipley St. Crispin's besucht hatte und von ihrer Heirat wusste.

Martha war ganz außer sich. „Du hast ihm von meinem Zustand erzählt? Er weiß davon?"

Reggie schüttelte den Kopf. „Das konnte ich ihm nicht antun. Der arme Mann sah todunglücklich aus." Er lächelte sie traurig an. „So unglücklich wie du gerade aussiehst, mein Liebling."

Seine Lippen verzogen sich zu einem betrübten Lächeln. „Aber er kann genauso gut wissen, dass wir verheiratet sind. Jetzt können wir all das hinter uns lassen." Er zögerte und sah sie fragend an. „Das können wir doch, Martha?" Sein Blick war immer noch ängstlich. „Wir müssen an die Zukunft denken. An *unsere* Zukunft."

„Ja", sagte sie. „Du hast recht. Wir wollen nie wieder darüber sprechen."

Er bewegte sich auf sie zu und nahm ihre Hände in die seinen. Dann beugte er sich vor und drückte ihr einen Kuss auf den Kopf. „Du machst mich so glücklich, meine Liebste." Er legte eine Hand auf ihren Bauch, die Finger gespreizt. „Oh, Martha. Es *wird* mein Kind sein. Ich verspreche dir, dass ich es lieben und für es sorgen werde, als wäre es mein eigenes. Von nun an werde ich ihn oder sie nur noch als mein eigenes Kind ansehen. Und ich hoffe, dass du mit der Zeit auch so denken wirst." Er zog sie an sich und drückte sie an seine Brust. Sie spürte die Rauheit seiner Tweedjacke an ihrem Gesicht und seine Hand um ihren Hinterkopf.

Martha biss sich auf die Lippe. Sie hatte sich geschworen, alles zu tun, um nicht an die Vergangenheit zu denken und dankbar zu sein für das, was nun ihre Gegenwart war. Zu versuchen, diesem Mann, der sie gerettet hatte, Zuneigung zu schenken. Diesem gütigen Mann.

Es war sinnlos, darüber nachzudenken, was hätte sein können. Es war sinnlos, sich zu fragen, ob es einen Unterschied gemacht hätte, wenn sie Kit von dem Baby erzählt hätte. All das gehörte der Vergangenheit an. Reggie Henderson hatte sie in einen sicheren Hafen gelotst. Er würde für sie und Jane sorgen und für ihr ungeborenes Kind. Ihr gemeinsames Kind. Reggie hatte recht – so musste sie dieses Leben, das in ihr pulsierte, sehen. Nicht als Kits Kind, sondern als Reggies. Sie musste sich auf die Zukunft konzentrieren.

„Ich habe mich gefragt ..." Reggies Worte waren zögerlich. „Ich habe mich gefragt, ob wir Jane vielleicht gelegentlich hierher ins Haus bringen könnten. Anfangs nur für eine Stunde. Vielleicht länger, wenn sie sich erst daran gewöhnt hat, hier zu sein. Dann, nach einiger Zeit, fühlt sie sich vielleicht wohl und vertraut genug mit dieser Umgebung, um die ganze Zeit über hier mit uns zu leben. Was meinst du? Immerhin sind wir auf dem Klinikgelände. Sie kann ihre Eiche vom Wohnzimmerfenster aus sehen."

Martha verspürte eine Welle der Freude. „Denkst du wirklich? Denkst du, dass sie vielleicht außerhalb der Station leben könnte?"

„Wenn wir geduldig sind und die Dinge nicht überstürzen. Einen Schritt nach dem anderen, damit sie sich an die neue Umgebung gewöhnen kann. Aber es könnte Monate dauern."

Sie schlang ihre Arme um ihn. „Danke, Reggie."

Ein paar Wochen später, als Dr. Henderson beschloss, dass Jane bereit war, ein paar Stunden mit ihnen in ihrem Haus auf dem Gelände der Anstalt zu verbringen, bekam die junge Frau plötzlich hohes Fieber und einen fürchterlichen Reizhusten. Der Hausbesuch wurde verschoben und Jane wurde auf der Station ins Bett gebracht. Bald darauf begann sie am ganzen Leib zu zittern. Ein Arzt wurde an ihr Bett gerufen und diagnostizierte eine Lungenentzündung.

Martha sah hilflos zu, wie Jane versuchte, Luft in ihre Lungen zu saugen. Röchelnde Geräusche drangen aus ihrer Kehle, ihre Lungen waren wie zugeschnürt, entzündet, unter Druck. Die Augen hatte sie weit aufgerissen, als ihre Panik wuchs und Schweiß die Laken tränkte. Schreie wie von einem verletzten Tier, das in einer Falle gefangen war und sich nicht befreien konnte.

Martha weigerte sich, zu essen, und blieb am Bett ihrer Tochter sitzen, um über sie zu wachen. Sie nahm nur Wasser von den Krankenschwestern an, wenn diese oder Reggie darauf bestanden. Auch Reggie saß oft bei ihr, hielt Marthas Hand und spendete stillen Trost. Er wäre die ganze Nacht geblieben, wenn Martha nicht darauf bestanden hätte, dass er seinen Schlaf brauchte und es seinen Patienten schuldig war, am Morgen ausgeruht zu sein.

Der Arzt, der Jane behandelte, erklärte ihr, wie die Erkrankung höchstwahrscheinlich voranschreiten würde, und dass sie auf einen Wendepunkt zusteuerten, an dem Jane entweder die Kurve kratzen und sich allmählich erholen würde oder ... Martha erlaubte sich nicht, an die Alternative zu denken.

Im schummrigen Licht der Station wachte sie über ihre Tochter, allein bis auf die schlafenden Patientinnen und eine weitere Krankenschwester. Reggie war in ihr Haus zurückgegangen, um vor seiner morgendlichen Visite ein paar Stunden zu schlafen. Martha starrte auf die große Wanduhr über dem Schreibtisch im Schwesternzimmer. Sie hatte die ganze Nacht über auf den großen Zeiger gestarrt und Janes Zustand im Verlauf beobachtet. Stündlich überprüfte sie die Temperatur ihrer Tochter und jedes Mal, wenn ihre Hoffnungen wieder enttäuscht wurden, gruben sich die Sorgenfalten tiefer in ihre Stirn. Das Thermometer schien bei 40 Grad zu verharren, ein gefährlich hohes Fieber. Das Haar klebte auf Janes Stirn und Martha strich es zur Seite und wischte ihr dann mit einem kühlen Tuch über die Haut, tupfte den Schweiß ab und betete, dass ihre Tochter sich erholen würde.

Vor einem Monat hatte sich eine andere Patientin auf der Station eine Lungenentzündung zugezogen. Sie hatte fünf oder sechs Tage lang gelitten, bis ihr Körper in einen Schockzustand verfallen war, in dem sie stark geschwitzt und heftig gezittert hatte. Innerhalb einer Stunde war die Körpertemperatur der Frau stark abgefallen und sie war in einen tiefen, ungestörten Schlaf gesunken. Am nächsten Morgen hatte sie im Bett gesessen und nach einem Tee verlangt. Zwei Tage später war sie erholt genug gewesen, um das Bett verlassen zu können.

Martha umklammerte Janes Hände, flüsterte ihr leise zu, sagte ihrer Tochter, dass sie da sei und versprach, nicht von ihrer Seite zu weichen. Sie hatte keine Ahnung, ob Jane sie hören, geschweige denn verstehen konnte. Die junge Frau lag schweißgebadet da, rang nach Luft und gab leise wimmernde Laute von sich wie ein kleines Tier. Kurz zuvor hatte sie Galle und Blut erbrochen, aber zumindest das schien nun aufgehört zu haben.

Der Arzt hatte eine Gabe von Chininsulfat im Wechsel mit Eisenchlorid-Tinktur alle vier Stunden angeordnet. Als Martha erneut auf die Uhr an der Wand sah, musste sie feststellen, dass der Zeiger nur fünf Minuten weitergerückt war. Noch zwanzig Minuten, bis sie die nächste Dosis verabreichen musste. Bevor sie Jane die Spritze geben konnte, musste sie die Nadel und die Spritze selbst sterilisieren. Das bedeutete, dass sie ins Schwesternzimmer gehen und ihre Tochter allein lassen musste. Was, wenn sich Janes Zustand in den Minuten ihrer Abwesenheit verschlechterte oder sie gar zu sich kam und Jane nicht bei ihr war? Sie ging dieselben Überlegungen immer wieder in ihrem Kopf durch. Sie wollte nicht, dass eine der Schwestern ihre Tochter versorgte, aber sie wollte auch nicht von ihrer Seite weichen. Nachdem sie die Stirn ihrer Tochter geküsst hatte, machte sie sich auf den Weg in das Zimmer, in dem die Medikamente aufbewahrt wurden, nahm eine Glasspritze und legte sie auf die Arbeitsplatte, während sie darauf wartete, dass das Wasser im Topf kochte.

Aus Angst, eine entscheidende Veränderung des Zustands ihrer Tochter zu verpassen, kehrte sie an das Krankenbett zurück. Sie wusste, dass sie den Topf mit kochendem Wasser nicht unbeaufsichtigt lassen durfte, aber es war niemand sonst hier, der diesen Verstoß gegen das Protokoll hätte sehen können. Auf der Station war es still – bis auf Schnarchgeräusche, gelegentliches Stöhnen im Schlaf und Janes leises Röcheln, als sie um Atem rang. Die lauteste Frau auf der Station hatte früher in dieser Nacht laut geschrien und ihr Bettlaken zerrissen, war aber in eine der beiden gepolsterten Zellen außerhalb der Station verlegt worden, wo niemand ihr Schreien hören würde und wo eine Zwangsjacke und die weichen Wände ihre Zerstörungswut im Zaum hielten.

Nachdem sie einige Male zwischen Bett und Medikamentenzimmer hin- und hergelaufen war, waren endlich die zehn Minuten um, die Spritze war ausreichend sterilisiert und Martha füllte die Medizin in das Glasröhrchen. Sie ging zurück an das Bett ihrer Tochter, krempelte den Ärmel von Janes Nachthemd hoch und stellte fest, dass es nass war. Sie verabreichte ihr die Spritze und wischte dann den Schweiß von Gesicht und Hals ihrer Tochter. Die Uhr zeigte zehn Minuten nach drei an. Tiefste Nacht. Hieß es nicht, dass die Menschen am ehesten zu dieser Zeit starben? Sie verdrängte den Gedanken. Glauben. Sie musste glauben. Auf Gott vertrauen.

Am anderen Ende der Station konnte sie die diensthabende Krankenschwester sehen, die in einem Stuhl döste. Für sie war es eine ruhige Nacht.

Martha wollte das schweißnasse Nachthemd ihrer Tochter wechseln, ihren Körper waschen und ihr frische, trockene Sachen anziehen, aber sie wusste, dass sie das nicht tun konnte, ohne sie zu wecken, und Gefahr zu laufen, ihren Zustand noch zu verschlimmern. Wenn sie nur all die Qualen, die ihre Tochter durchstehen musste, auf sich nehmen könnte. Dann könnte sie wenigstens nachvollziehen, was ihr Körper ertragen musste und vielleicht die Kraft und die Mittel finden, die Krankheit zu bekämpfen. Aber die arme Jane fühlte nur Schmerzen und wusste nicht einmal, warum sie davon befallen wurde.

Es war halb vier, als Martha klar wurde, dass sie sich an jenem Wendepunkt befanden, den der Arzt angesprochen hatte. Ihre Tochter schwitzte weiter stark, stärker, als menschenmöglich sein sollte, aber das Fieber war nicht gesunken. Ihr Gesicht war rot und fleckig, ihre Zunge lag schwer und starr in ihrem Mund und als Martha erneut ihre Temperatur maß, zeigte das Thermometer einundvierzig Grad an.

„Schwester Barker, kommen Sie schnell." Als die dösende Schwester nicht reagierte, schrie Martha: „Schwester Barker!"

Die Krankenschwester sprang auf und eilte zu Janes Bett.

„Es geht ihr immer schlechter. Ihr Fieber ist in der letzten halben Stunde um ein weiteres Grad gestiegen und sie schwitzt stark", sagte Martha und ihr Herz pochte wild in ihrer Brust, als sie die aufkommende Panik verspürte. „Was sollen wir nur tun?"

Schwester Barker fühlte nach Janes Puls. „Ihr Herz rast. Wir müssen den diensthabenden Arzt holen."

„Dann gehen Sie. Geh Sie! Bitte, ich flehe Sie an. Ich kann sie nicht allein lassen."

Die Krankenschwester wirkte einen Moment lang vor den Kopf gestoßen und schien sie darauf hinweisen zu wollen, dass Martha zwar die Frau von Dr. Henderson war, aber dennoch nur eine Hilfskraft, besann sich dann aber eines Besseren. Sie marschierte zügig aus der Station.

„Beeilen Sie sich." Martha sprach mehr zu sich selbst als zu der Krankenschwester. „Oh, bitte, Gott, beeilen Sie sich."

Aber sie wusste, dass es keinen Sinn hatte. Inzwischen fiel Jane das Atmen so schwer, als würde sie ertrinken. Und sie ertrank tatsächlich. Langsam und qualvoll, als ihre Lungen sich immer mehr mit Gift füllten.

Martha rutschte von ihrem Stuhl und kniete neben dem Bett, die Hand ihrer Tochter fest in ihrer, während sie sie anflehte, bei ihr zu bleiben.

Sie war sich des genauen Augenblicks von Janes Tod nicht bewusst – des letzten flachen Atemzuges, den sie in ihre verklebten Lungen saugte. Stattdessen spürte sie eine plötzliche Kälte zwischen ihren Händen, eine Starrheit und eine Stille, die so vollkommen war, dass sie greifbar war. Sie schluckte und versuchte, das Leben in die Hände ihrer Tochter zurückzureiben. Kalt. Leblos. Es war so schnell gegangen. Von einem Moment auf den anderen. Ein Leben, flatterhaft, zerbrechlich, das plötzlich vorbei war. Ausgeblasen wie eine Kerze. Weggeweht wie Herbstlaub.

Janes verkrampften, knochige Finger waren jetzt kalt und weiß wie Alabasterhände auf einem Grabmal. Für immer erstarrt, würden sie sich nie wieder in ihrer Decke vergraben oder an ihren Ärmeln zerren. Martha stieß einen Schrei aus, beugte sich vor und küsste den Kopf ihrer toten Tochter, sackte schließlich zusammen und ließ ihre Stirn an dem dünnen, kalten Körper unter der Decke ruhen.

Sie hob den Kopf und sah sich um, ließ ihren Blick über die Reihe von Betten und die schlafenden Patientinnen gleiten, über die Wand, die zur Hälfte mit braunen Fliesen bedeckt war, hinunter zum Schein der Lampe im Schwesternzimmer. Zum Ticken der Wanduhr, die den Lauf der Zeit dokumentierte. Sie nahm all die kleinen, alltäglichen Dinge wahr, die auf der Station unverändert blieben. Wie konnte alles um sie herum gleich bleiben, während Marthas

Welt auf den Kopf gestellt wurde, nun, da Jane nicht mehr bei ihr war?

Als Martha auf ihre Tochter hinunterblickte, sah sie, dass Janes Züge jetzt entspannt waren. Sie hatte die Augen geschlossen und die Kälte des Todes breitete sich in ihrem dünnen Körper aus. Neben dem Bett lag die leere Spritze in der Emailleschale, in die sie sie gelegt hatte. Sie sollte sie entfernen und Glas und Nadel für die nächste Patientin sterilisieren. Ein weiterer leiser Schrei entrang sich ihr. Wie konnte die Welt sich wie gewohnt weiterdrehen, obwohl ihre Tochter nicht mehr da war? Bestimmt sollte es doch eine Art Innehalten geben, eine Würdigung der Tatsache, dass ein Leben zu Ende gegangen war. Einen Moment des Gedenkens, auf den hin nichts mehr so sein konnte wie zuvor.

Martha nahm nicht einmal wahr, was der diensthabende Arzt tat, als er eintraf. Hörte nicht seine geflüsterten Anweisungen an die Krankenschwester, als er ihr sagte, sie solle Janes Leiche für die Überstellung in die Leichenhalle vorbereiten. Es fühlte sich an, als wäre sie von einer riesigen Flutwelle erfasst worden, die sie aufs Meer hinaustrug. Es war ihr egal, ob sie jemals wieder Land sehen oder gegen die Felsen prallen würde.

Sie spürte es nicht, als Hände sie sanft auf die Beine zogen und sie an eine Brust drückten. Sie registrierte kaum, dass Reggie gekommen war. Erst als sie ein seltsames Gefühl in ihrem Bauch verspürte, ein Flattern wie winzige Flügel, ein Prickeln wie kleine Luftbläschen, die an die Oberfläche eines Teiches aufstiegen, erinnerte sie sich daran, dass ein neues Leben in ihr heranwuchs. Während Janes Geist die Welt verließ, forderte der Geist ihres ungeborenen Babys ihre Aufmerksamkeit.

Sie hob den Kopf und sah Reggie Henderson an. „Ich habe gespürt, wie sich unser Baby bewegt hat", sagte sie.

Am nächsten Abend, erschöpft und mit immer noch geröteten Augen vom Schlafmangel, sagte Martha zu Reggie, dass sie Kit über den Tod seiner Halbschwester informieren müssten.

„Er hat sie seit Monaten nicht besucht. Ich wüsste nicht, warum wir das tun sollten", erwiderte Henderson.

„Sie war seine Schwester. Er hat sie nicht besucht, weil ich ihn gebeten habe, es nicht zu tun."

„Trotzdem. Ist das denn wirklich notwendig?"

„Er muss informiert werden. Er hat ein Recht darauf, zur Beerdigung zu kommen. Außerdem müssen die Shipleys informiert werden, da sie Janes Betreuung bezahlen." Als sie den Namen ihrer Tochter aussprach, stieß sie einen unwillkürlichen Schluchzer aus.

Dr. Henderson legte einen Arm um die Schultern seiner Frau. „Natürlich, meine Liebe, ich werde mich darum kümmern."

„Und die Beerdigung?"

Er zögerte.

„Er muss eingeladen werden."

Henderson richtete seinen Blick auf den geschwollenen Bauch seiner Frau und nickte. „Einverstanden. Aber ich bezweifle, dass er kommen wird."

„Er wird kommen", sagte sie.

Dr. Henderson bat den Leiter der Anstalt, ein offizielles Schreiben an Mrs. Edwina Shipley zu verfassen, um ihr mitzuteilen, dass aufgrund des Ablebens von Ms. Jane Walters, verursacht durch eine Bronchialpneumonie, der Dauerauftrag für die Zahlung der anfallenden Pflegekosten

eingestellt werden konnte. Ein Scheck über den Differenz-
betrag der vierteljährlichen Vorauszahlung wurde
zusammen mit der Schlussabrechnung beigefügt.

Als sie vor dem Loch in der Erde stand, in das der Sarg ihrer
Tochter hinabgelassen worden war, war Martha aufgelöst.
Sie hatte Jane nur so kurz gekannt, aber ihre Tochter hatte
ihr so viel Freude bereitet. Sie hatte gehofft, dass sie noch
viele Jahre haben würden, um all das aufzuholen, was ihnen
an gemeinsamer Zeit verwehrt geblieben war. Martha
wusste, dass sie die Schönheit der ruhigen Morgen, an
denen sie die Hand ihrer Tochter gehalten und ihr vorge-
sungen hatte, niemals ersetzen konnte, da sie nun keine
Gelegenheit mehr haben würde, an die Fortschritte anzu-
knüpfen, die Jane gemacht hatte. Janes Tod war ein Verlust,
über den sie niemals hinwegkommen würde.

Während sie eine Handvoll Erde auf den Sargdeckel
warf, ließ sie ihren Blick über den Friedhof schweifen und
hoffte inständig, dass Kit Shipley auftauchen würde, um
seiner Halbschwester die letzte Ehre zu erweisen. Es war
ein trüber Novembertag mit Windböen, die den Regen in
die Gesichter der kleinen Gruppe von Trauernden peitsch-
ten. Der Friedhof war eintönig grau, abgesehen von den
Farbtupfern der Blumen, die darauf warteten, auf Janes
Grab gelegt zu werden.

Warum war er nicht gekommen?

Kapitel Zwanzig

Christopher erhielt nie Gelegenheit, den Brief der Anstalt zu lesen, in dem man die Familie vom Tod seiner Halbschwester informierte. Edwina Shipley schloss ihn in einer Schublade in dem kleinen Schreibtisch im Wohnzimmer ein, den sie für ihre eigene Korrespondenz benutzte.

Sie wusste, dass Christopher irgendwann auffallen würde, dass die Zahlungen an St. Crispin's eingestellt worden waren, aber angesichts der vielen Aufgaben, um die er sich für das Landgut kümmern musste, würde es wohl noch einige Zeit dauern, bis es dazu kam. Sie war zuversichtlich, dass er bis dahin verheiratet und der stumpfsinnige Nachkomme der Frau des Wildhüters längst begraben wäre.

Weihnachten 1919 war für Christopher eine jämmerliche Angelegenheit. Nicht, dass irgendein Weihnachtsfest seit Kriegsbeginn angenehm gewesen wäre. Als er in Borneo gewesen war, war der Festtag wie jeder andere Tag verlaufen

– es war schwierig gewesen, sich ein traditionelles Fest vorzustellen, wenn man in der brütenden Hitze stand und so viel Arbeit zu erledigen hatte. Und doch war jenes Weihnachtsfest auf Borneo eines der glücklichsten gewesen, die er je erlebt hatte. Als er an der Front gewesen war, hatte Christopher den legendären, wenn auch inoffiziellen Waffenstillstand von 1914 verpasst, als beide Seiten spontan die Waffen niedergelegt hatten, um Weihnachtslieder zu singen und an einem spontanen Fußballspiel im Niemandsland teilzunehmen. In den darauffolgenden Jahren hatten sich die Befehlshaber bewusst darum bemüht, die Präsenz des Kampfes auch während der Festtage aufrechtzuerhalten. Und als der Krieg vorangeschritten war, mit all der Zerstörung, für die er stand, hatte sich keine der beiden Seiten der anderen so wohlgesonnen gefühlt, dass noch an einen vorübergehenden Waffenstillstand zu denken gewesen wäre.

Christophers einziges Weihnachtsfest an der Front im Jahr 1917 war ihm aufgrund des Todes eines seiner Männer in Erinnerung geblieben, der in der Nacht zum Heiligen Abend von einem Granatsplitter getroffen worden war. Der junge Gefreite hatte stark geblutet und war von seinen Kameraden zur nächstgelegenen Sanitätsstation getragen worden, wo er kurz nach Mitternacht verstorben war. Nein, Weihnachten war kein Grund zum Feiern, sondern eher eine Zeit, um dieses armen Jungen und all jener zu gedenken, die Kit in den schrecklichen Kriegsjahren hatte sterben sehen oder die vor seinen Augen schwer verwundet worden waren.

In diesem Jahr sollten die Bournes angesichts seiner Verlobung mit Lady Lavinia Bourne zu den Shipleys nach Newlands kommen. Für Mrs. Shipley war die Weihnachtszeit ein Vorwand für Exzesse – sie scheute keine Kosten und Mühen, um Newlands mit kunstvollen Dekorationen und einem Tisch zu schmücken, der bis zum Bersten gefüllt war mit Speisen und Leckereien.

Christopher stand im riesigen Foyer, in dem ein gemütliches Feuer im Kamin flackerte und ein riesiger Weihnachtsbaum am Fuße der geschwungenen Marmortreppe stand. Wie heuchlerisch! Eine solche Verschwendung, während so viele Menschen hungerten und arbeitslos waren, seit der jüngste Krieg so viele Leben zerstört hatte. Aber für Edwina war es eine Möglichkeit, einen Schlussstrich unter die Vergangenheit zu ziehen und optimistisch in die Zukunft zu blicken. Und zu dieser Zukunft gehörte die Heirat von Christopher mit Lady Lavinia Bourne im darauffolgenden Mai.

Es gestaltete sich schwierig für Christopher, den Festlichkeiten fernzubleiben, wobei Lavinias schamloses Verhalten, ihr Bett bis zum späten Vormittag nicht zu verlassen, ihm eine regelmäßige Pause verschaffte und er morgens mit Hooker ausreiten konnte. Am Heiligabend verteilten Christopher und seine Mutter traditionsgemäß Geschenke an die Bediensteten. Seine Mutter war fest entschlossen, das Weihnachtsfest zu einem unvergesslichen Erlebnis zu machen, und hatte sich freiwillig gemeldet, Gastgeberin der Jagd am zweiten Weihnachtsfeiertag zu sein, so wie es zu Lebzeiten von George Shipley üblich gewesen war. Für den Tag nach dem zweiten Weihnachtsfeiertag lud sie weitere Gäste zum Essen ein. Christopher musste ihr zugestehen, dass sie unermüdlich versuchte, ein fröhliches Gesicht aufzusetzen und Newlands wieder zum Zentrum des gesellschaftlichen Lebens der Region zu machen. Er bewunderte ihre Energie und wünschte, er könnte denselben Elan an den Tag legen, doch alles, was er empfand, waren eine innere Leere und eine an Verzweiflung grenzende Einsamkeit.

Als er Edwina dabei beobachtete, wie sie sich mühelos zwischen ihren Gästen bewegte, dafür sorgte, dass alle Gläser gefüllt waren und die Gespräche nie versiegten, musste er sich seinen Respekt vor ihr eingestehen. Wie gern wäre er in der Lage gewesen, sie zu hassen, sie für das zu bestrafen, was sie ihm angetan hatte, dafür, dass sie war, wie sie war – oder vielmehr dafür, dass sie nicht so war, wie er sie haben wollte. Aber er bewunderte sie für ihren Antrieb. Von Zeit zu Zeit, in unbeobachteten Momenten, konnte er die Traurigkeit in ihren Augen erkennen. Dabei dachte Christopher daran, was auch sie verloren hatte. Ihr Leben war nicht so verlaufen, wie sie es sich vermutlich erträumt hatte. Sie war mit einem untreuen, ehrgeizigen Mann verheiratet gewesen, der ihr keinerlei Zuneigung entgegengebracht hatte. Sie hatte ihren älteren Sohn in der Blüte seiner Jugend verloren und musste von ihrem jüngeren Sohn enttäuscht sein, weil er nicht das tun wollte, was sie selbst getan hatte, nämlich sich zu fügen und das Spiel mitzuspielen. Ja, sie hatte eine Last zu tragen und sie drückte sich nicht vor dieser Aufgabe. Aber es war eine Last, die sie sich selbst auferlegt hatte. Und indem sie sie trug, zwang sie auch ihn, sie zu tragen.

Lady Lavinia während der Festtage besser kennenzulernen, trug nicht dazu bei, dass er sie sympathischer fand. Sie war mit ihren beiden geliebten Chihuahuas im Schlepptau angereist und sprach ständig mit ihren Haustieren und noch dazu mit einer lauten und übertriebenen Babystimme, die Christopher erschaudern ließ.

Nun, da sie verlobt waren, versuchte sie, auch ihn zu infantilisieren. „Chrissy, komm und sieh dir meine Babys an", sagte sie eines Nachmittags, als er sie im Salon antraf, wo sie mit ihren beiden Müttern beisammen saß. „Komm und streichle sie. Du hast meinen Lieblingen nicht die geringste Aufmerksamkeit geschenkt und sie werden sehr böse sein." Sie schmollte und verdrehte die Augen, um ihre langen Wimpern zur Geltung zu bringen.

Er blickte seine Mutter an, um zu sehen, ob sie Lavinias Worte gehört hatte und die Demütigung, die sie ihm auferlegt hatte, eingestehen würde. Aber sie schenkte ihm nur ein kaltes Lächeln und wandte sich wieder ihrem Gespräch mit Lady Bourne zu.

Christopher näherte sich Lavinia und blickte auf die kleinen, großäugigen Hunde hinunter. Er mochte Hunde durchaus, aber diese beiden ähnelten eher Nagetieren.

„Wie waren noch einmal die Namen der beiden?"

Sie fuchtelte tadelnd mit einem Finger. „Vergiss sie nicht wieder, sonst muss ich sehr, sehr böse mit dir werden."

Er schloss die Augen und wollte sich umdrehen und gehen. „In diesem Fall vergiss du bitte nicht, dass *mein* Name Christopher ist. Wenn du mich Chrissy nennst, kann es gut sein, dass ich dich nicht höre." Er zwang ein strahlendes Lächeln auf seine Lippen.

„Ach, Mister Spielverderber. Du bist ein solcher Langweiler. Ich wollte dir eigentlich erlauben, Popsy und Petal zu halten, aber jetzt werde ich es nicht tun. Sie wollen nicht auf den Schoß eines alten Griesgrams wie dir. Bitte. Da hast du es." Wieder dieser Schmollmund.

„Nun, dann muss ich mir wohl eine andere Beschäftigung suchen." Er schenkte ihr ein weiteres strahlendes Lächeln, nickte ihren Müttern zu und verließ den Raum.

Da er die Atmosphäre im Haus als bedrückend empfand, ging er nach draußen. Das Wetter war für die Jahreszeit ungewöhnlich mild – das Thermometer an der Wand im Stallhof zeigte zwölf Grad an. Seine Mutter war enttäuscht gewesen, dass kein Schnee gefallen war, der Newlands von seiner besten Seite gezeigt hätte. Wenigstens war der ständige Regen, der den Anfang des Monats geprägt hatte, endlich vorbei.

Christopher besuchte Hooker und fütterte ihn mit einer Handvoll Hafer, als er an seinem Stall vorbeikam. Er schlenderte weiter zu den versunkenen Gärten, denn er wusste, dass er dort mit hoher Wahrscheinlich nicht gestört werden würde. An Weihnachten würde Fred nicht arbeiten und auch sonst wagte sich niemand dorthin.

In der ruhigen Oase angekommen, ging er direkt zu der Bank, auf der er und Martha sich zum ersten Mal geküsst hatten. Er setzte sich darauf, allein, einsam und unfähig, Martha aus seinen Gedanken zu verdrängen. Der Garten wirkte traurig, farblos und müde. Er und Fred waren dem Gestrüpp mit einem kräftigen Rückschnitt massiv zu Leibe gerückt, aber ohne neue Triebe wirkte die Anlage entblößt, skalpiert. Sie sah so aus, wie er sich fühlte.

Christopher dachte an seine Schwester, Jane. Wenigstens würde sie Weihnachten zum ersten Mal in ihrem Leben mit ihrer Mutter verbringen. Wenigstens würden Marthas Liebe und Zuneigung sie einhüllen. Er drückte die Augen fest zusammen und versuchte, nicht an die beiden zu denken und daran, wie sehr er sich wünschte, jetzt bei ihnen zu sein. Alles, was er wollte, war in der Gesellschaft der beiden Menschen zu sein, die er am meisten liebte, egal wie einfach und bescheiden das Umfeld sein mochte. Stattdessen war er in einem Haus eingesperrt, das mit Stechpalmenzweigen und Kerzen geschmückt war und mit Girlanden wie in einem magischen Königreich, und das mit Menschen gefüllt war, aus denen er sich nichts machte und die ihrerseits nichts auf ihn gaben.

Ein Rotkehlchen tauchte auf und ließ sich auf dem Stiel

eines Spatens nieder, der aufrecht in einem angrenzenden Beet stand. Fred musste den Spaten draußen gelassen haben – es war untypisch für ihn, so unachtsam zu sein. Das Rot auf der Brust des winzigen Wesens leuchtete wie eine Flamme. Als Christopher den kleinen Vogel beobachtete, wie er da saß und die triste graue Welt um sich herum betrachtete, fielen ihm ein paar Zeilen eines Gedichts von Emily Dickinson ein, das er in der Schule auswendig hatte lernen müssen. Sein Lehrer war Amerikaner gewesen und hatte eine Leidenschaft dafür gehabt, die Poesie seines Heimatlandes weiterzugeben, entgegen dem eher starren britischen Lehrplan der Schule.

Die Hoffnung ist das Federding,
  das in der Seel' sich birgt
  und Weisen ohne Worte singt
  und niemals müde wird.

Als er den Vogel weiter beobachtete, begann dieser zu singen, und Christopher hatte das Gefühl, dass er nur für ihn sang – eine Sondervorstellung. Das Trillern und Zwitschern war leicht, klangvoll und tatsächlich eine Melodie ohne Worte. Zum ersten Mal, seit er Martha Lebewohl gesagt hatte, spürte er, wie sich seine Laune hob. *Hoffnung.* Wagte er es, zu hoffen, dass sein Leben eines Tages besser sein könnte?

Er erinnerte sich an das, was Martha ihm über die Hoffnung gesagt hatte, als sie in dem Hotelzimmer in Northington gewesen waren – dass Hoffnung eine schreckliche Last sei. Aber sie hatte die Art von Hoffnung gemeint, die einen daran hinderte, mit dem Leben weiterzumachen, die einen in der Zeit erstarren ließ. Jetzt erkannte er, dass es noch eine andere Art von Hoffnung gab, eine, bei der es darum ging, einen Weg zu finden, weiterzuleben, sich von der Verzweiflung zu befreien, vielleicht nicht, um glücklich zu werden, aber zumindest, um eine Form von Zufriedenheit, Genügsamkeit und Erfüllung zu erlangen.

Er dachte daran, wie er sich in Asien gefühlt hatte. An die Freiheit, die Herausforderung, das starke Gefühl, seine Bestimmung zu leben. Die Hitze der Insel Borneo schien das Blut in seinen Adern mit Kraft und Energie versorgt zu haben. Eine Rückkehr dorthin könnte ihm seine Selbstachtung zurückgeben. Vielleicht konnte er es noch nicht tun, vielleicht erst in vier oder fünf Jahren, aber sobald er und Lavinia jenen Erben in die Welt gesetzt hätten, der Newlands und den Namen Bourne erben und weiterführen würde, oder er dreißig Jahre alt wurde, würde er frei sein, zu tun, was er wollte. Er war entschlossen, seine Erinnerungen an Borneo als Quelle der Hoffnung im Kopf zu behalten, als sein *Federding, das in seiner Seel' sich birgt.*

Kapitel Einundzwanzig

Je näher die Geburt rückte, desto mehr fürchtete Martha sich davor. Das Wissen, dass ihre erste Schwangerschaft mit Janes Hirnschaden geendet hatte, machte ihr Angst vor dem, was ihr bevorstand. Hinzu kam, dass ihre Sehnsucht nach Kit, die sie so lange unterdrückt hatte, sie nun umso öfter heimsuchte. Sie stand kurz vor der Geburt ihres gemeinsamen Kindes und wollte, dass er bei ihr war.

Aber er hatte sie im Stich gelassen. Nein, er hatte seine Schwester im Stich gelassen. Martha konnte immer noch nicht verstehen, warum er nicht zur Beerdigung gekommen war. Nicht einmal ein Beileidsschreiben oder einen Blumenkranz hatte er geschickt. Sie konnte verstehen, dass er wütend auf sie war, nachdem Reggie ihm die Nachricht von ihrer Heirat überbracht hatte. Aber das Ableben seiner eigenen Schwester zu ignorieren? Dann versuchte sie, sein Verhalten zu rationalisieren. Er hatte Jane kaum gekannt. Er hatte nur einen einzigen Vormittag in ihrer Gesellschaft verbracht. Vielleicht war es ihm nun, da Martha aus seinem Leben verschwunden war, leicht gefallen, auch jeden Gedanken an seine Halbschwester aus seinem Kopf zu verbannen. Vielleicht hatte er Jane nur als ein bemitleidenswertes Geschöpf angesehen und nicht die Stärke der Blutsbande und der wachsenden Zuneigung gespürt, die sie selbst erfahren hatte, so dass Janes Abwesenheit jeden Tag wie ein dumpfer Schmerz in ihr pochte.

Ihr Elend und ihre Anspannung wurden durch Reggies aufgeregte Vorfreude noch verschlimmert. Er zerstreute ihre Bedenken und sagte ihr, dass sie als Zweitgebärende und mit einem nun voll entwickelten Körper die Probleme, die sie als verängstigte Vierzehnjährige bei der Geburt gehabt hatte, nicht noch einmal durchleben würde. Er erinnerte sie auch immer wieder daran, dass er ein ausgebildeter Arzt sei, dass Krankenschwestern und weitere Ärzte in der Nähe waren und dass die Hebamme sie betreuen würde, sobald die ersten Wehen einsetzten. Martha versuchte, ihre Verärgerung zu unterdrücken. Für ihn war das alles so einfach. Er würde nicht derjenige sein, der unter Qualen versuchte, ein Baby aus seinem Körper zu pressen.

Trotz ihrer Ängste sehnte sich Martha danach, ihr Kind bald zur Welt zu bringen. Sie wollte die klaffende Lücke füllen, die Janes Tod in ihrem Leben hinterlassen hatte. Dieses Baby war in Liebe gezeugt worden. Da Kit nicht hier war, um die Freude über die Geburt mit ihr zu teilen, musste sie sich mit der Tatsache trösten, dass Reggie Henderson zweifellos genauso sehnlich auf die Geburt wartete. Eines war klar – ihrem Baby würde es an Zuneigung nicht mangeln.

Als es soweit war, verlief die Entbindung schnell und unkompliziert. Die Hebamme war effizient und versiert, übte eine ruhige Autorität aus und verbannte Reggie aus dem Haus, zu Marthas großer Erleichterung und trotz seiner Proteste, dass er ein Arzt sei. Diesmal war kein Arzt nötig und Martha hielt ihren kleinen Sohn nur fünf Stunden nach Einsetzen der Wehen in den Armen.

Sie genoss die wenigen Augenblicke, die sie mit ihrem Baby allein hatte, bevor Reggie am Bett erschien und sich das Kind ansah. Er strich mit einem Finger über die Wange des Säuglings und neigte dann seinen Kopf, um ihn zu küssen. Martha versuchte, nicht vor dem Geruch von Tabak zurückzuweichen.

„Gut gemacht, mein Liebling. Ich bin so glücklich, dass es ein Junge ist." Er strahlte. „Jetzt müssen wir ihm einen Namen geben."

Martha sagte nichts, immer noch fasziniert von dem winzigen Bündel, das in ihren Armen lag, mit seiner winzigen Stupsnase, den fest geschlossenen Augen und dem dünnen Flaum aus blassbraunem Haar. Sie atmete den warmen, puren Duft des Kindes ein und schloss die Augen, überglücklich.

„Ich dachte an Kenneth, nach meinem verstorbenen Vater. Wir könnten ihn Ken oder Kenny nennen. Das schien mir immer ein guter, solider Name zu sein."

„Nein", sagte sie scharf und wollte ihm sagen, dass der Name allein ihre Entscheidung war, wusste aber, dass sie es nicht konnte.

„Wie du willst." Er holte ein gefaltetes Stück Papier aus seiner Jackentasche. „Was wäre mit George?"

Martha dachte an George Shipley und antwortete gereizt: „Ganz bestimmt nicht."

„Ich habe langsam den Eindruck, dass du dich bereits entschieden hast, meine Liebste." Er runzelte die Stirn. „Ich hoffe, du wirst nicht vorschlagen, ihn Christopher zu nennen."

Sie ignorierte die spitze Bemerkung. „Ich möchte ihm

einen schlichte Namen geben. Einen, der nicht abgekürzt werden kann.“

Henderson beugte seinen Kopf über das Blatt Papier. „John?“

„Vielleicht.“ Sie versuchte, einen sanfteren Ton anzuschlagen.

„Oder James?“

„Müssen wir uns jetzt gleich entscheiden?“ Sie war müde und die Erschöpfung nach den Strapazen der Geburt machte sich bemerkbar.

„Nein. Aber es schadet nicht, diese Dinge schnell zu regeln. Ein Kind braucht einen Namen. Es erscheint mir nicht richtig, ihn ohne Namen zu lassen, und ich wollte heute Nachmittag die Geburt eintragen lassen.“

Halb weggetreten und kraftlos sagte sie: „David. Nennen wir ihn David.“

Dr. Henderson runzelte die Stirn, entschied dann aber offensichtlich, dass es unklug sei, das Thema weiter zu verfolgen, und sagte: „Wie du möchtest. Dann also David.“

Kapitel Zweiundzwanzig

Mit jedem Tag, den seine Hochzeit mit Lavinia näher rückte, wuchs Christophers Unbehagen. Die nähere Bekanntschaft mit seiner Braut hatte ihm nicht geholfen, eine Eigenschaft an ihr zu finden, die er als liebenswert betrachten konnte. Er versuchte, die bevorstehende Hochzeit aus seinem Gedächtnis zu verdrängen und sich aus der Planung herauszuhalten, die Edwina Shipley, Lady Lavinia und ihre Mutter rund um die Uhr beschäftigte.

Vergeblich versuchte Christopher, Edwina davon zu überzeugen, dass eine Hochzeit im engsten Rahmen der Familie wünschenswerter wäre, denn seine Mutter sah die Hochzeit eher als Mittel, die Shipleys in der gehobenen Gesellschaft zu verankern, und ließ sich nicht umstimmen. Auch Lavinia hatte ihre Sicht der Dinge deutlich gemacht – je größer, desto besser. Über die Hochzeit sollte im *Tatler,* in der *Country Life* und den *Illustrated London News* sowie in allen besseren Tageszeitungen berichtet werden.

Die Trauung fand in der St. George's Kirche am Hanover Square statt. Als Christopher neben seinem Trauzeugen, einem Kommilitonen aus seiner Zeit in Cambridge, vor dem Altar stand, konnte er nur an Martha denken. Wenn es doch nur sie wäre, die gleich den Gang entlang auf ihn zuschreiten würde. Hätte er Martha geheiratet, wäre es allerdings eine schlichte Feier gewesen. Kein Pomp. Keine Zeremonie. Nur Liebe.

Die Orgel erwachte zum Leben und spielte Händel. Christopher hielt seinen Blick auf den Altar gerichtet, ohne sich zu Lavinia umzudrehen, die sich am Arm ihres Vaters näherte. Schließlich stieß Roddie, sein Trauzeuge, ihn an und warf ihm dabei einen vielsagenden Blick zu. Christopher fügte sich endgültig seinem Schicksal und drehte sich zu seiner Braut um.

Lady Lavinia sah wunderschön aus, das konnte er nicht leugnen. Ihr Kleid war aus elfenbeinfarbenem Satin und Spitze gefertigt, mit einer Schleppe, die sich über die gesamte Länge der Kirche zu erstrecken schien. Der Schleier war eine Kaskade aus Tüll und sie trug einen Strauß weißer Rosen, die wie ein Wasserfall hinabfielen. Sie strahlte und Christopher zwang sich im Gegenzug selbst zu einem Lächeln, wobei sein Herz gleich laut pochte wie die Orgel.

Die Kirche war voll, sowohl im Parterre als auch auf der Empore. All diese Menschen waren hier, um einem Anlass beizuwohnen, der sich für Christopher wie eine öffentliche Hinrichtung anfühlte. Er hoffte auf Gottes Eingreifen: ein Erdbeben, eine Bombe, eine plötzliche, unerklärliche Flutwelle – oder eine Unterbrechung aus der Sakristei, die die Trauung aufhielt.

Aber Gott kannte keine Gnade. Sie legten beide ihre Gelübde ab, er steckte ihr den Ring an den Finger, und damit war es getan. Er war für den Rest seines Lebens an Lady Lavinia Bourne gebunden.

Das Hochzeitsfrühstück fand im Claridge's statt. Jede Minute davon war für Christopher eine Tortur. Auf den Hochzeitsporträts wirkte er entweder mürrisch oder irritiert. Lavinia machte seine Niedergeschlagenheit dadurch wett, dass sie lächelte, wann immer sie für die Fotografen posieren musste oder mit einem der Gäste sprach. Wenn nicht, wirkte sie genauso unglücklich wie er.

Christopher hatte ein Machtwort gesprochen und eine Hochzeitsreise nach Paris und eine Überfahrt nach Calais abgelehnt, mit der Begründung, dass Paris und Nordfrankreich für ihn zu viele schlimme Kriegserinnerungen bargen. In diesem Punkt war er so unnachgiebig geblieben, dass sogar seine Mutter seine Entscheidung akzeptiert hatte. Stattdessen haten sie sich auf Biarritz geeinigt und waren nachts von Portsmouth nach Bilbao gesegelt, um einen großen Bogen um Paris zu machen.

Lavinia war seekrank und blieb während der gesamten Überfahrt durch den Golf von Biskaya in ihrer Kabine. Christopher verbrachte die Reise damit, auf den Decks spazieren zu gehen oder in einem der Salons zu lesen, dankbar, dass die Übelkeit seiner Ehefrau es vorläufig unmöglich machte, die Ehe zu vollziehen. Als sie von Bord gingen und in ihrem Hotel ankamen, war Lavinia kreidebleich und erschöpft.

Ihre Suite im Hotel *Le Palais* war prunkvoll und geräumig, mit zwei Bädern, einem großen Schlafzimmer und einem gemütlichen Salon. Champagner auf Eis, Blumen und Pralinen erwarteten sie und Lavinias Laune hob sich sofort. Nach dem Abendessen zogen sie sich zurück, beide erschöpft von der Reise. Als Christopher aus dem Bad zurückkam und sich ins Bett legte, stellte er fest, dass seine Frau bereits schlief, oder, wie er vermutete, eher nur so tat.

Als er am nächsten Morgen erwachte, war das Bett

neben ihm leer und er hörte das Geräusch von laufendem Wasser aus dem Bad. Lady Lavinia war offensichtlich genauso abgeneigt, ihre eheliche Pflicht zu erfüllen, wie er.

Der Tag war bewölkt und es war kalt für einen Mai in Südfrankreich. Christopher schlug vor, nach dem Frühstück einen Spaziergang zu machen, und Lavinia stimmte eher widerwillig zu. Sie gingen über die Promenade, an einem vom Wind aufgewirbelten Strand entlang, das Schweigen zwischen ihnen bedrückend. Als sie in ein Café gingen, um einen Kaffee zu trinken, fragte Christopher sie, ob sie etwas Bestimmtes unternehmen wolle.

„Nach Hause fahren zu Popsy und Petal", sagte sie, schob die Unterlippe vor und legte ihre Stirn in Falten. „Ich verstehe immer noch nicht, warum ich meine Lieblinge nicht mitnehmen konnte."

„Du weißt genau, dass die Quarantänegesetze es verhindern. Wir sind nur für eine Woche hier. Solange kannst du doch bestimmt ohne sie auskommen. Und es sind immer noch unsere Flitterwochen."

„Eine Woche ohne meine Mädchen ist für mich wie ein ganzes Leben."

Er schloss die Augen, denn auch er wünschte sich, zu Hause zu sein. Überall, nur nicht hier in einem überfüllten Café mit beschlagenen Fenstern, neben einer Frau, mit der er keine Gesprächsbasis hatte.

Lady Lavinia sah sich im Raum um und neigte den Kopf, um zu sehen, ob sich unter den Gästen jemand befand, den sie kannte – oder kennenlernen wollte. Ihr Stirnrunzeln vertiefte sich, als sie kein bekanntes Gesicht entdeckte. „Ich wusste, wir hätten bis Juni oder Juli warten sollen. Niemand, der etwas auf sich hält, wird vor nächstem Monat hier sein. Wir sind zu früh dran." Sie warf ihm einen bösen Blick zu.

Sie tranken ihren Kaffee schweigend. Draußen sagte Christopher: „Lavinia, wir müssen einen Weg finden, miteinander auszukommen. Es ist vielleicht nicht das, was du wolltest, aber wir sind jetzt verheiratet und müssen das Beste daraus machen." Fast hätte er gesagt ‚was *wir* wollten‘, hatte sich aber noch rechtzeitig korrigiert.

Sie sah ihn von der Seite an. „Ich wollte dich nicht heiraten. Ich habe nur zugestimmt, weil Daddy sagte, dass ich es tun muss." Sie klang gereizt. „Es ist so ungerecht, dass ich dich heiraten musste, nur weil Percy gestorben ist. Wo du doch nur ein Bein hast." Sie begann zu weinen.

Christopher starrte sie ungläubig an. „Warum hast du mir nicht schon viel früher gesagt, dass du mich nicht heiraten willst? Wir hätten die Hochzeit absagen können."

„Daddy und Mama haben gesagt, dass ich das auf keinen Fall darf." Ihr Schluchzen wurde lauter.

Plötzlich ungeduldig, sagte er: „Wenn es dir ein Trost ist, ich will auch nicht mit dir verheiratet sein."

„Was?" Sie starrte ihn verblüfft an.

„Deshalb müssen wir beide das Beste aus dieser Situation machen. Sobald wir ein Kind in die Welt gesetzt haben, werde ich dich von allen weiteren ehelichen Verpflichtungen befreien. Unsere Eltern werden zufrieden sein, wir werden unsere Pflicht getan haben und können wieder getrennte Leben führen."

Tränen liefen ihr über die Wangen. „Du willst mich nicht? Du hast mich nur geheiratet, um ein Kind zu bekommen?" Sie putzte sich lautstark die Nase. „Findest du mich denn nicht hübsch?"

Wie sollte er den Rest der Woche auf engstem Raum mit einer Frau wie ihr verbringen? Sie war ein verwöhntes Kind. Infantil. Und dumm. Sehr dumm. „Natürlich bist du hübsch", sagte er.

„Aber warum willst du mich dann nicht? Immerhin bist du ein Krüppel."

Christopher blieb wie angewurzelt stehen. Sie wartete darauf, dass er sie einholte, doch das tat er nicht und zwang sie, sich zu ihm umzudrehen.

„Ich sagen nur die Wahrheit. Verstehst du nicht, wie schrecklich das für mich ist? Mit einem Mann verheiratet zu sein, dem ein Bein fehlt? Es hat keinen Sinn, so zu tun, als ob es anders wäre. Du bist und bleibst ein Krüppel. Du hinkst und hast ein Holzbein. Ich weiß, es ist nicht deine Schuld, aber kannst du es nicht aus meiner Perspektive betrachten?" Sie seufzte. „Ich denke, solange ich es nicht sehen muss ... den Stumpf, meine ich. Ich habe mit Mama darüber gesprochen und sie sagte, da du ein Gentleman bist, könntest du vielleicht dein falsches Bein im Bett anlassen und es zudecken, wenn ich in der Nähe bin. Dann könnte ich versuchen, so zu tun, als ob es nicht fehlen würde."

Er starrte sie an, unfähig, ihre Gefühllosigkeit zu begreifen. Wie konnte sie so blind sein für die Folgen, die der Verlust eines Beins für ihn selbst hatte?

Als ihm klar wurde, dass Worte sinnlos waren, wandte er sich ab und ging die Promenade entlang zurück, weg von ihr. Er ging zügig, so schnell er konnte, wobei er sich seines hinkenden Gangs bewusst war. Er ging an ihrem Hotel vorbei und weiter bis zum Ende der Promenade, wo er einen Weg hinauf zu den Klippen über dem Strand nahm. Er schlug den Kragen seiner Jacke hoch, um sich vor dem beißenden Wind zu schützen, folgte einem Pfad entlang den Klippen und erreichte einen felsigen Vorsprung, auf dem der Leuchtturm von Biarritz über dem Meer thronte. Er stellte sich an die Spitze der Klippe und sah auf die Wellen hinab, die gegen die Felsen unter ihm schlugen. Die

Szene war wild und trostlos und ein perfektes Spiegelbild seiner Stimmung.

Er begab sich in den Windschatten des imposanten Leuchtturms, um sich vor dem schlimmsten Wind zu schützen. Wie war er nur in diese gehaltlose Scheinehe geraten? Verdammt zu einer Zukunft mit Lavinia, die nur bedeutungsloses Geplapper von sich gab? Schlimmer noch, verdammt zu einem Leben ohne Martha. Er war erst sechsundzwanzig und das Beste lag bereits hinter ihm: seine Zeit in Oxford und in Borneo, seine wenigen kostbaren Momente mit Martha. Jetzt musste er sich Tag für Tag mit Lavinias finsterem Gesicht oder ihrem albernen Lächeln herumschlagen, wenn sie ihm am Frühstückstisch gegenübersaß, und ihre Stimmung würde rein von der An- oder Abwesenheit ihrer kläffenden Schoßhündchen abhängen. Und schlimmer noch, er würde mit ihr tun müssen, was nötig war, um ein Kind zu zeugen. Ihn schauderte bei dem Gedanken an seine Demütigung angesichts ihres Ekels über seine körperliche Entstellung – und an ihre offensichtliche Abneigung gegen ihn und die Aussicht, dass er sie berühren könnte.

Dann dachte er an seine Schwester Jane. Es tat ihm weh, dass er durch Marthas Heirat mit Henderson daran gehindert wurde, auch sie zu sehen. Obwohl er nur eine Stunde mit ihr verbracht hatte, war er traurig darüber, dass sie niemals Teil seines Lebens werden würde und seine Trennung von Martha auch eine Trennung von ihr bedeutete.

Kein Aspekt seines Lebens war so, wie er sein sollte. Seine Liebe zu Martha. Seine Karriere. Seine Familie. Ihm blieben nur eine lieblose Ehe, ein Drachen von einer Mutter und die Aufgabe, Newlands zu leiten, eine Aufgabe, für die er nicht das Zeug hatte.

Wie schwer würde es sein, sich an den Rand der Klippe zu stellen und den einen Schritt darüber hinaus zu machen? Es wäre ein schneller Tod, von den tosenden Wellen der atlantischen Brandung gegen die Felsen geschleudert zu werden.

Es war schon fast dunkel, als er ins *Le Palais* zurückkehrte. Im Schlafzimmer wartete Lavinia mit geröteten Augen. Sie lag ausgestreckt auf dem Bett, ihr Kleid war zerknittert und ihr Haar zerzaust.

„Du hast mich ganz allein gelassen", sagte sie verdrießlich. „Du bist einfach gegangen und hast mich stehen gelassen." Sie verzog das Gesicht zu einer Miene. „Das ist nicht fair. Es war gemein von dir."

Christopher setzte sich in einen Sessel am Fenster und starrte auf die windverwehten Gärten hinaus.

Lavinia begann, zu weinen und leise zu schluchzen.

Er drehte sich um und sah sie an. Worauf hatte er sich eingelassen, als er zugestimmt hatte, Lady Lavinia Bourne zu heiraten? Sie war fast zwei Jahre älter als er, benahm sich aber wie ein kleines Kind, das einen Wutanfall bekam, weil man ihm sein Lieblingsspielzeug weggenommen hatte.

„Ich habe etwas Zeit für mich allein gebraucht", sagte er schließlich.

„Du magst mich nicht", jammerte sie und brach dann erneut in Schluchzen aus.

„Nicht, wenn du so weinst. Nicht, wenn du Dinge sagst, wie du sie auf der Promenade zu mir gesagt hast."

„Du bist gemein. Ich will nach Hause. Ich will zu meinen Hunden. Ich hasse dich."

Christopher stöhnte auf. Er war geneigt, aufzustehen und das Zimmer zu verlassen, in einen der Salons zu gehen, eine Zeitung zu lesen oder ein Buch, oder sich an die Bar zu setzen. Alles, um von ihr wegzukommen.

Als ob sie spüren konnte, dass ihr Selbstmitleid keine Wirkung auf ihren Mann hatte, stand Lavinia vom Bett auf und ging ins Bad. Sie verbrachte mehr als zehn Minuten darin und als sie wieder auftauchte, hatte sie ihre Augen getrocknet, ihr Gesicht aufgefrischt und ihr Haar frisiert.

„Ich will nicht streiten", sagte sie und bewegte sich quer durch den Raum auf ihn zu, ein schüchternes Lächeln auf den Lippen. „Kannst du nicht nett zu mir sein? Bitte?"

Zu seiner Überraschung griff sie nach seiner Hand. „Mama hat mir gesagt, dass Männer immer netter sind, wenn man ihnen gibt, was sie wollen. Ich denke, es ist an der Zeit, dass wir tun, was du willst. Danach bist du vielleicht netter zu mir. Ich denke, wir sollten es hinter uns bringen. Damit es nicht mehr zwischen uns steht – dein Verlangen danach und meine Angst davor."

Sie drehte sich zu ihm, ihre Augen groß, ihre Lippen prall und feucht. Sie zitterte und er erkannte, dass sie tatsächlich Angst hatte. Die Kindlichkeit, die ihn zuvor verärgert hatte, berührte ihn jetzt. Ihm wurde bewusst, dass diese Flitterwochen für sie, wie für ihn, etwas waren, das man ertragen, durchstehen, überwinden musste. Seine Verärgerung verwandelte sich in Mitleid. Er wollte ihr sagen, dass er kein Verlangen *danach* verspürte, dass er sie nicht liebte. Sie niemals lieben könnte. Aber in diesem Moment schien es unvermeidlich, mit ihr zu schlafen.

„Soll ich mich ausziehen?" Sie sprach leise, flüsterte fast.

Er nickte. „Möchtest du, dass ich die Vorhänge schließe?"

„Ja, bitte. Danke."

Im abgedunkelten Zimmer zogen sie sich aus und legten

sich ins Bett. Sie lagen ein paar Minuten lang nebenein-ander auf dem Rücken. Christopher erkannte, dass das, was als Nächstes kam, für Lavinia zweifellos eine beängstigende Aussicht war.

„Ich werde dir nicht wehtun", sagte er. „Und wenn du willst, dass ich aufhöre, sag es mir. Ich verspreche, sanft zu sein."

Er hörte ihre flachen, schnellen Atemzüge. „Danke."

Sobald er sie berührte, stieß sie einen verhaltenen Schrei aus. Nicht aus Angst, sondern zu Christophers Überraschung eher als Zeichen der Erregung.

„Ist das in Ordnung?", fragte er, während er mit seiner Hand über ihren Körper fuhr. „Sag es, wenn du willst, dass ich aufhöre."

„Hör nicht auf."

Sie nahm seine Hand und platzierte sie zwischen ihren Beinen. Zu seiner Überraschung war sie feucht. Sein Instinkt schaltete sich ein und er manövrierte sich auf sie. Als er in sie eindrang, schrie sie vor Schmerz auf, aber dann schlang sie ihre Arme um ihn, klammerte ihre Beine um sein Becken, um ihn fester an sich zu drücken, und bewegte ihre Hüften unter ihm und zog ihn in tiefer hinein.

Christopher zwang sich, alles andere auszublenden und sich nur auf das zu konzentrieren, was sie gerade taten. Er durfte sich nicht vorstellen, dass es Martha war, die unter ihm lag. Er beschloss, den Moment an sich vorbei-ziehen zu lassen und war erleichtert, dass er Lavinia nicht noch mehr Kummer und Tränen bereitet hatte. Der Akt selbst fühlte sich unpersönlich an. Er stellte sich vor, wie es wohl gewesen wäre, wenn er während des Krieges mit diesem belgischen Mädchen geschlafen hätte. Er entspannte sich, ließ sich von den körperlichen Empfin-dungen überfluten, zwei junge Körper, die reflexartig und gedankenlos agierten, nur auf das Vergnügen des Augenblicks bedacht.

Lavinia stöhnte und keuchte und ließ ihn wissen, dass ihr das, was sie taten, unerwartet gut gefiel. Christopher war dankbar dafür. Wenn sie es, wie er erwartet hatte, gehasst hätte, wäre der Rest der Woche umso schwer zu ertragen gewesen, doch stattdessen klammerte sie sich an ihn, bewegte sich unter ihm und neigte ihre Hüften, um seine Stöße zu erwidern, wie eine Milchmagd, die sich mit ihrem Liebhaber im Heu vergnügte.

Als es vorbei war, schmiegte sie sich an seinen Körper und vergrub ihre Nase in seiner Halsbeuge wie ein Kätzchen. Christopher hingegen wollte diese Art von Intimität nicht. Seiner ehelichen Pflicht mit ihr nachzukommen, war eine Sache, und er war froh, dass sie sich nicht als Martyrium erwiesen hatte. Aber sie in seinen Armen zu halten, wie sie es offensichtlich wollte, war eine andere Angelegenheit. Er konnte sich nicht dazu durchringen, ihr das zu geben. Stattdessen drückte er ihr einen flüchtigen Kuss auf die Stirn, schwang sich aus dem Bett und ging in Richtung Badezimmer. „Es wird Zeit, dass wir uns für das Abendessen fertig machen", sagte er über seine Schulter. „Es ist schon spät."

Dann erinnerte er sich daran, dass sie eine gewisse Höflichkeit verdient hatte, drehte sich um und sagte: „Danke, Lavinia. Ich hoffe, dass es für dich nicht allzu unangenehm war?" Ohne ihre Antwort abzuwarten, ging er in sein Badezimmer, schloss die Tür und lehnte sich dagegen, die Augen geschlossen, während er sich sammelte. Wenige Augenblicke später hörte er aus dem angrenzenden Bad das Wasser laufen und Lavinia, die über das Rauschen des Wassers hin weg vor sich hin sang.

Er empfand gemischte Gefühle. Erleichterung darüber,

dass sie den Akt endlich hinter sich gebracht hatten, dass es ihr gefallen und seine Männlichkeit ihn nicht im Stich gelassen hatte. Trauer und Schuldgefühle über das, was sich wie Verrat an Martha anfühlte. Selbsthass, dass er sich von seiner Mutter in diese Lage hatte bringen lassen. Er war schwach. Oder etwa nicht? Aber welche Wahl hatte er gehabt? Entweder diese Ehe oder Jane verlor ihren Platz in St. Crispin's. Und Martha hatte sich für einen anderen Mann entschieden. Reggie Henderson. Christopher hoffte, dass Henderson sie glücklich machen würde. Dann überkam ihn eine Welle der Eifersucht und er hätte Henderson am liebsten ins Gesicht geschlagen.

Er starrte auf sein Spiegelbild und stellte fest, dass er sich dringend rasieren musste. Seine Sehnsucht nach Martha fraß ihn innerlich auf und raubte ihm jede Lebensfreude. Warum konnte sie es nicht sein, die dieses Hotelzimmer mit ihm teilte? Warum war sie es nicht, die sich an seinem Arm einhängte, wenn sie gleich in den Speisesaal hinuntergingen? Warum war sie nicht hier, um mit ihm auf den stürmischen Klippen spazieren zu gehen und seine Hand zu halten, während sie aufs Meer hinausstarrten, geborgen in ihrer Liebe füreinander?

Christopher fragte sich, wie er die Dinge hätte anders machen können. Hätte es einen besseren Weg gegeben? Einen Weg, wie er seiner Mutter trotzen und die Frau heiraten hätte können, die er liebte? Aber noch während er sich diese Frage stellte, wusste er, dass es keinen anderen Weg gab.

Kapitel Dreiundzwanzig

Was sie am späten Nachmittag im Schlafzimmer getan hatten, hatte Lavinia offensichtlich gefallen. Sie aß mit großem Appetit zu Abend und ließ sich vom Sommelier Champagner nachschenken, ohne dabei ihre übliche Mäßigung an den Tag zu legen. Während des gesamten Essens plapperte sie angeregt, erzählte Christopher von ihren Hunden und einem neuen Kleid, das sie morgen tragen wollte und von dem sie hoffte, dass es ihm gefallen würde, und sah sich unentwegt im Speisesaal um, in der Hoffnung, ein Gesicht zu entdecken, das sie wiedererkannte.

„Ich bin sicher, das ist die Gräfin von Windermere", zischte sie ihm zu. „Sieh jetzt nicht hin, aber sie sitzt rechts hinter dir."

Christopher verspürte keine Veranlassung, den Kopf zu drehen. „Ich habe absolut keine Ahnung, wer die Gräfin von Windermere sein soll."

„Also wirklich. Diese Dinge muss man doch wissen."

„Warum?"

Einen Moment lang war sie sprachlos. „Weil man es eben muss", sagte sie dann fassungslos.

Christopher nippte an seinem Wein und wünschte sich, er wäre in England. Zurück in den versunkenen Gärten, wo er ein Ventil für seine innere Anspannung fand, indem er Efeu entwurzelte oder ausriss und die wuchernde Vegetation, die sechs Jahre lang vernachlässigt worden war, zurückschnitt. Er starrte über den Tisch hinweg die Frau an, die nun seine Ehefrau war. Wie hatte er nur so leichtfertig in die Heirat mit Lavinia einwilligen können? Es war sowohl ihr als auch ihm selbst gegenüber ungerecht gewesen. Zumindest hatte er ihre Eltern und seine Mutter glücklich gemacht. Da er nicht mehr damit rechnete, jemals wieder selbst Glück zu verspüren, gab er sich damit zufrieden, dass er wenigstens sie glücklich gemacht hatte. Zweifellos wurden bereits Pläne für die Reparatur des Daches der Bournes geschmiedet. Edwina Shipley würde sich derweil an der Aussicht erfreuen, dass der Enkelsohn, den Lavinia ihr früher oder später schenken würde, den Titel der Bournes erben würde. Christopher schauderte, als er sich vorstellte, wie sie bereits eine Party plante, um die Rückkehr der frisch Vermählten aus den Flitterwochen zu feiern.

Lavinia war dazu übergegangen, ihm ihre Pläne für den nächsten Tag darzulegen. Dazu gehörte ein Spaziergang durch die Stadt, um im Kaufhaus *Bonheur* einzukaufen, gefolgt von einem Spaziergang entlang der Promenade zum alten Hafen noch vor dem Mittagessen. Christopher unterbrach sie nicht, nickte gelegentlich und zwang sich hier und da zu einem Lächeln.

Natürlich hätte er auch eine andere Frau heiraten können. Selbst ein einbeiniger Mann war nach dem Krieg gefragt, vor allem dann, wenn er ein beträchtliches

Vermögen und ein Unternehmen mit einer beeindruckenden Bilanz vorweisen konnte. Ungeachtet der hohen Erbschaftssteuern nach dem Tod seines Vaters, warf Shipley Industries weiterhin schneller Gewinne ab, als seine Mutter sie ausgeben konnte.

Vielleicht hätte Christopher eine Frau finden können, die seinem eigenen Wesen eher entsprach, eine intelligentere, eine *sympathischere* Frau. Aber wenn er nicht mit Martha zusammen sein konnte, dann konnte es genauso gut Lavinia sein. Ihre Oberflächlichkeit, ihre Schönheit und ihre geistige Hohlheit standen im absoluten Widerspruch zu Martha. Rational gesehen wusste er, dass er sich wie ein Märtyrer verhielt, aber seine Melancholie war so groß, dass er nicht anders konnte.

Das kleine Orchester in der Ecke des palastartigen Speisesaals spielte einen Walzer. Ein paar Gäste begaben sich auf die Tanzfläche. Christopher spürte, dass Lavinia sich ihnen am liebsten anschließen wollte. Eine weitere Tortur, die ihm bevorstand. Seit er eine Prothese trug, hatte er noch keinen Versuch unternommen, sich auf einer Tanzfläche zurechtzufinden. Auf ihrer Hochzeitsfeier war nicht getanzt worden, da seine Mutter das Tanzen auf Hochzeiten für vulgär hielt. Lavinia zappelte nun auf ihrem Stuhl und beobachtete die Tänzerinnen und Tänzer voller Tatendrang. Er murmelte etwas davon, dass sie nach dem Dessert vielleicht auch einen Tanz wagen könnten.

Der Kellner servierte gerade die Crème brûlée, als jemand Christopher mit einer Hand auf den Rücken klopfte. Er zuckte zusammen und als er sich umdrehte, stand ein großer Mann mit ungepflegtem, gewelltem Haar über ihm.

„Sieh an, sieh an! Chris Shipley. Ich muss schon sagen, alter Junge. Dachte ich mir doch, dass du es bist. Das ganze

Essen über habe ich mir den Hals verrenkt. Hätte nicht erwartet, hier jemanden anzutreffen, den ich kenne. Noch dazu im Mai."

Der Mann, der sich über seinen Stuhl beugte, war mit ihm zur Schule gegangen. Ein Großkotz und ein Rabauke, ein Jahr älter als Christopher.

„Algie", sagte er. „Schön, dich zu sehen." Doch seine wahren Gefühle gab er nicht Preis. Er erhob sich und stellte seine Frau vor. „Lavinia, das ist Algernon Belford-Webb. Wir sind zusammen zur Schule gegangen. Algie, meine Frau, Lady Lavinia."

„Ich muss schon sagen, Shippers, du Glückspilz. Ich habe gehört, dass du unter die Haube gekommen bist, aber ich hatte keine Ahnung, dass du dir die schönste Rose im Garten gepflückt hast." Der Mann beugte seinen Kopf über Lavinias Hand, küsste sie und wurde mit erröteten Wangen und einem Kichern belohnt.

„Was dagegen, wenn ich mich zu euch setze?" Ohne eine Antwort abzuwarten, gab Belford-Webb einem vorbeikommenden Kellner ein Zeichen, ihm einen Stuhl zu bringen, und sobald dieser am Tisch stand, setzte er sich und wandte sich Lavinia zu. „Sie sind also in den Flitterwochen? Und wie finden Sie Biarritz, Lady Lavinia?"

„Es gefällt mir durchaus, erscheint mir aber ein wenig ruhig. Es ist noch recht früh in der Saison."

„Tot wie ein Dodo. Ich bin nur hier, weil meine Mutter die Hitze verabscheut und von mir erwartet, dass ich sie jedes Jahr im Mai für eine Woche hierher bringe. Zu dieser Jahreszeit ist es hier so langweilig wie in der Wüste. Im Juli ist das etwas ganz anderes. Schwimmen Sie gern?"

Lavinia erklärte ihm, dass sie es noch nie versucht habe. „Mama und Daddy sind in dieser Hinsicht furchtbar altmodisch."

„Du musst sie im Juli oder August wieder herbringen, Shippers." Er sagte es zu Christopher, ohne ihn anzusehen, und hielt stattdessen seinen Blick auf Lavinia gerichtet.

Christopher erwiderte: „Wo ist deine Mutter? Vielleicht möchte sie sich zu uns setzen?" Er hatte eigentlich keine Lust, sich mit einer älteren Dame zu unterhalten, aber Belford-Webbs Unhöflichkeit ärgerte ihn.

„Schon im Bett. Das alte Mädchen bleibt nicht gern lange auf und verzieht sich immer, sobald die Musiker anfangen, zu spielen. Warum kommt ihr zwei nicht später mit ins Kasino? Waren Sie schon mal da?"

Lavinia schlug ihre Hände zusammen. „Oh, lass uns es uns tun, Christopher."

„Ich weiß nicht so recht –"

„Komm schon, Shippers. Wie kannst du diesem atemberaubend schönen Geschöpf einen Wunsch abschlagen?"

Lavinia kicherte und klimperte mit ihren Wimpern, als sie Belford-Webb in die Augen sah. „Christopher ist so fürchterlich gemein zu mir. Seit wir hier sind, ist er schrecklich mürrisch. Manchmal denke ich, alles, was er will, ist, mich zu enttäuschen." Sie machte wieder ihren Schmollmund und senkte ihren Blick auf das Tischtuch, um im nächsten Moment unter ihren langen Wimpern zu Algernon aufzusehen, der sich näher an sie heran lehnte. „Wenn wir wirklich ins Kasino gehen, gehe ich zurück in unser Zimmer und hole meinen Umhang", sagte sie.

Christopher stand auf. „Ich hole ihn."

„Nein, du bleibst hier und unterhältst dich mit Mr. Belford-Webb." Sie schenkte Algie eines ihrer gewinnenden Lächeln, als die beiden Männer sich erhoben. „Ich bin sicher, ihr habt seit der Schulzeit viel nachzuholen."

Eine Aufzählung aller Gefallenen und Verletzten, dachte Christopher.

Wie sich herausstellte, hatte Algernon Belford-Webb den Krieg gänzlich verpasst. Zumindest den Teil des aktiven Dienstes. Sein Vater war Generalleutnant und hatte dafür gesorgt, dass sein Sohn einen Schreibtischjob an einem sicheren Ort bekam. Algie hatte die Kriegsjahre zwar in Uniform verbracht, jedoch kaum mehr getan, als Befehle abzustempeln, die von weiter oben in der Befehlskette kamen, bevor er sie weiterleitete. Ende 1918 war er ohne einen Kratzer und mit einer ganzen Reihe von Medaillen aus dem Krieg hervorgegangen.

Wenn Christopher Algernon jetzt ansah, empfand er nur Verachtung für ihn. In der Schule hatte er häufig andere Kinder verpfiffen und sich damit bei den Aufsichtsschülern eingeschmeichelt, bis er selbst zu einem geworden war, der Strafen ohne jeden Grund verteilt hatte. Es wurmte ihn, dass er die Kriegsjahre sicher hinter den Linien als Sesselfurzer verbracht hatte, während Männer wie Percy ihr Leben lassen mussten.

„Wie ich höre, hast du dir einen Heimatschuss eingefangen, bevor der Krieg zu Ende war?", wandte Belford-Webb sich spöttisch an Christopher. „Konntest du den Druck nicht mehr aushalten? Ein schneller Schuss in den Fuß, was?"

„Ein Teil meines Beins wurde weggesprengt." Christopher knirschte mit den Zähnen und wollte Algernon den höhnischen Ausdruck aus dem Gesicht schlagen. „Wie war der Krieg für dich? Viele Kämpfe?"

„Strategie." Belford-Webb tippte sich mit zwei Fingern an die Schläfe. „Planung von Truppenbewegungen. Streng geheimes Zeug. Sie konnten mich nicht für Routineaufgaben entbehren."

Routineaufgaben? Verlaust und verdreckt auf dem Boden eines schlammigen Grabens auszuharren, während die Deutschen die Linien mit Granaten beschossen. Mägen, die vor Hunger knurrten. Das Essen verwurmt oder von Fliegen zerfressen. Der ständige Kampf gegen Durchfall und Verstopfung vom Geschäft in eilig gegrabenen, stinkenden Latrinen – manchmal auch einfach in einer Ecke des Schützengrabens. Mit ansehen zu müssen, wie Schuljungen getötet oder verstümmelt wurden, wie ihnen Gliedmaßen weggesprengt wurden, ihre Gehirne beschädigt, ihre Leben ausgelöscht oder zumindest für immer zerstört. Der Gestank, die Kälte, die Nässe, das Elend. Nacht für Nacht. Tag für Tag. Wieder und wieder. Männer, die durch den Fleischwolf gedreht wurden, der die Westfront war. Stacheldraht, Granatenkrater, der Gestank verrottender Leichen, der aus dem Niemandsland in alle Richtungen wehte. Morast. Grauen. Zerstörung. Männer, die andere Männer, die sie nicht kannten und gegen die sie keinen Groll hegten, mit der zerstörerischen Kraft industrieller Waffen sinnlos niedermetzelten. Routineaufgaben?

Christopher stellte sich vor, wie Algernon Belford-Webb in einem Schloss oder einem Landhaus in der Provinz logierte, den Inhalt der lokalen Weinkeller genoss und dazu die feinsten Speisen aß. Er biss sich auf die Zunge und ballte eine Faust unter dem Tisch.

Lavinia kam zurück, einen Kaschmirumhang über dem einen Arm und einen Hut und Handschuhe im anderen. Offensichtlich hatte sie ihren Abstecher ins Zimmer genutzt, um Lippenstift und Puder aufzutragen. „Wollen wir los, meine Herren?", sagte sie fröhlich.

„Und wie wir das wollen!" Algernon war bereits auf den Beinen.

Christopher stand auf. Konnte ein Besuch im Kasino so schrecklich sein? Wenn sie zusahen oder an den Tischen spielten, müsste er wenigstens mit keinem der beiden sprechen.

Das *Bellevue-Kasino* lag auf einer Landzunge am südlichen Ende der *Grande Plage*, oberhalb des Meeres. In dem großen Gebäude im Belle-Époque-Stil fanden auch Musikkonzerte statt und eine Menschenmenge bahnte sich ihren Weg die Treppe hinauf und in den Säulengang.

„Was ist dein Laster?", wandte sich Belford-Webb an Christopher. „Ich selbst bin ein Mann des Roulettes."

„Glücksspiele interessieren mich nicht." Christopher fand, dass er sich hochnäsig anhörte, aber es war ihm egal.

„Oh, Roulette! Wie wunderbar! Darf ich es auch einmal versuchen? Bitte, Liebling." Lavinia schlug die Hände zusammen und wandte ihr Gesicht Christopher zu, um ihn mit ihren geschürzten, prallen Lippen zu bezirzen. „Bitte!"

Christopher ging los, um ihr ein paar Spielchips zu kaufen. Als er zurückkam, unterhielt sie sich angeregt mit Algernon. Christopher reichte ihr das kleine Tablett mit den Holzchips. Sie strahlte ihn an. Wenigstens war es nicht schwer, sie zufriedenzustellen. Wie ein Kind, das mit einer Kleinigkeit glücklich war.

„Hast du jemals Roulette gespielt, Lavinia?", fragte er.

„Nein." Sie zog die Augenbrauen zusammen. „Aber Algie hat versprochen, mir zu zeigen, wie es geht."

Jetzt nannte sie ihn also schon Algie? Christopher folgte den beiden in den Salon. Belford-Webb hatte eine besitzergreifende Hand auf Lavinias Arm gelegt, an dem er sie zu einem der Tische lenkte. Es war offensichtlich, dass keiner der beiden an Christophers Anwesenheit interessiert war.

Er beobachtete, wie sie am Tisch ihre Casinochips gegen farbige eintauschten.

Algernon flüsterte Lavinia Erklärungen über die verschiedenen Arten von Einsätzen und die jeweiligen Wahrscheinlichkeiten zu. Sie nickte, als sie ihm zuhörte, schob dann einen ihrer Chips an das Kreuz von vier Feldern auf dem Tisch und drehte sich um, um ihren Tutor unsicher anzulächeln.

„Habe ich es richtig verstanden, Algie? Ein Square, nicht wahr?" Begeistert sah sie zu, als sich das Rad drehte, und stöhnte laut auf, als die Kugel vorhersehbar auf keiner der von ihr gewählten Zahlen landete.

„Lavinia, der einzige Gewinner beim Roulette ist das Haus", sagte Christopher.

„Ich dachte, du hättest gesagt, dass du dich nicht mit Glücksspielen auskennst." Ihr Ton war abweisend.

„So viel weiß ich. Und es ist alles, was du wissen musst."

Der Verlust ihres ersten Einsatzes schien Lavinias Begeisterung keinen Abbruch zu tun und sobald der Croupier den Tisch abgeräumt hatte, legte sie zwei weitere Chips auf ein Feld. Das Rad drehte sich erneut und diesmal fiel die kleine Kugel auf eine von Lavinias Zahlen.

„Da hast du es! Das ist der Beweis. Ich habe gewonnen."

Der Croupier setzte den Gewinn-Marker und räumte den Tisch ab, dann schob er einen Stapel Chips zu einer erfreuten Lavinia hinüber.

„Es gibt noch eine zweite Sache, die du über das Glücksspiel wissen musst", sagte Christopher.

„Und welche könnte das sein, Mister Spielverderber?"

„Verlasse den Tisch, sobald du gewonnen hast."

Lavinia funkelte ihn an und wandte sich dann wieder

Belford-Webb zu. „Du bist noch nicht bereit, zu gehen, nicht wahr, Algie?"

„Oh, mit Sicherheit nicht." Er zwinkerte Christopher zu.

Christopher beschloss, Lavinia und ihren neuen Freund dem Spiel zu überlassen. Sie sahen nicht einmal auf, als er sich umdrehte und ging.

Er trat durch die hohen Glastüren am Ende des Raumes auf eine Terrasse mit steinernen Böden hinaus. Die Wellen des Atlantiks schlugen an den Strand unter ihm. Er bewegte sich auf die Balustrade zu, lehnte sich dagegen und beobachtete die weißen Schaumkronen der Wellen, die in der Dunkelheit leuchteten und auf der Dünung ritten, bis sie auf das Ufer trafen und sich auflösten. Die Brise trug einen schwachen Hauch von Akazie zu ihm, einen süßen, warmen, pudrigen Duft, der ihn an seine Mutter erinnerte. *Acacia dealbata*, murmelte er vor sich hin, als er die schweren gelben Blüten sah, die über die Mauer am Ende der Terrasse hingen. Er setzte sich auf eine Steinbank. Es war niemand sonst hier draußen, denn die Verlockung der Spieltische war für alle unwiderstehlich – bis auf ihn. Er lehnte sich an die Brüstung und dachte über die Zukunft nach.

Sollte das von nun an sein Leben sein? Gebunden an eine dumme, oberflächliche Frau, die ebenso wenig Interesse an ihm hatte wie er an ihr? Ihm fehlte jegliche Bestimmung im Leben, nun, da er seiner angestrebten Karriere als Botaniker und Entdecker nicht mehr nachgehen konnte. Sich jeden Morgen mit einem Stapel Papieren auf einem Schreibtisch zu befassen, um Newlands am Laufen zu halten, war jetzt sein Schicksal, obwohl er eigentlich so weit wie möglich von diesem Ort weg sein wollte. Und das Schlimmste von allem – er würde ein Leben ohne Martha führen und wissen, dass sie für immer unerreichbar für ihn war.

Lavinia begleitete Belford-Webb jeden Abend ins Kasino und kehrte erst zurück, wenn Christopher schon zu Bett gegangen war. In den ersten beiden Nächten begleitete er sie ins Bellevue, empfand aber die Atmosphäre als bedrückend und das Glücksspiel als langweilig. Geld bedeutete ihm zwar wenig, aber Lavinia dabei zuzusehen, wie sie es Abend für Abend aus dem Fenster warf, gefiel ihm nicht. Stattdessen zog er sich mit einem Buch in einen der Salons des *Hôtel du Palais* zurück und lauschte dem Streichquartett, das dort an den meisten Abenden spielte.

Sie hatten noch zwei Tage ihrer Flitterwochen vor sich. Christopher konnte es kaum erwarten, dass sie vorbei waren, auch wenn Biarritz ein durchaus ansprechender Ort war. Er hatte seine Spaziergänge entlang der Strände und auf den Klippen genossen. Er unternahm sie allein, denn Lavinia hatte es sich angewöhnt, bis zum Mittagessen im Bett zu liegen, nachdem sie jeden Abend spät mit Belford-Webb aus dem Kasino gekommen war. Auch nachmittags sah Christopher sie nur selten. Mrs. Belford-Webb, Algernons üppige, matriarchalische Mutter mit sehr lauter Stimme, hatte Lavinia unter ihre Fittiche genommen – und Lavinia hatte sie nur zu gern gewähren lassen, sobald sie den Mops ihrer neuen Freundin kennengelernt hatte.

„Sieh doch, Liebling", sagte sie aufgeregt zu Christopher, als er nach einem seiner Spaziergänge in den großen Salon kam. „Mrs. Belford-Webb hat den niedlichsten kleinen Mops. Sein Name ist Punch. Ist das nicht der entzückendste Name?"

Christopher ignorierte die Unhöflichkeit seiner Frau,

ihm den Hund und nicht dessen Besitzerin vorzustellen, und stellte sich der Dame selbst vor.

Mrs. Belford-Webb sah ihn stirnrunzelnd an. „Ihre reizende Frau hat mir erzählt, dass Sie mit dem Schiff hierher gereist sind und dass sie furchtbar seekrank war."

„Wir hatten auf der Überfahrt eine unruhige See."

„Die See im Golf von Biskaya ist immer unruhig. Das wissen Sie doch bestimmt?" Ohne eine Antwort abzuwarten, fügte sie hinzu: „Ich habe Lady Lavinia gesagt, dass sie mit Algernon und mir zurück nach England reisen muss. Wir reisen einen Tag vor Ihnen ab, aber wir sollten etwa zur gleichen Zeit in London ankommen. Ich habe Lady Lavinia eingeladen, eine Nacht mit uns in Paris zu verbringen und dann bis zu Ihrer Ankunft in London bei uns am Berkeley Square zu wohnen. Sie können gern ein oder zwei Nächte bei uns bleiben, wenn Sie nachkommen. Danach können Sie gemeinsam nach Newlands zurückreisen."

Es passierte ihm schon wieder – noch eine Frau, die ihm vorschreiben wollte, was er tun und lassen konnte. Seine Nackenhaare stellten sich auf und er setzte zum Sprechen an, aber Lavinia kam ihm zuvor.

„Ist das nicht wunderbar? Ich könnte dieses schreckliche Schiff kein zweites Mal ertragen, das so wild hin und her schaukelt. Der Zug ist eine viel angenehmere Art, zu reisen. Und wir werden eine Nacht in Paris verbringen. Ist das nicht wunderbar, Liebling? Es macht dir doch nichts aus, oder?"

Algernon warf ihm einen Blick zu, der vermuten ließ, dass er mit dieser jüngsten Entwicklung nichts zu tun hatte. Er zuckte mit den Schultern und verdrehte die Augen, als wolle er ihm sagen, dass sie beide machtlos seien, nun, da die Frauen es sich in den Kopf gesetzt hatten.

Christopher hatte gemischte Gefühle. Eine Heimreise

ohne Lavinias endloses Geplapper war verlockend, aber es war seltsam für einen Ehemann und eine Ehefrau, getrennt aus ihren Flitterwochen zurückzukehren. Was würde seine Mutter sagen? Nein, es war ihm völlig egal, was sie sagen würde. Und außerdem musste sie es ja nicht erfahren.

In ihrer Suite, als sie sich für das Abendessen an diesem Abend ankleideten, sprach er Lavinia erneut darauf an.

Sie sagte: „Es ist die perfekte Lösung. Du willst nicht durch Nordfrankreich reisen und ich will keine lange Schiffsreise mehr machen. Es wird schon schlimm genug für mich sein, den Kanal überqueren zu müssen." Sie formte ihre Lippen zu dem für sie typischen Schmollmund. „Und alles hat seine Ordnung, denn Mrs. Belford-Webb wird uns begleiten."

Sie lächelte Christopher an und sagte dann: „Zieh dich noch nicht an." Sie stieß ihn aufs Bett und kletterte auf ihn. Es war zu einem täglichen Ritual geworden.

Auch wenn Lavinia Algies Gesellschaft als angenehmer empfand als seine, tat das ihrem Appetit auf ein regelmäßiges Liebesspiel keinen Abbruch. Entgegen Christophers Erwartungen hatte Lavinia, nachdem sie ihre Skrupel, mit einem einbeinigen Mann zu schlafen, überwunden hatte, sogar eine große Begeisterung dafür an den Tag gelegt. Mit etwas Glück würde sie bald schwanger werden und Christopher sagte sich, dass er dann die Erwartungen der Familie Bourne und die Abmachung mit seiner Mutter erfüllt hätte. In Gedanken plante er bereits seine Flucht – eine lange Expedition nach Borneo.

Kapitel Vierundzwanzig

Martha musste zugeben, dass ihr Mann ein hingebungsvoller und aufmerksamer Vater war. In den sechs Monaten seit Davids Geburt hatte er ihr nicht ein einziges Mal das Gefühl gegeben, dass er David als etwas anderes ansah als seinen eigenen Sohn. Er war immer darauf bedacht, das Baby zu halten, und erkundigte sich ständig bei Martha nach seinem Wohlbefinden.

David war ein gesundes Baby und erfreute seinen Vater mit raschen Fortschritten bei allen der häufigen Kontrollen, die er in Bezug auf Gewicht, Essverhalten und seine allgemeine Entwicklung durchführte. Dr. Henderson gab Martha ein Notizbuch und bat sie, über jede Stillmahlzeit, den Zeitpunkt und die Dauer Buch zu führen, und er kontrollierte ihre Einträge jeden Abend. Die Aufmerksamkeit, die er dem Kind widmete, grenzte an Besessenheit, und Martha musste ihre Verärgerung hinunterschlucken, wenn Reggie praktisch alles, was sie tat, infrage stellte oder korrigierte. Sie erinnerte sich immer wieder daran, dass er sie und ihr Kind vor einer wahrscheinlich mittellosen Zukunft bewahrt hatte und dass sie ihm zu Dank verpflichtet war. Aus diesem Blickwinkel betrachtet, erschien es ihr undankbar, dass sie sich ausgerechnet über die Fürsorge ihres Mannes beschwerte. Die Güte, die er Jane entgegengebracht hatte, hatte Martha ebenso berührt. Er war liebevoll und großzügig, brachte ihr Blumensträuße, erkundigte sich nach ihrem Befinden und sprach ihr seine Dankbarkeit für alles aus, was sie für ihn tat. Reggie Henderson war in vielerlei Hinsicht ein vorbildlicher Ehemann.

Seit ihrer Heirat schliefen sie in getrennten Schlafzimmern und er hatte sich nie über den Treppenabsatz geschlichen, um ihr einen nächtlichen Besuch abzustatten. Als er um ihre Hand angehalten hatte, hatte er ihr versichert, dass er durch seine Kriegsverletzungen impotent geworden sei. Es war für Martha eine Erleichterung und ein ausschlaggebender Grund gewesen, seinen Antrag anzunehmen – der Gedanke, mit jemand anderem als Kit zu schlafen, war ihr zuwider.

Eines Nachts, im August 1920, als David sieben Monate alt war, kam Reggie in ihr Bett. Das Baby schlief ruhig in seinem Bettchen auf der anderen Seite des Zimmers. Martha fuhr erschrocken aus dem Schlaf hoch, als ihr Mann neben ihr ins Bett kletterte und sich an ihren Rücken schmiegte. Er legte einen Arm um ihre Taille und zog sie fester an sich. Zu ihrem Erschrecken spürte sie, wie seine Erektion sich gegen sie drückte und sein Atem heiß an ihrem Hals war.

Sie wand sich aus seinem Griff. „Was tust du da?"

Er ignorierte ihre Frage und flüsterte: „Ich liebe dich, Martha. Du bist meine Frau und ich will dich."

Sie richtete sich ruckartig auf und setzte sich entgeistert im Bett auf. „Du hast mir gesagt ... du hast gesagt, du könntest nicht ... du wärst ..."

„Impotent?"

Sie konnte sein Gesicht in der Dunkelheit nicht ausmachen und war froh, dass er ihres auch nicht sehen konnte, denn es glühte, so verlegen und gedemütigt war sie. Das konnte doch nicht wahr sein.

„Ich *war* impotent. Zumindest dachte ich das. Aber das scheint nicht mehr der Fall zu sein. Das habe ich dir zu verdanken, Martha. Du hast mir einen Sohn geschenkt. Du warst mir Gefährtin und Freundin. Jetzt möchte ich, dass du meine Ehefrau bist."

„Aber du sagtest ..." Sie rang nach den richtigen Worten. Sie war völlig unvorbereitet auf diese Situation, peinlich berührt und schockiert. Bis zu diesem Moment hatte er nicht das leiseste Anzeichen von sexuellem Verlangen gezeigt. Zuneigung, ja – er küsste sie jeden Tag, aber immer nur einen keuschen Kuss auf die Wange am Morgen und wieder, bevor er abends schlafen ging.

Er zog sie neben sich aufs Bett und seine Hände wanderten über ihren Körper, umfassten ihre Brüste und streichelten ihren Bauch durch das Leinennachthemd hindurch.

„Hör auf!"

„Ich habe bis jetzt so wenig von dir verlangt."

„Ich weiß. Aber du hast mir gesagt, das sei alles, was du erwartest. Du hast mich in dem Glauben gelassen, dass unsere Ehe auf Freundschaft und gegenseitiger Unterstützung beruhen würde."

„Damals wusste ich noch nicht, dass sich meine Gefühle für dich ändern würden."

„Es geht nicht um deine Gefühle", keuchte sie, immer noch auf der Suche nach den richtigen Worten. „Du hast mir gesagt, dass wir niemals eine körperliche Ehe führen würden."

Henderson machte damit weiter, seine Hände über ihren Körper wandern zu lassen, und versuchte, ihr Nachthemd über ihre Beine nach oben zu ziehen. Sie stieß seine Hand weg.

„Ich dachte, dass wir das nie würden", sagte er. „Ich hatte in dieser Hinsicht keinerlei Verlangen. Ich hielt meinen Körper für unfähig … der Krieg … meine Verletzungen … aber du … du hast das alles geändert und ich bin dir so dankbar, mein Liebling. Du hast das Feuer der Leidenschaft in mir entfacht. Du hast mich zu neuem Leben erweckt." Seine Hände zerrten nun an ihrem Nachthemd.

Sie stieß ihn wieder weg, presste ihre Knie zusammen und zog sich das Nachthemd über die Beine hinunter.

„Du hast ein Gelübde abgelegt. Du hast in der Kirche neben mir gestanden und versprochen, mir zu gehorchen, mich mit deinem Leib zu verehren und meine *Ehefrau* zu sein. Ich habe geduldig gewartet, bis du David entbunden hast. Ich habe gewartet, bis dein Körper sich erholt hat." Hendersons Stimme war nun gereizt. „Ich bin dir von Anbeginn an ein ehrbarer Mann und pflichtbewusster Ehemann gewesen. Jetzt möchte ich mit dir schlafen. Das ist alles, was ich verlange. Ich erwarte nicht, dass du mich *liebst*. Alles, was ich will, ist, dass du deine Pflicht als Ehefrau erfüllst. Das ist es, was jeder Ehemann erwartet und worauf er ein Recht hat. Es ist so wenig, was ich von dir verlange."

Martha erschauderte. „Es mag dir als wenig erscheinen – aber es ist mehr, als ich geben kann. Und es ist mehr, als du mir gesagt hast, dass ich geben müsste. Du hast mich glauben lassen, du wärst unfähig, diesen Aspekt der Ehe zu erfüllen. Hast du das nur gesagt, damit ich einwillige, dich zu heiraten? Weil du wusstest, dass ich deinen Antrag sonst nicht annehmen würde?"

Reggie war still. Alles, was sie hören konnte, war sein Atmen in der Dunkelheit. Einen Moment lang dachte sie, er würde die Wahrheit ihrer Worte anerkennen.

Der Schlag ins Gesicht traf sie so plötzlich, dass sie ihn nicht kommen sah und keine Zeit hatte, sich zu ducken, um ihm auszuweichen. Seine Handfläche prallte mit voller Wucht auf ihre Wange. Mit brennendem Gesicht hob sie die Hände, um sich vor einem weiteren Schlag zu schützen. Ihre Augen tränten. Ihr Herz pochte. Schmerz und Schock ließen ihren Körper zittern.

Doch der nächste Schlag kam nicht. Martha bemerkte erst, dass David weinte, als sie spürte, wie sich die Matratze unter ihr bewegte, als Henderson vom Bett aufstand und zum Kinderbett hinüberging. Er beugte sich hinunter und hob das weinende Kind in seine Arme. Plötzlich überkam sie eine größere Sorge – diesmal die um das Wohlergehen ihres Babys. Sie kroch ans Fußende des Bettes und streckte die Arme nach dem Kind aus. Ihr Mann wich einen Schritt zurück und hielt den Jungen fest in seinen Armen. Inzwischen brüllte David.

„Bitte, bitte!", flehte sie. „Bitte, gib ihn mir. Ich muss ihn stillen."

In der Dunkelheit des Raumes konnte sie Hendersons Gesicht nicht erkennen, aber sie konnte die Umrisse seines Körpers ausmachen, seinen Atem hören und sein Zögern spüren. Dann bewegte er sich auf sie zu, legte ihr das Kind in die Arme und ging zur Tür.

Martha legte das Baby an ihre Brust, besorgt, dass das Pochen ihres Herzens das Kind noch mehr verunsichern und es vom Trinken abhalten könnte, aber es begann sofort hungrig zu saugen.

Reggie öffnete die Tür und blieb im Rahmen stehen, der von der Flurlampe erhellt wurde. „Wir sprechen morgen darüber", sagte er und schloss die Tür leise hinter sich.

Während Martha das Frühstück zubereitete, ging sie die Ereignisse der vergangenen Nacht noch einmal durch. Reggies Verhalten war so untypisch gewesen, dass sie sich fragte, ob sie den Vorfall nur geträumt hatte. Aber die schmerzende Wange und der aufkeimende Bluterguss unter ihrem linken Auge waren der Beweis dafür, dass es nicht so war.

Es passte so gar nicht zu dem sonst so sanftmütigen und hilfsbereiten Dr. Henderson, dass Martha sich fragte, ob es ein Trauma, ausgelöst durch seine Kriegserlebnisse, war. Hatte er sie mit dem Feind verwechselt und die Kontrolle verloren? Aber die Worte, die er gesprochen hatte, waren eindeutig an sie gerichtet gewesen und er hatte jedes einzelne davon so gemeint.

Er betrat das Zimmer und setzte sich an den Tisch, als gerade seine Eier mit Speck fertig waren. Statt seines üblichen Guten-Morgen-Kusses auf die Wange faltete er seine Zeitung auf und begann, darin zu lesen.

Martha stellte ihm das Essen hin und er sagte nichts. Sie kehrte in die Küche zurück, um ihm eine Kanne Tee zu kochen. Nervös stand sie am Herd und wartete auf das Pfeifen des Wasserkessels.

Würde er weiter schweigen? Sollte sie etwas sagen? Ihn auffordern, über die Geschehnisse zu sprechen? Hatte er vergessen, was er ihr angetan hatte? Vielleicht war es eine Art Wachtraum gewesen, den er durchlebt und gar nicht bewusst wahrgenommen hatte.

Als sie mit dem Tee zurückkam, hatte Reggie seine

Zeitung beiseitegelegt und aß gerade sein Frühstück. Er bat sie, sich zu setzen.

Sie zog den Stuhl gegenüber dem seinen hervor und nahm Platz. Ihre Hände zitterten in ihrem Schoß unter dem Tischtuch.

„Isst du nichts?“

„Ich bin gerade nicht hungrig. Ich werde später essen.“

Er schnitt ein Stückchen von dem Speckstreifen ab, tauchte es in das Ei und steckte es sich in den Mund. Während er langsam kaute, betrachtete er ihr Gesicht von der anderen Seite des Tisches aus. Sie senkte ihren Blick.

„Ich bevorzuge es, dass du isst, wenn ich esse. Und du musst regelmäßig essen, dem Baby zuliebe.“

Martha sagte nichts. Ihr Herz pochte in ihrer Brust. Sie hatte Angst vor diesem Mann, diesem eiskalten Fremden, der sie geschlagen und versucht hatte, sich ihr aufzudrängen.

„Ich werde mein Schlafzimmer als Ankleidezimmer behalten, aber ab heute Abend werde ich dein Bett teilen. Ich werde einen der Hausmeister rufen, damit er Davids Bett in mein Zimmer stellt. Es wird Zeit, dass er in seinem eigenen Zimmer schläft.“

„Aber er muss die ganze Nacht über gestillt werden.“

„Dann wirst du zu ihm gehen. Wir haben einen Schaukelstuhl, den du hineinstellen kannst. Du kannst ihn stillen und dann zurück ins Bett kommen.“

Sie wollte etwas erwidern, aber etwas in seinem Blick hielt sie davon ab. Es war ein durchdringender Blick, so, als würde er sie verachten. Es war, als säße ein Fremder auf der anderen Seite des Tisches.

Henderson nahm einen weiteren Bissen seines gebratenen Frühstücks und fixierte dabei weiterhin ihr Gesicht mit seinen Augen. Er kaute, schluckte, nahm dann einen

Schluck Tee und wischte sich mit der Serviette den Mund ab. „Vielleicht schulde ich dir eine Erklärung dafür, was gestern Abend passiert ist, was sich verändert hat."

Martha wartete.

Er schob seinen Teller beiseite. „Letzte Woche habe ich einen Artikel in der *Lancet* gelesen. Seit dem Krieg habe ich Medikamente eingenommen. Sie sollten bei bestimmten Symptomen helfen, damit ich mich ruhiger fühle. Die Medikamente halfen mir, wieder ins Gleichgewicht zu kommen. Ich glaubte, dass meine Verletzungen dazu geführt hatten, dass ich nicht in der Lage war, eine Erektion zu bekommen und aufrechtzuerhalten."

Martha erschauderte, weil ihr das Thema peinlich war. Hendersons medizinischer Hintergrund bedeutete, dass er in seiner Wortwahl nicht dieselbe Zurückhaltung zeigte, die ein Laie an den Tag gelegt hätte.

Er fuhr fort, sein Tonfall forsch und sachlich, ohne jede Spur von Verlegenheit in seinem Gesicht. „In dem *Lancet*-Artikel stand, dass dieses spezielle Medikament bei Impotenz kontraindiziert ist. Ich hatte ohnehin überlegt, die Dosis langsam zu reduzieren, da die Symptome, für die ich es brauchte, verschwunden sind, also beschloss ich, es ganz abzusetzen. Das Ergebnis war, dass ich nach einigen Wochen wieder voll funktionsfähig zu sein scheine. Deshalb beabsichtige ich, unsere Ehe endlich zu vollziehen und ein normales Eheleben zu führen." Er lehnte sich mit verschränkten Armen in seinem Stuhl zurück.

Martha bemerkte einen Fleck Eigelb, der an seinem Schnurrbart klebte. Sie verspürte eine tiefe Abscheu gegen diesen Mann.

„Aber wenn du die Medikamente absetzt, kehren deine Symptome doch bestimmt zurück?" Sie dachte an die

Brutalität zurück, mit der er ihr ins Gesicht geschlagen hatte.

„Nein. Es ist sechs Jahre her, dass ich verletzt wurde und das letzte Mal im Einsatz war. Genug Zeit, um zu heilen. Jetzt ist es an der Zeit, ein normales Leben zu führen. Und dazu gehört auch ein normales Eheleben. Geschlechtsverkehr ist ein wesentliches Mittel, um Geist und Körper gesund zu erhalten. Ich habe zahlreiche Fachzeitschriften und Artikel zu diesem Thema gelesen. Jede Steigerung meiner inneren Anspannung, die durch das Absetzen des Medikaments aufkommen könnte, wird bald durch die Vorteile eines erfüllten Ehelebens ausgeglichen werden.“

„Und die Tatsache, dass du mir gesagt hast, dass du keine normale Ehe erwartest, als du mir einen Heiratsantrag gemacht hast?“

„Ist unerheblich.“ Er sah auf seine Uhr und schob seinen Stuhl zurück. „Wenn ich gewusst hätte, dass meine Impotenz nicht von Dauer ist, hätte ich das nicht gesagt. Ich kann dir versichern, meine Liebe, dass ich es nicht gesagt habe, um dich in die Irre zu führen. Es war eine Feststellung der Tatsachen zum damaligen Zeitpunkt.“

Dr. Henderson stand auf und verließ, ohne seinen üblichen Kuss auf die Wange, den Raum. Martha hörte, wie sich die Eingangstür hinter ihm schloss, und sackte zusammen, den Kopf auf ihre Arme auf dem Tisch gestützt.

An diesem Abend aßen sie schweigend. Nachdem Martha David in seinem neuen Zimmer in sein Bettchen gelegt hatte, blickte sie auf ihren schlafenden Sohn hinab, auf seine weichen Wangen mit dem Flaum, und seinen rosigen Mund. Wie immer suchte sie in seinen sich langsam entwickelnden Gesichtszügen nach Ähnlichkeiten mit Kit, musste aber feststellen, dass er im Moment keinem von ihnen beiden ähnelte. Er war einfach ein Baby, ein wunderschönes Baby. Ihr Magen krampfte sich vor Angst zusammen bei dem Gedanken, dass sich Reggies Einstellung zu David ebenso ändern könnte wie sein Verhalten ihr gegenüber, sobald er Kit ähnelte. Sie erschauderte. Ihr blieb keine andere Wahl. Sie musste sich ihrem Mann gegenüber gefügig verhalten oder sie riskierte Vergeltung.

Sie zogen sich schweigend im Schlafzimmer aus. Martha war dankbar für die schweren Brokatvorhänge, die nicht das geringste Mondlicht hereinließen und das Schlafzimmer in tiefste Dunkelheit hüllten. Unbeholfen schlüpfte sie in ihr Nachthemd und konnte Reggies Bewegungen auf der anderen Seite des Bettes wahrnehmen. Sie legte sich unter die Decke und wartete darauf, dass er zu ihr kam, die Augen fest zusammengekniffen, ihr Herzschlag ein Pochen in ihrer Brust.

Die Federn ächzten und sie spürte, wie sich die Matratze unter ihr bewegte, als er ins Bett kam. Sie lag regungslos da, half ihm nicht, wehrte sich aber auch nicht, als er ihr Nachthemd hochzog und sich auf sie legte. Er war hart und sie kniff die Augen noch fester zusammen, während sie darauf wartete, dass es losging. Er saß rittlings auf ihr, stützte sich dann auf die Ellbogen, zwang ihre Beine auseinander und kniete sich dazwischen. Martha rüstete sich für den Moment, in dem er in sie eindringen würde, aber nichts geschah. Sie spürte, wie sein nun erschlaffter Penis lasch gegen sie drückte. Eine seiner Hände glitt nach unten, um ihn wieder zum Leben zu erwecken, während sie einfach nur dalag und wartete. Seine Bemühungen wurden immer verzweifelter, aber es war sinnlos. Als sie gerade ein Gefühl der Erleichterung über diese Galgenfrist verspürte, richtete er seinen Oberkörper ruckartig auf und schlug ihr ins Gesicht.

Der Schmerz war noch stärker als in der Nacht zuvor, da ihr Gesicht bereits geprellt und empfindlich war. Ihr Auge brannte an der Stelle, an der es den Schlag abbekommen hatte, und sie spürte, wie ihr Tränen über die Wange liefen. Hendersons Körper sackte neben dem ihren zusammen, mit dem Rücken zu ihr. Mit einem Ruck zog er die Decke auf seine Seite des Bettes, so dass sie fast nichts davon bekam, und schlief sofort ein.

Martha lag zitternd neben ihm, ihre Haut schmerzte an der Stelle, an der er sie geschlagen hatte, und ihre Wut überkam sie in Wellen. Nach ein paar Minuten kletterte sie aus dem Bett, tapste barfuß über den Boden und öffnete die Tür. David schlief noch, also schlüpfte sie unter die Decke des ehemaligen Bettes ihres Mannes.

An Schlaf war nicht zu denken. Ihre Gedanken überschlugen sich, ihr Gesicht brannte. Sie wusste, dass es grün und blau sein würde und sie im Haus bleiben müsste, bis die Schwellung abgeklungen war. Zumindest müsste sie sich eine Ausrede einfallen lassen, einen Sturz vielleicht, für den Fall, dass eine der Krankenschwestern sie so sah.

Später in dieser Nacht, als sie David stillte, kam ihr ein Plan in den Sinn. Sie würde das Medikament suchen, das Henderson abgesetzt hatte. Da er sich nun weigerte, es einzunehmen, musste sie einen Weg finden, es ihm ohne sein Wissen zu verabreichen. Sie musste diese plötzliche Explosion von Gewalt in ihm unterdrücken. Wenn Reggie die Tabletten von einem Tag auf den anderen abgesetzt hatte, war es nicht verwunderlich, dass sein Verhalten sich so drastisch verändert hatte.

Am nächsten Morgen war Marthas Gesicht geschwollen und tat weh. Sie betrachtete ihr Spiegelbild und stellte entsetzt fest, dass sie einen hässlichen, violetten Bluterguss auf dem linken Wangenknochen und um ihr Auge hatte.

Als sie ihrem Mann das Frühstück servierte, vermied sie es, Henderson anzusehen, konnte aber seinen Blick spüren und wusste, dass er sie ansah. Sie aßen die Mahlzeit schweigend. Sofern er sich schämte, ließ er es sich nicht anmerken.

Nachdem ein schweigsamer und mürrischer Dr. Henderson das Haus verlassen hatte, durchsuchte Martha seine Kommode und den kleinen Schrank im Badezimmer. Schließlich fand sie ein entsorgtes Pillenfläschchen im Papierkorb des kleinen Zimmers im Halbstock, das er gelegentlich als Arbeitszimmer nutzte. Sie steckte es in die Tasche ihrer Schürze und machte sich an ihre Aufgaben für diesen Tag.

Während sie das Gemüse für einen Lammeintopf zubereitete, setzte sie ihren Plan in die Tat um. Die Einnahme sollte laut Etikett morgens und abends erfolgen, je zwei Tabletten. Nachdem sie das Gemüse geschält und die Abfälle beiseite gelegt hatte, um sie später auf den Komposthaufen zu werfen, nahm Martha einen Mörser und Stößel aus dem Regal und zermahlte vier der Tabletten zu einem feinen Pulver. Sie leckte sich einen Finger ab, um zu prüfen, ob das Medikament einen wahrnehmbaren oder gar bitteren Geschmack hatte, aber zu ihrer großen Erleichterung schmeckte sie nichts dergleichen. Es wäre ein Leichtes, das Pulver in seine Portion des Eintopfes zu mischen. Sie könnte es auch in Suppen, Kartoffelpüree und Bratensoße rühren. Das Frühstück war ein Problem und Reggie kam mittags oft nicht nach Hause, wenn er auf der Station zu tun hatte, also würde sie die volle Dosis von vier Tabletten seinem Abendessen hinzufügen.

Erleichtert, dass sie einen Weg gefunden hatte, den

Status quo wiederherzustellen, machte sich Martha daran, den Rest des Abendessens vorzubereiten. Dann kam ihr der Gedanke, dass die Flasche nur halb voll war. Wie sollte sie mehr von den Pillen beschaffen? Sie hatte den Namen auf dem Etikett erkannt – es handelte sich um ein Medikament, das häufig verschrieben wurde, um gewalttätige und aggressive Patienten auf den Stationen zu beruhigen und zu entspannen. Im Medikamentenschrank auf der Station wären Vorräte vorhanden, allerdings war dieser verschlossen und sie hatte keinen Schlüssel. Selbst wenn sie einen auftreiben könnte, wie sollte sie sich aus dem Schrank bedienen, ohne den Verdacht der Schwestern auf sich zu ziehen? Wie sollte sie ein Medikament stehlen, ohne dass jemand bemerkte, dass es fehlte? Nach ihren Berechnungen blieben ihr nur fünf Tage, bis ihr die Pillen ausgingen.

Dann fiel es ihr wie Schuppen von den Augen. Fünf Tage könnten ausreichen, um ihren Mann ausreichend zu stabilisieren. Wenn ihr das gelänge, könnte sie an seine rationale Natur appellieren – das Absetzen der Pillen hatte seine Impotenz nicht geheilt und ihn stattdessen gewalttätig werden lassen. Der alte Reggie wäre vor Scham im Erdboden versunken. Sie konnte nur beten, dass fünf Tage ausreichten, um den alten Reggie zurückzubringen.

Reggie rauchte gerade im kleinen Salon, als Martha die Treppe herunterkam, nachdem sie das Baby ins Bett gebracht hatte. Sie hatte ihrem Mann die letzten Pillen in einen Lammeintopf gemischt. Wenn sie mit ihm reden wollte, dann jetzt.

Er hatte kein weiteres Mal die Hand gegen sie erhoben, jedoch einen weiteren Versuch unternommen, Geschlechtsverkehr mit ihr zu haben, aber seine Erektion war erschlafft, bevor er in sie eindringen hatte können. Zu Marthas Erleichterung hatte er sich umgedreht und war eingeschlafen.

Sie setzte sich ihm gegenüber. Er starrte ins Feuer. Martha spürte, wie sie vor Angst zitterte, als sie den Mut aufbrachte, mit ihm zu sprechen. Wie war es so weit gekommen? Dass sie Angst vor ihrem eigenen Ehemann hatte?

Sie räusperte sich und wollte sprechen, aber er hob die Hand, um sie aufzuhalten, und sagte: „Ich weiß, dass du mir die Pillen ins Essen gemischt hast."

Marthas Herz blieb fast stehen. „Was meinst du?"

„Verkauf mich nicht für dumm, Martha. Das Pillenfläschchen ist aus meinem Papierkorb verschwunden."

Sie wollte schon entgegnen, dass sie den Korb täglich leerte, besann sich dann aber eines Besseren. Schließlich hatte sie ohnehin vorgehabt, ihm ihre Taten zu beichten und zu versuchen, ihn zu überreden, die Medikamente freiwillig wieder einzunehmen. Er machte es ihr sogar leichter.

„Ich weiß, dass ich dich verletzt habe. Es tut mir leid, dass ich dich geschlagen habe." Er streckte seine Hand aus und berührte ihre Wange.

Martha zuckte zusammen und wich zurück.

„Meine Hoffnung, dass das Absetzen der Medikamente meine Männlichkeit wiederherstellen würde, wurde enttäuscht. Stattdessen hat es dazu geführt, dass die gewalttätigen Tendenzen, die mich dazu veranlasst haben, das Medikament überhaupt erst einzunehmen, nicht mehr unter Verschluss gehalten wurden." Er vergrub den Kopf in seinen Händen.

Martha sah ihn in an, unsicher, was sie als Nächstes sagen oder tun sollte, und ertrug einfach die Stille.

Nach einer Weile hob er den Kopf. „Ich wollte dir ein guter Ehemann sein. Ich hoffte – nein, ich glaubte –, dass du es im Laufe der Zeit auch wollen würdest. Vielleicht noch ein Kind. *Unser* Kind." Er relativierte seine Worte schnell. „Nicht, dass ich unseren David als etwas anderes sehe, das verspreche ich dir."

„Woher kommt die Gewalt? All diese Wut? Du hast mich zu Tode erschreckt."

Er schien sich zu schämen, denn seine Züge waren angespannt. „Ich vermute, es liegt am Krieg. Sie behandelten mich 1914 hier. Danach kehrte ich nach Nottingham zurück, bis meine Frau starb, und daraufhin kehrte ich nach St. Crispin's zurück, diesmal, um dem medizinischen Personal beizutreten." Er verschränkte die Hände ineinander. „Die Bedingung dafür, dass ich wieder praktizieren durfte, war die Einnahme dieser Pillen." Er stieß einen langen Seufzer aus. „Und ich hätte sie weiter genommen, wenn du nicht gewesen wärst, meine Liebste. Für dich wollte ich so dringend ein ganzer Mann sein. Dich lieben. Dein Ehemann sein, in jeder Hinsicht."

„Aber das ist nicht das, was ich will, Reggie. Nichts wird daran etwas ändern."

„Das sagst du nur, weil ich eine Enttäuschung für dich bin."

„Nein. Ich bin enttäuscht, weil du versucht hast, dich mir aufzudrängen. Und weil du mich geschlagen hast."

Er stieß einen weiteren tiefen Seufzer aus. „Verzeih mir, Martha."

„Alles, worum ich bitte, ist, dass die Dinge wieder so werden, wie sie waren." Sie zwang sich zu einem zögernden Lächeln. „Ich hätte gern den alten Reggie zurück."

Er beugte sich vor, kniete vor ihr nieder und legte seinen Kopf in ihren Schoß.

Martha versuchte, nicht zu zittern, und zwang sich, ihre Hand auf seinen Kopf zu legen und sein Haar zu streicheln.

Kapitel Fünfundzwanzig

Die Überfahrt zurück nach Southampton verlief ruhig. Selbst der Golf von Biskaya war friedlich. Christopher war erleichtert, dass Lavinia nicht bei ihm war, aber gleichzeitig konnte er sich eines Gefühls der Scham und der Schuld darüber nicht erwehren, dass sie sich entschieden hatte, ohne ihn von ihrer Hochzeitsreise zurückzukehren. Er hoffte, dass seine Mutter es nicht herausfinden würde, denn dann hätte sie einen weiteren Grund, sich zu beschweren, einen weiteren Grund, sich über seine vermeintlichen Unzulänglichkeiten zu echauffieren. Er machte sich nichts mehr aus ihrer Meinung, aber er wollte auch nicht Öl ins Feuer gießen.

Lavinia hatte während ihrer gemeinsamen Reise nichts getan, um seine Zuneigung oder seinen Respekt zu gewinnen. Am letzten Morgen war er ins Kasino gegangen, um die Rechnung zu begleichen, nachdem er ihr widerwillig ein Spielkonto eingerichtet hatte, nur um festzustellen, dass sie Schulden von über achthundert Pfund gemacht hatte. Sie hatte es nicht einmal für nötig gehalten, es zu erwähnen. Was immer er auch tat, er musste dafür sorgen, dass sie keine Zeit mehr in Algernon Belford-Webbs Gesellschaft verbrachte, sobald sie wieder in England waren. Christopher machte sich zwar nichts aus Geld, aber er wollte es auch nicht verpulvern – und bis zu seinem dreißigsten Geburtstag musste er seiner Mutter für jeden Penny Rechenschaft ablegen.

Lavinias sexuelles Verlangen war ebenso eine Überraschung für ihn gewesen. Vor ihrer Heirat hatte sie keinerlei Anzeichen dafür gezeigt, dass sie etwas anderes als Abscheu für ihn empfand, aber während ihrer Zeit in Biarritz hatte sie jede Gelegenheit ergriffen, mit ihm zu schlafen. Für Christopher war es eine Erfahrung gewesen, der es an Liebe und Beseeltheit gemangelt hatte. Er war ein Mann mit normalen Trieben und Instinkten, aber mit Lavinia hatte es sich unpersönlich angefühlt, gefühllos – zwei Menschen, die durch ihre körperliche Nähe getrennt wurden.

Zurück in England war das Wetter kühl und regnerisch und der Himmel trüb und grau und seiner ohnehin schon bedrückten Stimmung nicht zuträglich. Nach dem milden Winter sah es so aus, als stünde ihnen ein miserabler Sommer bevor. Vielleicht war das gar nicht so verkehrt – der letzte Sommer vor dem Krieg war nicht enden wollend, sonnig und mild gewesen und hatte doch die langen, deprimierenden Jahre des Krieges angekündigt. In jenem Sommer 1914 war Christopher aus Cambridge zurückgekommen und hatte sich auf seine Expedition nach Borneo vorbereitet. Jeden Abend wurde beim Abendessen über die Wahrscheinlichkeit eines Krieges gesprochen und über Percys Absicht, sich zu melden. Christopher hatte dem Druck seines Vaters standhalten müssen, seine Reise abzusagen und sich selbst zu melden. Er war fest entschlossen gewesen und hatte sich geweigert, sich die Chance seines Lebens entgehen zu lassen – wegen eines Krieges, der vielleicht nie ausbrechen würde und von dem alle glaubten, dass er ohnehin in wenigen Wochen vorbei wäre, wenn er es doch täte. Zwei Jahre später waren sowohl sein Bruder als auch sein Vater tot gewesen und er selbst hatte sich auf den Weg nach Frankreich gemacht, um sich seinem Regiment anzuschließen.

Die Belford-Webbs hatten ein Stadthaus am Berkeley Square. Algies Vater, der Generalleutnant, war nach dem Krieg aus der Armee ausgeschieden und hatte nun einen Sitz im Oberhaus der Regierung. Da er es hasste, zu reisen, überließ er es seinem einzigen Sohn, seine Frau auf ihrem alljährlichen Urlaub nach Südwestfrankreich zu begleiten. Christopher war General Belford-Webb bisher zweimal begegnet, einmal bei einer Preisverleihung in der Schule, die er und Algie besucht hatten, und ein weiteres Mal bei einem kurzen Besuch an der Front, als er die Truppen inspiziert hatte. Bei keiner dieser Begegnungen hatte er sich bei Christopher beliebt gemacht und so war er nicht erpicht auf ein weiteres Treffen.

Lavinia protestierte lautstark, als Christopher im Haus am Berkeley Square ankam und ankündigte, dass sie sofort nach Newlands aufbrechen würden.

„Aber Algie hat versprochen, uns heute Abend in einen Jazzclub mitzunehmen."

„Du hast mir gesagt, dass du Jazz hasst."

„Ein Mädchen darf seine Meinung ändern." Sie schenkte ihm ein unechtes Lächeln, wie er es mittlerweile gewöhnt war.

Sie saßen im Salon des Hauses der Belford-Webbs. Von Algie war weit und breit nichts zu sehen und Mrs. Belford-Webb hatte sich diskret zurückgezogen, um Christopher ein privateres Wiedersehen mit seiner Ehefrau zu ermöglichen, und etwas davon gemurmelt, dass sie Tee servieren lassen würde.

„Wir fahren noch heute zurück nach Newlands. Es ist alles arrangiert. Um vier Uhr geht ein Zug und ich habe ein Telegramm geschickt, damit der Wagen uns am Bahnhof abholt. Mutter erwartet uns heute zum Abendessen.“

„Aber das ist nicht fair. Du bist so gemein, Mister Spielverderber. Du scheinst es zu genießen, mich unglücklich zu machen.“ Sie schob die Unterlippe vor, um den für sie üblichen Schmollmund zu formen.

Christopher sah sie mit Abneigung an. Es wäre der einfachste Weg, ihr nachzugeben, aber er wusste, dass er nie wieder Einfluss auf Lavinia ausüben könnte, wenn er jetzt kapitulierte.

„Wenn wir in einer Stunde aufbrechen, können wir deinen Eltern einen Besuch abstatten und deine Hunde abholen.“

Schlagartig wurde der Schmollmund durch ein strahlendes Lächeln abgelöst. „Meine Babys! Ja. Das ist eine wunderbare Idee. Weißt du, Chrissy, ich hatte die beiden schon fast vergessen. Ist das nicht schrecklich von mir? Böse, böse Mami!“

Die süße Einigkeit war nur von kurzer Dauer. Als sie sich in ihrem Abteil im Zug niederließen, war Lavinia bereits wieder missmutig und verbrachte die Fahrt in mürrischem Schweigen. Christopher war dankbar für die Ruhe.

Kapitel Sechsundzwanzig

Zurück in Newlands setzte Christopher seine Arbeit in den versunkenen Gärten fort – das Bedürfnis, sich jeden Nachmittag dorthin zurückzuziehen, war seit seiner Heirat noch stärker geworden. Lavinia verließ das Haus nur selten und dann nur, um mit ihren Hunden auf den gepflasterten Terrassen oder im Rosengarten spazieren zu gehen, und bestand darauf, dass ihr Heuschnupfen sie daran hinderte, sich weiter hinauszuwagen. Christopher sah darin einen Ausdruck ihres passiven Widerstands gegen ihn selbst und dagegen, dass er es ablehnte, ein Grundstück in London zu erwerben.

Sie bewohnte ein eigenes Schlafzimmer und schlich sich nie über den Flur zu seinem. In Anbetracht des Versprechens seiner Mutter, die Kontrolle über sein Erbe zu lockern, sobald Lavinia einen Erben zur Welt brachte, versuchte er mehrere Male, ihre Tür zu öffnen, doch sie war immer verschlossen. Insgeheim war er erleichtert darüber, so dass er sie nicht darauf ansprach. Er vermutete, dass sie bereits schwanger sein könnte, hatte sie aber noch nicht gefragt. Es schien ihm eine wahrscheinliche Erklärung für ihre veränderte Einstellung zum körperlichen Aspekt ihrer Ehe zu sein.

Sie verbrachte viel Zeit in London und teilte ihm mit, dass sie und ihre Mutter Einkäufe für die Wintersaison machten. Christopher begrüßte ihre Abwesenheiten und die Ruhe, die ohne ihr Geschwätz und das Gekläffe der kleinen Hunde in Newlands einkehrte. Manchmal war es ihm fast möglich, sich vorzumachen, dass er gar nicht verheiratet war.

Eines Nachmittags, als er die Vegetation um ein chinesisches Gartenhaus entfernte, hörte er einen gellenden Schrei im nahe gelegenen Stall. Unverkennbar Lavinia.

Christopher und Fred, der an seiner Seite arbeitete, tauschten einen Blick aus. Sie warfen beide ihre Werkzeuge zu Boden und liefen über die Steintreppe, die aus den Gärten führte.

Einer der Stallburschen stand im Stallhof, die Hände in die Hüften gestemmt, und starrte in Richtung See hinunter. Als Christopher ihn fragte, was los sei, antwortete der Junge: „Ihre Ladyschaft ist gerade vorbeigelaufen. Sie scheint einen ihrer Hunde verloren zu haben. Er ist weggelaufen, schätze ich. Willie ist ihr hinterher.“

Innerlich seufzend über die zweifellos übertriebene Sorge um ihre verwöhnten Schoßhündchen und Lavinias übersteigerten Sinn für Dramatik, machte sich Christopher auf den Weg in die vom Stallburschen angegebene Richtung, und wies Fred an, wieder an die Arbeit zu gehen.

Er marschierte zügig durch den Park und folgte Willie, dem Stallburschen, der inzwischen ein paar hundert Meter voraus war. Als Christopher den höchsten Punkt des Hangs erreichte, der zum Seeufer hinunterführte, sah er Lavinia am Rande des Sees hektisch auf und ab laufen. Sie schrie nach Popsy und wiegte den anderen Hund, Petal, in ihren Armen.

Als Christopher näher kam, schrie Lavinia den Stallburschen an, der sie daran hindern wollte, Popsy ins Wasser zu folgen. Sie stieß den Jungen weg, setzte Petal auf dem Boden ab, rief dem Jungen zu, er solle auf das Hündchen aufpassen, zog dann ihre Schuhe aus und watete, vollständig bekleidet, in den See. Christopher rief besorgt nach ihr. Der See war an einigen Stellen tief und fiel dort, wo die Steinbruchkanten gewesen waren, abrupt ab. Er bezweifelte, dass seine Frau eine gute Schwimmerin war oder überhaupt schwimmen konnte. Hatte sie nicht Belford-Webb gegenüber erwähnt, dass sie es noch gar nie versucht hatte?

„Halt, Lavinia! Komm aus dem Wasser! Es ist gefährlich."

Sie drehte den Kopf, fand ihn und deutete mit dem Finger auf die Insel in der Mitte des Sees. Er blickte hinüber zu der Stelle, auf die sie zeigte, und entdeckte den vermissten Hund, der sich in einem an der Oberfläche schwimmenden Sammelsurium aus Zweigen und Blättern verfangen hatte, das auf die Insel zutrieb. Ohne zu antworten oder auf Christopher zu warten, watete Lavinia weiter in den See, wobei der Rock ihres Seidenkleides sich um sie herum aufbauschte, als ihr das Wasser bis zur Hüfte ging. Als Christopher das Ufer erreichte, musste sie von einem Vorsprung gestürzt sein, denn von einer Sekunde auf die andere verschwand sie unter der Wasseroberfläche und war nicht mehr zu sehen.

Ohne lang nachzudenken, rannte Christopher zum Ufer des Sees, eingebremst von seiner Beinprothese. Er lief ins Wasser, kämpfte sich vorwärts und tastete an der Stelle nach Lavinia, an der sie eben noch gewesen war. Ihr Kopf tauchte ein paar Meter vor ihm aus dem Wasser auf und sie schlug mit den Händen wild um sich, als sie versuchte, sich über Wasser zu halten. Christopher watete durch das Wasser auf sie zu, aber sie ging wieder unter, als er fast bei ihr war.

Er tauchte und hatte Mühe, sich in der trüben Tiefe zu orientieren. Er streckte die Hände aus, tastete blind um sich und erwischte einen ihrer Arme, aber sie riss sich von ihm los, als sie sich mit frenetischer Kraft wieder nach oben an die Oberfläche kämpfte. Er tauchte auf und sie prustete und strampelte wild, bevor ihre Panik dazu führte, dass sie wieder untertauchte. Christopher streckte seine Hand aus, um sie zu packen, als sie unterging, aber sie war schon zu tief gesunken. Er tauchte wieder hinab. Lavinias verzweifeltes Strampeln hatte den Schlamm auf dem Seegrund aufgewirbelt und er konnte nichts sehen. Er tastete in der Dunkelheit in alle Richtungen und tauchte tief zum Seegrund hinab. Das schlammige, trübe Wasser machte es ihm unmöglich, etwas zu erkennen. Mit brennenden Lungen kämpfte er sich zurück an die Oberfläche, schnappte nach Luft und tauchte wieder ab. Und wieder. Er streckte die Arme aus und tastete mit seinen Fingern nach einer Gliedmaße, die er packen konnte. Dunkelheit. Stille. Seine Hand blieb an etwas hängen. Ein Arm. Er zerrte daran und versuchte, Lavinia wieder an die Oberfläche zu ziehen, aber ihr Körper rührte sich nicht. Gab nicht nach. So schnell er konnte, tauchte er auf, schnappte nach Luft und tauchte wieder ab. In der Dunkelheit tastend, mit pochendem Kopf, fand er diesmal ihre Taille, packte sie mit beiden Händen und zerrte daran. Verzweifelt. Er zog an ihr und versuchte, auf dem schlammigen

Seegrund Halt zu finden. Ringsum Dunkelheit. Er schluckte Wasser, musste würgen, versuchte, den Weg an die Oberfläche, ins Licht, an die Luft zu finden. Dann wurde alles schwarz.

Als Christopher erwachte, lag er in seinem Bett. Er kniff die Augen zusammen, um scharf sehen zu können. Zwei Gestalten auf der anderen Seite des Raumes. Ein leises Gespräch. Er atmete ein und versuchte, sich zu orientieren. Der Hausarzt und seine Mutter unterhielten sich mit gedämpften Stimmen, während seine Sicht wieder verschwamm und er in die Bewusstlosigkeit abglitt.

Als er das nächste Mal zu sich kam, war Christopher allein im Zimmer und wusste nicht, wie lange er geschlafen hatte. Sein Kopf pochte und er brauchte einige Sekunden, um die vertraute Umgebung zu erkennen. Er griff nach dem Wasserglas, das auf dem Tisch neben dem Bett stand, und trank es gierig und in einem langen Schluck leer. Mühsam richtete er sich auf und griff ans Fußende seines Bettes, wo sonst seine Beinprothese auf einer Holztruhe lag, während er schlief. Sie war nicht da. Als er sich umsah, entdeckte er sie auf der anderen Seite des Zimmers, an einen Stuhl gelehnt. Er hievte sich hoch, belastete sein gutes Bein, hielt sich am Bettpfosten fest und hüpfte durch den Raum, um die Prothese zu erreichen. Die Bewegung machte ihn schwindlig, benommen und schwach.

Nachdem er sich sein Bein angeschnallt hatte, wartete er, bis seine Atmung sich beruhigt hatte. Er war erschöpft, als hätte er die zwölf Heldentaten des Herkules vollbracht. Allmählich kam die Erinnerung an die Ereignisse am See zurück. Das eiskalte, trübe Wasser. Wie er in der Finsternis der Tiefe nach ihr gesucht, sie gepackt hatte. Wie der

Schlamm seinen Fuß eingesaugt hatte, als er sich abgemüht hatte, Halt zu finden. Wie Lavinia panisch um sich geschlagen hatte, als er sie von dem zu befreien versucht hatte, was sie auf dem Seegrund gehalten hatte. Lavinia. Wo war Lavinia? Hatte er es am Ende geschafft, sie aus dem Wasser zu holen?

Christopher stolperte durch den Raum und zog die Tür auf. Selbst die kleinste Bewegung erforderte eine große Anstrengung. Sein Kopf pochte und er hatte ein flaues Gefühl im Magen und ein Brennen in der Kehle.

Die Tür zu Lavinias Schlafzimmer stand weit offen und der Raum war leer. Alles war so ordentlich, so untypisch aufgeräumt, und nichts war zu sehen von dem üblichen Durcheinander von Parfüms, Cremetiegeln und Lippenstiften auf ihrem Frisiertisch. Auch die Tücher und Ketten, die sie gewöhnlich über den Sessel drapierte oder auf der Chaiselongue verstreute, fehlten.

Seine Befürchtungen verschlimmerten sich, als er sich auf den Weg nach unten machte. Die Standuhr im Foyer sagte ihm, dass es bereits nach neun Uhr war. Er fand seine Mutter in jenem Esszimmer, das sie bevorzugt im Sommer nutzte. Sie aß gerade ihr Frühstück und blickte auf, als er eintrat. Ihre Augen waren voller Sorge. Mit weit ausgebreiteten Armen stand sie vom Tisch auf und ging auf ihren Sohn zu, um ihn zu umarmen. Dieser ungewöhnliche Ausdruck mütterlicher Zuneigung machte ihm Angst. Irgendetwas stimmte nicht.

„Wo ist Lavinia?", fragte er, doch er kannte die Antwort bereits.

Edwina Shipley presste die Lippen zu einer schmalen Linie zusammen. „Es tut mir leid, Christopher. Sie ist von uns gegangen. Sie ist ertrunken."

Er zog einen Stuhl neben dem seiner Mutter hervor und ließ sich darauf nieder. „Ertrunken?"

„Du selbst wärst auch fast ertrunken. Du warst so tapfer. Du hast alles getan, was du konntest, um sie zu retten. Ich bin so stolz auf dich."

Wortlos starrte er auf den Tisch und nahm nur das unerbittliche Ticken der Uhr auf dem Marmorsims wahr. Es war ein kühler Morgen und im Kamin brannte ein Feuer. Er lauschte dem Knacken und Knistern eines Holzscheits.

Edwina schüttelte ihre Serviette aus und legte sie auf ihren Schoß. „Versuch, etwas zu essen, Liebling. Du hast seit drei Tagen nichts mehr gegessen."

„Seit drei Tagen?", wiederholte er. „Ich verstehe nicht."

„Ich sagte doch. Du wärst fast ertrunken. Der Stallbursche und einer der Pferdeknechte haben dich aus dem See gezogen. Du warst ohnmächtig."

Verwirrt schüttelte er den Kopf. „Ich konnte Lavinia nicht befreien. Ich hatte sie gepackt, aber sie rührte sich nicht vom Fleck. Es war, als wäre sie am Seegrund angekettet."

„Das war sie." Mrs. Shipley schenkte ihm eine Tasse Tee ein und reichte sie ihm. „Hier, trink das. Dann versuch, etwas zu essen." Sie füllte ihre eigene Tasse nach und nahm einen Schluck. „Ihr Fuß war eingeklemmt."

„Eingeklemmt?"

„Eine alte Falle. Du weißt schon, wie man sie früher benutzte, um Wilderer zu fangen. Jemand, wahrscheinlich einer der Wildhüter, muss sie in den See geworfen haben. Liegt dort unten vermutlich schon seit Jahren. Lavinia ist darauf getreten."

Christopher wurde übel. Er beugte sich über den Tisch, den Kopf in den Händen. Die Hitze des Feuers war zu viel.

Ihm wurde schwindelig und der Raum drehte sich um ihn herum. Obwohl er keine Zuneigung für Lavinia empfand, erschütterte ihn der Gedanke, dass sie einen so qualvollen Tod erleiden musste, zutiefst. Wie sie sich gefühlt haben musste, als sie versucht hatte, sich zu befreien, als er an ihr gezerrt hatte. Auf diese Weise gefangen zu sein und zu wissen, dass sie sterben würde.

„Trink etwas Tee." Seine Mutter stand auf, rührte etwas Zucker in seinen Tee, legte ihm eine Hand auf den Kopf und hob mit der anderen die Tasse an seinen Mund. „Du stehst unter Schock, mein Liebling. Das ist verständlich. Aber du darfst dir keine Vorwürfe machen. Du hast alles getan, was du konntest, um sie zu retten. Es hat vier Männer gebraucht, um sie zu bergen. Offenbar hatte sich die Kette der Falle unter einem Felsbrocken verkeilt."

„Sie ist einfach ins Wasser gegangen. Ich habe ihr noch nachgerufen. Sie gewarnt, dass es gefährlich sei."

„Ich weiß. Ich habe mir immer Sorgen gemacht, wenn du und Percy dort geschwommen seid."

„Lavinia konnte nicht schwimmen." Die Erinnerung war jetzt sehr lebendig. „Sie versuchte, zur Insel zu gelangen, um ihren elenden Hund zu retten."

„Der Hund ist unversehrt, natürlich. Er ist auf dem Astwerk zurück zum Ufer getrieben und sie konnten das schreckliche Wesen aus dem Wasser fischen. Dummes Ding. Sie hätte es wissen müssen."

„Wo ist sie?"

„Ihre Eltern haben veranlasst, dass ihr Leichnam nach Harton Hall gebracht wird. Sie wollen, dass sie dort in der Familiengruft beigesetzt wird. Ich nahm an, dass du keine Einwände haben würdest."

Christopher nickte, immer noch wie betäubt.

„Zum Glück haben sie die Hunde mitgenommen. Ich

bin froh, diese Kreaturen los zu sein. Genauso wie Rockie und Cocoa." Sie deutete auf ihre Spaniels, die an ihren üblichen Plätzen vor dem Kamin lagen. „Die Beerdigung findet nächste Woche statt. Der Gerichtsmediziner ist ein Freund von Lord Bourne und die Umstände ihres Todes wurden von mehreren Zeugen bestätigt, also haben sie nicht lange gehadert. Die Todesursache lautet auf Tod durch Unglück, da sie aus eigenem Antrieb in den See gelaufen ist. Lord Bourne plädierte vehement für Unfalltod, aber der Stallbursche sagte, er habe angeboten, ins Wasser zu springen, aber Lavinia habe darauf bestanden, ihren kostbaren Hund selbst zu holen. Ich glaube, Seine Lordschaft ist besorgt, dass die Zeitungen einen ‚Tod durch Unglück' über die Maßen aufbauschen könnten. Jede Ausrede, um Schuld zuzuweisen, mit dem Finger zu zeigen oder Gerüchte zu verbreiten." Sie machte das tadelnde Schnalzgeräusch mit ihrer Zunge. „Aber sie haben die Sache zügig durchgewunken und die Sache ohne Autopsie erledigt und dafür müssen wir dankbar sein."

Mrs. Shipley wandte ihren Kopf zu den Fenstern. Draußen lag noch ein Morgennebel in der Ferne, dort, wo das Land zum See hin abfiel. Christopher bemerkte, dass sie zitterte. Dann sagte sie: „Wusstest du, dass Lavinia schwanger war?"

Christopher spürte, wie ihm das Blut aus dem Gesicht wich. „Schwanger?"

Sie nickte. „Der Arzt sagte, sie habe ihn ein paar Tage vor ihrem Tod konsultiert. Sie war im vierten Monat. Das Baby wäre im März gekommen. Es tut mir so furchtbar leid, Christopher."

Sein Mund war trocken und seine Stirn feucht. „Im vierten Monat?"

„Ja. Mit diesen weiten Kleidern mit der herabgesetzten

Taille lässt sich das leicht verbergen." Sie runzelte die Stirn. „Was hast du denn?"

„Seit unseren Flitterwochen ... seit wir wieder in England sind ... nun, seither haben wir nicht ... sie wollte nicht ... ich habe nicht ..."

Edwina Shipley schloss die Augen. „Willst du damit sagen, dass du nicht der Vater warst?"

Christopher schüttelte den Kopf.

„Konntest du nicht einmal das bewerkstelligen?" Ihre Stimme war schlagartig eiskalt.

„Fragst du mich, ob ich bereit war, mich meiner Frau aufzudrängen? Wenn ja, dann lautet die Antwort: Nein, das war ich nicht."

„Du hast also nie mit ihr geschlafen? Diese verdammte Ehe nie vollzogen?" In ihrer Verärgerung über ihn kam kurz ihr amerikanischer Hang zum Fluchen zum Vorschein.

„Doch. Wir haben die Ehe vollzogen." Christopher schluckte und beschloss, dass Unverblümtheit der beste Weg war, mit seiner Mutter zu sprechen. „Viele Male, wenn du es genau wissen willst. Lavinia entwickelte eine Vorliebe dafür. Man könnte sogar sagen, dass sie in unseren Flitterwochen nicht genug davon bekommen konnte."

Er sah, wie Edwina angewidert die Lippen verzog und das verschaffte ihm eine gewisse Genugtuung. „Aber nachdem wir nach England zurückgekehrt waren, wollte sie mich nicht mehr in ihre Nähe lassen."

„Und es ist dir nicht in den Sinn gekommen, dass das bedeuten muss, dass sie eine Affäre hat?"

„Zufällig war mir das egal. Aber da du schon fragst, ich dachte eigentlich, dass es daran lag, dass sie bereits schwanger war. Dass es passierte, als wir in Biarritz waren, und dass sie deshalb nicht ... Hör zu, Mutter, dieses Thema ist wirklich unglaublich peinlich."

„Du hast sie nie gefragt, ob sie schwanger ist?"

„Ich bin nicht dazu gekommen. Falls du es noch nicht bemerkt hast, Lavinia und ich verbrachten nicht gerade viel Zeit miteinander."

Mrs. Shipley verzog wieder das Gesicht. „Und trotzdem hast du dein Leben riskiert, um sie vor dem Ertrinken zu retten? Warum?"

Er starrte sie verwundert an. „Natürlich habe ich das. Was hättest du von mir erwartet? Dass ich zusehe, wie sie ertrinkt?"

Mrs. Shipley zuckte mit den Schultern. Sie drehte ihren Kopf wieder zum Fenster. „Denkst du, sie wollte durchbrennen? Weißt du, mit wem sie sich getroffen hat? Und wann?"

„Durchbrennen?" Er hasste es, wie sehr sich seine Mutter bemühte, die Ausdrücke ihrer Schickimicki-Freundinnen zu verwenden.

„Mit diesem Mann wegzulaufen, wer auch immer er ist."

„Algernon Belford-Webb. Er muss es sein. Ich bin mit ihm zur Schule gegangen. Wir sind ihm in Biarritz über den Weg gelaufen. Zusammen mit seiner Mutter. Er hat Lavinia mit ins Kasino genommen. Sie hat es fast schon zu sehr genossen."

Edwina schnaubte und sagte: „Es scheint, dass sie nicht nur das Glücksspiel genossen hat." Sie stieß einen langen Seufzer aus. „Nun, was geschehen ist, ist geschehen. Sobald die Beerdigung erledigt ist, ist sie für immer aus unserem Leben verschwunden. Ich habe das Mädchen nie gemocht. Oberflächlich und eitel."

Christopher starrte sie schockiert an, aber sie wich seinem Blick aus, faltete ihre Serviette und schob ihren Stuhl vom Tisch zurück. Sie berührte seinen Arm. „Gott sei

Dank bist du noch bei uns, mein Schatz. Ich hätte es nicht ertragen, dich zu verlieren wie Percy." Ihr Tonfall wechselte von zärtlich zu forsch. „Ein paar Tage lang kein Reiten. Ruh dich aus. Das hat der Arzt angeordnet." Und mit einem weiteren Klaps auf seinen Arm verließ sie das Zimmer, ihre beiden Hunde im Schlepptau.

Kapitel Siebenundzwanzig

L avinias Tod traf Christopher schwer. Nicht, dass sich seine Gefühle für sie in irgendeiner Weise geändert hätten. Er hatte sie nicht geliebt – oder gar gemocht. Und er war nicht stolz darauf, dass sie im Bett eines anderen Mannes Trost gesucht hatte, und das vor seiner Nase. Wie lange war es schon so gegangen? Sie hatte ihn zum Narren gehalten. Belford-Webb auch.

Aber die eigentliche Auswirkung ihres Todes war die Scham, die Christopher über sein Versagen empfand, dass er sie nicht vor dem Ertrinken hatte retten können. Es war egal, wie oft man ihm sagte, dass ein Mann allein sie niemals aus der Falle hätte befreien können, die sie am Seegrund festgehalten hatte. Eines wusste er mit Sicherheit: wäre es Martha gewesen, die unter Wasser um ihr Leben gekämpft hätte, hätte er sie aus der Falle befreit oder wäre bei dem Versuch gestorben.

Es war Ironie des Schicksals, dass seine Mutter ihn behandelte, als sei er ein Held – zum ersten Mal in seinem Leben. Seine Zeit in Uniform hatte in ihren Augen nicht gezählt, ganz anders als bei Percy mit seinem herausragenden Dienst auf dem Schlachtfeld, aber die Tatsache, dass Christopher sein eigenes Leben riskiert hatte, um Lavinia zu retten, machte ihn in ihren Augen zu einem mutigen Mann. Vielleicht war es die Sichtbarkeit seiner Handlungen, die Tatsache, dass Lavinias lebloser Körper im Haus aufgebahrt worden und Edwina gezwungen gewesen war, ihn sich anzusehen, anders als bei den gesichtslosen Toten des Krieges. Abgesehen natürlich von Percy – sein Tod hatte ihn für sie zu einem Gott erhoben.

Sobald Christopher wieder bei Kräften war und die Beerdigung hinter ihnen lag, machte er sich wieder an die Arbeit in den versunkenen Gärten. Die Bauarbeiten waren abgeschlossen, der Wildwuchs von Brombeeren und Unkraut eingedämmt, und Fred hatte damit begonnen, die Rasenflächen wieder instand zu setzen und die Blumenbeete umzugraben.

Er stand vor dem einstöckigen Gebäude, das Marthas Zuhause hätte werden können. Tiefe Traurigkeit und ein Gefühl des Verlustes überkamen ihn. Was war der Sinn von all dem? Warum machte er sich die Mühe, die Gärten auf Vordermann zu bringen, wenn sie nie wieder hier sein würde, um sich daran zu erfreuen? Er hatte sein Leben völlig verpfuscht.

Ein paar Minuten später, als er auf der Bank saß, auf der er Martha zum ersten Mal geküsst hatte, wurde ihm klar, dass er sich in Selbstmitleid suhlte. Ja, er hatte ein gewisses Recht, sich über die Karten zu ärgern, die das Leben ihm ausgespielt hatte, aber er erinnerte sich daran, wie er sich gefühlt hatte, als er an jenem Weihnachtsfest vor seiner Hochzeit mit Lavinia hier gesessen hatte. Seine Augen suchten nach dem Rotkehlchen, das ihn an die Hoffnung erinnert hatte, und er sagte sich, wenn das Rotkehlchen auftauchen würde, wäre diese Hoffnung berechtigt. Aber von dem kleinen Vogel war nichts zu sehen.

Er lehnte sich gegen die Bank, schloss die Augen und atmete langsam ein und aus. Er würde bis zehn zählen.

Als er fertig war, fehlte von dem Rotkehlchen immer noch jede Spur. Er schloss die Augen und begann erneut, zu zählen. Dann noch einmal. Und noch einmal. Immer noch kein Rotkehlchen.

Ihm wurde klar, dass seine Weigerung, sich mit der Abwesenheit des Rotkehlchens abzufinden, an sich schon ein Zeichen der Hoffnung war. Er stand auf, ging durch die Gärten und begutachtete die Verwandlung, die er mit Freds Hilfe darin vollzogen hatte. Seine Arbeit hier war etwas, auf das er stolz sein konnte, etwas, das er trotz des Mangels an qualifizierten Gärtnern, seiner eigenen Behinderung und gegen den Willen seiner Mutter erreicht hatte. Und war die Arbeit an sich nicht auch eine Quelle der Kraft für ihn gewesen?

Er ging auf die Treppe zu, die aus den Gärten führte. Als er sich dem gemauerten Bogen näherte, der die Treppe überspannte, fiel ihm etwas ins Auge. Er drehte den Kopf. Sein Rotkehlchen saß auf einem der unteren Äste eines Ahornbaums. *Die Hoffnung ist das Federding.* Lächelnd beschleunigte er seinen Schritt, ging die Treppe hinauf und verließ die Gärten.

Zurück im Haus fand er seine Mutter im Wintergarten vor, wo sie Tee trank und in einer Ausgabe des *Tatler* blätterte. Sie sah auf, als er den Raum betrat. „Hallo, mein Liebling. Wie geht es dir heute?“

„Ich habe eine Entscheidung getroffen, Mutter.“

„Herrje!“ Sie lachte leise. „Das klingt aber unheilvoll.“

„Ich gehe zurück in den Fernen Osten.“ Er atmete tief

aus, als er die Worte ausgesprochen hatte. Erleichterung durchflutete seinen Körper.

Edwina runzelte die Stirn. „Aber warum? Hier gibt es doch so viel zu tun."

„Ich habe es satt, das zu tun, was andere Leute wollen. Mein ganzes Leben lang habe ich nichts anderes getan, außer als ich nach Borneo ging. Das ist das Einzige, was ich je aus eigenem Antrieb getan habe." Im Geiste fügte er hinzu *und mich in Martha zu verlieben*, beschloss aber, seine Mutter damit nicht zu verärgern.

„Aber als du dort warst, warst du ... stärker."

„Du meinst, ich hatte zwei Beine?"

„Ich sage nur, dass es schon lange her ist. Und dein Vater und Percy waren hier. Es war anders. Du hattest nicht die Verantwortung, die du jetzt hast." Sie stellte ihre Teetasse ab und drehte sich in ihrem Sessel, so dass sie ihn direkt ansah.

„Mein Entschluss steht fest", sagte Christopher. „Ich werde jemanden einstellen, der das Anwesen leitet. Ich werde dich nicht im Stich lassen. Versuch nicht, mich vom Gegenteil zu überzeugen. Ich habe meinen Teil der Abmachung erfüllt und das getan, was du wolltest, indem ich Lavinia geheiratet habe. Eine Frau, die du jetzt selbst als oberflächlich und eitel bezeichnest. Seit ich aus Borneo zurückgekehrt bin, ist mein Leben eine einzige Katastrophe, und das nur, weil ich zugelassen habe, dass es von anderen kontrolliert wird."

Er ignorierte Edwinas mürrischen Blick und fuhr fort, entschlossen, alles zu sagen, was ihm auf dem Herzen lag. „Während des Krieges musste ich Befehle befolgen, die mir widerstrebten, und von denen ich wusste, dass sie Leben kosten würden. Nach dem Krieg habe ich dir erlaubt, mein Leben zu bestimmen." Er spürte, wie die Erleichterung in ihm wuchs, als die Worte aus ihm heraussprudelten. „Genug ist genug, Mutter. Von nun an werde ich tun, was *ich* tun will. Ich werde Entscheidungen treffen, die für *mich* richtig sind, auch wenn sie nicht dem entsprechen, was andere für mich für richtig halten.“

„Gehe ich recht in der Annahme, dass du diese Frau mitnehmen willst?“

Christopher konnte sehen, dass die Knöchel seiner Mutter weiß anliefen, als sie ihre Hände fest zusammenpresste.

„Wenn du Martha Walters meinst, nein, das tue ich nicht. Ich kann sie nicht mitnehmen, so gerne ich das auch täte, denn wie du weißt, hat sie einen anderen geheiratet.“ Christopher bemühte sich, jede Emotion aus seiner Stimme zu halten.

Mehrere Sekunden lang herrschte Schweigen. Rockie tapste über den Boden und legte sich zu Cocoa neben Edwinas Stuhl.

Schließlich sagte seine Mutter: „Ich dachte, vielleicht ...“ Was auch immer sie sonst noch sagen wollte, sie hatte es sich wohl anders überlegt und beugte sich hinunter, um die Hunde zu streicheln. „Also gut. Ich bin nur froh, dass du nicht vorhast, etwas Dummes zu tun.“

Es machte ihn wütend, dass seine Mutter Martha so offensichtlich verachtete und er in ihren Augen die Frechheit besessen hatte, sich in sie zu verlieben. „Meine Entscheidung, wegzugehen, hat nichts mit Martha zu tun und alles damit, von dir wegzukommen.“ Dann, beschämt über seine eigenen Worte, fügte er hinzu: „Es geht darum, etwas für mich zu tun. Etwas, das ich liebe.“ Er hielt inne und atmete tief durch.

„Bist du fertig?“

„Ja.“

„Nun, es gefällt mir nicht. Nicht ein bisschen. Kannst du dir vorstellen, wie es für mich sein wird, hier ohne dich zu leben? Da kann ich doch gleich zurück in die Staaten gehen. Ich wäre todunglücklich hier, ganz allein." Sie gab einen selbstmitleidigen Laut von sich.

Christopher stöhnte auf. „Spiel nicht den Märtyrer, Mutter. Geh zurück nach Amerika, wenn es das ist, was du willst. Obwohl ich persönlich denke, dass es besser für dich wäre, nach London zu ziehen."

„London?", sagte sie schrill. „Ich könnte unmöglich in London leben. All der Smog und der Dreck. All diese Menschen. Ein paar Tage dort zu sein, ist eine Sache, aber ständig dort zu leben eine andere." Sie streckte eine Hand aus und streichelte einen der Spaniels. Der andere Hund stand auf und trottete zu einer der Topfpalmen, um an etwas darunter zu schnuppern.

„Wie du willst", sagte Christopher. „Ich würde mir nicht anmaßen, dir Ratschläge zu erteilen. Es ist schließlich *dein* Leben."

Edwina legte erst die Stirn in Falten, bevor sie ein Lächeln hervorbrachte. „Du versuchst, einen Standpunkt klarzumachen, nicht wahr, du frecher Junge?"

„Ich bin wohl kaum ein Junge."

Sie stieß einen übertriebenen Seufzer aus. „Du hast recht. Du bist kein Junge mehr. Vielleicht war ich ein bisschen egoistisch." Sie fuchtelte mit einem Finger in seine Richtung. „Aber das wollte ich nie sein. Alles, was ich je getan habe, habe ich getan, weil ich glaubte, dass es das Richtige für dich ist."

„Es ist mein Leben. Lass es mich leben."

Sie nickte, stieß einen langen Seufzer aus und warf dann einen Blick auf ihre Armbanduhr. „Fast Zeit für die Cocktails. Gehen wir in die Bibliothek – ich habe Bannister gebeten, uns Gin Rickeys zu mixen." Sie berührte seinen Arm. „Du wirst doch heute Abend einen mit mir trinken, Liebling, nicht wahr? Ich nehme an, wir müssen auf dein tollkühnes Abenteuer anstoßen, obwohl ich lieber darauf trinken würde, dass du bleibst."

Er beugte sich vor, küsste sie auf die Wange und zog sie auf die Beine.

Während des Abendessens nahm Edwina ihre Bemühungen wieder auf, ihren Sohn umzustimmen. Da sie es nicht gewohnt war, dass man sich ihrem Willen widersetzte, war sie wie ein Terrier, der es mit allen Mitteln versuchte. Sie schmollte, sie beschwerte sich, sie flehte, sie schmierte ihm Honig ums Maul, aber ihre Bemühungen zeigten keine Wirkung auf Christopher. Als das Essen fast beendet war, schien sie sich mit der bevorstehenden Abreise ihres Sohnes abgefunden zu haben und wandte sich ihrem Lieblingsthema zu – dem Klatsch und Tratsch der Gesellschaft.

„Falls du in Sarawak bist, musst du die Brookes aufsuchen. Vyner Brooke ist mit dieser furchtbaren Sylvia Brett verheiratet. Es müssen jetzt fast zehn Jahre sein. Du weißt schon, Schatz, die Tochter von Lord Esher. Ich habe das Mädchen nie gemocht. Schrecklich ordinär und würdelos. Und wie ich höre, ist es noch schlimmer geworden, seit sie in Borneo lebt." Sie schnalzte mit der Zunge und schüttelte leicht den Kopf.

Christopher ließ ihr Gerede über sich ergehen und war erleichtert, dass er das Schlimmste überstanden hatte – es ihr zu sagen – und nun die erfreuliche Aussicht vor sich hatte, auf die Insel zurückzukehren, die er liebte.

Kapitel Achtundzwanzig

Martha hatte David für seinen Mittagsschlaf hingelegt und wollte sich eine Kanne Tee kochen, bevor sie sich um die Hausarbeit kümmerte. Seit das Baby da war, war es schwieriger, alles im Griff zu haben.

Die Demütigung über sein Versagen im Ehebett und Davids Bedürfnis nach nächtlicher Fütterung hatten dazu geführt, dass Reggie keinen Protest erhob, als Martha begann, in dem Einzelbett in Davids Schlafzimmer zu schlafen. Langsam kehrte ihre Ehe zu der freundschaftlichen Partnerschaft zurück, auf deren Basis sie gegründet worden war. Der Unterschied bestand darin, dass Martha jetzt wusste, dass sie Reggie nie wieder völlig vertrauen konnte und immer auf der Hut war.

Es klopfte an der Haustür. Sie wischte sich die Hände ab, zog ihre Schürze aus und ging zur Tür, denn sie war unerwartete Besucher nicht gewöhnt. Wenn ihre ehemaligen Kolleginnen von der Station vorbeikamen, warnten sie sie immer vor.

Auf der Türschwelle stand eine Frau, die etwas älter

war als Martha. Sie war elegant gekleidet, aber hager, mit kantigen Gesichtszügen, einem schmerzhaft dünnen Körper und einem ängstlichen Blick. Die Frau machte keine Anstalten, Martha anzulächeln.

„Sind Sie Mrs. Henderson?" Der irische Akzent war nicht zu überhören.

„Ja." Martha war verwirrt. „Und Sie sind?"

Die Frau ignorierte ihre Frage. „Mrs. *Reginald* Henderson?"

Martha runzelte die Stirn. „Ja. Worum geht es?"

Die Frau sah sich um und sagte: „Darf ich eintreten? Es geht um eine persönliche Angelegenheit. Wir müssen reden."

Martha wurde unruhig, nickte aber und trat zur Seite, um die Frau hereinzulassen. Sie führte sie in den Salon und bot ihr einen Tee an, den die Frau jedoch ablehnte.

„Entschuldigen Sie, aber Sie haben mir nicht gesagt, wie Sie heißen und wer Sie sind", sagte Martha und setzte sich der Fremden gegenüber.

„Ich heiße Henderson. Mrs. Reginald Henderson."

Martha bekam es mit der Angst zu tun. Die Frau war zu jung, um Reggies Mutter zu sein. „Ich verstehe nicht."

„Mein Mann war nicht in der Lage, Sie zu heiraten, Mrs. Henderson, denn er ist immer noch mit mir verheiratet."

Martha starrte sie an und konnte nicht glauben, was sie da hörte.

Die andere Mrs. Henderson schürzte ihre Lippen. „Es tut mir leid. Das ist offensichtlich ein Schock für Sie. Ich muss Ihnen eine Frage stellen. Haben Sie ihn tatsächlich geheiratet oder geben Sie sich nur als seine Frau aus?"

Martha ballte ihre Hände zusammen. „Natürlich haben wir geheiratet. Die Zeremonie fand in einer örtlichen

Kirche statt." Sie spürte, wie ihre Wangen brannten. „St. Matthews. In der Highgrove Road." Warum verhielt sie sich so defensiv? Sie hatte doch nichts falsch gemacht. „Das muss ein Missverständnis sein."

„Kein Missverständnis." Die Frau öffnete ihre Handtasche, nahm einen Umschlag heraus und reichte ihn Martha.

Mit zitternden Händen öffnete Martha ihn und zog ein Foto heraus. Es zeigte ein Paar in Hochzeitskleidung – jüngere Versionen von Reginald Henderson und der Frau, die ihr gegenübersaß.

„Achtzehnter April, 1908. St. Anselmskirche in Nottingham. Überzeugen Sie sich selbst."

Martha entfaltete das andere Stück Papier und sah, dass es die Heiratsurkunde von Reginald Henderson, von Beruf Medizinstudent, und Miss Eileen O'Hara, unverheiratet, war.

„Aber das ist doch nicht möglich. Wie kann das sein?"

„Als mein Mann von seinem kurzen Aufenthalt an der Front zurückkehrte, war er in vielerlei Hinsicht ein anderer Mensch. Er hatte sein Auge verloren, aber er hatte auch sich selbst verloren. Der gütige und liebevolle Mann, den ich geheiratet hatte, hatte sich in einen gewalttätigen und wütenden Haudrauf verwandelt, der mich ohne Grund und regelmäßig schlug. Das Leben mit ihm wurde zur Hölle." Sie hob ihren Blick und sah Martha an. „Ich habe versucht, ihn zu überreden, Hilfe zu suchen. Gerade er als Mediziner mit einer Spezialisierung auf psychiatrische Erkrankungen hätte wissen müssen, dass das der richtige Weg ist. Aber er weigerte sich. Wie heißt es doch so schön? Wasser predigen und Wein trinken?" Sie betrachtete Marthas Gesicht und versuchte offenbar, sie einzuschätzen. „Er hat Ihnen also nicht gesagt, dass er verheiratet ist?"

„Er sagte, seine Frau sei an der Grippe gestorben. Während des Krieges."

Mrs. Henderson lachte hohl. „Das hat er ihnen erzählt? Dann hat er mich wohl metaphorisch gesprochen das Zeitliche segnen lassen."

Martha sagte nichts.

„Ich flehte ihn an, Hilfe zu holen, aber er ignorierte mich. Ich hielt es bis 1917 aus, als er mich eines Nachts so fest schlug, dass mein Kiefer brach." Sie hob ihre Hand und berührte ihr Kinn. „Also verließ ich ihn. Ich ging nach Hause nach Irland. Meine Mutter nahm mich bei sich auf. Ich pflegte sie im Alter, aber sie starb vor knapp einem Jahr. In der ganzen Zeit, in der ich weg war, hörte ich kein einziges Wort von Reginald. Er musste gewusst haben, dass ich nach Irland zurückkehren würde." Sie schüttelte den Kopf. „Er schämte sich vermutlich für das, was er getan hatte. Nach Mutters Tod kehrte ich nach Nottingham zurück, um ihn zu finden, in der Hoffnung, dass er sich inzwischen Hilfe gesucht hatte. Der Tod meiner Mutter brachte mich dazu, Bilanz über mein bisheriges Leben zu ziehen. Ich begann, mich an Reginalds gute Seiten zu erinnern."

Sie senkte für einen Moment den Blick und richtete ihn dann wieder auf Martha. „Ich beschloss, alles zu tun, was ich konnte, um meine Ehe zu retten und ihn davon zu überzeugen, sich in Behandlung zu begeben, sofern er es nicht schon getan hätte." Sie sah auf ihre Finger hinunter, die ihren goldenen Ehering berührten. „Ich habe bis heute gebraucht, um ihn aufzuspüren. Ich konnte mit einem seiner Armeekollegen sprechen, der mir erzählte, dass er noch vor Kriegsende hierher in diese Anstalt kam."

Sie wurden durch das laute Schreien des Babys unterbrochen. Martha sprang auf. „Das Kind ist nicht von

Reggie", sagte sie schnell. „Bitte warten Sie. Ich bin in ein paar Minuten zurück."

Sie ging nach oben und hob David aus seinem Bettchen, drückte ihn an sich, gab ihm Küsse auf sein weiches Haar und streichelte seinen Rücken, um ihn zu beruhigen. Es funktionierte. „Hattest du einen bösen Traum, David, mein Liebling?", murmelte sie. Sie versuchte, ihn hinzulegen, aber er begann wieder zu weinen. Da sie sich der wartenden Frau im Salon bewusst war, wickelte sie kurzerhand sein Tuch um ihn und trug ihn die Treppe hinunter.

Sie ging mit ihm vor dem Kamin auf und ab, in der Hoffnung, dass das Kind durch die Bewegungen still bleiben würde. An die andere Frau gewandt, sagte sie: „Ich arbeitete hier in der Anstalt, als ich erfuhr, dass ich meinen Sohn erwarte. Eine Heirat mit dem Vater kam nicht infrage, aus Gründen, über die ich lieber nicht sprechen möchte. Ich dachte, ich würde im Armenhaus enden, aber Regg ... Dr. Henderson bot mir an, mich zu heiraten und dem Kind einen Namen zu geben." Sie hielt inne. „Er und ich haben nie ... unsere Ehe besteht nur dem Namen nach. Er hat mich aus reiner Fürsorglichkeit geheiratet. Ich wusste nicht, dass Sie noch leben."

Die Frau musterte sie skeptisch. „Sie wollen mir sagen, dass er nie eine sexuelle Beziehung mit Ihnen unterhalten hat? Sie können doch nicht erwarten, dass ich das glaube."

„Er nimmt Medikamente." Martha wollte vor dieser Fremden nicht alle Einzelheiten ausplaudern. Reggie sollte ihr die Details selbst erzählen, nicht sie. „Sie haben Auswirkungen auf ihn."

„Wollen Sie damit sagen, dass er impotent ist? Das war er jedenfalls nicht, als wir zusammenlebten."

„Damals hat er auch die Pillen noch nicht genommen. Und Sie sagten, er war aggressiv?"

Die Frau nickte, aber ihr Gesichtsausdruck verriet, dass sie misstrauisch war.

Martha rückte Davids Tuch zurecht und vermied es, Mrs. Henderson anzusehen.

„Sie schwören, dass das Kind nicht von meinem Mann ist?"

„Beim Leben meines Babys. Davids Vater ist der einzige Mann, den ich je geliebt habe. Er hat mich auch geliebt. Leider konnten wir nicht zusammen sein."

„Er war auch verheiratet." Die Frage war rhetorisch gemeint.

„Ich will nicht darüber reden." Als das Baby in ihren Armen wieder eingeschlafen war, setzte sie sich hin. „Was passiert jetzt? Was wollen Sie tun?"

Mrs. Henderson seufzte. „Ich werde zur Polizei gehen und die wird ihn wahrscheinlich in Gewahrsam nehmen. Mein Mann ist ein Bigamist und ob er nun Geschlechtsverkehr mit Ihnen hatte oder nicht, er muss dafür bestraft werden. Es tut mir leid, dass Sie und Ihr Kind unter den Folgen seines Betrugs leiden müssen. Ich werde der Polizei sagen, dass ich glaube, dass Sie von ihm hinters Licht geführt wurden. Man wird wahrscheinlich auch mit Ihnen sprechen wollen. Das kann ich nicht verhindern. Und es wird einen Skandal geben. Und natürlich sind Sie auch nicht mehr verheiratet. Ihre Ehe ist ungültig."

Martha wusste nicht, wie sie das alles verkraften sollte. Es war zu viel.

„Ich bin heute Nachmittag hierhergekommen, um herauszufinden, ob Sie über die Wahrheit Bescheid wissen. Das tut die zweite Frau wohl so gut wie nie, aber ich musste mich selbst vergewissern. Und ich dachte, es wäre besser, wenn Sie es von mir und nicht von der Polizei erfahren würden."

Martha nickte. Sie saßen einige Augenblicke lang schweigend da.

Schließlich sagte sie: „Was ist mit Ihnen? Was werden Sie jetzt tun?"

Die Frau berührte erneut ihren Ehering. „Ich weiß es nicht. Mich scheiden lassen, vielleicht. Aber ... ich habe meinen Mann geliebt und ich glaube, dass er medizinische Hilfe braucht. Ich hoffe, dass er diese Hilfe bekommt, wenn er im Gefängnis ist. Zur Polizei zu gehen, ist die einzige Möglichkeit, das alles aufzuklären. All die Lügen. Den Betrug."

„Gefängnis? Wird es so weit kommen?" Martha verspürte eine plötzliche Welle des Entsetzens, aber auch des Mitleids für den Mann, der sie getäuscht hatte. Immerhin hatte er ihr eine Bleibe geboten, ihren Sohn zu einem ehelichen Kind gemacht, und abgesehen von der kurzen Phase, in der er sie aufgrund seiner Wutanfälle körperlich angegriffen hatte, war er ihr immer mit Freundlichkeit und Zuneigung begegnet.

„Bigamie ist ein Verbrechen."

„Aber ins Gefängnis? Es wäre eine solche Verschwendung. Er leistet wertvolle Arbeit hier in St. Crispin's."

„Das werden sie zweifellos berücksichtigen. Ich habe mit einem Anwalt gesprochen. Er sagte mir, dass Bigamie mit bis zu sieben Jahren bestraft werden kann, aber in Anbetracht von Reginalds Umständen und unter der Annahme, dass weder Sie noch ich nach Vergeltung schreien, könnte er eine Strafe von nur sechs Monaten erhalten. In Anbetracht seines beruflichen Rufs und der Tatsache, dass sein geistiger Zustand auf seinen Kriegsdienst zurückzuführen ist, glaubt der Anwalt, dass die Freiheitsstrafe minimal ausfallen würde."

Als Mrs. Henderson gegangen war, ging Martha auf

und ab und versuchte, zu begreifen, was die Frau ihr erzählt hatte. Sie versuchte immer noch, die ganze Tragweite dessen zu erfassen, was an diesem Nachmittag geschehen war. Das anfängliche Mitleid mit Henderson wich bald ihrer Wut. Er hatte sie unter Vorspiegelung falscher Tatsachen geheiratet. Er hatte sie belogen, als er ihr versprochen hatte, dass ihre Ehe niemals vollzogen werden würde. Und er hatte sie – und seine rechtmäßige Ehefrau – mit brutaler Gewalt angegriffen. Und jetzt würde sein unverantwortliches Handeln schreckliche Folgen für sie und für David haben.

Als sich ihr Baby in ihren Armen bewegte, seufzte und wieder einschlief, verspürte sie Angst. Was würde aus ihr werden? Und was würde aus ihrem Kind werden?

Kapitel Neunundzwanzig

Der Anstaltsleiter verengte seinen Blick auf Martha, als er sie ansah, und machte keinen Hehl aus seiner Abneigung gegen sie. „Sie und Ihr Kind können bis zum Ende des Monats in St. Crispin's bleiben. Dann möchte ich, dass Sie das Haus verlassen und von hier verschwinden."

Martha senkte ihren Blick. Nur drei Wochen, um einen Ort zu finden, an dem sie bleiben konnte.

„Ich lasse Sie nur so lange hier bleiben, weil Dr. Henderson mich angefleht hat, als sie ihn mitgenommen haben." Er blickte sie verachtend über den Schreibtisch hinweg an. „Es ging mir von Anfang an gegen den Strich, zuzustimmen, Sie hier als Hilfskraft arbeiten zu lassen, wo doch eine Verwandte von Ihnen hier Patientin war. Höchst unangemessen. Und ich hatte das Gefühl, dass eine Frau wie Sie Reggie nur ausnutzen würde. Ich will ehrlich sein, als er sagte, er wolle Sie heiraten, habe ich versucht, ihn davon abzubringen, aber er wollte nicht hören."

„Eine Frau wie ich?" Sie hob ihren Blick und sah ihn an.

Der Blick des Anstaltsleiters war kalt. „Eine Frau aus einer anderen Klasse. Eine Putzfrau. Und eine Frau von geringer Moral."

Sie sagte nichts. Was hatte es für einen Sinn, mit ihm zu streiten? Sein Entschluss stand eindeutig fest.

„Sie haben Ihre Tochter weggegeben und zwanzig Jahre lang nicht besucht." Er nahm einen Zettel von seinem Schreibtisch, blickte darauf, ohne die Zeilen zu lesen, und legte ihn wieder hin. „Als Sie Dr. Henderson kennenlernten, fassten Sie sofort den Plan, ihn zu heiraten. Armer Reggie." Die letzten beiden Worte murmelte er halblaut vor sich hin.

Er stand auf und ging zum Fenster hinüber. „Dr. Henderson hat mir gesagt, dass das Kind nicht von ihm ist. Dass er Ihnen angeboten hat, Sie zu heiraten, um Ihren Sohn ehelich zu machen." Er drehte den hölzernen Griff der Jalousie zwischen seinen Fingern. „Sie haben das Leben und den Ruf eines guten Mannes ruiniert, Mrs. Walters. Dr. Henderson hat hier großartige Arbeit geleistet – bahnbrechende Arbeit. Selbst wenn er einer langen Haftstrafe entgeht, wird er nie wieder in der Medizin arbeiten."

Er starrte aus dem Fenster, mit dem Rücken zu Martha. „Ende des Monats. Keinen Tag länger. Danach sehen Sie zu, dass Sie nie wieder in die Nähe von St. Crispin's kommen."

Es hatte keinen Sinn, zu protestieren. Martha wusste, dass er mit seinen Gefühlen nicht allein war. Keine einzige der Krankenschwestern – Frauen, die sie für ihre Freundinnen gehalten hatte – war zu ihr gekommen, seit es sich herumgesprochen hatte. Es überraschte sie nicht. Sie alle hatten Dr. Henderson verehrt.

Sie stand auf, verließ wortlos das Büro des Leiters und ging über den Rasen zu dem kleinen Haus, in dem sie mit

Reggie gelebt hatte. Eine der Putzfrauen der Anstalt, die sich gern einen Shilling dazuverdienen wollte, passte auf David auf. Als die Frau ging, hob Martha ihren Sohn vom Teppich vor dem Kamin auf, wo er mit ein paar Holzklötzen spielte. Sie drückte ihn an ihren Körper und atmete seinen weichen, pudrigen Duft ein. „Oh, mein lieber Junge, was soll nur aus uns werden?"

In dieser Nacht blieb Martha lange auf und dachte im Schein des Feuers nach. Nachdem sie alle Optionen durchgegangen war, kam sie zu einem Schluss. Das Wohlergehen ihres Sohnes stand an erster Stelle. Sie musste ihren Stolz hinunterschlucken und die Shipleys um Hilfe bitten. Kit um Hilfe bitten. Er würde von seinem Sohn erfahren müssen. Nachdem sein Vater all die Jahre für Janes Unterhalt bezahlt hatte, musste Kit jetzt etwas tun, um David zu helfen.

Sie hatte nicht gewollt, dass er von David erfuhr. Jane war noch am Leben und von den Shipleys abhängig gewesen, als sie herausgefunden hatte, dass sie schwanger war. Alles, was die Zukunft ihrer Tochter hätte gefährden können, war nicht infrage gekommen. Sie wollte nicht daran denken, wie Mrs. Shipley reagiert hätte. Sie hätte nicht riskieren können, dass sie die Zahlungen einstellte. Aber jetzt, wo Jane fort war, bedeutete David ihr alles. Er war sogar das Einzige, was ihr noch etwas bedeutete. Kit um Hilfe zu bitten, war ihre einzige Hoffnung. Und Mrs. Shipley müsste es nicht erfahren.

Martha wusste, dass Kit geheiratet hatte – sie hatte die Fotos in einer Zeitschrift gesehen, die sie im vergangenen Frühjahr im Büro der Stationsschwester gefunden hatte. Sie erinnerte sich daran, wie sie sich gefühlt hatte, als sie die Fotos sah – Lady Lavinia, die strahlte, und Kit, der aussah, als würde er gleich das Schafott besteigen. Liebe für ihn hatte ihr Herz erfüllt, zusammen mit Traurigkeit darüber, dass sie sich nun für immer verloren hatten. Sie hatte sich keine Hoffnung gemacht, aber die Gewissheit, dass sie nie wieder zusammen sein würden, hatte sie dennoch hart getroffen. Hätte sie geahnt, dass Jane nur wenige Wochen nach Hendersons Antrag tot sein würde, hätte sie niemals zugestimmt, ihn zu heiraten. Es fiel ihr schwer, nicht darüber nachzudenken, wie die Dinge gekommen wären, wenn …

Von der Existenz seines Sohnes zu erfahren, würde für Kit ein Schock sein. Martha wollte die Situation für ihn nicht noch schlimmer machen. Inzwischen hätte er bestimmt akzeptiert, dass er sein Leben mit Lady Lavinia verbringen würde. Wenn Martha nun mit seinem Kind auftauchte, würde sie alles auf den Kopf stellen. Aber welche Wahl hatte sie?

Zwei Wochen später ging Martha die lange Auffahrt nach Newlands entlang, nachdem sie David im Dorf in der Obhut der pensionierten Lehrerin zurückgelassen hatte. Das Gras war mit Reif bedeckt und es gab kaum Anzeichen für den kommenden Frühling. Martha atmete tief ein und war sich des Hämmerns ihres Herzens in ihrer Brust bewusst. Wie würde Kit auf ihr plötzliches Auftauchen reagieren? Würde er sich freuen, sie zu sehen? Wäre er wütend? Aufgewühlt? Sie war sehr nervös. Einer Sache war sie sich jedoch sicher: Wie auch immer er zu ihr stehen würde, er würde sich vor seiner Verantwortung seinem Sohn gegenüber nicht drücken.

Als sie das Ende der weitläufigen Auffahrt erreichte, zögerte Martha. Sollte sie zur Rückseite des Hauses gehen und am Bediensteteneingang klopfen? Sie hatte noch nie den großen Vordereingang unter dem Säulengang benutzt. Aber was sie zu sagen hatte, war keine dienstliche Angelegenheit.

Nervös stieg sie die steinernen Stufen hinauf und zerrte am Klingelzug.

Es dauerte einige Minuten, bis Bannister erschien. Als er Martha erblickte, wirkte er überrascht. Der ältere Butler kannte sie schon ihr ganzes Leben lang und sie vermutete, dass er, wie alle Bediensteten auf Newlands, von ihrer kurzen Beziehung zu Kit wusste. Klatsch und Tratsch verbreiteten sich auf einem Landsitz rasend schnell.

„Mrs. Walters?" Er runzelte die Stirn und warf einen Blick über seine Schulter, bevor er auf sie zuging. „Sie müssen den Hintereingang benutzen."

„Ich bin hier, um Captain Shipley zu sehen." Sie blieb standhaft.

„Captain Shipley ist in Übersee."

„Übersee?" Mit dieser Möglichkeit hatte sie nicht gerechnet. „Für wie lange?"

„Auf unbestimmte Zeit."

Martha biss sich auf die Lippe, als Enttäuschung sich in ihr breitmachte, aber sie sagte sich, dass sie an ihren Sohn denken müsse. „In diesem Fall würde ich gern Mrs. Shipley sprechen." Dann fügte sie hinzu, aus Angst, er könnte denken, dass sie Lady Lavinia meinte: „Seine Mutter."

Bannister runzelte wieder die Stirn. „Warten Sie hier", sagte er knapp, verschwand im Haus und schloss die Tür hinter sich.

Sie stand unter dem steinernen Säulengang und fröstelte. Es wehte ein scharfer Wind und die Narzissen, die am Rande der Kiesauffahrt wuchsen, neigten sich zur Seite. Die Aussicht, Mrs. Shipley von ihrer Situation zu erzählen, war nicht gerade verlockend. Marthas anfängliche Nervosität kam nun einer ausgewachsenen Panik nah.

Die Tür öffnete sich weit und Bannister führte sie hinein.

Martha erinnerte sich an ihre letzte Audienz bei Edwina Shipley – sie hatte gedemütigt vor einem großen Eichentisch gestanden, während die Frau ihr einen Scheck überreicht hatte. Würde sich diese Erfahrung heute wiederholen? Doch heute wurde sie in einen kleinen Salon geführt, der unerwartet gemütlich war, mit einem knisternden Feuer im Kamin, zwei schlafenden Spaniels und Mrs. Shipley selbst in einem Sessel. Sie gab Martha mit einer Handbewegung zu verstehen, dass sie sich ihr gegenüber setzen sollte.

Marthas Nervosität verflog. Warum sollte sie Angst haben? Sie wollte doch nur das Richtige tun, um für ihren Sohn zu sorgen. Immerhin war David Mrs. Shipleys Enkelsohn.

Ihre Widersacherin sprach zuerst. „Wie ich höre, haben Sie wieder geheiratet? Warum sind Sie hierhergekommen? Warum wollten Sie meinen Sohn sprechen?"

„Mr. Bannister sagt, er sei in Übersee."

„Damit liegt Mr. Bannister richtig. Captain Shipley ist im Fernen Osten."

„Ich verstehe." Sie zögerte einen Moment. „Und Lady Lavinia?"

Mrs. Shipley verengte ihren Blick auf Martha. „Meine Schwiegertochter ist tot. Ich nahm an, das sei der Grund für Ihren Besuch." Ihr Ausdruck war kalt und feindselig.

Marthas Herz begann zu rasen. „Das wusste ich nicht. Wann ist es geschehen? Wie?"

„Im Oktober. Sie ist ertrunken. Hier im See. Irgendein Trottel, wahrscheinlich Ihr verstorbener Mann oder Vater, hatte eine alte Falle hineingeworfen und ihr Fuß verfing sich darin." Sie steckte eine Zigarette in ein langes schwarzes Mundstück, zündete sie an und atmete kurz darauf den Rauch langsam aus. „Warum sind Sie hier?"

Martha beschloss, dass die Wahrheit die beste Wahl war, und erzählte ihr von ihrer Ehe und der kürzlichen Erkenntnis, dass sie ungültig war. „Ich habe Dr. Henderson geheiratet, weil ich glaubte, er sei Witwer, und weil ich mit dem Kind Ihres Sohnes schwanger war." Sie spürte, wie sie zitterte, als sie die Worte hervorpresste. Sie wagte es nicht, Edwina Shipley in die Augen zu sehen.

„Sie waren mit Christophers Kind schwanger?" Mrs. Shipleys Worte klangen zögerlich, ihre typische Zuversicht war wie weggeblasen. „Wusste mein Sohn von dem Kind?"

„Nein, tat er nicht. Der Name meines Sohnes ist David. Er ist vierzehn Monate alt." Sie konnte sehen, wie Mrs. Shipley im Geiste nachrechnete.

„Wo ist das Kind?"

„Er ist im Dorf. Miss Edmonds passt auf ihn auf, während ich hier bin."

„Sind Sie sicher, dass mein Sohn nichts von dem Baby weiß?"

Martha nickte.

„Warum haben Sie es ihm nicht gesagt?"

Martha zögerte. „Ihretwegen. Weil Sie ihm seinen Zuschuss gestrichen und die Zahlungen für Jane eingestellt hätten."

„Ach, ja. Sie benachrichtigen mich über ihren Tod. Armes Geschöpf."

Martha ballte die Fäuste, verärgert über den Tonfall der Frau. „Sie haben es *Ihnen* gesagt? Nicht Captain Shipley? Wusste er es nicht?"

Mrs. Shipley wandte den Kopf ab. „Ich hielt es für besser, ihn darüber in Unkenntnis zu lassen."

Das war also der Grund, warum er nicht zur Beerdigung gekommen war. Martha schloss die Augen. Sie war erleichtert, dass Kit den Tod seiner Schwester nicht einfach ignoriert hatte, aber auch wütend, dass Mrs. Shipley nie aufgehört hatte, Kontrolle auf ihn auszuüben.

„Und jetzt sind Sie heimatlos?", fragte Edwina Shipley schroff.

Martha nickte.

„Dann bringen Sie den Jungen zu mir. Ich werde ihm hier ein Zuhause geben. Warten Sie." Sie verließ das Zimmer und kam mit einer Handtasche aus Krokodilsleder zurück, aus der sie ein Scheckbuch und einen Stift holte.

Martha sah entsetzt zu, wie Edwina Shipley einen Scheck ausfüllte und ihr reichte. „Das sollte Sie für lange Zeit versorgen. Bringen Sie das Kind heute Nachmittag zu mir. Ich werde dafür sorgen, dass er alles hat, was er braucht. Er ist schließlich ein Shipley und muss wie ein solcher erzogen werden. Sie will ich hier nie wieder sehen und ich will auch nie wieder von Ihnen hören, Mrs. ... Mrs. wie auch immer Sie jetzt heißen mögen."

Martha stand auf, den Scheck in ihrer Hand. Sie zerriss ihn in mehrere Stücke und ließ die Schnipsel auf den Boden flattern. Beide Hunde hoben ihre Köpfe, als der Papierregen auf sie niederprasselte, ließen sie dann aber wieder fallen und schlossen desinteressiert die Augen.

„Das ist Ihre Antwort auf alles, nicht wahr? Dieses kleine Scheckbuch. Ein paar Schnörkel mit Ihrem Stift und Sie glauben, Sie können mich kaufen. Haben Sie eine so niedrige Meinung von Mutterschaft, dass Sie sich vorstellen können, eine Mutter wäre bereit, ihr Baby gegen Geld wegzugeben? Hätten Sie das mit Ihrem eigenen Sohn getan? Sie sind ein Monster, Mrs. Shipley."

„Setzen Sie sich!", fuhr Mrs. Shipley sie an. „Sagen Sie mir, warum Sie zu mir gekommen sind, wenn nicht für Geld."

Martha blieb stehen. „Ich bin tatsächlich für Geld hergekommen. Geld, das mir hilft, meinen Sohn zu unterstützen. Ich bin mutterseelenallein auf der Welt. Wie soll ich einen Lebensunterhalt verdienen, während ich ein kleines Kind großziehen muss? Ich habe keine Referenzen und kein Dach über dem Kopf. Alles, was ich will, ist ein bescheidenes Taschengeld, das mir hilft, mein Kind zu versorgen. Das Kind Ihres Sohnes. Ihr verstorbener Ehemann hielt es wenigstens für angemessen, dasselbe für meine Tochter zu tun."

Martha steckte ihre Hand in die Tasche ihres Mantels, ballte sie zur Faust und versuchte, all ihren Mut zusammenzunehmen. „Denken Sie, ich *will* Sie darum bitten? Denken Sie, es macht mir Spaß, Sie um Geld anzubetteln?"

Edwina Shipley lehnte sich vor, die Ellbogen auf den Knien. Sie trug Creme und Marineblau – einen langen, fein gestrickten Pullover über einem plissierten Seidenrock, mit einer Perlenkette, die fast so lang war wie der Pullover. Selbst wütend und über fünfzig, war sie eine elegante und schöne Frau.

„Sie müssen zugeben, Martha Tubbs, Sie haben die Angewohnheit, mit den Männern dieser Familie uneheliche Kinder zu bekommen."

Martha widerstand dem Drang, der Frau eine Ohrfeige zu verpassen. „Wie können Sie es wagen! Wie können Sie es wagen, das, was Ihr Mann mir angetan hat, als ich ein vierzehnjähriges Kind war und nicht einmal wusste, wie Babys gemacht werden, mit dem gleichzusetzen, was ich mit

Kit hatte. Wie können Sie es wagen, Sie ... Sie grausame Frau!" Sie stand bereits im Türrahmen, als sie sich noch einmal umdrehte und sagte: „Ihr Sohn hat mich geliebt und ich habe ihn geliebt. David wurde in tiefster Liebe gezeugt. Aber Sie wissen ja nicht einmal, was das ist."

Ohne eine Antwort abzuwarten, stürmte Martha aus dem kleinen Salon und zur Haustür, wobei ihre Absätze über den Marmorboden im Flur klackerten.

„Halt! Kommen Sie zurück!", hallte die Stimme von Mrs. Shipley durch den Flur, als sie Martha folgte. „Ich hätte das nicht sagen sollen. Kommen Sie zurück ... bitte."

Martha zögerte. Bannister war im Flur erschienen und stand vor der Tür.

„Bringen Sie uns eine Kanne Kaffee, Bannister. Sofort, bitte."

Mrs. Shipley streckte eine Hand aus und berührte Marthas Ärmel. „Bitte kommen Sie zurück. Ich habe überstürzt gesprochen. Ich war schockiert über das, was Sie mir erzählt haben. Ich werde Ihnen helfen."

Es dauerte mehr als eine Stunde, bis sie die Einzelheiten geklärt hatten. Zunächst hatte Mrs. Shipley versucht, darauf zu bestehen, dass David im Haus leben müsse.

„Er kann das Kinderzimmer haben. Es ist im obersten Stockwerk und Sie können eines der Zimmer der Dienstmädchen nehmen, damit Sie in seiner Nähe sind. Ich werde ein Kindermädchen einstellen. Später eine Erzieherin. Und wenn er alt genug ist, kann er natürlich auf Christophers und Percys alte Schule gehen."

Martha musste erneut ihren ganzen Mut zusammennehmen, um sich gegen den Ansturm von Kits Mutter zu wehren. Sie weigerte sich, auch nur darüber nachzudenken, dass ihr Kind irgendwo anders leben könnte als bei ihr, und sprach sich auch dagegen aus, dass ein Kindermädchen engagiert wurde.

„Was die Schule angeht, David ist erst vierzehn Monate alt. Darüber brauchen wir in diesem Alter noch nicht zu diskutieren." Sie wusste, dass sie niemals damit einverstanden sein würde, dass ihr Sohn auf ein Internat geschickt wurde, aber sie hielt es für klug, nicht alle ihre Kämpfe auf einmal auszutragen.

Edwina Shipley war es gewohnt, ihren eigenen Willen durchzusetzen, doch angesichts von Marthas Unnachgiebigkeit stimmte sie schließlich einem Kompromiss zu. Sie einigten sich darauf, dass David bei seiner Mutter leben, aber jeden Tag Zeit mit seiner Großmutter verbringen sollte. Zu Marthas Überraschung schlug Mrs. Shipley vor, dass sie und ihr Sohn wieder in das Häuschen des Wildhüters ziehen könnten.

„Es steht leer, seit Sie weg sind. Mein Sohn fand nie die Zeit, einen neuen Wildhüter einzustellen, und jetzt, wo er fort ist, hat es wenig Sinn, einen zu suchen. Ich kann die Jagdwochenenden schlecht selbst veranstalten."

Marthas Gesicht hellte sich auf, denn ihre frühere Abneigung gegen das Häuschen war nach der Zeit, die sie mit Kit dort verbracht hatte, verflogen. Jetzt wäre es ein Ort voller glücklicher Erinnerungen, der Ort, an dem ihr Sohn gezeugt wurde und an dem sie zum ersten Mal echte und beständige Liebe erfahren hatte.

„Allerdings", fuhr Mrs. Shipley fort, „ist es wahrscheinlich voller Staub und Spinnweben, und muss gründlich gelüftet werden. Vermutlich ist es auch feucht, weil es so lange unbewohnt war. Sie müssen darauf vorbereitet sein, die Ärmel hochzukrempeln."

„Ich scheue harte Arbeit nicht. Und ich danke Ihnen,

Mrs. Shipley. Das ist ein sehr großzügiges Angebot. David und ich werden Ihnen keine Schwierigkeiten machen."

„Also gut. Jetzt würde ich gern meinen Enkel kennenlernen. Warum holen Sie ihn nicht gleich hierher? Sie können ihn bei mir lassen, während Sie das Häuschen putzen."

Martha zögerte, denn sie fühlte sich unwohl bei dem Gedanken, dieser kaltherzigen Frau die Verantwortung für ihren Sohn zu überlassen.

„Ich habe selbst zwei Söhne großgezogen, Mrs. Walters, und Sie werden mir doch sicher zustimmen, dass ich, was Christopher betrifft, gute Arbeit geleistet habe. Das Baby ist bei mir gut aufgehoben. Ich nehme an, er wurde abgestillt?"

Martha nickte.

Als sie etwa eine Stunde später mit David zurückkehrte, war Martha schockiert über die Reaktion, die ihr Sohn bei seiner Großmutter hervorrief. Als Edwina Shipley sich über den Strohkorb beugte und ihren Enkel zum ersten Mal erblickte, stiegen ihr Tränen in die Augen. „Darf ich ihn halten?", fragte sie.

Sie wiegte David in ihren Armen und stieß einen leisen Seufzer aus. Zu Martha gewandt, sagte sie: „Er ist wunderschön. Das Abbild seines Vaters." Sie drückte das Baby an sich und streichelte seinen Hinterkopf und Martha war erstaunt zu sehen, dass sie weinte. „Danke", sagte sie. „Danke, Martha. Sie haben mich sehr glücklich gemacht."

Das Baby regte sich, sah zu seiner Großmutter auf und streckte ihr eine pummelige Hand entgegen. Mrs. Shipley zögerte einen Moment, dann bewegte sie ihre eigene Hand und ließ das Kind nach ihrem Finger greifen. Sie lächelte, als das Baby ihn kräftig packte und festhielt. Martha beobachtete, wie die ältere Frau ihren Kopf senkte und David einen sanften Kuss auf die Wange gab.

. . .

Die Tage wurden zu Wochen, doch die Hingabe, mit der Mrs. Shipleys ihr Enkelkind anbetete, ließ nicht nach. Auch der kleine Junge gewann sie lieb und begleitete sie und die Hunde freudig durch Haus und Garten. Sie hatte unendlich viel Geduld mit dem Kind, las ihm Geschichten vor und spielte ihm Musik auf dem Aufziehgrammophon vor.

Die beiden Frauen schafften es allmählich, ihren unbehaglichen Waffenstillstand in gegenseitigen Respekt zu verwandeln, geeint durch ihre Liebe zu David. Martha ging jeden Tag nach dem Mittagessen zum Herrenhaus hinüber und ließ ihr Kind in der Obhut seiner Großmutter, während sie selbst es sich angewöhnt hatte, nachmittags zu Fred in die versunkenen Gärten zu gehen. Um vier Uhr ging sie in das Gärtnerhäuschen, zog ihre Arbeitskleidung aus und kehrte ins Haus zurück, um David abzuholen.

In den Gärten zu sein, half ihr, sich Kit wieder nahe zu fühlen. Wie sehr hätte er sie geliebt. Die Struktur der Anlage war nun deutlicher zu erkennen, mit den klar definierten Kieswegen, einer kleinen Reihe von Teichen, die durch einen Bach verbunden waren, der sich zwischen ihnen hindurchschlängelte, und die alle von Teichkraut und Algen befreit waren. Es hatten sich verschiedene Blickpunkte herausgebildet: manche über die weiten, offenen Rasenflächen, andere hin zu Sträuchern oder Baumgruppen. Der Ort strahlte eine Ruhe und einen Frieden aus, den Martha als heilsam empfand.

Kits Abwesenheit füllte sie unablässig mit Wehmut. Überall in Newlands musste sie an ihn denken. Jeden Tag ging sie an den Stallungen oder der Koppel vorbei und fütterte Hooker mit einer Karotte, weil sie wusste, dass auch er seinen Herrn vermissen musste. Sie stellte sich vor, wie

Kit durch dichte Regenwälder kletterte und entlang von Bächen nach exotischen Pflanzen suchte. Sie stellte sich vor, wie er vor einem Zelt oder einer Hütte saß, während der Tag in den Abend überging, und die Pflanzen, die er gesehen hatte, zeichnete und malte, oder wie er mit seinen Führern eine einfache Mahlzeit einnahm. Ihr Kummer darüber, von ihm getrennt zu sein, wurde durch das Wissen gemildert, dass er das tat, was er liebte, an jenem Ort, an dem er einst so glücklich gewesen war. Martha fragte sich, ob er jemals einen Gedanken an sie verschwendete. Es machte sie traurig, dass es wohl schmerzhafte Gedanken wären, da er annehmen musste, dass sie mit Henderson verheiratet war. Wenn er nur wüsste, dass sie hier war, dass er einen wunderbaren Sohn hatte und dass sie sich jeden Augenblick des Tages danach sehnte, dass er nach Hause kam. Manchmal bezweifelte sie, dass er jemals zurückkehren würde.

Mrs. Shipley erzählte ihr, dass sie während seiner Reise nach Borneo nur kurze Briefe aus den Häfen erhalten hatte und ein paar wenige, seit er in Sarawak angekommen war. Die ältere Frau versuchte, ihre Besorgnis zu verbergen, indem sie Kits Versäumnis, sich um regelmäßigen Kontakt zu ihr zu bemühen, herunterspielte.

„Es war dasselbe, als er im Internat war, und später an der Front. Und als er das letzte Mal in Borneo war, erhielten wir nur drei Briefe während der ganzen Zeit." Sie lächelte. „Anscheinend kann man im Dschungel nirgendwo Briefe aufgeben."

Wenn sie nach ihrer Arbeit im Garten ins Haus kam, erwartete Mrs. Shipley nun, dass sie mit ihr Tee trank, damit sie ihr berichten konnte, was sie und David zusammen erlebt hatten. Inzwischen rannte das Kind durchs Haus, als ob es ihm gehörte, und Martha wurde klar, dass dies eines Tages vielleicht wirklich der Fall wäre.

Mrs. Shipley erfreute sich daran, dass David sie Granny nannte. Die kalte, harte Schale der Frau schmolz in der Gesellschaft ihres Enkels völlig dahin, und der anfänglich Respekt für Martha verwandelte sich mit der Zeit in eine aufrichtige Freundschaft.

Es war offensichtlich, dass Edwina Shipley eine einsame Frau gewesen war. Martha erkannte und verstand die Einsamkeit anderer Menschen, denn sie hatte ihr eigenes Leben bestimmt, bis sie Kit kennengelernt hatte. Beide waren sie Opfer einer unglücklichen Ehe gewesen, beide wussten sie, was es bedeutete, um jemanden zu trauern, und jetzt, dank David, überschwängliche und bedingungslose Liebe zu empfinden. Die zweite Sache, die sie verband, war die Lücke, die Kit in ihren Leben hinterlassen hatte. Doch dieses Thema war zunächst tabu und Mrs. Shipley wischte seine Abwesenheit beiseite, als ob sie ihr nichts ausmachte.

Eines Nachmittags im Spätsommer, achtzehn Monate nach ihrer Rückkehr nach Newlands, kam Martha von den versunkenen Gärten zum Haus zurück. Mrs. Shipley saß auf der Terrasse, während David auf seinem neuen Stolz, einem hölzernen Dreirad, das sie ihm gekauft hatte, vor ihr auf und ab fuhr.

Sie saßen in stiller Gesellschaft zusammen, tranken Tee und sahen David beim Spielen zu. Die Hitze des Sommers wich einer sanfteren Wärme, die den Herbst ankündigte.

Mehrmals dachte Martha, dass Mrs. Shipley gleich etwas sagen würde, doch sie schwieg. Martha trank ihren Tee aus und wollte gerade nach David rufen, um mit ihm zu ihrem Häuschen zurückzukehren, als die andere Frau sagte:

„Ich kann jetzt sehen, was mein Sohn in Ihnen gesehen haben muss, Martha."

Martha war verblüfft und es verschlug ihr die Sprache.

„Haben Sie ihn wirklich so sehr geliebt, wie ich weiß, dass er Sie geliebt hat?"

Martha wandte sich ihr zu. „Mehr, als ich es je für möglich gehalten hätte." Nach einem Moment fügte sie hinzu: „Und ich liebe ihn immer noch. Es vergeht keine Stunde, in der ich nicht an ihn denke, in der ich ihn nicht vermisse."

Die ältere Frau nickte. „Ich vermisse ihn auch. Ich glaube, das Schlimmste ist, nichts von ihm zu hören. Nur diese zwei kurzen Briefe seit seiner Ankunft in Borneo. Ein paar Zeilen, um mir mitzuteilen, dass er gut angekommen sei, und dann noch einen, um mir zu sagen, dass er ins Landesinnere aufbrechen werde." Sie seufzte. „Es sind jetzt fast zwei Jahre. Ich weiß, dass er schreiben würde, wenn er könnte, aber die meiste Zeit ist er irgendwo im Nirgendwo und hat keine Möglichkeit, Briefe zu schicken." Sie hielt inne und blinzelte in die Sonne. „Ich weiß nicht, was ich getan hätte, wenn Sie und David nicht gekommen wären. Es hat mir so viel bedeutet, diese kostbare Zeit mit meinem Enkel verbringen zu können. Ich danke Ihnen, Martha."

„David liebt Sie, Mrs. Shipley. Das ist unübersehbar."

Edwina lächelte. „Ich glaube, das tut er wirklich. Er ist ein Wunder, für das ich Gott jeden Tag danke." Sie drehte sich zu Martha und legte ihr eine Hand auf den Arm. „Nenn mich bitte Edwina. Ich denke, die Zeiten der Förmlichkeit haben wir hinter uns." Sie stellte ihre Teetasse ab und lächelte. „Und ich habe dich liebgewonnen, Martha. Ich betrachte dich als meine Freundin." Sie hielt inne. „Ich hoffe, du kannst mir das Unrecht, das ich dir getan habe, verzeihen. Ich habe nur getan, was ich für Christopher für das Beste hielt."

Martha war gerührt. „Danke", war alles, was sie hervorbringen konnte.

Edwina fuhr fort. „Ich denke, du und ich, wir sind uns in vielerlei Hinsicht ähnlich. Meine Ehe war nicht glücklich, aber ich wurde mit meinen beiden Söhnen gesegnet. Am meisten bedaure ich, dass ich ihnen nicht die Liebe und Zuneigung entgegengebracht habe, die sie verdient hätten." Sie wandte sich ab und ließ ihren Blick über die hügelige Parklandschaft schweifen. „Mein Mann war ein Tyrann und ein zwanghafter Fremdgänger. Das brauche ich dir ja nicht zu sagen. Er glaubte, jede Frau sei sein Eigentum. Wenn sie ihn abwies, nahm er sie mit Gewalt, sofern sie schwächer war als er, und wenn sie es nicht war, fand er einen Weg, ihr Leben zu ruinieren. Ich beobachtete seine Machenschaften aus der Ferne. Von Tag zu Tag wuchs mein Groll. Ich wurde verbittert und wütend. Und du, liebe Martha, warst die Zielscheibe all meiner Wut. Percy zu verlieren, war ein furchtbarer Schock für mich. Es war so schrecklich schmerzhaft. Den Gedanken, auch Christopher zu verlieren, konnte ich nicht ertragen." Sie schloss ihre Augen, aber Martha konnte sehen, dass sie den Tränen nah war. „Und jetzt *habe* ich ihn verloren."

„Was meinst du?" Martha gefror das Blut in den Adern. Hatte sie etwas von ihm gehört?

„Ich habe ihn von hier vertrieben. Er sagte mir, er wolle weg von mir." Sie schluckte. „Ich habe Angst, dass er nie wieder zurückkommt."

Martha streckte ihre Hand aus und drückte sie. „Er wird zurückkommen. Da bin ich mir sicher." Aber als sie die Worte sagte, fühlten sie sich leer an. Sie biss sich auf die Lippe und unterdrückte ihre eigenen Tränen.

Kapitel Dreißig

Das Königreich Sarawak war eine Anomalie im britischen Weltreich – und im Fernen Osten im Allgemeinen. Es wurde von der als die *Weißen Rajahs* bekannten Familie Brooke verwaltet und war mittlerweile ein britisches Protektorat. Der derzeitige Monarch, Charles Vyner Brooke, hatte den Thron nach dem Tod seines Onkels im Jahr 1917 bestiegen.

Sarawak, ein Land mit fruchtbaren Küstenebenen, üppigen Wäldern und einem unwirtlichen, praktisch unpassierbaren Landesinneren, war die Heimat von Piraten, christlichen Missionaren und – was für die Rajahs am schwierigsten auszurotten war – von Kopfjägern. Die Jagd auf Köpfe war in der Kultur Borneos tief verwurzelt und die Ureinwohner, die Dyaks, hatten die Kunst des Enthauptens perfektioniert und stellten die Köpfe als Trophäen aus. Für sie hatte die Kopfjagd nichts mit Grausamkeit oder Wildheit zu tun. Vielmehr war es eine soziale Norm, die über Jahrhunderte hinweg praktiziert worden war, um mit Feinden umzugehen und Gerechtigkeit walten zu lassen.

Im Großen und Ganzen waren die Dyaks ein friedliches und gastfreundliches Volk, und inzwischen wurde die Kopfjagd in Sarawak nur noch selten praktiziert.

Für einen Naturforscher war die Insel sowohl ein Paradies als auch eine Herausforderung. Reich an Flora und Fauna, mit vielen einzigartigen Spezies, war das Innere der Insel mit seinen Bergen und dem dichten Dschungel fast undurchdringlich. Die größten Siedlungen befanden sich in den Küstengebieten, während die Basaltberge steil, rutschig und tückisch zu erklimmen waren, mit dichtem, unberührtem Dschungel, der dem Reisenden jegliche Nahrung verwehrte. Diejenigen, die darauf bestanden, das Landesinnere zu erkunden, mussten genügend Proviant für die gesamte Reise bei sich haben. Auf den steileren Abschnitten konnte es sein, dass man nur ein paar hundert Meter pro Tag vorankam.

Das Boot, mit dem Christopher unterwegs war, fuhr an Häusern vorbei, die aus Palmenblättern gebaut waren und dicht am Wasser standen. Frauen und Kinder versammelten sich am Ufer, um das Dampfschiff zu bestaunen, und ihr Geplapper drang über das Wasser zu ihm, wenn er sich an die Reling des Decks lehnte. Alligatoren sonnten sich in den schlammigen Untiefen und wenn sie an Waldgebieten vorbeifuhren, hörte er die Schreie von Affen, die zwischen den Ästen der Bäume hin und her sprangen. Der Geruch von Muskatnuss und Gewürzen mischte sich mit dem Duft von Hibiskus und Gardenien. In der Ferne, über den Bäumen, erhoben sich die Berge von Matong und Santubong, die dicht bewaldet waren und aus denen vereinzelt Felsnasen herausragten.

Christopher war erleichtert gewesen, als er festgestellt hatte, dass die Brookes außer Landes waren, so dass er sie nicht hatte aufsuchen müssen. Alles, was seine Mutter ihm über Sylvia, die *Ranee*, erzählt hatte, überzeugte ihn davon, dass er Glück gehabt hatte, dieser Pflicht zu entkommen.

Er verbrachte ein paar Tage damit, sich auszuruhen und einen britischen Geistlichen und seine Frau, die Lawrences, zu besuchen, mit denen er sich auf seiner letzten Expedition angefreundet hatte. Damals hatten vier Engländer an der Reise teilgenommen. Diesmal war er allein. Die Lawrences hatten eine Familie gegründet, seit Christopher sie zuletzt gesehen hatte – drei Töchter, in rascher Folge geboren.

„Ich würde mich dir gern anschließen, aber meine Tage des Bergsteigens und der Streifzüge durch den Dschungel sind vorbei", sagte Reverend Lawrence. „Am besten heuerst du einen malaiischen Führer an, der dich in den Dschungel zu einem der Dyak-Dörfer bringt, wo du ihn gegen einen einheimischen Führer tauschen kannst. Du wirst nicht die gleichen für die ganze Reise behalten können – sie mögen es nicht, lange von ihrem Dorf weg zu sein –, aber sie werden dich zur nächsten Siedlung bringen und dort kannst du den nächsten anheuern."

„Wie kann ich mit ihnen kommunizieren?"

„Der malaiische Führer wird übersetzen. Ich kenne genau den richtigen Mann für dein Vorhaben. Sein Name ist Hilmi. Anständiger Kerl. Nimm aber nur wenig Gepäck mit – du kannst ein paar deiner Sachen hier lassen. Die Dyaks sind nicht so gut darin, viel Gewicht zu tragen." Er lachte schief. „Nun, die Frauen schon, aber sie werden es nicht sein, die dich führen. Sie arbeiten hart auf den Feldern. Die Männer der Dyaks sind im Vergleich zu ihren Frauen eher faul."

Nach einem angenehmen Tagesmarsch durch den

Dschungel erreichten Christopher und sein Führer eine kleine Dyak-Siedlung, die von Reis- und Gemüsefeldern umgeben war. Sie wurden zu einer runden, auf erhöhten Pfosten errichteten Hütte geführt, die den Dorfbewohnern als Ratssaal und für den Handel diente und in der die jungen, alleinstehenden Männer und alle Fremden, die das Dorf besuchten, schliefen. In der Mitte befand sich eine Feuerstelle, deren Rauch durch eine Öffnung im Dach abzog.

Bald nach ihrer Ankunft versammelten sich die Dorfbewohner, um den weißen Besucher zu begutachten. Die Männer trugen traditionelle Lendentücher, *Chawats*, die zwei- oder dreimal um die Taille und zwischen den Beinen gebunden wurden, wobei die langen Enden vorn und hinten herunterhingen. Ihre Hälse waren mit Halsketten aus Muscheln geschmückt und sie trugen Armreifen, Ohrringe und Gürtel aus Messing.

Die Verhandlungen mit dem Oberhaupt, dem *Orang Kaya*, zogen sich in die Länge, und Christopher beschlich das Gefühl, dass der Häuptling einen besseren Preis erzielen wollte. Christopher drehte seinen Kopf von seinem Übersetzer zum *Orang Kaya* und versuchte, den Fortgang der Diskussion zu verfolgen. Als man sich schließlich geeinigt hatte, zogen sie sich zum Essen zurück – eine Mahlzeit aus Reis und Gemüse. Sie schenkten ihnen Eier, von denen er nicht sicher war, ob er sie essen oder behalten sollte. Reiswein wurde herumgereicht und sie sahen zu, wie die Dorfbewohner tanzten, begleitet von chinesischen Gongs.

Am nächsten Tag machten sich Hilmi und Christopher mit einer kleinen Gruppe junger Männer auf den Weg flussaufwärts, immer höher in die Hügel und tiefer in den Dschungel. Gelegentlich mussten sie vom Fluss abweichen, um sich durch dichtes Bambusdickicht zu kämpfen. Nach mehreren Stunden Fußmarsch schmerzte Christophers Bein, aber sein Körper war voller Energie und er war begeistert von seiner Umgebung.

Der Plan war es, so tief wie möglich in die flacheren Bereiche des Dschungels vorzudringen. Eine Besteigung der Berggipfel kam aufgrund von Christophers Behinderung nicht infrage.

Jedes Mal, wenn sie ein Dorf erreichten, waren sie gezwungen, eine neue Gruppe von Führern zu rekrutieren, was langwierige Diskussionen mit den Dorfvorstehern und gelegentliche Verzögerungen zur Folge hatte. Christopher war einerseits frustriert, andererseits aber auch dankbar, denn so erhielt er die Möglichkeit, sich zwischen den einzelnen Etappen auszuruhen. Während Hilmi sich um die Vorbereitungen kümmerte, erkundete er die Gegend um die Dörfer, wo jeder verfügbare Streifen Land für den Reisanbau genutzt wurde. Sein Freund, Reverend Lawrence, hatte recht gehabt – die härteste Arbeit wurde von den Frauen verrichtet, die den ganzen Tag auf den Feldern arbeiteten und am Ende des Tages schwere Ladungen Gemüse oder Brennholz zurück in ihre Dörfer trugen, oft kilometerweit und über schwieriges Terrain. Ihre häuslichen Pflichten begannen dann damit, Reis zu Mehl zu stampfen und das Abendessen zu kochen. Währenddessen saßen die Männer zusammen, redeten und kauten Betelnüsse.

Jede Nacht, wenn er auf einem Bett aus Palmenblättern lag, blickte er nach oben und sah die kleinen, dunklen Umrisse von Schrumpfköpfen von den Dachsparren hängen. Nach einer Weile begann er, diese toten Seelen seltsam tröstlich zu finden.

Wo es möglich war, reisten sie mit dem Kanu, wobei die Dyaks die Boote mit langen Stangen antrieben. Während er nur wenig persönliches Gepäck dabei hatte, nahmen Christophers Kisten und Taschen für den Transport von Samen und Exemplaren viel Platz in Anspruch. Im Laufe der Reise füllten sie sich allmählich. Christopher wurde klar, dass sie den Zeitpunkt seiner Rückkehr bestimmen würden, denn sobald sie voll waren, müsste er die Kisten nach Kuching zurückbringen und neue besorgen.

Teile des Waldes waren farbenprächtig, Blumen wuchsen an den Bäumen empor und hingen in leuchtend roten und orangefarbenen Girlanden wie Vorhänge herab. Tagsüber war es unheimlich still im Dschungel, doch in der Dämmerung wurde er durch Vogelgezwitscher, das Gurren von Tauben und das Schlagen von Flügeln lebendig, und wenn man sich in der Nähe des Flusses befand, auch durch das Quaken von Fröschen.

Nach drei Wochen im Dschungel hatte Christopher eine beträchtliche Menge an Samen gesammelt und zahlreiche verschiedene Arten der Kannenpflanze, die das Hauptziel der Expedition war, fotografiert und gezeichnet. Als er gerade überlegte, ob es an der Zeit war, den langen Weg zurück nach Kuching anzutreten, hörte er, wie die Dyaks sich angeregt mit Hilmi unterhielten. Der Malaie erzählte ihm, dass es Gerüchte über eine blühende Riesenrafflesie gab, etwas weiter oben und auf der anderen Seite des Flusses in der Nähe einer Stromschnelle.

Als Hilmi ihre Worte für ihn übersetzte, sprudelte Christopher vor Aufregung fast über. Er dachte an jenen Nachmittag zurück, an dem er Martha, nachdem sie sich geliebt hatten, die Rafflesie beschrieben und ihr gesagt hatte, wie sehr er es bedauerte, die Pflanze nicht fotografiert zu haben, weil das Licht bereits so schwach gewesen war und die steilen Hänge den Aufbau eines Stativs schier unmöglich gemacht hatten. Wie konnte er jetzt eine weitere Gelegenheit verpassen?

Ursprünglich hatte er vorgehabt, für ein paar Wochen nach Kuching zurückzukehren, Briefe an seine Mutter, seinen Tutor und die Horticultural Society zu schreiben und das Versprechen einzulösen, mit den Lawrences zu Abend zu essen, bevor er für eine weitere Reise in das Herz der Insel zurückkehrte. Doch die Gelegenheit, die Rafflesie zu sehen, war zu einmalig, um sie zu verpassen. Und der Abstecher würde ihn nur ein oder zwei, höchstens drei Tage aufhalten. Würde er die Jagd nach ihr aufschieben, wäre sie bis zu seiner Rückkehr längst abgestorben.

Hilmi war nicht begeistert, denn vermutlich wollte er nach Kuching zu seiner Familie zurückkehren. Christopher überredete den Malaien, ohne ihn den Heimweg anzutreten und sich bei den Lawrences für seine Verspätung zu entschuldigen. Er bat ihn, die Kisten mit den Proben mitzunehmen und deren Rücktransport nach England zu organisieren.

Der Reiseführer protestierte und wies darauf hin, dass Christopher die Landessprache nicht beherrsche.

„Solange sie mich in dieselben Dörfer zurückbringen, kann ich neue Führer von dort mitnehmen, während ich unterwegs bin. Die *Orang Kaya* kennen mich jetzt, also sollte ich mich ohne die Sprache durchschlagen können.“

Hilmi schüttelte den Kopf, unglücklich, aber hin- und hergerissen zwischen dem Wunsch, nach Hause zurückzukehren, und dem Bedürfnis, den Engländer zu begleiten. Er versuchte erneut, Christopher von seinem Vorhaben abzubringen, doch dieser war fest entschlossen. Hilmi brach schließlich zusammen mit einem der Dyaks im Kanu mit den Kisten auf.

Christopher und die drei verbliebenen Dyaks benötigten sechs beschwerliche Stunden, um den Fluss zu erreichen, den sie überqueren mussten. Der reißende Strom lag mehrere Meter unter ihnen in einer tiefen Schlucht. Christopher sah keine Möglichkeit, ans andere Ufer zu gelangen. Er blickte hinunter in das klare Wasser. An mehreren Stellen ragten Felsen heraus und bildeten Stromschnellen. Das Flussbett war mit Kieselsteinen, weißem Quarz und Halbedelsteinen gefüllt, die Christopher für Achate und Jaspis hielt und deren leuchtende Farben im Sonnenlicht, das durch die Bäume fiel, schimmerten. Sie folgten dem Flussufer knapp zwei Kilometer lang, bis sie eine behelfsmäßige Brücke erreichten, die zwischen überhängenden Bäumen an beiden Ufern befestigt war und außerdem von Holzstreben gestützt wurde, die auf beiden Seiten diagonal in die Uferböschung eingelassen waren. Seine Führer gaben Christopher mit einer Art Zeichensprache zu verstehen, dass sie hier übernachten und die Brücke am nächsten Morgen überqueren würden.

Als er am nächsten Morgen aufwachte, schienen sich die Dyaks zu streiten, etwas, das Christopher bisher noch nicht erlebt hatte. Zum ersten Mal wünschte er sich, er hätte Hilmi nicht überredet, ohne ihn zurückzukehren. Nach fünf Minuten hitziger Debatte verstummten die Männer und einer von ihnen gab Christopher ein Zeichen, ihm zu folgen. Die anderen beiden kamen nicht mit, setzten sich ans Flussufer und kauten Betelnüsse, die sie mit den Dolchen, die sie in den Hosenbünden ihrer *Chawats* trugen, aufknackten.

Die Brücke schwankte und knarrte, als Christopher und der einzelne Führer sie überquerten. Christopher versuchte, seinen Blick auf den Rücken des Mannes vor ihm zu halten und nicht in den Fluss hinunterzusehen, der drei oder vier Meter unter ihnen verlief. Das Dröhnen des rauschenden Wassers, das gegen die Felsen prallte und nach unten stürzte, war beunruhigend, während die Brücke unter ihrem Gewicht wackelte.

Er wandte sich um, in der Erwartung, dass die beiden anderen Männer ihnen über die Brücke folgen würden, doch sie blieben am Ufer hocken, kauten und beobachteten sie.

Christopher und sein Führer marschierten ein paar Stunden, bis sie die Rafflesie erreichten. An dem blattlosen Parasiten wuchsen zwei Knospen und eine einzelne Blüte, die durch die Rinde der Ranke gebrochen war, die den Körper der Pflanze beherbergte. Christopher maß die Spannweite der geöffneten Blüte mit einem knappen Meter. Aasfliegen schwirrten um sie und tauchten in die runde Öffnung in der Mitte ein, angelockt vom üblen Geruch der Pflanze. Er war überglücklich. Diese Pflanze war selten und blieb im Inneren der Lianen verborgen, bis die Knospen für ihr kurzes Leben an die Oberfläche traten.

Sein Führer sagte in schnellem Tempo etwas zu ihm. Christopher schüttelte den Kopf und gestikulierte mit den Händen, um seine Faszination auszudrücken, baute sein Stativ auf und begann, die Pflanze zu fotografieren. Das Licht war alles andere als ideal, also setzte er sich, nachdem er ein paar Aufnahmen gemacht hatte, auf einen nahe gelegenen Baumstamm, holte sein Skizzenbuch heraus und begann, die Rafflesie zu zeichnen.

Als er fertig war, ging er zurück zu der riesigen Blume und nahm weitere Messungen vor. Der Dyak begann wieder, zu sprechen, und deutete auf die beiden ungeöffneten Knospen. Bevor Christopher die Gelegenheit hatte, diese zu skizzieren, hatte der Mann seinen Dolch gezückt und die Knospen abgeschnitten. Er steckte sie in eine Falte seines *Chawats* und befestigte den Stoff wieder an seinen Lenden. Christopher war verärgert und erinnerte sich daran, dass die Dyaks glaubten, die Knospen der Rafflesie hätten eine aphrodisierende Wirkung, und sie verwendeten sie auch, um die Geburt zu erleichtern. Er konnte dem Mann seine Ernte kaum missgönnen und er konnte sie auch nicht mit nach England nehmen, wo sie ohne ihren Wirt und in einem feindlichen Klima ohnehin nicht überleben würde.

Nachdem er fertig war, gingen die beiden Männer zurück zum Fluss und zur Brücke. Die anderen Dyaks warteten immer noch am gegenüberliegenden Ufer.

Sein Führer betrat die Konstruktion, die unter seinem Gewicht zu wackeln begann. Als Christopher ihm folgte, konnte er die Stimmen der anderen hören. Einer rief dem Führer etwas zu, aber der Mann ignorierte es.

Ein plötzliches Knacken. Christopher blickte zum Ufer zurück, das weniger als zwei Meter entfernt war. Bevor er sich wieder umdrehen konnte, spürte er eine ruckartige Bewegung, dann brach die fadenscheinige Konstruktion unter ihm weg, so dass er vorwärts taumelte und fiel. Ein Schrei drang in sein Bewusstsein, scharf, schrill, animalisch. Er hatte dieses Geräusch schon einmal gehört – an einem fernen Ort, auf den schlammigen Feldern der Somme. Es war der Schrei eines Mannes, der sicher war, dass sein letztes Stündlein geschlagen hatte.

Christopher streckte eine Hand aus und versuchte verzweifelt, das Führungsseil aus eingedrehten Palmblättern zu packen, doch als er danach griff, rutschte es durch seine Hand, riss seine Haut auf und fügte ihm Verbrennungen zu. Die Seilbrücke federte zurück nach oben, doch ein Teil davon erwischte ihn wie eine Peitsche. Er fiel. Die Zeit blieb stehen, als die seichten Stromschnellen immer näher kamen. Sein letzter Gedanke galt Martha, bevor er auf das mit Felsbrocken übersäte Flussbett aufschlug.

Kapitel Einunddreißig

Christopher erfuhr nie, wie er aus dem Fluss gerettet worden war, wie die Dyaks seinen Körper aus den Stromschnellen gefischt und ihn die steilen Ufer hinaufgezogen hatten, um ihn dann in ihr Dorf zurückzutragen, während er bewusstlos gewesen war.

Als er schließlich erwachte, zurück im Dyak-Dorf, war Christopher desorientiert. Er lag erhöht in einer Ecke der ansonsten verlassenen Versammlungshütte. Er konnte den Rauch des Feuers riechen. Als er den Kopf drehte, sah er, wie das Sonnenlicht durch die Öffnung im Dach fiel und Staubmotten zum Tanzen brachte. Offensichtlich war es mitten am Tag, aber an welchem Tag?

Seine Prothese war verschwunden – verloren, beschädigt oder von den Dyaks abgenommen, damit sie ihm keine zusätzlichen Schmerzen bereitete. Sein Kopf pochte und er hob eine Hand an seine Stirn und fühlte dort einen Verband. Ein süßlicher Geruch nach einer Art Balsam schlug ihm entgegen, als er das Rindentuch berührte. Wie war er hierhergekommen?

Die Brücke. Sein Herz zog sich zusammen, als er sich

erinnerte. Daran, wie er mit einer Hand über dem Wasser geschwungen war, bis er durch die Wucht der zurück nach oben federnden Seilkonstruktion den Halt verloren hatte und in den Fluss gestürzt war. Danach nichts mehr.

Sein ganzer Körper schmerzte. Er fuhr mit den Händen an seinen Armen und Beinen entlang, auch über den Stumpf, um zu prüfen, ob er sich irgendwelche Knochen gebrochen hatte. Wie durch ein Wunder schien er unversehrt zu sein, bis auf ein paar Prellungen und Blutergüsse. An seinem linken Arm klaffte eine Wunde und seine rechte Hand war mit einem Verband versehen, der aus geflochtenen Blättern zu bestehen schien, unter denen er ein Brennen in der Handfläche spürte, dort, wo die Haut abgeschürft worden war.

Als er sich im Liegen umsah, konnte er niemanden erkennen und auch von seiner Holzprothese fehlte jede Spur. Er versuchte, sich in eine sitzende Position aufzurichten, aber der Raum begann, sich um ihn herumzudrehen, scharfe Schmerzen zuckten durch seinen Rücken und er fiel nach hinten und verlor das Bewusstsein.

Als Christopher wieder zu sich kam, saßen Hilmi und Reverend Lawrence im Schneidersitz auf Matten auf dem Boden neben seiner Bettstatt.

„Ah! Christopher", sagte Lawrence. „Willkommen zurück im Land der Lebenden. Du hast uns einen ganz schönen Schrecken eingejagt. Wir waren nicht sicher, ob du es schaffen würdest." Seine Stimme war fröhlich, aber in seinen Augen lag Sorge.

„Wie lange liege ich schon hier?"

„Seit fast zwei Wochen. Zwei der Dyaks kamen nach Kuching, um uns zu holen. Anscheinend bist du von einer Brücke gefallen?"

„Ich bin nicht gefallen. Die Brücke hat unter mir nach-
gegeben. Vor mir war einer der Führer. Geht es ihm gut?"

„Er sterben. Kopf an Felsen geschlagen. Sie großes
Glück haben, Sir." Hilmi grinste Christopher an. „Ja, Sie
großes Glück haben."

Christopher dachte an den jungen Mann, der nie die
Gelegenheit haben würde, die aphrodisierende Wirkung
der Knospen zu testen, die er gepflückt hatte. Er sprach ein
stilles Gebet des Dankes für sein eigenes Leben.

„Danke, dass ihr gekommen seid. Es tut mir leid, dass
ich so viel Ärger verursacht habe."

„Kein Ärger. Ich war froh, einen Vorwand gegenüber
Mrs. Lawrence zu haben, um hierherzukommen. Ein
kleines Abenteuer für mich. Oh, und sie lässt dir ihre besten
Wünsche ausrichten. Sie möchte, dass du bei uns bleibst,
wenn wir wieder in Kuching sind. Bis du wieder kampffähig
bist, alter Junge."

Christopher nickte dankend. „Hast du mein Bein gesehen? Es ist verschwunden."

Hilmi sagte. „In Fluss. Bein rettet Ihr Leben. In Felsen
verkeilt. Dyaks schneiden Bein ab, um Sie zu befreien. In
Kuching neues machen."

Christopher war ratlos. Wie sollte er ohne seine maßge-
fertigte Prothese zurechtkommen? Als er später darüber
nachdachte, wurde ihm klar, welch seltsame Ironie es doch
war, dass sein fehlendes Bein der Grund war, dass er noch
lebte.

Sie brachten ihn auf einer behelfsmäßigen, offenen Trage,
die die Dyaks aus langen Bambusstangen mit dazwischen
gespannten Matten aus Palmenblättern gebaut hatten, nach
Kuching zurück. Die Reise dauerte mehrere Tage und sie

verbrachten die Nächte in verschiedenen Dörfern. Christopher war die meiste Zeit wie weggetreten, nur manchmal hatte er klare Momente, wenn sie durch den Wald gingen und er eine Pflanze entdeckte, die er studieren wollte. Aber auf dieser Reise gab es keine Pausen oder Abstecher zum Sammeln von Pflanzen. Es ging direkt in die Küstenebene hinunter. Die Trage ruckelte, wann immer die Dyaks Hindernisse umgehen mussten, aber Christopher musste sehr müde oder auf irgendeine Art betäubt sein – wer wusste schon, welche Mittel seine Gastgeber ihm eingeflößt hatten, um seine Schmerzen zu lindern und seine Genesung zu fördern?

Am Tag, bevor sie Kuching erreichen sollten, stieg Christophers Temperatur an und er fühlte sich abwechselnd fiebrig und eiskalt. Obwohl er reglos dalag, verspürte er eine tiefe Erschöpfung und alle seine Muskeln schmerzten – es war eine andere Art von Schmerz als die, die von seinen Verletzungen herrührte. Als sie sich auf der letzten Etappe durch den Wald befanden, begann er, zu erbrechen. Christopher nahm Stimmen um sich wahr, konnte aber nicht verstehen, was sie sagten. Das Blätterdach des Waldes über seinem Kopf schien sich auf ihn zuzubewegen, als ob es ihn unter dem Gewicht der Blätter und Äste erdrücken wollte.

Als er zu sich kam, lag er in einem bequemen Bett, das von einem Moskitonetz umhüllt war. Eine kühle Brise wehte von einer Veranda durch eine offene Tür herein und verbreitete den Duft von Hibiskus und Jasmin. Auf dem Nachttisch neben dem Bett lag eine Bibel. Das Zimmer war spärlich eingerichtet, aber sauber und hell.

Während er sich umsah, kam eine Frau durch die Tür

herein und zog das Netz zurück, um ihn anzusehen. „Sie sind wach, Captain Shipley. Ich hoffe, Sie fühlen sich endlich etwas besser?"

„Mrs. Lawrence", sagte er und lächelte in ihr freundliches Gesicht.

Die Frau nahm seine Temperatur, fuhr ihm mit den Fingern über die Stirn und strich ihm das ungekämmte Haar aus dem Gesicht. „Wir haben uns eine Zeit lang große Sorgen um Sie gemacht."

„Ich bin gestürzt. Von einer Brücke."

„Mehr als das. Sie hatten Malaria. Einen sehr schlimmen Verlauf. Wir dachten nicht, dass Sie es schaffen würden. Ihr Körper war nach dem Sturz so geschwächt, dass die Krankheit Sie fest im Griff hatte." Sie verzog die Lippen zu einem schmalen Lächeln. „Mein Mann wollte Ihre Familie benachrichtigen – aber wir konnten nichts finden, was uns ihre Adresse verraten hätte. Hier ist nur einer Ihrer Koffer, aber der war verschlossen und er wollte ihn nicht aufbrechen, außer ..."

„Außer, ich wäre tatsächlich gestorben?"

Sie nickte verlegen. „Aber zum Glück ist es nicht so weit gekommen."

„Wie lange war ich krank?"

„Mehrere Wochen. Und Sie müssen sich noch ein paar weitere Wochen ausruhen. Wir müssen zusehen, dass Sie wieder zu Kräften kommen. Aber die gute Nachricht ist, dass heute ein Brief für Sie angekommen ist." Sie drehte den Umschlag um. „Er ist von Ihrer Mutter! Jetzt können Sie ihr schreiben und ihr sagen, dass Sie auf dem Weg der Besserung sind. Ich bin ja so froh, dass wir ihre Adresse nicht gefunden und ihr Grund zur Sorge gegeben haben. Aber schreiben Sie keine Briefe, bis Sie sich stark genug fühlen."

„Danke." Er sank in die Kissen zurück. Plötzlich fiel ihm etwas ein. „Meine Pflanzenproben? Mein Fotoapparat und meine Skizzenbücher?"

„Ihre Proben wurden alle gemäß Ihren Anweisungen an den Botanischen Garten in Kew geschickt. Was die Kameraausrüstung und die Skizzenbücher angeht, bin ich überfragt. Ich fürchte, sie könnten beim Einsturz der Brücke verloren gegangen sein."

Christopher schloss die Augen und stöhnte innerlich auf. Nach all den Strapazen würde er kein Bild von der Rafflesie haben. Er öffnete sie wieder und eine noch schlimmere Angst überkam ihn. „Könnten Sie mir bitte meine Jacke reichen?" Er nickte in Richtung des Stuhls, über dessen Lehne die Jacke hing.

Mrs. Lawrence reichte sie ihm und er tastete in der oberen Tasche. Erleichterung machte sich in seinem Gesicht breit, als er ein zerknittertes und mit Wasser beflecktes Stück gefaltetes Papier herauszog. Er klappte es auf und darin befand sich eine kleine gepresste Blume, eine verblassende, gelbe Butterblume.

„Eine Butterblume!", rief Mrs. Lawrence nostalgisch aus. „So eine habe ich schon lange nicht mehr gesehen. Ist das eine besondere Art?"

„Nein. Eine ganz gewöhnliche Butterblume. Aber wertvoll für mich, denn sie war ein Geschenk von einem ganz besonderen Menschen."

Die Frau lächelte ihn an und ging dann zur Tür. „Ich werde Sie jetzt allein lassen."

Der Verlust der Skizzenbücher und Fotoplatten war ein schwerer Schlag – aber der Verlust von Janes Butterblume wäre mehr gewesen, als er hätte ertragen können.

· · ·

Später, als eine Schale Brühe ihm ein wenig Kraft verliehen hatte, erinnerte sich Christopher an den Brief seiner Mutter. Er lag auf seiner Truhe neben dem Bett. Edwinas Handschrift war unverkennbar.

Mein lieber Christopher!

Warum hast du mir nicht geschrieben? Ich lebe in der täglichen Angst, dass ein Telegramm kommt, das mir mitteilt, dass ich dich verloren habe. Seit du mir geschrieben hast, dass du in den Dschungel aufbrichst, habe ich nichts mehr von dir gehört. Du musst doch inzwischen wieder in Kuching sein?

Wenn du eine Ahnung hättest, wie sehr ich mich um dich sorge, würdest du nicht so selten schreiben. Neulich hat mir Margaret Bennet erzählt, dass es in Borneo Kannibalen gibt. Ich war krank vor Sorge, dass man dich in einen Kochtopf gesteckt und bei lebendigem Leib gekocht hat. Ich konnte mich erst beruhigen, als Mr. Bennet mir versicherte, dass es keine Kannibalen gäbe. Aber dann bin ich gestern im Dorf Mrs. Collerton über den Weg gelaufen und sie erzählte mir, dass es dort Kopfjäger gibt. Du kannst dir vorstellen, in welchem Zustand ich war, als ich mir vorstellte, dass dein Kopf an einer Schnur um den Hals eines Eingeborenen hängt, bis Major Collerton auftauchte und mir versicherte, dass sie das in Sarawak nicht mehr tun und die Eingeborenen dort im Grunde sehr freundlich sind. Anscheinend war sein Bruder, der irgendetwas mit Ölförderung zu tun hat, vor ein paar Jahren in Sarawak auf der Durchreise.

Aber ich schweife ab. Bitte, bitte, mein Liebling, komm nach Hause. Du hattest jetzt mehr als genug Zeit, um dich auf deinen botanischen Abenteuern auszutoben. Jetzt ist es an der Zeit, dich wieder deinen Pflichten zu widmen. Deine versunkenen Gärten sehen prächtig aus. Ja, ich war tatsächlich dort und habe sie mir angesehen! Welch fantastische

Arbeit du dort geleistet hast, aber der junge Mann, der sich darum kümmert, braucht mehr Hilfe, und es wäre eine Schande, wenn die Gärten wieder verwildern würden.

Ich vermisse dich so sehr, mein lieber Junge. Du weißt, dass ich nicht gut darin bin, solche Dinge zu sagen, aber ich denke unentwegt an dich. Ich fühle mich so schuldig dafür, dich vertrieben zu haben. Dass ich die Ursache für genau das war, was ich nicht wollte. Ich weiß, dass es falsch war, dich zu drängen, Lavinia zu heiraten. Es war auch falsch, zu versuchen, dich zu dem Menschen zu machen, der du meiner Meinung nach hättest sein sollen, anstatt zu dem, der du bist – der, wie ich jetzt, da du nicht hier bist, feststelle, der allerbeste Mensch ist – ein Sohn, der jede Mutter stolz machen würde. Herrje, jetzt tue ich genau das, von dem ich gerade zugegeben habe, dass ich es nicht tun sollte – ich versuche, dich dazu zu bringen, das zu tun, was ich will und nicht das, was du willst, aber ich kann nicht anders.

Ich hasse den Gedanken, dass du ganz allein bist. Ich weiß, dass die Heirat mit Lavinia ein schrecklicher und tragischer Fehler war, aber vielleicht solltest du, wenn etwas Zeit vergangen ist, überlegen, wieder zu heiraten? Es wäre wundervoll, wenn du dich niederlassen würdest, mit einer Frau und Kindern. Nichts möchte ich lieber, als dich glücklich zu sehen.

Sei mir jetzt nicht böse, aber es gibt da jemanden, von dem ich glaube, dass du eines Tages mit ihr sehr glücklich werden könntest. Aber ich verspreche dir, Christopher, dass ich nicht noch einmal die Absicht habe, dich zu zwingen oder dich zu überreden, jemanden zu heiraten. Ich habe das Gefühl, wenn du nach Hause kommst, werden die Dinge für dich in vielerlei Hinsicht besser sein.

Bitte, komm nach Hause! Bald!
Deine dich liebende Mutter.

. . .

Christopher schob den Brief verärgert zurück in den Umschlag. Edwina konnte es nicht lassen. Sie musste sich einmischen. Vermutlich hatte sie bereits eine Reihe heiratsfähiger Frauen als potenziellen Ersatz für Lavinia ins Auge gefasst. Nun, er spielte ihr Spiel nicht mit. Es war sein Leben und er hatte nicht die Absicht, nach Newlands zurückzukehren.

Zwei Tage später machte der Arzt Christopher einen Strich durch die Rechnung, indem er ihm mitteilte, dass er, sobald er wieder reisefähig sei, am besten nach England zurückkehren und eine weitere Reise in die Tropen vermeiden sollte.

„Malaria ist eine tückische Krankheit", sagte der Mann. „Man kann bis zu ein Jahr lang bei bester Gesundheit sein, bevor sie einen niederstreckt."

„Das verstehe ich nicht."

„Plasmodium. Das ist ein Parasit. Nach einer Infektion kann es Monate dauern, bis man die Symptome spürt. Das Problem ist, dass die verdammten Dinger jahrelang in der Leber schlummern können und die Krankheit dann von Neuem ausbricht. Sie waren sehr krank, mein Freund. Ich rate Ihnen, gesund zu werden, nach Hause zu reisen und sich in das Tropenkrankenhaus in London zu begeben, damit man Sie dort untersucht. Halten Sie sich dann an gemäßigte Klimazonen. Sie mögen körperlich stark erscheinen, Captain Shipley, aber Sie haben viel durchgemacht. Ihre Kriegsverletzungen, die Kopfverletzungen, die Sie sich beim Sturz in den Fluss zugezogen haben, und jetzt das. Machen Sie es sich nicht unnötig schwer."

„Aber ich bin Botaniker. Das ist mein Beruf."

„Alles schön und gut, aber gehen Sie Ihrem Beruf

anderswo nach. In Europa gibt es viele Pflanzen, die man erforschen kann. Ich kann mir nicht vorstellen, dass sie bereits alle gefunden wurden, oder?" Der Arzt steckte sein Stethoskop zurück in seine Tasche. „Oder Sie könnten in einem Labor oder in einem Gewächshaus arbeiten. Lassen Sie andere Narren für Sie durch tropische Dschungel klettern."

Als Christopher in Southampton von Bord des Dampfers ging, war er wacklig auf den Beinen. Nach zwei Monaten auf See schien der Boden unter seinen Füßen zu schwanken, als er den Kai hinaufging. Heute sah er keine Flugblätter schwenkenden Frauen und auch keine Männer in Uniform, die sich am Kai drängten. Nur die Passagiere, die das Schiff verließen, und Besatzungsmitglieder und ein paar Hafenarbeiter, die die Fracht entluden.

Die behelfsmäßige Beinprothese, die ein chinesischer Schreiner in Kuching für ihn angefertigt hatte, bereitete ihm Schmerzen – er musste sich so schnell wie möglich eine neue machen lassen. Das Holzbein war an einigen Stellen abgenutzt und abgesplittert und die Riemen waren abgewetzt und rutschten immer wieder zur Seite, sodass es nicht richtig saß.

Als er in London ankam, überlegte er, ob er ein paar Tage bleiben sollte, um sich eine neue Prothese zu besorgen, sich von den Ärzten im Tropenkrankenhaus untersuchen zu lassen und in Kew Gardens vorbeizusehen, um herauszufinden, ob die Proben, die er vor vier Monaten, also noch vor seinem Unfall, losgeschickt hatte, gut angekommen waren. Aber jetzt, wo er wieder in London war, konnte er es kaum erwarten, nach Hause zu kommen.

Newlands hatte noch nie eine solche Anziehungskraft

auf ihn ausgeübt. Er war gespannt, zu sehen, wie weit Fred mit den versunkenen Gärten vorangeschritten war. Er konnte es kaum erwarten, wieder mit Hooker auszureiten. Aber vor allem wurde ihm klar, dass er tatsächlich seine Mutter sehen wollte.

Die lange Abwesenheit und seine Nahtoderfahrung hatten in Christopher eine Zuneigung zu Edwina Shipley geweckt, die er in ihrer Gesellschaft nur selten verspürt hatte. Er stellte sich vor, wie sie vor dem Kamin stand, mit einem Cocktail in der Hand und ihren Hunden in der Nähe, und lächelte in sich hinein. Als er ihr vor seiner Abreise aus Kuching geschrieben hatte, war er über seine Zukunftspläne vage geblieben. Um sie nicht zu beunruhigen, hatte er die Malaria nicht erwähnt. Er hegte immer noch die Befürchtung, dass sie, sobald er zu Hause war, wieder anfangen würde, über sein Leben zu bestimmen. Und doch ... war sie einsam und tat, was sie tat, mit den besten Absichten. Sicherlich würde sie sich über seine unerwartete Rückkehr freuen?

Sein Entschluss stand fest – er würde seine Mutter überraschen und direkt nach Newlands reisen. Er nahm erst den Zug und dann ein Taxi vom örtlichen Bahnhof. In London hatte er veranlasst, dass seine Koffer nachgeschickt wurden, zusammen mit einer Holzkiste, die weitere Pflanzen enthielt, die er im Gewächshaus in den versunkenen Gärten aufziehen wollte.

Er bat den Fahrer, ihn am Haupttor abzusetzen, und ging die lange Einfahrt hinauf. Die Bäume färbten sich gerade goldbraun und in der Luft lag der Geruch von verbranntem Laub. Das Klima war so anders als die Hitze der Tropen, der feuchte Geruch des Dschungels, die drückend hohe Luftfeuchtigkeit der Insel, die für so lange Zeit sein Zuhause gewesen war. Er atmete tief ein, genoss die frische Luft und das Knirschen der knackigen Blätter unter seinen Füßen.

Es war ein paar Minuten nach drei. Edwina würde zweifellos im kleinen Salon lesen, wie sie es gewöhnlich am Nachmittag tat. Christopher stieß die Haustür auf und eilte, nachdem er seine Reisetasche neben der Tür auf den Boden gestellt hatte, durch das große Foyer.

Im hinteren Teil des Raums, hinter der geschwungenen Treppe, führten Schwingtüren zu den Wirtschaftsräumen. Mit einem lauten Knall flogen die Türen auf und ein kleiner Junge in einem Piratenkostüm schoss auf einem Dreirad hindurch.

Christopher blieb erstaunt stehen. Edwina Shipley konnte nicht zu Hause sein. Wäre sie es, würde es keiner der Bediensteten wagen, ein Kind ins Haus zu bringen, geschweige denn, es wild herumtoben zu lassen.

Der Junge bremste abrupt ab, sah zu Kit auf und fragte: „Suchst du Granny?“

Kit antwortete: „Granny?“

Der Junge lächelte. „Granny ist bei ihren Hündchen.“ Er drehte sich mit seinem Dreirad in Richtung des Korridors, der zum Salon führte. „Komm mit!“

Christopher ging vor dem kleinen Jungen in die Hocke und versperrte ihm trotz der Sperrigkeit seines Holzbeins den Weg. Er studierte die Gesichtszüge des Kindes.

In den dunklen Augen des Jungen lag ein ernster Ausdruck und in Christophers Kopf formte sich die Möglichkeit, dass es sich bei ihm um Marthas Kind handeln könnte. Aber wie war das möglich? Und wer war Granny? Von seinen Gefühlen und Verwirrung überwältigt, streckte er die Hand aus, um die des kleinen Jungen zu schütteln. „Hallo, wie heißt du denn?“

Plötzlich schüchtern, schüttelte der Junge seine Hand und flüsterte: „David."

„David? Das ist ein guter, starker Name." Als er neben dem Jungen hockte, mit pochendem Herzen und einer Mischung aus Verwirrung, Angst und Freude in seinem Kopf, konnte er nicht mehr klar denken. Wer war der Junge? Warum war er hier? Konnte er wirklich Marthas Sohn sein? Aber das war doch nicht möglich. Wie sollte es sein? Und doch? Tränen brannten ihm in den Augen und er wischte sich mit einer Hand darüber.

David musterte ihn mit neugieriger Miene. „Bist du mein Daddy? Du siehst aus wie der Mann auf dem Bild, das Granny auf dem Klavier hat. Aber mein Daddy ist fort-gegangen."

Christopher keuchte und sein Herz platzte vor Freude und Liebe, als er sich nach vorn beugte und seinen Sohn vom Dreirad in seine Arme hob. Er küsste das weiche, seidige Haar auf dem Kopf des kleinen Jungen und atmete seinen Duft ein. „Ja, David. Ich bin dein Daddy. Ich bin nach Hause gekommen."

Das Kind legte den Kopf zurück, so dass es Kits Gesicht sehen konnte. „Wirst du wieder weggehen?"

„Nein. Niemals. Ich bleibe jetzt für immer hier, David. Ich werde nicht wieder weggehen." Als er den kleinen Körper an sich drückte, durchfuhr ihn ein plötzlicher Anflug von Angst. Davids Anwesenheit konnte nur eines bedeuten. Martha musste tot sein. Warum sonst sollte das Kind hier sein? Martha hätte ihren Sohn niemals aufgege-ben. Was ging hier vor sich? Und Edwina hätte Martha niemals zurückkehren lassen. Außerdem war Martha mit Henderson verheiratet.

Er überlegte gerade, wie er den Jungen fragen sollte, als eine vertraute Stimme sie unterbrach. „Liebling! Du bist nach Hause gekommen! Und du und David, ihr habt euch kennengelernt. Aber warum hast du mir nicht gesagt, dass du kommst? Ich hätte die Köchin gebeten, etwas Besonderes zu machen." Seine Mutter stand in dem Bogen, der zum Ostflügel führt. Er konnte sehen, dass sie den Tränen nahe war.

Christopher setzte seinen Sohn ab, hielt noch immer die Hand des kleinen Jungen fest und ging auf seine Mutter zu, legte den freien Arm um sie und zog sie an sich. Ausnahmsweise widersetzte sie sich nicht.

„Komm und wärm dich im Salon auf. Dort lodert ein Feuer. Ich werde Bannister bitten, uns Tee zu bringen. Oh, Liebling, ich habe mir solche Sorgen um dich gemacht. Die ganze Zeit ohne ein Wort von dir. Ich habe schon das Schlimmste befürchtet. Ich dachte, dir sei etwas Schreckliches zugestoßen. Oder dass du beschlossen hättest, in Sarawak zu bleiben."

„Ich war krank. Malaria."

Sie drückte seine Hand und schlang dann ihre Arme um ihn in einem für sie untypischen Gefühlsausbruch. „Mein armer Liebling. Ich kann dir gar nicht sagen, wie froh ich bin, dass du zu Hause bist. Und David! Ist es nicht wundervoll, dass Daddy wieder zu Hause ist?"

Christopher hatte seine Mutter noch nie in einem solchen Zustand unbändiger Freude gesehen. Er ließ sich von ihr durch den Korridor und in den warmen, freundlichen Salon führen. Die beiden Hunde erhoben sich von ihren gewohnten Plätzen vor dem Kamingitter und kamen schwanzwedelnd auf ihn zu, als er sich bückte, um sie zu streicheln.

Eine hohe Stimme ertönte. „Kann ich weiterfahren, Granny?"

Edwina schenkte ihrem Enkel ein strahlendes Lächeln.

„Natürlich, mein Engel. Daddy und ich haben viel zu besprechen.“

Kit sah zu, wie der Junge aus dem Zimmer strampelte, und drehte sich dann zu seiner Mutter um. Seine Hände zitterten, als er sagte: „Sie ist tot, nicht wahr? Martha ist tot. Sag mir, was passiert ist.“

Edwina Shipley sah ihn erstaunt an. „Tot? Natürlich ist sie nicht tot. Soweit ich weiß, ist sie dort, wo sie nachmittags immer ist, und treibt sich in deinen versunkenen Gärten herum. Sie wird später zum Tee herkommen. Das liebe Mädchen besteht darauf, im Häuschen des Wildhüters zu wohnen, obwohl es mir viel lieber wäre, wenn die beiden hier einziehen würden.“

Kits Herz schlug wie verrückt in seiner Brust. Er empfand Erleichterung, Freude, überwältigende Dankbarkeit. Sie war am Leben. Sie hatte ihm einen Sohn geschenkt. Einen wunderschönen, gesunden Sohn. Und, das größte Wunder von allen, Edwina war auch noch glücklich darüber und wollte sogar, dass Martha ins Herrenhaus zog.

Die Tür öffnete sich und Bannister steckte seinen Kopf herein. Als er Kit sah, erhellte sich seine Miene. „Ich habe die Tasche im Foyer gesehen und mich gewundert. Schön, Sie wieder zu Hause zu haben, Captain Shipley.“

„Es ist auch schön, Sie zu sehen, Mr. Bannister.“ Christopher stand auf und schüttelte die Hand des älteren Bediensteten.

„Ich bringe den Tee und trage dann Ihre Tasche nach oben, Sir.“

Als er gegangen war, sagte Christopher: „Aber ich verstehe nicht – warum ist Martha hier? Ich dachte, sie hätte den Arzt in der Anstalt geheiratet.“

Seine Mutter schüttelte den Kopf. „Er war ein faules Ei.

Hat Bigamie betrieben und sie geheiratet, obwohl er schon verheiratet war. Die arme Martha hatte keine Ahnung. Aber das soll sie dir alles selbst erzählen."

Christopher schnappte ungläubig nach Luft. „Sie ist nicht verheiratet?"

„Nicht mehr. Sie willigte ein, ihn zu heiraten, ohne von der anderen Ehefrau zu wissen, und das nur, weil sie David erwartete." Edwina streckte ihre Hand aus, um seinen Arm zu berühren. „Es tut mir leid, Christopher. Aus tiefstem Herzen. Ich war eine egoistische Frau und ich weiß jetzt, dass ich dich sehr verletzt habe. Ich hatte kein Recht, zu tun, was ich getan habe." Sie sah ihn eindringlich an. „Als ich Martha besser kennenlernte, fing ich an, sie immer mehr liebzugewinnen." Sie schluckte. „Ich betrachte sie mittlerweile sogar als meine Tochter." Sie presste ihre Lippen fest aufeinander. „Und ich hoffe, dass sie vielleicht eines Tages genau das werden könnte. Meine Schwiegertochter. Deine Ehefrau. Du liebst sie doch immer noch?" Ihr Blick war ängstlich.

Christopher schloss die Augen. Er schüttelte langsam den Kopf und sagte: „Mehr denn je. Sofern das möglich ist. Und David. Oh, Mutter, ich habe einen Sohn, einen wunderschönen Sohn." Er richtete sich auf. „Ich muss sie sehen. Ich muss sofort zu ihr gehen."

„Setz dich. Bitte warte. Ich bin noch nicht fertig."

Bannister kam herein und servierte ihnen den Tee. Christopher saß da, die Fäuste vor Ungeduld geballt, und sehnte sich danach, sich auf den Weg in die versunkenen Gärten und zu Martha zu machen.

Als sie wieder allein waren, sagte Edwina: „Ich habe noch etwas anderes getan, das unverzeihlich war. Aber ich hoffe, dass du es schaffst, mir zu verzeihen." Sie blickte zu Boden, ihr Gesicht angespannt. Kit sah, dass sie mit ihren

Händen in ihrem Schoß spielte. „Deine Schwester ist verstorben. Jane. Noch bevor du fortgegangen bist. Bevor Lavinia ertrunken ist. Ich habe es dir nicht erzählt. Ich erhielt einen Brief von St. Crispin's, in dem man mir mitteilte, dass sie verstorben sei und ich die Zahlungen für ihren Unterhalt einstellen könne. Es tut mir so leid, dass ich es dir nicht gesagt habe. Ich hatte Angst. Ich wollte nicht, dass du zu Martha gehst. Es war kurz vor deiner Hochzeit mit Lavinia. Ich hielt es für besser, dir nichts davon zu sagen." Sie schluchzte leise. „Und ich wollte nicht, dass du verletzt wirst. Ich wollte das Thema nicht aufbringen. Ich hoffte gegen jede Hoffnung, dass du irgendwann mit Lavinia glücklich sein würdest. Ich habe mich geirrt. Ich hätte es dir sagen sollen. Du hattest ein Recht darauf, um deine Schwester zu trauern." Edwina schloss die Augen und sah dann zu ihm auf. „Es tut mir so leid, Christopher. Martha dachte, du wüsstest es und hättest entschieden, nicht an der Beerdigung teilzunehmen."

„Nein! Nicht tot. Nicht Jane." Christopher stieß einen tiefen Seufzer aus. „Ich hätte zu ihr gehen sollen. Ich hätte sie besuchen sollen." Er tastete in seiner Tasche nach dem Kärtchen mit der gepressten Butterblume, das er immer bei sich trug.

„Es tut mir so furchtbar leid, mein Liebling. Für dieses arme Mädchen und dafür, dass ich es dir nicht gesagt habe. Ich weiß nicht, warum ich dachte, ich hätte das Recht, Gott zu spielen." Sie nahm ihr Taschentuch heraus und wischte sich die Augen trocken. „Kannst du mir jemals verzeihen? Ich habe nur versucht, zu tun, was das Beste für dich ist. Und ich habe es Martha erklärt. Ich glaube, sie hat mir verziehen, also hoffe ich, dass du es auch kannst."

Sie nahm die Teekanne in die Hand und wollte ihm gerade mehr Tee einschenken, als sie die Kanne absetzte.

„Ich tue es schon wieder", sagte sie. „Ich bin egoistisch. Geh zu Martha. Geh jetzt. Das ist es, was du tun willst. Und wenn du David auf dem Weg nach draußen siehst, sag ihm, dass seine Granny jetzt Zeit hat, ihm seine Geschichte vorzulesen."

Christopher brauchte keine weitere Aufforderung. Er warf seiner Mutter einen dankbaren Blick zu und rannte aus dem Haus, über den Rasen und vorbei an den Stallungen in die versunkenen Gärten, ohne Rücksicht auf die Schmerzen in seinem Beinstumpf.

Zuerst sah er sie nirgendwo. Die große Gartenanlage war von verschlungenen Wegen durchzogen und von Bäumen und Sträuchern bewachsen, die die Sicht auf die verschiedenen Bereiche verdeckten, so dass eine Reihe verschiedener Gärten innerhalb des großen Gartens entstanden war. Dann, als er an einem kleinen chinesischen Gartenhaus vorbeikam und auf den hinteren Teil des Gartens zusteuerte, entdeckte er sie.

Martha stand mit dem Rücken zu ihm und bückte sich, um eine Reihe von Lavendelsträuchern in einem Beet vor einer der roten Backsteinmauern zurückzuschneiden und in Form zu bringen. Erst, als er ein paar Meter entfernt war, drehte sie sich um und sah ihn.

Einen Moment lang war es, als würde die Zeit stillstehen. Sie standen beide regungslos da und starrten einander an. Dann ließ Martha die Schere fallen und rannte in Kits Arme. Ihr Kuss war lang, leidenschaftlich und erst gierig, dann zärtlich und suchend, gefolgt von zahllosen sanften Küssen, die sie immer wieder unterbrachen, um in die Augen des anderen zu sehen.

„Ich dachte, du würdest nie mehr nach Hause kommen. Ich hatte solche Angst. Oh, Kit, ich hätte es nicht ertragen, wenn du da draußen gestorben wärst. So weit weg, und ohne dich ein letztes Mal zu sehen ..." Sie zog ihren Kopf zurück und sah ihn an. „Du hast ihn gesehen? Du hast David kennengelernt?"

„Ich wusste sofort, als ich ihn erblickte, dass er dein Sohn ist. Dann hat er mich von einem Foto wiedererkannt. Er hat mich Daddy genannt." Kits Augen füllten sich mit Tränen. „Ich kann dir gar nicht sagen, was ich empfand, als mir klar wurde, dass er unser Sohn ist." Er drückte sie an sich. „Mein erster Gedanke war, dass du gestorben sein musst. Ich konnte nicht glauben, dass Mutter ihn zu sich genommen hat."

„Deine Mutter ist wundervoll. Sie und David lieben sich – und sie war so gut zu mir." Sie zögerte einen Moment und fügte hinzu: „Sie ist für mich die Mutter geworden, die ich nie hatte." Sie blickte zu ihm auf. „Es ist schwer zu glauben, aber es ist wahr."

„Sie sagte dasselbe über dich. Sie liebt dich." Er lächelte sie an und sein Herz quoll über, als er die Liebe in ihren Augen sah. „Mutter sagte mir, dass du nicht verheiratet bist. Dass du nie verheiratet warst, was das Gesetz betrifft. Oh, Martha, willst du mich heiraten? Bitte sag, dass du mich heiraten willst."

„Natürlich will ich dich heiraten, mein Liebster. Du bist mein Leben, mein Kit."

Kit keuchte und drückte sie an seine pochende Brust. „Wir müssen Mutter die Neuigkeit überbringen. Und wir haben einander so viel zu erzählen. So viele Lücken, die es zu füllen gilt. All die verlorene Zeit, die wir getrennt waren. Und Jane – oh, meine Liebste, es tut mir so schrecklich leid um Jane. Ich hatte ja keine Ahnung." Er sah ihr in die Augen. „Wie sehr du gelitten haben musst, als sie ging. Und ich wusste nichts davon. Du weißt, ich wäre gekommen. Ich wäre da gewesen. Um deinen Kummer zu teilen. Um mich zu verabschieden."

„Ich wusste, dass du gekommen wärst, wenn du es gewusst hättest."

Er zog sie wieder an sich und konnte kaum glauben, dass sie endlich zusammen sein konnten. Er lächelte sie an und strich ihr eine verirrte Haarsträhne aus der Stirn. „Es gibt etwas, das wir zuerst tun müssen. Bevor wir es Mutter sagen, bevor wir irgendetwas anderes tun."

„Und was?"

„Ich sattle Hooker, setze dich vor mir auf den Sattel und dann reiten wir so schnell wir können zu dem Häuschen im Wald, damit ich dir diese lächerlichen Hosen ausziehen und mit dir Liebe machen kann, bis du mich um Gnade anflehst, aufzuhören."

Martha lachte. „Das wird nie passieren."

„Was? Willst du nicht, dass ich mit dir schlafe?"

„Ich werde dich niemals um Gnade anflehen. Ich werde dich niemals bitten, aufzuhören." Sie hob ihr Gesicht an und küsste ihn erneut.

Als sie Hand in Hand aus dem Garten gingen, flatterte das Rotkehlchen vom Ast eines Ahornbaums und setzte sich auf den Rand einer Sonnenuhr.

Ende

WENN IHNEN DAS BUCH GEFÄLLT...

Warum abonnieren Sie nicht den monatlichen Newsletter von Clare?

Clare wird Sie über ihre Arbeit und ihre Reisen auf dem Laufenden halten, und Sie erfahren als Erster, wenn sie ein neues Cover vorstellt, eine Leseprobe veröffentlicht oder Neuigkeiten zu Sonderangeboten und Aktionen veröffentlicht. Oft bittet sie ihre Abonnenten um Vorschläge für Coverdesigns, Buchtitel und Namen der Charaktere.

Keine Sorge – Ihre E-Mail-Adresse wird NIE an Dritte weitergegeben und wenn Sie auf einen der Newsletter antworten, erhalten Sie eine persönliche Antwort von Clare. Sie LIEBT es, von Lesern zu hören.

Als besonderes Dankeschön erhalten Sie einen kostenlosen Download ihrer Kurzgeschichte, *Eine feines Paar Schuhe*

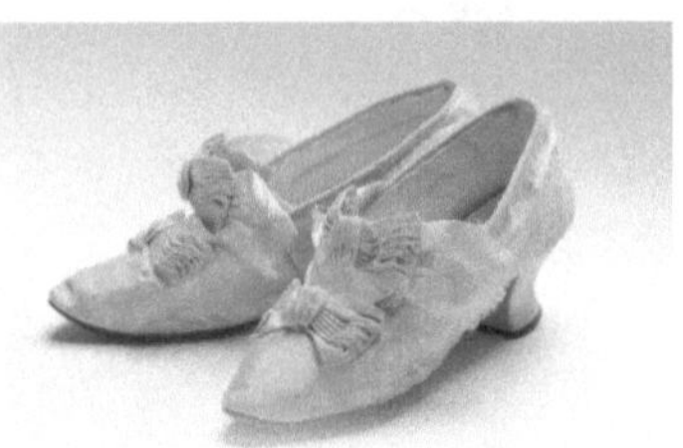

Hier ist der Link, um sich anzumelden – Klicken Sie unten auf den Link oder gehen Sie zu https://clareflynn. co.uk, um das Anmeldeformular aufzurufen. (Datenschutz-bestimmungen auf der Website von Clare)

Abonnieren Sie meinen Newsletter | Clare Flynn

Über den Autor

Clare Flynn ist die Autorin von fünfzehn historischen Romanen und einer Sammlung von Kurzgeschichten. Sie ist die Gewinnerin des UK 2020 Selfies Award for Adult Fiction für „*The Pearl of Penang*". Clare ist die Gewinnerin des Indie-Champion-Preises der Romantic Novelists Association 2022. Die ehemalige Marketing-Direktorin und Strategieberaterin wurde in Liverpool geboren und hat in London, Newcastle, Paris, Mailand, Brüssel und Sydney gelebt. Mittlerweile genießt sie ihr Leben in Eastbourne an der Küste von Sussex, wo sie das Meer und die Downs von ihren Fenstern aus sehen kann.

Wenn sie nicht schreibt, reist sie gerne (oft zu Forschungszwecken) und malt gerne in Öl und Aquarell, näht Patchwork-Decken und übt sich im Klavierspielen.

Lesen Sie mehr über Clare und ihre Bücher auf ihrer Website Clare's Website - clareflynn.co.uk

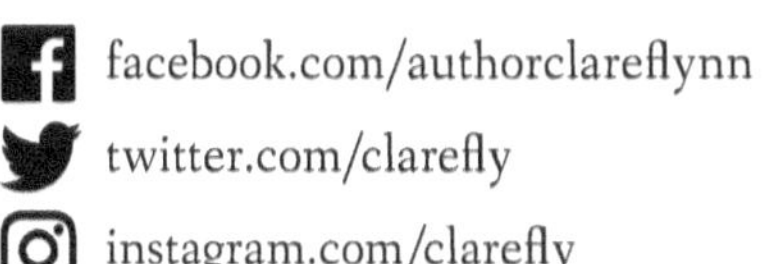

Bücher von Clare Flynn

PENANG HISTORICHER 1-4

Die Perle von Penang

Gefangene von Penang

Eine Malerin auf Penang

Von Penang nach Paris

JENSEITS DES MEERES 1-3

Auf der anderen Seite des Ozeans

Sturm in unseren Herzen

Durch Meere getrennt

REISE INS INBEKANNTE 1-3

Weiße Klippen

Fremde Gefilde

Erstarrter Fluss